Matthias Sachau

WIR TUN ES FÜR GELD

Roman

Ullstein

Besuchen Sie uns im Internet:
www.ullstein-taschenbuch.de

Dieses Taschenbuch wurde auf FSC-zertifiziertem Papier gedruckt.
FSC (Forest Stewardship Council) ist eine nichtstaatliche, gemeinnützige
Organisation, die sich für eine ökologische und sozialverantwortliche
Nutzung der Wälder unserer Erde einsetzt.

Originalausgabe im Ullstein Taschenbuch
1. Auflage August 2010
5. Auflage 2010
© Ullstein Buchverlage GmbH, Berlin 2010
Umschlaggestaltung: HildenDesign, München
Titelabbildung: HildenDesign unter Verwendung
eines Motivs von © JazzBoo/shutterstock (Auto)
Satz: LVD GmbH, Berlin
Gesetzt aus der Candida
Papier: Holmen Book Cream von
Holmen Paper Central Europe, Hamburg GmbH
Druck und Bindearbeiten: CPI – Ebner & Spiegel, Ulm
Printed in Germany
ISBN 978-3-548-28144-5

Das Buch

Lukas, Mitte 30 und Teilzeit-Herrenunterwäscheverkäufer bei Karstadt (»… aber ich definiere mich nicht über meinen Beruf.«), lässt sich überreden, eine Scheinehe mit seiner Mitbewohnerin Ines einzugehen. Ines und ihr Freund Bernd verdienen nämlich sehr gut, und steuerlich gesehen ist es viel besser, wenn Ines fürs Erste einen armen Schlucker wie Lukas heiratet. Und weil Lukas' Angebetete Vanessa ihn ohnehin gerade auf Distanz hält, macht er kurz entschlossen bei dem Schwindel mit.

Die erste Steuererklärung übersteht Lukas' und Ines' »Ehe« ohne Zwischenfälle. Doch dann zieht in die Wohnung unter ihnen ein linkisches Männlein namens Ekkehart Stöckelein-Grummler ein. Sie freunden sich schnell mit dem rührend unbeholfenen Hifi-Freak an, aber bald stellt sich heraus: Ekkehart ist ihr Sachbearbeiter im Finanzamt!

Nun nimmt das Verhängnis seinen Lauf. Lukas und Ines müssen Ekkehart ein verliebtes Paar vorspielen. Ekkehart wittert trotzdem Beziehungsprobleme und versucht, die Ehe seiner neuen Freunde zu kitten. Was er damit auslöst, hätte er wohl nie zu träumen gewagt …

Der Autor

Matthias Sachau lebt in Berlin, arbeitet als Autor und Texter und hört, wenn keiner zuguckt, gerne heimlich Jazz. Nach den Bestsellern *Schief gewickelt* und *Kaltduscher* ist *Wir tun es für Geld* sein dritter Comedyroman, ein weiterer ist bereits in Arbeit.

Bitte beachten Sie auch: www.matthias-sachau.de
www.twitter.com/matthiassachau.

Von Matthias Sachau sind in unserem Hause bereits erschienen:
Kaltduscher · Schief gewickelt

Ich hätte nie gedacht, dass alles so schön wird. Es erschreckt mich. Ines sieht in ihrem Brautkleid so wunderbar aus, dass ich mir neben ihr wie ein Sack Brennholz vorkomme. Dazu die ganzen Leute auf den Stuhlreihen rechts und links von uns. Alles passt.

Unglaublich, welche Schätze die Kleiderschränke ausgespuckt haben. Mir ist, als ob uns beide eine leuchtende Aura umgäbe, und in meinem Kopf säuselt Chet Baker in Endlosschleife *Time After Time*. Noch vor wenigen Augenblicken ging es mir gut, aber jetzt werden meine Knie weich. Das ist alles ein Tick zu viel.

Vorne wartet Viktor in seiner schwarzen Pfarrerrobe. Es fällt mir schwer zu glauben, dass er es wirklich ist, auch wenn seine Haare, die genauso pechschwarz sind wie die Robe, wie immer wild abstehen und er, wie immer, dreinblickt, als hätte er für heute noch einen hinterhältigen Schuljungenstreich geplant. Er winkt uns zu sich nach oben. Mit einem Schlag ist Stille im Raum. In diesem Moment könnte man wirklich glauben, das wäre alles echt.

Natürlich konnte Udo aus seiner Kneipe Blaubarts Eck keine richtige Kirche zaubern, aber die Girlanden an der Decke sind so aufgehängt, dass man sie mit etwas gutem Willen als gotisches Gewölbe interpretieren kann. Dazu noch die passende Sitzordnung, ein paar geschickt verteilte Kerzen und Viktor mit Pfarrerkostüm auf der Bühne. Kein Wunder, dass ich weiche Knie bekomme. Wie es Ines wohl gerade geht? Ich kann ihr Gesicht hinter dem Brautschleier nicht sehen.

»Lukas Fink, willst du mit Ines Herzog den Bund der Ehe eingehen, mit ihr gemeinsam alle Höhen und Tiefen der Ehegattensplittingtabelle des Finanzamts ergründen und mit ihr zusammenleben, bis, ähm … ihr euch wieder scheiden lasst?«

Nein, also jetzt trägt er zu dick auf. Das Pfarrerkostüm ist schon hart an der Grenze, aber jetzt …

»Dann antworte mit: Aber hallo!«

Ich versuche ihn mit einem Blick zu töten, merke, dass es nicht klappt, verdrehe die Augen und seufze.

»Aber hallo.«

»Und du, Ines Herzog, willst du …«

Wieder die gleiche Leier. Dass er auch immer alles übertreiben muss.

»Dann antworte mit: Ja, verflixt noch mal!«

»Na gut. Ja, verflixt noch mal.«

Während die Menge in Jubel ausbricht, schiebt Viktor mich einen Schritt näher an Ines heran. Er kennt kein Erbarmen. Ich hebe ihren Schleier vorsichtig hoch, so wie man es aus den Kitschfilmen kennt, und sehe ihr in die Augen. Sie guckt mich an. Nein, ihr ist auch nicht wohl in ihrer Haut. Das ist wirklich alles ein Tick zu viel.

Seltsam, mich hat nie jemand gefragt, ob ich Ines schön finde, und ich weiß auch nicht, was ich darauf gesagt hätte. Ines schön? Sie ist einfach meine Mitbewohnerin, sorgt für Ordnung, erheitert mich mit sarkastischen Bemerkungen und ist der Garant dafür, dass die Miete pünktlich bezahlt wird. Und das schon seit über acht Jahren. Schön? Da verliert man mit der Zeit den Blick für

Oder doch nicht? Genau jetzt, als ihr helles, zartes Gesicht mit den unverwechselbaren Schmolllippen hinter dem Schleier ganz nah, so nah wie noch nie, vor mir auftaucht und mich etwas gequält anlächelt, finde ich sie unglaublich schön. Ihre blauen Augen sind elfenhaft klar und gleichzeitig so lebendig und warm. Jetzt erst wird mir bewusst, dass sich Welten dahinter verbergen, die ich nie betreten habe. Geheimnisse, Sagen, Schätze. Je länger ich gucke, umso mehr zieht es mich in sie hinein. Ich …

»Sie dürfen die Braut jetzt *nicht* küssen.«

Manno. Auf den Satz hat er sich bestimmt schon die ganze Zeit gefreut. Als ob ich das vorgehabt hätte … Aber, doch, kein Zweifel, genau in diesem Augenblick würde ich nichts auf der Welt lieber tun. Ich kann mich nicht mehr bewegen. Dafür beginnt etwas in mir sich zu bewegen. Es schnurrt sanft, tickt leise und hört nicht mehr auf. Ines' Lächeln wird langsam zu einem Fragezeichen.

Ich weiß nicht, wie lange wir so dastehen. Irgendwann wendet sie sich um, lässt den Kopf aber noch für wenige Momente in meine Richtung gedreht und zieht ihn erst dann im Zeitlupentempo nach. Ich löse mich aus meiner Starre, und wir gehen endlich von der Bühne. Das Klatschen und Johlen höre ich kaum. Erst als ich Vanessa sehe, die mir aus der Menge heraus die Arme entgegenstreckt, wird es wieder lauter in meinem Kopf, als wäre sie ein Hypnotiseur, der gerade mit den Fingern geschnipst hat. Sie umarmt mich, wie sie es schon lange nicht mehr getan hat, und ich sehe am Rand meines Blickfelds Ines auf Bernds Schoß sitzen und ihn küssen.

Ihr Brautkleid ist wirklich ein Traum. Da hat Ines' beste Freundin Karoline sich selbst übertroffen. Nächstes Wochenende wird das gute Stück von einer echten Braut auf einer echten Hochzeit getragen werden. Irgendeine Fernsehmoderatorin, die irgendeinen Musikproduzenten heiratet. Spätestens danach wird alles, was Rang und Namen hat, Karoline die Tür einrennen und um ihre Brautkleider betteln. Ein Glück, dass keiner etwas von diesem kleinen Testlauf hier weiß.

Wenn jetzt jemand zufällig dazukommen würde, hätten wir natürlich große Mühe, ihm das Ganze zu erklären. Aber es hat schon alles seinen Sinn. Wirklich. Es fing damit an, dass Ines fertigstudiert hatte und auf einmal sehr viel verdiente. Es ging damit weiter, dass Ines bald noch mehr und dann noch mehr verdiente. Ich staunte, weil ich ehrlich gesagt immer gedacht hatte, sie würde, wenn überhaupt, dann Karriere als scharfzüngigste Kabarettistin der Republik machen. Aber anscheinend haben die großen Konzerne ihre Einstellungsprofile für Führungskräfte in den letzten Jahren gründlich überarbeitet.

Der Job als Abteilungsleiterin in einem Medien-Multi war zwar von Anfang an anstrengend, aber dafür bekam sie so viel Geld, dass es gar kein Problem war, als unser früherer dritter Mitbewohner Viktor eines Tages bei uns auszog. Ines übernahm einfach sein Zimmer und seinen Mietanteil. Und weil sie die zusätzliche Fläche gar nicht für sich brauchte, nutzten wir es bald als Wohn- und Esszimmer für uns beide, was sehr praktisch ist, weil es eine direkte Verbindung zur Küche hat.

Warum Ines nicht mit ihrem Freund Bernd zusammenzog oder sich wenigstens nach einem standesgemäßen Single-Loft umsah, wusste ich nie sicher. Ich vermute, es hängt damit zusammen, dass sie sich dann ein Haustier hätte anschaffen müssen, und das geht nicht, weil sie ausschließlich Katzen liebt, aber eine schlimme Katzenallergie hat. Solange sie hier wohnt, übernehme ich den Haustierpart, auch wenn ich, im Gegensatz zu einer Katze, mir mein Essen gerne selber koche und meine Streicheleinheiten woanders abhole. So weit, so gut.

Eines Tages haben Ines und Bernd, der als Banker auch bestens verdient, dann zusammengezählt, wie viel Steuern sie zahlten, und bekamen einen Riesenschreck. Sie rechneten aus, ob es etwas bringen würde, wenn sie heirateten, und bekamen einen zweiten Riesenschreck. Es hätte nämlich gar nichts gebracht. Steuerlich betrachtet hätte es nur Sinn ergeben, wenn einer von ihnen viel weniger verdiente als der andere. Ich kann mich noch genau erinnern, wie sie im Wohnzimmer mit Taschenrechnern bewaffnet über ihren Ratgebern brüteten und jedes zweite Wort »Ehegattensplitting« lautete. Ich saß daneben im Sessel, guckte *Dr. House* und, vermutlich weil ich schon beim dritten Bier war, murmelte ich, von Hugh Lauries Sprüchen inspiriert: »Da hast du den mathematischen Beweis, Ines, du solltest lieber mich heiraten.«

Finanzfachlich betrachtet hatte ich recht. Ich bin Teilzeit-Herrenunterwäscheverkäufer bei Karstadt. Ein größeres Gehaltsgefälle als zwischen Ines und mir konnte es gar nicht geben. Trotzdem war es natürlich nur ein Witz. Aber Ines und Bernd sahen spaßeshalber noch mal auf die Ehegattensplittingtabelle und begannen zu rechnen. Dann hörten sie schnell auf zu lachen, und Ines machte mir spontan einen Heiratsantrag. Das war nichts Ungewöhnliches für jemanden, der Ines' Humor kennt, aber Bernd guckte gleich so sauer, dass sie schnell abwinkte und wir das Thema wechselten.

Eine Woche später war es dann allerdings Bernd, der noch mal mit der Idee von der Steuer-Scheinhochzeit anfing. Er hatte einen neuen Kollegen mit dem schönen Namen Fridolin von Freggelhofen. Der hatte ihm anvertraut, dass er schwul sei, aber trotzdem schon seit Jahren aus Geldgründen zum Schein mit einer Neubauviertel-Prollette und Discounter-Kassiererin namens Mandy Pilske verheiratet sei. Natürlich haben sie in Wirklichkeit weder was miteinander, geschweige denn wohnen sie zusammen.

Im Vergleich zu Fridolin und Mandy war eine Scheinehe für Ines und mich ein viel kleinerer Schritt, denn wir hatten ja tatsächlich ein gemeinsames Heim. Ines würde jedes Jahr in fünfstelliger Höhe Steuern sparen und als Gegenleistung die Kosten für unsere ganze Wohnung plus Telefon, Internet und als Bonus wöchentlich eine Kiste Bier einer Marke meiner Wahl übernehmen. Und wenn sie und Bernd in ein paar Jahren so viel Geld gescheffelt hätten, dass sie, wie sie es schon lange geplant hatten, gemeinsam eine Filmvertriebsfirma gründen könnten und ab dann ganz andere Steuertricks zur Verfügung hätten, würden wir uns heimlich, still und leise wieder scheiden lassen.

Und weil ich Hochzeiten schon lange lediglich als bürgerliches Ritual betrachtete, das irgendwie viel zu hoch gehängt wird, und außerdem dachte, dass es vielleicht nicht schlecht wäre, wenn meine Vanessa zur Abwechslung auch mal auf mich eifersüchtig sein würde und nicht immer nur ich auf sie, hab ich einfach ja gesagt.

Dass Bernd, Viktor und Kneipenwirt Udo hinter unserem Rücken eine Riesenparty rund um unsere Pseudohochzeit anzettelten, war natürlich ein starkes Stück.

Als ob der Standesamttermin nicht schon peinlich genug gewesen wäre. Aber klar, dass ein Vollblut-Schauspieler wie Viktor sich keine Gelegenheit entgehen lässt, in die Pfarrerrolle zu schlüpfen, in der er im Stadttheater gerade überwältigende Erfolge feiert, obwohl es nur eine Nebenrolle ist, und auch klar, dass Karoline ihr bis dato aufwendigstes Brautkleid nur zu gerne mal an ihrer besten Freundin sehen wollte.

Vielleicht sollte ich das alles nicht so eng sehen. Es war nur dieser eine Moment, als der Schleier …

»Komm, Lulu, trink was.«

Vanessa hat mich zur Bar geführt und flugs eine Lücke in Udos sauber aufgestellte Sektglasreihe gezaubert, während die anderen noch damit beschäftigt sind, Tische und Stühle wieder in die bewährte alte Ordnung zu bringen.

Es ist schon ein Ding, aber ich mag es, wenn Vanessa »Lulu« zu mir sagt. In »Lulu« steckt unser ganzes gemeinsames Leben. Es ist ein Bekenntnis. Jedes Mal, wenn sie »Lulu« zu mir sagt, fühle ich das unzerstörbare Band zwischen uns, und das ist sehr wichtig, denn unsere Beziehung ist, nun ja, sagen wir, nicht immer einfach. Es fängt schon damit an, dass ich gar nicht richtig sagen kann, ob wir im Moment wirklich zusammen sind. Miteinander geschlafen haben wir in den ganzen Jahren seit unserer gemeinsamen Schulzeit genau neun Mal, das habe ich mitgezählt. Und richtig schön war es ehrlich gesagt nur einmal. Wie oft sie mit anderen Männern geschlafen hat, konnte ich dagegen nicht mitzählen, aber, da brauche ich mir nichts vorzumachen, es war sicher … etwas mehr.

Schlimme Bilanz für eine so lange Zeit? Meine Freunde sagen »schlimmer als schlimm«. Ich dagegen sage »Das seht ihr aus dem falschen Blickwinkel«, denn das muss man sich erst mal auf der Zunge zergehen lassen: Ein Mädchen wie sie, das mit ihrer dunkelbraunen Mähne, ihren wasserblauen Augen, ihrem Lächeln und ihrem 177-cm-Modelkörper jeden Mann sofort, egal ob er will oder nicht, verliebt macht und das jederzeit als sechstes Spice Girl anheuern könnte, gibt sich mit mir ab, einem Teilzeit-Herrenunterwäscheverkäufer, Brillenträger, 12-m²-Zimmerbewohner und, nicht zu vergessen, einem Mann, der dauernd Jazz hört, was mich im Männer-die-von-Frauen-begehrenswert-gefunden-werden-Ranking auf einen Platz irgendwo zwischen Pfeifensammlern und Müllsortierern abstürzen lässt. So ist das nämlich. Aber überall, wo ich mit Vanessa an der Seite auftauche, werde ich wie ein König behandelt, und das tut mir immer wieder sehr gut.

»Herkommen zum Anstoßen!«

Manchmal denke ich, Udo hätte als Feldwebel vielleicht eine noch steilere Karriere gemacht als als Kneipenwirt, aber andererseits sollte ich froh um ihn sein. Nicht, dass ich bis jetzt einen vorbildlichen Lebenslauf hingelegt hätte, bewahre, aber mit einem weniger autoritären Wirt hätte es auch noch ganz anders laufen können. Udo ist, nachdem er seine eigene, äußerst hoffnungsvolle Alkoholiker-Karriere in den Sand gesetzt hatte, Gründungsmitglied bei »Wirte mit Gewissen e. V.« geworden. Wenn er seine John-Wayne-Haltung einnimmt, einem angetüterten An-der-Bar-Sitzer mit Bruce-Willis-Blick in die Augen stiert und mit Terminator-Stimme »Schluss für heute« sagt, ist Schluss. Da kennt er keine Verwandten.

»Auf die Liebe!«

»Auf die Liebe!«

»Auf die Liebe!«

Klingklang, klingklang.

Nein. Zu zynisch. Einfach alles ein Tick zu viel.

Ich sehe nach Ines. Mit ihrem Brautkleid ist sie natürlich nicht schwer zu finden. Sie steht zwei Tische weiter und geht mit Bernd mitten im Partygetümmel seelenruhig ihre Planung für die nächsten Wochen durch. Man muss die beiden verstehen. Das ist sehr wichtig für sie. Bernd wohnt zwar nur zwei Straßen weiter, aber er reist für seinen Job dauernd um die Welt, und Ines ist auch oft unterwegs. Wenn sie sich sehen wollen, müssen sie tatsächlich einen Termin machen. Sie führen de facto eine Fernbeziehung.

Als unsere Blicke sich treffen, steckt Ines ihre Nase schnell wieder in Bernds Smartphone. Ich stelle den Bräutigamzylinder auf die Bar, kippe den Sekt in einem Zug herunter, verschlucke mich und lasse mir auf die Schulter klopfen. Als ich die Augen wieder auf habe, macht der Hut bereits die Runde über die verschiedenen Männer- und Frauenköpfe, wie ein frisch gewonnener Fußballpokal. Zuletzt probieren ihn Fridolin, Mandy und Mandys solariumsgegerbter Freund Greg auf, unsere Steuerschummel-Hochzeitsvorbilder, die natürlich als Ehrengäste eingeladen wurden. Wirklich eine seltsame Versammlung, die drei. Ein Snob, der sich zur Feier des Tages ein Monokel ins Auge geklemmt hat, zusammen mit einem Paar, dem man allein an seinen Frisuren ansieht, dass es alle Scooter-CDs chronologisch geordnet in einem pinkfarbenen CD-Ständer neben der weißen Ledercouch im Wohnzimmer stehen hat.

Ich muss dringend noch was trinken, aber Udo dreht mir gerade seine Halbglatze zu, um den Lautstärkeregler der in Ehren versifften Kneipen-Stereoanlage um 90 Grad nach rechts zu drehen. Das wirkt sofort. Noch bevor er sich wieder umdreht, ist die Tanzfläche voll.

* * *

»Kannst du die mal auflegen?«

Udo sieht mich misstrauisch an.

»Bestimmt wieder Jazz?«

»Na ja, kind of. Aber tanzbar. Echt.«

Wieder dieser Blick.

Leider hat er recht. Schon nach zwei Stücken ist die Tanzfläche leer. Komisch. Ich hätte schwören können, dass die Leute auf *Mercy, Mercy, Mercy* tanzen würden.

»Macht nichts, Lukas. Die müssen sich zwischendrin auch mal wieder beruhigen. Und so als Hintergrund gefällts mir sogar fast ganz gut.«

»Hm?«

»Als Hintergrund gefällts mir fast ganz gut!«

»Hör mal, Udo, jetzt kommt das E-Piano-Solo von Joe Zawinul ... Da, jetzt. Dadudadamm, da da damm ... Großartig, oder? Diese Mischung aus Einfachheit und Raffinesse.«

»Hm?«

»Das musst du dir mal vorstellen, da ist in den fünfziger Jahren ein kleiner österreichischer Bauernjunge mit ein paar Dollars in der Tasche nach New York gefahren, und ein paar Monate später wollte ihn Miles Davis in seiner Band haben. Verstehst du? Miles Davis wollte einen kleinen weißen Österreicher als Pianist. Das war ein Wunder! Aber der konnte es halt einfach. Hör mal ... Äh, Udo?«

Der Ignorant schenkt einfach weiter aus, obwohl Za-

14

winuls Solo noch nicht fertig ist. Immer das Gleiche. Ich hätte gerne mal einen Freund, nur einen einzigen, der was von Musik versteht.

»Luuukas, ich hab Freikarten für Xavier Naidoo am Freitag. Magst mitkommen?«

Fitnessstudio-Toni. Der blonde Modellathlet, der früher ehrenamtlich die Uni-Volleyballgruppe betreut hat, in der Vanessa, Viktor und ich auf Ines, Karoline, Bernd und Viktors jetzige Freundin Annemarie getroffen sind. Ich verdanke Toni unglaubliche Fertigkeiten. Ich kann, wenn es sein muss, einen ganzen Nachmittag lang Schmetterbälle abwehren, ohne mir auch nur einen halben Finger zu verstauchen. Für einen, der früher allein schon vom Anblick eines Volleyballs höllische Schmerzen bekam, ein Riesenfortschritt. Zu schade, dass Toni vor einem Jahr unbedingt dieses blöde Fitnessstudio eröffnen musste. Erstens war das der Tod der Volleyballgruppe, zweitens wird es früher oder später sein finanzieller Ruin sein. Inzwischen verbringen einige von uns mehr Zeit beim Schwitzen in Tonis langweiligem Vital-Kompakt-Kurs als hier im Blaubarts Eck, nur damit wenigstens ein paar Euro in seiner Kasse klingeln. In *der* Angelegenheit sollte Udo mal ein Machtwort sprechen, finde ich.

»Das sind Karten, mit denen man sogar in den VIP-Bereich reinkommt. Ich hab einen neuen Kunden im Spinning-Kurs, der wo in einer Eventagentur arbeitet. Der kriegt so was immer nachgeschmissen.«

»Danke, Toni, aber Freitag bin ich sozusagen schon doppelt verplant.«

»Ich würde mitkommen.«

Vanessa, jetzt enttäuschst du mich einmal mehr abgrundtief.

»Also, ich könnt den Kunden, der wo in der Event-agentur arbeitet, fragen, ob er noch eine Karte …«

Genau das ist Tonis Problem. Er ist viel zu gutmütig, um ein erfolgreicher Unternehmer zu sein. Und er ist selbst dann gutmütig, wenn es überhaupt nicht gefragt ist.

»Oder ich bleib daheim und ihr zwei geht.«

»Ooooch, Lulu, komm doch mit.«

»Also Vanessa, Xavier Naidoo ist jetzt wirklich nicht … Solltest du eigentlich wissen …«

»Aber mit Zutritt zum VIP-Bereich.«

»Nein!«

»Ach, Lulu.«

Sie legt mir den Arm um die Schultern, dreht ihren Kopf weg und unterhält sich mit Toni.

»Udo, bitte …«

Noch bevor ich den Wunsch aussprechen kann, stehen ein kleines und ein großes Glas vor mir. Der Udo. Hat auch schon gemerkt, dass das, was er hier mit Viktor und Bernd angeleiert hat, ein Tick zu viel ist. Soll ruhig mal ein schlechtes Gewissen haben.

Meine CD läuft noch immer. Wenigstens etwas. Hm, Joe Zawinuls erste Jahre in New York, irgendwie ein hochinteressantes Thema. Wie er da wohl ausgesehen hat? Von Fotos her kennt man ihn immer nur als lang-haarigen Zausel-Opa. Ich schreibe ja regelmäßig Artikel über Jazz. Müsste nur endlich mal jemanden finden, der sie abdruckt.

»Noch mal das Gleiche, Udo.«

Wupp. »Danke.«

»Für mich auch das Gleiche.«

Ah, Bernd. Heute ist wahrscheinlich der erste und auch der letzte Tag in meinem Leben, an dem ich mal schicker angezogen bin als er. Er legt mir von der anderen Seite her den Arm um die Schultern. Wenn er und Vanessa jetzt gleichzeitig mit dem Unterarm zudrücken würden, hätte ich große Schwierigkeiten. Irgendwie fühle ich mich auf sehr unangenehme Art immer noch im Mittelpunkt des Geschehens. Ich bin doch nur eine verflixte Bräutigam-Karikatur, die jetzt eigentlich Feierabend hat.

Bernd knufft mich mit dem Ellbogen seines anderen Arms in die Rippen.

»Na, wie fühlt es sich an, wenn man einem Freund die Frau weggeheiratet hat?«

»Och Bernd, jetzt lass mal gut sein.«

»Okay, sorry. Irgendwie alles ein Tick zu viel, was?«

»Irgendwie ja.«

»Ines war ehrlich gesagt auch schon mal besser gelaunt. Es geht doch nur um die Steuern. Ich hätte das Viktor lieber ausreden sollen, statt auch noch mitzumachen.«

»Hab ich mir doch gleich gedacht, dass das seine Idee war.«

»Ines hat schon einen Racheplan.«

»Ja?«

»Lass dich überraschen. Du, mal ganz ehrlich, ich finde Jazz auch sehr gut, aber meinst du nicht, wir sollten jetzt mal wieder was für die Beine auflegen?«

Noch während er spricht, gibt er Udo einen Wink. Das Cannonball Adderley Quintet wird gnadenlos abgewürgt. Und, siehe da, die Tanzfläche füllt sich sofort wieder. Und das, obwohl die neue Musik noch nicht einmal eingelegt ist. Es reicht einfach, dass meine CD ausgeschaltet wird. Die beiden Arme um meinen Hals herum verschwinden genauso schnell, wie sie gekommen sind, und ich sitze wieder alleine an der Bar.

Ha. Ohne Jazz hätte es diese ganzen Gymnasiasten-Rock-Kracher, auf die ihr jetzt tanzt, nie gegeben. Aber das wollt ihr ja alle nicht wissen.

»Udo, noch mal.«

»Trink langsamer!«

* * *

Was soll es. Ich tanze jetzt auch mit. Udo gibt mir eh nur noch Softdrinks. Den Bräutigam-Frack werden die vom Garderobenverleih wohl erst mal grundreinigen müssen, wenn ich ihn zurückbringe, aber das sind sie sicher gewöhnt. Tut gut, das mit dem Tanzen. Ich mache raumgreifende Schritte und Drehungen und hoffe, dass ich dabei irgendwann zufällig Pfarrer-Viktor so doll umrempele, dass er die nächsten Tage bei jedem Hinsetzen sein Steißbein spürt. Aber er hat wohl die Gefahr gerochen. Ich habe ihn schon lange nicht mehr gesehen. Egal. Ich tanze umso wilder. Ich weiß nicht genau, was es ist, aber irgendwas in mir muss ich gerade rauslassen.

»Hoppla, Vorsicht, Lukas.«

»Hey, das ist eine Tanzfläche, Ines.«

»Das stimmt, aber du hast deinen Po nicht mehr unter Kontrolle. Soll ich mal mit ihm reden?«

»Der hört nur auf mich.«

Sie grinst. Irgendwie ist nun alles doch wieder ein bisschen normaler als vor ein paar Stunden. Aber ich weiß nicht, ob ich das wirklich gut finde. Überhaupt …

»Wo hast du eigentlich das Brautkleid gelassen?«

»Welches Brautkleid? Ach so, du meinst das Brautkleid, in das Fitnessstudio-Toni und seine Kumpels gerade den Viktor reinzwängen, und mit dem sie ihn gleich zum Iron Eagle fahren, um ihn dort im Hinterzimmer auszusetzen?«

»In der Rockerkneipe an der Steinhauser Landstraße? Mit Brautkleid? Nein, das machen sie nicht wirklich.«

»Ich hoffe, Karoline wird mir verzeihen.«

* * *

Ines und Bernd rauschen im Taxi ab Richtung Bernds Wohnung. Ich sehe durch die Heckscheibe dem Zylinder hinterher, den ich ihm zum Schluss überreicht habe. Im Licht der Straßenlaternen sinken feine Schneeflocken langsam nach unten. Ich ziehe mir den Schal fester und mache mich alleine auf den Weg zu unserer Wohnung am anderen Ende des Blocks.

Vanessa hat mich seit meiner Xavier-Naidoo-Verschmähung kaum noch eines Blickes gewürdigt. Kindisch. Ich ärgere mich. Aber okay. Verbringe ich halt die erste Hochzeitsnacht meines Lebens alleine. Na und? In solchen Nächten kann man wenigstens mal gründlich über sein Leben nachdenken.

Und ich fange gleich damit an. Was zur Hölle soll das eigentlich sein mit Vanessa und mir? Eine Beziehung? Ha! Ich sollte den Tatsachen einfach ins Gesicht sehen: Sie ist eine gewiefte Verführerin, ich bin süchtig nach ihr, und ihr gefällt das. Sie macht mit mir, was sie will, und probiert dauernd aus, wie weit sie es mit dem Demütigen und Vernachlässigen treiben kann. Und kurz bevor es knack macht, schmeißt sie mir schnell ein paar Zuckerstückchen hin, damit ich wieder ihr braves Hündchen werde. Eine traurige Endlosschleife ist das, nichts weiter. Schluss damit. Wir passen sowieso nicht zusammen. Ich muss …

Jemand zupft mich am Ärmel.

»Schöner Mann?«

»Vanessa? Ich dachte …«

* * *

Vanessa hat schon viele Wohnungen bewohnt, und ich habe jede einzelne von ihnen geliebt. Ganz besonders natürlich ihre Schlafzimmer. Sie hat nicht viel, aber sie schafft es, aus dem Wenigen genau die Liebeshöhle zu bauen, die perfekt zu ihr passt. Wände burgunderfarben gestrichen, Matratze auf dem Boden, dunkle Bezüge und Laken, leichte Stoffe drum herum gehängt, ein großer Spiegel in der Ecke und ein paar geschickt versteckte Lämpchen, die niemals auch nur ein bisschen zu viel Licht verstrahlen.

»Sag mal, Vanessa, was ist das für ein Schreiben hier auf dem Boden?«

»Lass doch einfach liegen, Lulu.«

»Aber … sie haben dir die Wohnung gekündigt!«

»Mir gefällts hier eh nicht mehr. Ich brauch was mit Balkon. Komm, zieh das endlich aus.«

Na gut. Oder, besser gesagt, nichts lieber als das. Erstens ist Frack nichts für mich, zweitens …

»Macht dir hoffentlich nichts aus, dass ich kein Brautkleid anhabe, Lulu?«

Dieses Lächeln. Eigentlich bräuchte sie dafür einen Waffenschein.

»Wieso?«

»Na komm, die süße kleine Ines im Brautkleid …«

Sie kriegt aber auch alles mit.

»Nein, das war nur …«

»Schhhh.«

Sie dreht sich um und deutet auf den winzigen Reiß-
verschlusszipper, der die Rückseite ihres anthrazitfarbe-
nen Satinkleids zusammenhält, das so perfekt zu ihrer
das ganze Jahr über urlaubsbraunen Haut passt. Wann
waren wir das letzte Mal so weit? Mit jedem Reißver-
schluss-Zahnpaar, das sich aufhakt, geht mein Puls weiter nach oben. Vanessa spricht über ihre Schulter mit
mir.

»Weißt du, bei einer Hochzeit soll keine Frau schöner
sein als die Braut.«

Ab jetzt spreche ich ferngesteuert.

»Aber für mich bist du immer die Schönste.«

Ich sehe sie über den großen Spiegel in der Zimmer-
ecke lächeln.

»Ich weiß.«

Das Kleid fällt in Zeitlupe zu Boden. Diesmal wird es
wunderschön, denke ich und schließe die Augen, während Vanessa mein Frackhemd langsam von oben nach
unten aufknöpft.

* * *

Es ist wie immer. Vanessa sitzt auf mir und ihre Schen-
kel drücken mich von rechts und links, als wäre ich ein
Rennsattel. Ihre Hüften hämmern auf mich ein, als
müsste sie einen Frequenzrekord brechen, und ihr ganzer Körper bewegt sich wie die Pleuelstange einer rasenden Dampflok. Selbst ihre Brüste, die neulich ein Betrunkener im Blaubarts Eck stammelnd mit »Schade,
dass Beton nicht brennt« kommentiert hatte, müssen vor
diesem Gewaltakt kapitulieren. Sie verhalten sich so,
wie es Elektronen tun, wenn sie um ein Atom herum-
schwirren: Man weiß nie genau, wo sie gerade sind.

Ihr Gesicht sehe ich nicht, weil sie sich weit zurückge-

lehnt hat. Ab und zu kommt ihr Kopf nach vorne geschossen. Ihre Haare peitschen mir um die Wangen,
aber bevor ich ihre Augen sehen kann, reißt sie sich wieder nach hinten. Ich höre nichts von ihr. Keine Schreie,
keine Seufzer, nichts. Falls sie überhaupt etwas von sich
gibt, dann geht es im tosenden Maschinengeräusch unter.

Ich habe keine Chance, irgendwie mitzumachen.
Und, auch wenn ich es mir noch so sehr vornehme, ich
weiß genau, dass ich nicht mehr lange … oh, oh, oh … ja.

Warum macht sie das immer? Will sie etwas klarstel-
len? Will sie mich sogar beim Sex demütigen? Wird das
nie anders?

Sie guckt mich an.

»Ups.«

»Tschuldigung.«

ZWEI STEUERERKLÄRUNGEN
SPÄTER

Meine Ehe ist wirklich großartig. Das denke ich auch heute immer noch als Erstes, wenn ich gegen ein Uhr mittags allein im Schlafanzug an meinem üppigen Frühstückstisch sitze und die Zeitung aufschlage. Seit Ines die ganze Miete bezahlt, habe ich einen Deal mit Karstadt: halbes Gehalt, aber dafür nur noch Nachmittags- und Abendschichten für mich. Erstaunlich, wie offen die dafür waren.

Und um das Glück perfekt zu machen, ist vor ein paar Monaten auch noch Vanessa in die leerstehende Erdgeschosswohnung in unserem Haus eingezogen. Das ist wunderbar für unsere Beziehung. Dass sie gleich zwei Tage nach ihrem Einzug auf ihrer Terrasse mit Fitnessstudio-Toni rumgeknutscht hat, und das, obwohl sie genau wusste, dass ich es von meinem Zimmer aus sehen kann, war natürlich ein doofer Zwischenfall, aber wir sind dabei, uns wieder zu versöhnen. Sie kommt jetzt ziemlich häufig in Bademantel und Plüschpantoffeln hoch und leistet mir beim Frühstück Gesellschaft. Sie muss nur aufpassen, dass sie den Bogen nicht überspannt. Ihr Chef hat neulich schon angedeutet, dass sie ihm etwas zu oft fehlt.

Alleine frühstücken, so wie heute, ist aber auch prima. Da kann ich in Ruhe Thelonious Monk hören. Als ich das das letzte Mal in ihrem Beisein getan habe, hat sie, spontan wie sie ist, den CD-Player aus dem Fenster geworfen. Gut, das Ding war nicht viel wert, aber leider ist dabei auch die CD kaputtgegangen, und ich habe Monate gebraucht, bis ich *Thelonious Alone in San Francisco* noch mal bekommen habe. Ganz zu schweigen davon, dass der CD-Player die dicke Frau Kohlmeyer, die gerade ihren Müll rausgebracht hat, nur ganz knapp verfehlt hat.

Ines ist da anders. Die hört wenigstens erst ein paar Takte zu, bevor sie, unauffällig in einem Nebensatz verpackt, fragt, ob wir das ausmachen können. Und wenn sie ganz entspannt ist, kann ich manchmal sogar ein bisschen Stan Getz im Hintergrund laufen lassen, ohne dass es sie stresst.

Aber klar, bei Monk muss man sich schon erst mal ein wenig reinhören. Tada dumdidum … In letzter Zeit habe ich ab und zu überlegt, ob ich mir ein Klavier anschaffen soll. Nur um ein bisschen darauf rumzuklimpern. Zeit hätte ich ja. Vielleicht als gemeinsames Projekt mit Ines? Muss ich sie mal fragen. So ein bisschen Musik machen täte ihr sicher gut. Sie wirkt in letzter Zeit ziemlich abgespannt, und der Power-Yoga-Kurs scheint auch nicht viel zu bringen.

So, ich muss los. Schnell noch den letzten Kaffee runtergekippt. Während meiner Katzenwäsche drehe ich Thelonious Monk so laut auf, dass ich ihn auch noch im Bad hören kann. Um die Zeit ist eh keiner im Haus, den das stört. Ich gurgele *There's Danger in Your Eyes, Cherie* mit.

* * *

In der Straßenbahn habe ich immer noch *There's Danger in Your Eyes, Cherie* im Kopf. Ich gurgele nicht mehr, sondern summe leise vor mich hin. So klingt selbst ein bizarres Lied wie dies einigermaßen harmlos, und ich falle zwischen den winterlichen Gestalten, die mit käsigen Gesichtern aus ihren dicken Daunen-, Woll- und Goretex-Kokons herausschielen, nicht weiter auf. Allerdings passt Gurgeln viel besser zu Monk als Summen. Könnte ich auch mal was drüber schreiben.

Vorher muss nur diese Schicht geschafft werden. Vier Jahre ist es jetzt her, dass ich den Karstadt-Unterhosen-Job von Viktor übernommen habe. Der hatte sein Schauspielstudium damit finanziert und konnte nicht mehr weiterarbeiten, als er, gleich drei Tage nach seinem Abschluss, sein erstes Engagement beim Theater bekommen hat. Ein Crashkurs in Herrenunterwäschekunde plus Viktors gutes Zureden beim Abteilungsleiter haben gereicht und ich durfte anfangen. Damals war ich froh drum, weil ich finanziell am Abgrund stand, und Viktor und Ines freuten sich, weil ich endlich meine Mietschulden bei ihnen abstottern konnte.

Zwei Jahre später war ich dann mit meinem Afrikanistik-Studium fertig, fand aber im Gegensatz zu Viktor keine Arbeit. Gut, vielleicht hätte ich eine gefunden, wenn ich den Herrenunterwäsche-Job nicht gehabt hätte, weil dann mehr Druck da gewesen wäre, aber das ist jetzt auch nur Spekulation. Ich frage mich nur manchmal, wie lange ich das noch machen soll. Ist ja auf Dauer auch keine Perspektive. Mein Problem ist, dass ich bis jetzt noch nie eine Stelle gekündigt habe. Ich habe immer so lange gearbeitet, bis ich rausgeschmissen wurde. Wenn, dann habe ich höchstens ein bisschen dafür getan, dass es etwas schneller ging. Aber immer nur ein bisschen.

Vanessa ist da anders. Sie fliegt völlig mühelos aus jedem Job raus. Die Gründe sind ganz verschieden.

Manchmal wirft sie aus Versehen wichtige Verträge aus dem Fenster, manchmal setzt sie das Büro des Vorstandsvorsitzenden in Brand, und einmal, das will ich nicht verschweigen, wurde sie auch bei einem Dreier mit zwei Projektleitern, die deswegen ein wichtiges Kundengespräch sausen ließen, in der Büroküche erwischt. Viktor und Ines sagen immer, das macht sie mit Absicht, weil sie einfach keine Lust hat zu arbeiten, und manchmal fügen sie hinzu, dass sie sich bestimmt irgendwann einfach mal einen Millionär angeln wird. Das tut mir natürlich weh. Sie ist nicht so. Ich kenne sie schließlich am längsten. Sie braucht halt noch etwas Zeit, um beruflich in die Spur zu kommen.

Zum Glück haben wir über die alte Volleyballgruppe viele Freunde, die jetzt bei großen Firmen arbeiten, und wenn die ein gutes Wort für Vanessa einlegen, hilft das meistens. Sie tun es allerdings in der Regel nur einmal. Natürlich, die Affäre mit den beiden Projektleitern hab ich ihr damals schon übelgenommen. Und auch noch so einiges andere. Aber sie ist halt noch jung und noch nicht so bindungsfähig. Muss man auch mal so sehen. Irgendwann wird sich das fügen.

* * *

Nachdem ich mich bei Karstadt eingestempelt habe, mache ich mich auf den Weg zum Aufzug. Während ich, um die Zeit auszudehnen, einen kleinen Umweg durch die Schreibwarenabteilung mache, hält mich eine ältere Frau am Ärmel fest.

»Entschuldigen Sie, könnten Sie mir sagen, ob dieser Taschenrechner gut für meinen Mann ist?«

Immer das Gleiche. Sobald man sich das Namensschildchen drangesteckt hat, wird man was gefragt. Kann die Kundschaft allerdings auch nicht riechen, dass man zu den Herrenunterhosen gehört und nicht zu den Taschenrechnern. Ich hatte einmal als Abhilfe vorgeschlagen, dass alle Verkäufer sich einen typischen Gegenstand aus ihrer Abteilung auf den Kopf schnallen sollten, damit jeder schon von weitem erkennen kann, wofür sie zuständig sind. Würde auch optisch eine Menge hermachen. Frau Gruber von den Haushaltswaren mit einem Rührbesen auf dem Kopf, Herr Hüttl von Outdoor mit einem Campingkocher und ich, Herr Fink, natürlich mit einem riesigen Feinrippschlüpfer. Aber der Vorschlag reichte bei weitem nicht als Kündigungsgrund. Noch nicht einmal, als ich dem Chef ein paar Skizzen dazu vorgelegt habe. Aber ich bleibe dran. Jeder Tag eine neue Chance.

Ich schenke der Kundin ein strahlendes Lächeln.

»Meine Dame, dieser Rechner ist, um es mit einem Wort zu sagen, un-glaub-lich. Digitalanzeige, klares Schriftbild und eine Tastatur für alle Fingerdicken von Spinne bis Wurst. Den habe ich selber auch zu Hause. Neulich habe ich damit ausgerechnet, wie viel Geld ich für meine noch nicht zurückgebrachten Pfandflaschen kriegen würde. Eine gigantische Addition mit etlichen Fallstricken und Tücken. Und, was soll ich Ihnen sagen?« Rhetorische Pause kombiniert mit einem ebenso ernsten wie feierlichen Blick in ihre Augen. »Er hat sich nicht ein einziges Mal verrechnet.« Wieder Pause, währenddessen nahtloser Übergang zu schelmischem Lächeln. »Stopp! Ich muss mich korrigieren – ein einziges Mal hat er sich doch verrechnet.« Noch mal Pause, ausdrucksloses Gesicht, abwarten, bis die Kundin den Mund aufmacht und sie im gleichen Moment neckisch mit dem

Ellbogen knuffen. »Da hatte ich mich nämlich vertippt, hua, hua, hua.« Plötzlich wieder ernst werden. »Aber – und das ist es, was mich an diesem Rechner am allermeisten beeindruckt hat – selbst die Aufgabe, bei der ich mich vertippt hatte, hat er fast richtig gelöst. Stellen Sie sich das vor.« Blick noch mal intensivieren und einen leicht verschwörerischen Ton in die Stimme legen. »Ich bin überzeugt, er hat meinen Tippfehler instinktiv erkannt und versucht, ihn auszugleichen.«

Der Dame fällt die Kinnlade herunter.

»Danke … dann … nehme ich den wohl.«

Sie hält den Taschenrechner zärtlich wie ein frisch geschlüpftes Küken in den Händen und guckt sich nach einer Kasse um.

»Viel Freude damit und meine Empfehlung an den Herrn Gemahl!«

Nicht schlecht, aber ich könnte schwören, das reicht wieder nicht für eine Kündigung. Vanessa ist da anders. Die hat einfach Eier.

Der Rest meiner Schicht ist nicht weiter erwähnenswert, außer dass sie mir, wie immer, so lang vorkommt wie noch nie.

* * *

Ich nähere mich unserem Hauseingang. Meinen Essay »Warum man bei Thelonious Monk besser gurgelt als summt« habe ich fertig im Kopf. Ich muss ihn nur noch runtertippen. Um mich in Stimmung zu bringen, gurgele ich *Well, You Needn't* vor mich hin. Das ist nicht so leicht, wenn man kein Zahnputzwasser im Mund hat, aber ich habe inzwischen eine Technik entwickelt, mit der …

»Autsch!«

Was auch immer es war, gegen das ich da gerade gerannt bin, ich kann froh sein, dass es mit vielen Lagen
Luftpolsterfolie umwickelt war. So habe ich mich nur ein
wenig beim Gurgeln verschluckt, und meine eben noch
kalte Nase ist auf einmal wieder durchblutet. Ich trete
einen Schritt zurück. Die Kiste ist riesig. Kaum zu glauben, dass ich die nicht gesehen habe.

»Oh, das tut mir leid, sind Sie verletzt?«

Also eine Möbelpackerstimme war das nicht gerade.
Und aussehen tut der Mann auch ganz anders.

»Na ja, geht schon … Muss denn das hier ausgerechnet vor dem Eingang stehen?«

»Entschuldigung vielmals. Ich ziehe gerade ein.«

»Verstehe.«

Also wirklich. Frisur wie ein Ministrant, Brille wie ein
Buchhalter, Körper wie Stan Laurel, Lächeln wie Jerry
Lewis und niedliche braune Knopfaugen wie ein Kaninchen. Ich kann mir beim besten Willen nicht vorstellen,
wie dieses Menschlein dieses beeindruckende Karton-
chaos in unserem Entrée angerichtet haben kann.

»Gestatten, Ekkehart Stöckelein-Grummler.«

Ekkehart Stöckelein-Grummler. Doch, ja, er hat wirklich »Ekkehart Stöckelein-Grummler« gesagt. Und, der
Clou, es passt perfekt zu ihm.

»Hm, und Sie wohnen auch hier?«

»Oh, tschuldigung, war gerade in Gedanken … Fink
heiße ich. Lukas Fink.«

»Nun ja, das ist etwas kürzer, hihi. Schön, dass wir
uns gleich kennenlernen, nicht wahr?«

»Ja.«

Nein, ich helfe dir nicht die Riesenkiste hochzutra-
gen. Da kannst du noch so lieb mit deinen Kaninchen-
augen blinzeln. Das ist was für Profis. Ich geh jetzt.

»Gut, Herr Fink, dann sehe ich mal zu, dass ich das hier …«

Dieser verzagte Blick. Als hätte das Kaninchen gerade erfahren, dass es in drei Tagen einen Autobahntunnel durch die Kitzbühler Alpen graben muss. Hat sich der Kleine denn keine Umzugshelfer organisiert?

»Was ist in der großen Kiste eigentlich drin, wenn ich fragen darf?«

»Eine Hifi-Box.«

»*Eine* Hifi-Box?«

»Ja, die andere ist noch im Wagen.«

Und ich hatte gedacht, das wäre mindestens die Kühl-Gefrier-Kombi. Hm, wenn das so ist. Hifi-Boxen bestehen zu 90 Prozent aus Luft. Und man soll sich ja Freunde machen, wo man kann. Vor allem falls er, wie ich vermute, in die leere Wohnung direkt unter uns einzieht.

»Soll ich Ihnen vielleicht mit der Kiste helfen?«

»Oh, das würden Sie tun?«

»Na klar.«

»Großartig. Mein Freund Karlchen, der mir beim Einladen geholfen hat, hat nämlich Rückenbeschwerden bekommen und musste zum Arzt.«

Wenn der genauso einen Körperbau hat wie du, dann wundert mich das gar nicht.

»Also dann?«

»Auf los gehts los.«

»Eins, zwei, drei …«

»Hrrrgn … verflixt, sind da Steine in Ihrer Hifi-Box drin … hrrrgn … oder was?«

»Hrrrgn … da sind keine Steine *drin* … hrrrgn … die ist *aus* Stein.«

»Hrrrgn … wie bitte?«

»Hrrrgn … aus Stein. Aus Nero-Assoluto-Granit … hrrrgn … um genau zu sein.

»Hrrrgn … kurz mal absetzen?«

»Hrrrgn … gerne.«

»Puh.«

»Dabei habe ich die Mittel- und Hochtöner extra für den Transport abgebaut. Ein Jammer. Muss ich nachher alles wieder neu zusammenlöten.«

»Aha.«

»Ich habe ja schon damals, als ich die Boxen neu bekommen habe, die ganze Elektronik auseinander- und neu zusammengelötet.«

»Wieso das denn?«

»Ich traue den Herstellern nicht. Kommt immer wieder mal vor, dass da einer nicht sauber lötet. Das macht sich dann sofort im Klang bemerkbar. Ich hatte mal einen Freund, der hat zehn Jahre gespart, um sich eine Burmester-Endstufe zu kaufen. 30 000 Euro. Und stellen Sie sich vor, er hat sie aufgeschraubt, und wenn man genau hingeschaut hat, waren zwei Widerstände bisschen schief zu …«

»Wollen wir weiter?«

»Gut.«

»Hrrrgn … in welchen Stock müssen wir eigentlich?«

»Hrrrgn … in den dritten … hrrrgn … wieso?«

»Hrrrgn … hab ich befürchtet.«

»Hrrrgn … was war das eigentlich für ein Lied, das Sie da vorhin, ähm, gegurgelt haben?«

»Hrrrgn … das war *Well, You Needn't*.«

»Hrrrgn … kenne ich irgendwoher.«

»Hrrrgn … echt jetzt?«

»Hrrrgn … ja. Noch mal absetzen?«

Wir sind kaum höher als der erste Stock, aber uns bei-

den läuft schon der Schweiß in Strömen über den Körper.

»Sie kennen wirklich *Well, You Needn't*?«

»Ja, doch, ich bin ganz sicher. Woher nur ...?«

Ich werde künftig mit jemandem, der *Well, You
Needn't* kennt, im selben Haus wohnen. Da trage ich
doch gerne seine Steinboxen ...

»War das nicht letztes Jahr so ein Sommerhit?«

»*Well, You Needn't?* Nein, bestimmt nicht.«

Wäre auch zu schön gewesen.

»Weitertragen?«

»Okay.«

»Hrrrgn!«

* * *

»Wenn man Granitboxen geschleppt hat, ist alles andere
auf einmal ganz leicht, nicht wahr?«

»Yep.«

»Die Kiste, die Sie da gerade tragen, ist zum Beispiel
voller Schallplatten.«

Was? Donnerwetter. Ich hatte jetzt wirklich gedacht,
das wäre die Daunenbettwäsche oder die Luftballonsammlung. Umso besser. Eine Runde noch, dann ist
Schluss.

Während ich runtergehe, komme ich ins Grübeln. Haben wir überhaupt schon was hochgetragen, das nichts
mit Hifi zu tun hatte? Eine Matratze, ein Stuhl, ein Tisch,
zwei Kisten Klamotten, eine mit Küchenkram. Der Rest
war alles Audiotechnik.

Ich schnappe mir den letzten Karton. Oh, das ist jetzt
aber wirklich die Luftballonsammlung.

»Um Himmels willen, seien Sie bloß vorsichtig!«

»Ah, Porzellan?«

»Nein. Die Kabel!«

»Aha, Kabel.«

»ETI Quiessence Reference mit Hybrid-Bullet-Cinch-steckern. Kosten 7000 Euro pro Meter.«

7000 Euro pro Meter. Nein, er will mich nicht verarschen. Dafür ist er nicht der Typ. Außer ... Vielleicht ist er Profischauspieler und wir werden die ganze Zeit mit versteckter Kamera gefilmt?

Fünf Minuten später sitze ich in seiner Wohnung auf der Matratze, lehne mich an die Wand und trinke das Glas Leitungswasser, das er mir gerade in die Hand gedrückt hat, auf ex.

»Wollen wir du sagen? Ich bin der Ekkehart.«

»Lukas.«

»Prost!«

Er ist schon wieder auf den Beinen

»So, dann will ich mich mal gleich um meine hübschen Kindchen hier kümmern.«

Er beginnt vorsichtig wie ein Archäologe in einer Ausgrabungsstätte die Riesenkisten von den Luftpolsterfolienschichten zu befreien. Wenn das ein Versteckte-Kamera-Streich wäre, müsste dort jetzt ein Fernsehmoderator mit Mikrofon in der Hand herausgekrabbelt kommen.

Es ist aber wirklich eine Hifi-Box. Komische Form. Wie ein gigantisches Horn. Und, tatsächlich, alles aus Stein. Ich gucke meine Arme an und will nicht glauben, dass sie noch vor wenigen Minuten dieses Ding hochgehievt haben. Ausgepackt sieht es nämlich eher aus, als ob man einen mittleren Gabelstapler dazu bräuchte. Und der muss dann auch noch gerade einen guten Tag haben. Man sollte die Luftpolsterfolie mit Helium füllen. Hey, gute Idee eigentlich ...

»Hilfst du mir mal kurz? Die Boxen müssen so stehen, dass der Hör-Ort genau auf der Mittelachse zwischen ihnen liegt.«

Was für ein Pedant. Wir schieben die Monster so lange herum, bis sie exakt nach der Matratze ausgerichtet sind.

»Und was ist, wenn du mal woanders als auf der Matratze Musik hören willst?«

»Solange die Boxen so ausgerichtet sind, werde ich selbstverständlich nirgendwoanders als auf der Matratze Musik hören. Stereophonie funktioniert nur, wenn die geometrischen Bedingungen stimmen. So, jetzt noch die Hochtöner anbringen.«

Ekkehart wendet sich ein paar anderen dick verpolsterten Kartons zu. Ich könnte jetzt eigentlich gehen, aber meine Beine wollen noch nicht.

»Kann ich mir mal deine CDs angucken?«

Ekkehart erstarrt mitten in der Bewegung und schaut hoch.

»Ich habe keine CDs.«

Was ist denn los mit ihm? Man könnte meinen, ich hätte nach Hardcore-Sadomaso-Pornos gefragt.

»Ich lege Wert auf reinen, unverfälschten Klang. Das geht selbstverständlich nicht digital. Ich habe nur Schallplatten.«

»Okay. Kann ich deine Schallplatten angucken?«

»Ja, aber bitte vorsichtig.«

Ich kauere mich vor den nächststehenden Plattenkarton.

»Ah, nein, die bitte nicht anfassen. Das sind audiophile Kostbarkeiten ersten Ranges. Die zeige ich dir lieber selber mal in aller Ruhe.«

Ich sollte jetzt wirklich gehen. Was mach ich eigentlich noch hier?

»Hier, die kannst du dir anschauen. Sehr schöne Cover.«

Sehr schöne Cover, aha. Ich öffne den Deckel und ziehe eine Platte aus der Mitte heraus, einfach um etwas zu tun. Im nächsten Moment erscheint ein güldenes Strahlen im Raum, und ich fühle, dass es keinen Ort auf der ganzen Welt gibt, an dem ich lieber wäre als hier.

»W...«

»Schöne Sammlung, oder? Hab ich von meinem Großonkel geerbt.«

»Www...«

»Der war nach dem Krieg dreißig Jahre in New York.«

»Wahnsinn! Das ist *Moanin'* von Art Blakey! Und zwar die Erstpressung!«

»Ja, schönes Cover. Aufnahmetechnisch auch nicht schlecht, aber na ja, Hifi ist was anderes.«

»Aber ... die muss einiges wert sein, oder?«

»Wahrscheinlich. Ich habe mich noch nicht genau erkundigt.«

Ich mache noch ein paar Stichproben. *Workin'* von Miles Davis, *Saxophone Colossus* von Sonny Rollins, *Song for My Father* von Horace Silver, alles perfekt erhaltene Originalpressungen.

»Dein Großonkel mochte Jazz ... ganz gern, oder?«

»Oh ja, er war ganz verrückt danach. Wo hab ich nur das Lötzinn? Ah hier ...«

Ich sehe die ganze Kiste durch. Eine Platte nach der anderen. Ich tauche in sie ein, schwebe durch sie hindurch wie durch ein versunkenes Schatzschiff, wühle mich in alle Ebenen bis auf den tiefsten Grund. Rund um mich herum glitzert und glimmert es. Es ist 1958, 1960, 1963, irgendwas um den Dreh, oder alles gleichzeitig. Ich bin in New York. Dizzy Gillespie biegt um die Ecke und zwirbelt sich kichernd den Ziegenbart, John Coltrane fragt Elvin Jones, ob er in seiner Band spielen will, Ray Brown führt Ella Fitzgerald und seinen Bass auf der 52nd Street spazieren, Bill Evans sitzt im Village Vanguard, sein Kopf hängt so tief herunter, dass seine Nase fast die Klaviertasten berührt, und während das gesamte Universum in seinen sparsam gesetzten Tönen mitklingt, sitzen die Leute an der Bar und lachen über gelungene Witze ...

»So, endlich fertig.«

»Äh, was?«

»Die Boxen.«

»Argh!«

Ich muss zugeben, ich habe im ersten Moment einen Höllenschreck gekriegt. Irgendwie sehen die Hochtöner aus wie riesige asymetrisch angeordnete Augen und die Bass-Hörner in diesem Kontext wie riesige Mäuler.

»Das ging aber flott.«

»Ja, zwei Stunden ist nicht schlecht. Letztes Mal habe ich fast drei gebraucht.«

»Zwei Stunden?«

Habe ich wirklich zwei Stunden lang Platten angestarrt?

»Zwei Stunden und sechs Minuten, um genau zu sein. Noch ein Glas Wasser?«

»Danke, nein.«

Unglaublich. Zwei Stunden. Mir ist, als wären gerade mal zehn Minuten vergangen. Aber die beiden Boxen-Ungeheuer und der wuchtige Hifi-Altar, den unser neuer Hausgenosse dazwischen errichtet hat, sprechen eindeutig dafür, dass eine Menge Zeit verstrichen sein muss.

Ich versuche zu verstehen, woraus sich der Altar zusammensetzt, aber es gelingt nicht. Das hier hat nicht mal ansatzweise etwas mit einer Hifi-Anlage, wie ich sie kenne, zu tun.

»Wofür sind denn die beiden Kisten da unten? Kühlung?«

»Iwo, das sind die Endverstärker.«

»Gleich zwei davon?«

»Für jeden Stereokanal eine. Strikte Kanaltrennung ist eins der obersten Gebote für natürlichen Klang.«

Er guckt bisschen verkniffen. Das hätte ich anscheinend wissen sollen. Was für ein Nerd. Mein Blick bleibt an einem hochglanzpolierten Edelstahlkästchen mit ein paar wenigen Knöpfen hängen.

»Und was ist das da?«

»Ein Power Conditioner.«

»Aha.«

»Sorgt für Gleichspannungskompensation und beseitigt niederfrequente Netzstörungen.«

Gut, lieber keine Fachfragen mehr. Ist mir auch völlig egal. Ich wollte sowieso nur zu einem anderen Thema überleiten.

»Sag mal, wir könnten doch deine Anlage gleich probehören, oder?«

Ich halte Bill Evans' *Walter for Debbie* in sein Blickfeld. Er zuckt zusammen und starrt mich an.

»Hab ich was Falsches gesagt?«

»Nein ... das Problem ist nur, ich habe im Moment ...«, wenn man genau hinsieht, kann man erkennen, dass ein paar Milliliter Tränen in seine Augen einschießen, »... keinen Plattenspieler.«

Keinen Plattenspieler. Hier steht eine Hifi-Anlage, deren Kabel allein schon mehr gekostet haben, als ich in meinem bisherigen Leben in meine Altersvorsorge eingezahlt habe, und sie kann keinen Ton von sich geben.

Ich weiß, dass ich jetzt besser nicht in schallendes Gelächter ausbrechen sollte. Aber erzähl das mal der Stelle in meinem Gehirn, die für Gelächter zuständig ist.

»Entschuldigung, bruhahahaha! ... Ich musste nur gerade an was ... huahuahuaaaaahuhaha! ... Superlustiges denken ... huhuhuhaaaaarharharhar!«

Mist, jetzt er hält mich für bekloppt. Der Mann mit der besten Jazzplattensammlung der Stadt. Das darf nicht sein. Ich brauche ihn!

»Bruhahahahaaaahahahahohohohaaahaaaaa!«

Was sag ich bloß?

»Okay ... huhu ... also, ich habe heute meine Kollegin Frau Gruber von den Haushaltswaren ... äh, ich bin Verkäufer bei Karstadt, Herrenunterwäsche, falls du mal Bedarf hast ... huhu ... also, ich habe Frau Gruber dabei erwischt, wie sie sich einen Rührbesen auf den Kopf geschnallt hat ...«

Schlecht, ganz schlecht.

»Okay, das hört sich jetzt nicht so lustig an. Du hättest dabei sein müssen ... huhu. Du kennst Frau Gruber nicht. Die ... Gut, lassen wir das.«

Immerhin hat mich der Gedanke an Frau Grubers fieses Alphatiergehabe plus ihren erdfarbenen Lippenstift wieder auf den Boden geholt und Ekkehart macht keine erkennbaren Anstalten, mich aus der Wohnung zu bitten.

»Hm, also, jetzt sag mal, wieso hast du denn keinen Plattenspieler?«

Ist doch wahr. Er müsste nur eine Hypothek auf eins seiner Kabel aufnehmen und könnte sich sofort einen kaufen.

»Ich möchte nicht darüber sprechen.«

* * *

»Komm doch rein.«

»Und ich störe auch wirklich nicht?«

»Iwo.«

Er setzt seine Füße vorsichtig einen nach dem anderen über unsere Schwelle. Während ich den Plattenkarton ins Wohnzimmer wuchte, sieht er sich nervös um.

»Und äh, deine Frau ist noch nicht da?«

»Hihi, nein, *meine Frau* arbeitet noch.«

Irgendwie ist er drollig. Trotz seiner schätzungsweise 35 Jahre benimmt er sich wie ein Abiturient, der zum ersten Mal von zu Hause weg ist. Der muss dringend gelöster werden.

»Machs dir gemütlich.«

»Danke schön. Sehr … wohnlich, euer Wohnzimmer.«

Ja. Ines hat einfach mal guten Geschmack. Nur keine Zeit um das Ganze hier mal so richtig von Studentenbude auf Wohlfühlort hochzubürsten. Da müsste wirklich noch einiges geschehen.

»Bierchen, Ekkehart?«

»Was?«

»Bierchen?«

»Bier, ja, ach so, hm, ja … jaja, doch, stimmt, natürlich Bierchen.« Er lächelt. »Ja, doch, gerne, wenn es keine Umstände ma… Hupsa! Na, das ging ja gerade noch mal gut, hehe.«

Normalerweise werfe ich nicht mit Bierflaschen, aber das musste jetzt sein. Aus therapeutischen Gründen.

»Ähm, wo finde ich einen Öffner … Hupsa, danke, hehe … Oh, das ist aber ein Feuerzeug, Lukas.«

»Gib her.«

Plopp, plopp.

»Ah, verstehe.«

Ich trinke die halbe Flasche in einem Zug aus. Zugegeben, ich übertreibe etwas mit meinem Proll-Gehabe, aber wann hat man schon einen Abiturienten, der gerade zum ersten Mal von zu Hause weg ist, im Wohnzimmer? Dem muss man einfach zeigen, wo es im richtigen Leben langgeht.

»Hm, und das ist eure Hifi-Anlage?«

»Du musst jetzt ganz tapfer sein: ja.«

»Hmhm.«

Er steht auf, rückt sich die Brille zurecht und beginnt die Angelegenheit mit Blicken zu röntgen. Es ist alles wild zusammengewürfelt. Plattenspieler und Verstärker von mir, Boxen von Ines, CD-Player von keine Ahnung.

»Brauchst kein Blatt vor den Mund zu nehmen, Ekkehart. Nicht ganz dein Standard, was?«

»Nun ja, immerhin ein Technics-Plattenspieler.«

Genau. Das ist doch besser als gar keiner, hihi. Aber ich halte den Mund.

»Die Boxen sollten wir aber anders aufstellen. Darf ich?«

He, Abiturienten, die das erste Mal von zu Hause raus sind, räumen doch nicht einfach fremde Wohnzimmer um? Doch, sie tun es.

»So, die müssen näher zusammen, ein Stück von der Wand weg und, ganz wichtig, auf Ohrhöhe … Oh, und der Sessel muss noch weg. Der ist eine akustische Barriere.«

Wie viel Energie das Kerlchen noch hat, nach so einem Umzug.

»So, das hätten wir. Stühle als Boxenständer sind natürlich nur ein Provisorium. Als Endlösung müsst ihr euch was besorgen, was nicht mitschwingt. Je schwerer, desto besser. Notfalls gehen auch Kalksandstein-Ziegel.«

»Okay. Wollen wir jetzt die Bill Evans …?«

»Moment.«

Er öffnet den Plattenspielerdeckel, neigt den Kopf herunter und zieht eine Lupe aus der Hosentasche.

»Um Himmels willen! Wann ist hier denn zum letzten Mal die Nadel gewechselt worden?«

Manno.

»Weiß nicht genau. Vielleicht noch nie? Lass uns doch einfach hören.«

»Ich muss schon sagen, die hat ja mehr Ähnlichkeit mit einem Gabelzinken als mit einer Nadel.«

Weia, er hat vor Empörung rote Flecken auf den Wangen bekommen.

»Meine audiophilen Platten würde ich mit dieser Nadel niemals abspielen. Niemals!«

»Okay. Aber die Bill Evans?«

»Lass mich sehen. Ach, das ist diese höhenlastige Nachtclub-Liveaufnahme mit den vielen Störgeräuschen.«

Das ist eine der größten Sternstunden der abendländischen Musikgeschichte, du Freak!

»Ja, genau. Die mit den Störgeräuschen.«

»Na gut, ausnahmsweise.«

Puh.

»Abstauben könntet ihr das Gerät auch mal wieder.«

»Na ja, wir hören ehrlich gesagt mehr CDs. Ich weiß schon, der digitale Klang, entsetzlich, schauderhaft, ganz fürchterlich, aber wir …«

»Nun ja, jeder wie er will. Wo finde ich eure Karbonbürste?«

»Wir haben keine.«

»Ah, ihr nehmt Nassreiniger. Das ist natürlich noch besser.«

Der macht mich wahnsinnig.

»Hör zu, wir hören wirklich nur ganz selten Platten. Und wenn, dann machen wir sie nicht sauber.«

Er friert mitten in der Bewegung ein und starrt mich an, als hätte ich ihm gesagt, dass wir zum Scheißen auf den Balkon gehen. Ich muss vorsichtiger sein.

»Na ja, wenn eine mal ganz staubig ist, geh ich halt mit dem Lappen drüber. Aber, hey, wir haben einfach nicht solche Schätze wie du.«

Er dreht sich auf dem Absatz um.

»Moment, bin gleich wieder da.«

Ich rappele mich seufzend hoch und schaffe das nächste Bier heran. Ob er jetzt die Hifi-Polizei holt? Echt, was für ein Nerd. Aber ich muss einfach ganz fest an seine Jazzplattensammlung denken. Da ist doch das kleine bisschen Vorfeld-Stress nicht so schlimm, oder?

Gerade als ich mich wieder über den Wunderkarton beugen will, kommt Ekkehart zurück. Er hält eine Pistole in der Hand. Mist! Ein Psycho! Und ich Naivling habe ihn in unsere Wohnung gelassen. Wahrscheinlich ködert der dauernd seine Opfer mit dieser Plattensammlung ... Ich will nicht sterben! Auf jeden Fall nicht kampflos ... Aber ich habe keine Chance. Um ihm die Bierflasche an den Kopf zu werfen, müsste ich erst mal ausholen, und in der Zeit macht der locker ein Sieb aus mir. Die Mündung zeigt direkt auf meinen Brustkorb. Was kann ich nur tun?

Reden. Ich habe keine Ahnung von dem ganzen Polizeipsychologenkram, aber ich muss es versuchen.

»Hey, Ekkehart, komm, das war natürlich nur ein Scherz. Natürlich reinigen wir unsere Platten jedes Mal mit einer Dings, äh, Karbonbürste. Die ist mir nur gestern kaputtgegangen. Nur kurz runtergefallen und, was soll ich sagen, sofort der ganze Karbon ausgelaufen. Empfindlich sind die Dinger …«

»Ich habe meine mitgebracht.«

»Wunderbar, wunderbar. Und, hm, nicht, dass es mich etwas anginge … aber wozu brauchst du die Knarre?«

»Die Antistatikpistole? Die dient zum Neutralisieren der statischen Aufladung einer Schallplatte. Das vermeidet unnötige Knistergeräusche.«

»Ah, so so.«

Schon seltsam, wenn man in gerade mal einer Stunde zwischen so extremen Gefühlszuständen wie Euphorie und Todesangst hin- und hergeworfen wird. Ich fühle mich auf einmal sehr müde und sehe Ekkehart teilnahmslos dabei zu, wie er die Platte reinigt und anschließend mit der Antistatikpistole erschießt. Danach passiert das, was ich schon gar nicht mehr für möglich gehalten habe: Die Nadel wandert in die Rillen, und die ersten Takte von *My Foolish Heart* erklingen. Oh ja. Dieser zärtliche Anschlag. Ich könnte ihn unter tausend Pianisten blind heraushören …

»Moment.«

»Was ist denn jetzt schon wieder?«

»Habt ihr die Anlage ausgephast?«

»Ausge-wast?«

»Ausgephast. Ich vermute, das habt ihr nicht. Wenn du erlaubst, machen wir jetzt mal ein kleines Experiment.«

Er steht auf, bedient den Tonarmlift, schaltet den Verstärker aus, geht zur Steckdose, zieht den Netzstecker heraus und steckt ihn andersherum wieder rein.

»Hey, jetzt verarschst du mich aber, Ekkehart.«

Er sagt nichts und schaltet einfach wieder ein. Die Nadel findet erneut in die Rille. Jetzt aber. Ich summe im Kopf den Text mit.

The night is like a lovely tune
Beware, my foolish heart
How white the ever constant moon
Take care, my foolish heart
There's a line between love and fascination ...

Da kommen mir die Tränen. Jeder Ton ein zärtlicher Stupser am Herzen. Jedes Nachklingen ein Seidentuch, das mir übers Gesicht streift. Jede Pause ein prächtiges Foyer, das mich auf den Eintritt in die nächste Kammer des reinen Gefühls einstimmt. Nur ein paar sparsame Klaviertöne, nur ein paar Filzhämmerchen, die ein paar Stahlsaiten anschlagen, und doch so viel Inbrunst, so viel Wärme ... ja, so viel Gesang. Nicht mal Pavarotti ...

»Hörst du, Lukas? Die Höhen. Viel besser gestaffelt. Ich meine, das ist und bleibt zwar nur eine schrappelige Live-Aufnahme, und eure Nadel, wie gesagt, hrrrhäm, und trotzdem – man hört es. Nicht wahr?«

»Hmhm.«

»Und der Bass klingt auch akzentuierter. Und das bei dieser primitiven Aufnahmetechnik. Soll noch mal einer sagen, dass Ausphasen nichts bringt. Ganz einfache Maßnahme, kostet nichts und man ist klanglich sofort in einer anderen Welt. Momentchen, ich markiere das gleich mal an eurem Stecker, damit den keiner mehr verkehrt herum ... Hast du irgendwo Klebeetiketten?«

Wenn er jetzt nicht gleich die Klappe hält ... Nein, ich darf ihm keine ballern. Er ist wertvoll.

* * *

»Was ja viele nicht wissen, kurz nach diesen Aufnahmen kam Scott LaFaro, also Bill Evans' Bassist, den du hier die ganze Zeit hörst, bei einem Autounfall ums Leben. Ein Drama. So brillant und gerade mal 25 Jahre alt, verstehst du? Okay, du kannst jetzt sagen, Charlie Parker, kannst du sagen, der ist auch jung gestorben. Aber, und das ist der Unterschied, der war immerhin 35. Das waren die entscheidenden zehn Jahre. Mozart übrigens auch: gerade mal 35 geworden. Kein Alter um zu sterben, kannst du sagen, aber genug Zeit für ein Genie, um die Welt zu erschüttern. Und LaFaro hatte gerade erst damit angefangen. Hörst du? Grundtöne, Walking Bass – der scheißt einfach auf die Tradition. Da! Dumdudum, dumdudum, dududududmmm, dumdum ... Und, das kann ich dir schwören, der war noch nicht einmal annähernd auf dem Zenit seiner Schaffenskraft. Stell dir einfach mal vor, Pelé wäre schon kurz nach der WM 1958 abgenippelt. Alles klar? Hm, mir fällt gerade ein, da könnt ich mal einen Essay drüber schreiben: ›Wenn Scott LaFaro so alt wie Charlie Parker geworden wäre‹. Das wäre doch eine Super-Überschrift, oder? Da denken die Leser dann ...«

»Lukas, hör auf, auf den armen Mann einzusabbeln, der schläft.«

»Huch, Ines, hab dich gar nicht reinkommen hören.«

»Ich dachte, du schläfst auch schon. 'n Abend. Wer ist das?«

»Hm? Ach ja, das ist unser neuer Nachbar. Ist gerade unter uns eingezogen.«

»Hat er dich darum gebeten, dass du ihn darüber aufklärst, wie alt Karl-Heinz Parker geworden ist?«

»Nun ja ...«

»Ich finde, wir sollten gerade bei dem Nachbarn, der

direkt unter uns wohnen wird, nicht riskieren, dass er uns von Anfang an hasst, aber wenn du das anders siehst ...«

»Moment mal. Das hier ist *seine* Plattensammlung. Da kann ich ja wohl davon ausgehen, dass er sich auch dafür interess...«

»Oh ja, stimmt, man siehts an seinem Gesichtsausdruck.«

»Hey, das ist nicht fair. Er hat mich dafür vorher mit Hifi-Nerdkram zugetextet.«

»Klar, Auge um Auge. Interessant, welche archaischen Verhaltensmuster immer wieder mitten in der Moderne durchbrechen ...«

»Übrigens, du wirst es nicht glauben, wenn ich dir sage, wie er heißt.«

»Du willst zwar nur ablenken, aber gut.«

»Ekkehart Stöckelein-Grummler.«

»Nein.«

»Doch, Ekkehart Stöckelein-Grummler.«

Ines hat sich, noch in ihrem eleganten grauen Wintermantel, zu mir auf die Sofa-Armlehne gesetzt und betrachtet ihn versonnen. Ekkehart ist tatsächlich in die erste Tiefschlafphase abgerutscht. Muss ich ihn morgen noch mal fragen, an welcher Stelle er ausgestiegen ist ...

»Irgendwie ist er ja süß, wie er da so schläft.«

»Irgendwie schon, ja.«

»Komm, wir decken ihn zu, Lukas.«

»Die Brille sollten wir ihm auch abnehmen.«

»Und noch ein Glas Wasser, falls er Durst kriegt.«

* * *

Tagebuch Ekkehart Stöckelein-Grummler

11.01. / 12:15 Uhr

Magda hat mich tatsächlich vor die Tür
gesetzt. Eine unfaire Maßnahme. Wenn ich
entscheide, dass ich nach den vielen
Jahren mit dem Thorens TD 850 (der
natürlich unbestreitbar seine Qualitäten
hat) nun auf einen wirklich hochklassigen
Plattenspieler umsteigen möchte, dann
ist das mein gutes Recht. Habe lange
dafür gespart. Kann ihre Empörung
nicht verstehen. 20.553 Euro für einen
Transrotor Tourbillon mit Tonarm ist
ein Freundschaftspreis. Meines Erachtens
keine Diskussion erforderlich. Bleibe bei
meiner Weigerung, Bestellung zu stornieren.
Leider können immer noch weder Hifi –
Studio Ohr noch Transrotor – Vertrieb
klare Auskunft zu Lieferterminen geben.

Sehr schwierige Situation. Meine Hifi-Kette ist ohne Plattenspieler! Will Magda nicht fragen, ob sie mir den Thorens vorübergehend leiht. Ist ein emotionsbelastetes Erbstück. Will sie sowieso um nichts mehr bitten. Stehe jetzt auf eigenen Füßen und lasse mir den Wind um die Nase blasen. Mögliche Zwischenlösung ist aber bereits in Sicht (siehe weiter unten).

Umzug in Novalisstraße machte mehr Mühe als vorhergesehen. Karlchen fiel aus (schlagartig auftretende starke Rückenschmerzen, einhergehend mit Unfähigkeit sich wieder aufzurichten, Diagnose noch ausstehend). Erhielt zum Glück Hilfe von freundlichem Nachbarn namens Lukas Fink. Sind bereits per du. Lukas scheint Interesse an Hifi zu haben, jedoch wenig

Fachwissen. Wirkt aber offen und
lernwillig. Hifi-Kette in Wohnung von
Lukas und seiner Frau Ines setzt sich
wie folgt zusammen:
Plattenspieler: Technics SL-Q3 (stark
abgenutzte Nadel!)
Vollverstärker: Kenwood A-34
Boxen: JBL Control One
Kabel: unzureichende Dutzendware
Netzkabel: keine Spezialkabel

Fazit: Sehr großes Optimierungspotential.
Habe Hilfe angeboten. Haben gemeinsam
eine von Großonkel Adalberts Platten
gehört und sofort Gelegenheit genutzt
um erste Verbesserungen vorzunehmen.
Wollen morgen Abend wieder Musik hören.
Möglicherweise Zwischenlösung (siehe oben).

Bin auf Wohnzimmersofa bei Lukas und
Ines eingeschlafen. Wurde zum Glück

durch Ines' Hantieren in Küche um 6:30 Uhr geweckt, so dass pünktliches Erscheinen bei Arbeit nicht gefährdet war.

Heute mal wieder Frühstück mit Vanessa. Einerseits: Ja, ich mache mir Sorgen um ihren Job, weil Urlaub hat sie gerade bestimmt nicht. Andererseits: Sie muss es selbst wissen. Ist ja schließlich erwachsen. Ich liebe ihren Duschgel-Duft. Erinnert mich immer an den Tag vor ein paar Jahren, als sie mich reingerufen hat, als sie unter der Dusche stand. Ich durfte ihr den Rücken einseifen und den Bademantel reichen. Und ich hätte sie damals küssen sollen, denke ich mir heute. Das wäre ein guter Moment gewesen. Aber es nützt ja nichts, ich muss nach vorne gucken.

Ekkehart hat mir die unglaubliche Wunderplattensammlug hiergelassen. Die kann ich ihr gleich mal zeigen. Ich habe einen der Kartons neben meinen Stuhl gerückt und ziehe zwischen den Brötchen eine Kostbarkeit nach der anderen heraus.

»Die hier ist der absolute Wahnsinn, Vanessa. *Tomorrow Is the Question!* von Ornette Coleman. Originalpressung ... Okay, wenn du Thelonious Monk nicht magst, dann wird dir die bestimmt auch nicht gefallen ... Aber hier, wow, *Gerry Mulligan Meets Ben Webster!* Die könnte etwas für dich sein. Ekkehart hat zwar gesagt, ich soll die nicht mit der abgenutzten Nadel ... aber für dich mache ich jetzt einfach mal eine Ausnahme.«

Sie sieht mich über den Gesellschaftsteil der Zeitung hinweg an.

»Lulu, wenn der Ekkehart gesagt hat, dass du das nicht sollst, dann solltest du das respektieren.«

Okay, das finde ich jetzt eigentlich sogar ganz gut. Vanessa respektiert sonst nie die Wünsche anderer, und ich fand immer, dass sie daran arbeiten muss.

»Du hast natürlich recht. Aber wir können die *Waltz for Debby* von Bill Evans hören. Bei der hat er es erlaubt, weil er findet, dass das nur eine schrappelige Live...«

»Weißt du, ich glaube, mir ist gerade mehr nach Stille.«

»Nur einmal *My Foolish Heart*...«

Ihr Fuß. Auf meinem Oberschenkel. Plötzlich war er da. Jetzt kann ich nicht mehr aufstehen, und wenn ihr sowieso nach Stille ist ... Ach, alles egal. Hauptsache, ihr Fuß bleibt da. Er ist so schön, hm, warm.

»So ... soll ich dir den ein wenig massieren?«

»Oh, das wäre fantastisch. Autsch, nicht so fest.«

Ich weiß nicht, wann ich ihr zum letzten Mal die Füße massiert habe. Ich liebe ihre Füße. Ich meine, ich liebe Vanessa als Ganzes, ja, aber zu bestimmten Teilen von ihr habe ich im Lauf der Jahre eine besondere Beziehung aufgebaut.

»Ists so gut?«

»Oh, wie süß. Paris Hilton eröffnet einen Streichelzoo. Guck mal.«

»Ehrlich, du bist tausendmal wunderbarer als Paris Hilton.«

»Mhmh. Warte mal ...«

Verdammt, sie könnte mir wenigstens über den Rand der Zeitung zulächeln. Einfach so als Zeichen. Aber vielleicht ist sie gerade nicht in der Stimmung. Muss man auch akzeptieren. Ich konzentriere mich auf ihren

Fuß. Mein Gott, wie zart. Kaum zu glauben, dass sie jeden Tag darauf läuft ... So, jetzt auch mal die Ferse.

»Hi, das kitzelt.«

»Tschuldigung.«

* * *

Es ist schon gut, dass ich im Hausflur gleich die dicke Frau Kohlmeyer treffe. Wenn ich die Stimmung, in der mich Vanessa vorhin zurückgelassen hat, mit in die Arbeit nehmen würde, würde ich bestimmt irgendwas verschusseln. Und man kann ja nicht den ganzen Tag verliebt sein.

»Herr Fink, haben Sie schon gesehen, bei Metzger Rübenacker sind heute Putenschnitzel im Angebot. Soll ich Ihnen welche mitbringen?«

Immer will sie mir was mitbringen. Sehe ich so dünn aus? Ab und zu lasse ich sie, man kann ja nicht immer nein sagen. Außerdem mache ich mir Sorgen, weil sie so oder so immer für drei einkauft, und wenn sie dann alles selber aufisst, nimmt das irgendwann ein böses Ende mit ihr. Sie ist wirklich dick. Wenn sie wollte, könnte sie mit ihrem Bauch einen Kleinwagen aufhalten.

»Putenschnitzel? Hm.«

»Die sind wirklich gut bei Rübenacker. Zart, saftig, und ein Geschmack, sage ich Ihnen ...«

»Gut, ich nehme zwei Stück. Oder, sagen wir drei.«

Ich muss mir dann zwar immer überlegen, was ich aus dem Zeug kochen soll, aber wenn ich erst mal ein Rezept im Internet gefunden habe, macht es meistens richtig Spaß. Und sobald ich sicher bin, dass es gelingt, schicke ich Ines eine SMS mit »Candlelightdinner«. Sie smst mir die Uhrzeit zurück, zu der sie zu Hause sein wird. Ich koche dann präzise à la minute. Wird oft recht spät, aber

macht ja nichts. Die Nachtmahle tun unserer Ehe jedenfalls sehr gut.

»Können Sie mir nachher geben«, wehrt Frau Kohlmeyer meinen Griff zur Geldbörse ab. Ich halte ihr die
Tür auf.

»Und haben Sie übrigens schon den neuen Mieter kennengelernt, der unter Ihnen eingezogen ist, Herr Fink?«

»Sie meinen Herrn Stöckelein-Grummler? Oh ja, habe
ich. Sehr angenehmer Mensch. Und soweit ich gesehen
habe, trägt er auch keine lauten Holzklappern als Haus-
schuhe wie früher Herr Klöbenbeck.«

* * *

Nach der öden ersten Stunde Herrenunterwäsche (ich
habe nur eine Mittfünfzigerin beraten, die zwar den beachtlichen Bauchumfang, aber nicht die Unterhosen-
größe ihres Mannes kannte) schleiche ich mich kurz ins
Büro und fische mir ein Putenschnitzel-Rezept aus dem
Internet. Anschließend schlüpfe ich zu den Lebensmit-
teln und besorge die Zutaten. Herr Bilgenhorst berät mich
beim Rotwein. Das ist gut. Er ist hier wirklich schon in
jede einzelne Flasche reingekrochen. Kann man an seiner Nase sehen. Er ist der einzige Verkäufer, der sich
nichts auf den Kopf schnallen müsste, damit man seine
Abteilung errät. Vorbildlich.

Ich verstaue meine Einkäufe in meinem Spind und
gehe noch einmal ausgiebig aufs Klo. Anschließend mache ich ein weiteres Experiment zu meinem Forschungs-
projekt »Welches ist der umständlichste und zeitrau-
bendste Weg in die Herrenunterwäscheabteilung?«.

Was Vanessa jetzt wohl macht? Dass Paris Hiltons
Abenteuer sie mehr interessieren als die sensationellste

Jazzplattensammlung der ganzen Stadt, ist natürlich traurig. Andererseits habe ich ihr auch nicht richtig zugehört, als sie mir die Kosmetiktipps von Carla Bruni vorgelesen hat. Wir sind halt in einigen Dingen sehr verschieden. Damit müssen wir leben ...

»Sagen Sie, können Sie mir einen guten Rotwein empfehlen?«

Oh nein.

»Aber natürlich, mein Herr. Was sind denn Ihre Vorlieben? Baumwolle? Feinripp? Mit Eingriff? ... Ups, Sie müssen entschuldigen, ich bin nämlich eigentlich aus einer anderen Abteilung, aber kein Problem, nur einen kurzen Moment.« Augen schließen, Kopf heftig schütteln, dabei die Backen wackeln lassen und Geräusche machen. »Tadaaa! So, jetzt bin ich auf Lebensmittel umprogrammiert. Also, Rotwein. DIN A4? DIN A5? Liniert? ... Oh, da ist was schiefgegangen. Kann passieren, wir sind ja hier schließlich mitten in der Schreibwarenabteilung, aber ich krieg das hin, Momentchen.« Noch mal die gleiche Show, nur noch etwas länger und mit zusätzlichen Piepgeräuschen. »Ah, jetzt. Rotwein? Kommt sofort. Wir stehen zwar wie gesagt in der Schreibwarenabteilung, aber Sie kennen meine Fähigkeiten nicht.« Ich strecke beide Arme von mir und blicke starr nach vorne. »Ich breite meinen Geist aus. Er dringt durch die Betondecke in das Geschoss unter uns. Ich sehe die Lebensmittelabteilung ... Oh, und ich sehe ein großes, zum Bersten gefülltes Weinregal. Ich dringe in das Weinregal ein, durch die Wände der Flaschen ... Pssst, ganz leise ... Ja! Ich habe ihn gefunden. 2006er Nero d'Avola, nur 7,95 die 0,75-Liter-Flasche ... Pssst, Moment, ich sehe noch mehr. Bei Metzger Rübenacker sind heute Putenschnitzel im Angebot. Wirklich gut. Zart, saftig und ein Geschmack, sage ich Ihnen ... Daraus machen Sie dann mediterrane Putenrouladen. Das perfekte Essen zu dem Wein. Hier haben Sie das Rezept. Konnte ich Ihnen weiterhelfen?«

Der Mann starrt mich sehr lange an.

»Alles in Ordnung? Ein Stuhl? Ein Glas Wasser?«

»Äh, nein, danke.« Er holt einen Stift aus der Tasche. »Also, Nero Tavalu für 7,95, und wie hieß noch mal der Metzger?«

* * *

Ich warte auf den empörten Anruf meines Chefs, aber er kommt und kommt nicht. Wahrscheinlich hätte ich dem Rotwein-Kunden lieber sagen sollen, dass er zu seinem Nero d'Avola vorgegrillte rumänische Heuschrecken-schenkel kaufen solle, und dass man die nur in der ge-heimen Gourmet-Verkaufsstelle im Raucherraum von Connys Bierquelle bekäme.

Frau Kohlmeyers Putenschnitzel liegen vor mir auf dem Küchentisch und warten darauf, sich unter meinen Händen in mediterrane Putenrouladen zu verwandeln. Das Rezept habe ich mir nach der Aktion mit dem Wein-kunden schnell ein zweites Mal ausgedruckt. Ich bin ja noch skeptisch, aber das ist am Anfang immer so. Besser als andersherum.

Von der Menge her reicht es auf jeden Fall für mich, Ines und den Hifi-Spinner, der eigentlich jeden Moment kommen müsste, damit wir wieder zusammen seine wunderbaren Schallplatten hören. Vanessa könnte auch noch mitessen, weil sie nur Spatzenportionen nimmt, aber sie kann leider nicht. Ich schäme mich, dass ich, während ich meine Handballen auf die Putenschnitzel presse, an ihre wunderbaren Füße denken muss.

Eine halbe Stunde später sind die Mozzarella-Schinkenscheiben in dem angebratenen Fleisch eingerollt und im Backofen warmgestellt. Doch, sieht gut aus. Ich fasse mir ein Herz und schicke die SMS an Ines, bevor ich mich Soße und Reis widme. Also, Schalotten, Tomaten, Knoblauch. Bisschen Hitze wegnehmen ... Es bimmelt. Ich springe mit drei schnellen Sätzen zur Tür.

»Hallo, Ekkehart. Du machst es dir einfach gemütlich, ja? Ich muss schnell wieder an den Herd wegen der Soß...«

»Hier, für euch.«

Er hält mir ein Schächtelchen unter die Nase und strahlt mich an wie ein russisches Atomkraftwerk. Was zum Teufel ist da drin? Will er sich mit mir verloben? Ich mache es auf und spüre ein komisches Grummeln im Magen.

»Hm, äh ... was ist das?«

»Eine neue Nadel für euren Technics.«

»Ah ... Verflixt, die Soße!«

Um zurück zum Herd zu kommen, brauche ich sogar nur zwei Sätze.

»Ich baue die gleich mal ein, wenn du erlaubst.«

»Ja, ja, nur zu.«

Gerade noch rechtzeitig. Kochen ist irgendwie gut für mich. So bin ich wenigstens nicht nur Unterwäscheverkäufer, missverstandener Jazz-Kenner und Haustier-Ersatz für Ines, sondern Unterwäscheverkäufer, missverstandener Jazz-Kenner und Haustier-Ersatz für Ines, der immerhin ab und zu ein vernünftiges Essen auf den Tisch zaubert. Ines lobt mich zwar selten, weil sie ihre beachtlichen verbalen Fähigkeiten ausschließlich auf dem Gebiet der Frechheit entfaltet, aber sie mag mein Essen, das merke ich auch so.

Aus den Augenwinkeln sehe ich, wie sich unser neues

Hifi-Haustier mit dem Plattenspieler beschäftigt. Seine Hände bewegen sich sicher und souverän wie bei einem routinierten Feinmechaniker, aber gleichzeitig auch zärtlich wie die eines Romantikfilm-Hauptdarstellers in der Kurz-vor-dem-ersten-Sex-Szene.

»Komm, wir hören uns das gleich mal an, wenn du erlaubst.«

»Nur zu. Vielleicht die *Tomorrow Is the Question!* von Ornette Coleman?«

»Nein, erst die von gestern, wie hieß der gleich wieder? ... Bill Evans.«

»Aber die haben wir doch schon rauf und runter gehört.«

»Na, aber jetzt noch mal mit neuer Nadel! Das wird ein ganz anderes Hörerlebnis. Pass auf.«

Während Ekkehart die Platte wieder minutenlang porentief reinigt und ihr anschließend den Fangschuss setzt, trudelt Ines' Antwort-SMS ein. Sie ist schon in einer Viertelstunde da. Ich verpasse der Soße schnell den letzten Feinschliff und setze den Reis auf.

Ekkehart hat sich auf dem Sofa zurückgelehnt und die Augen geschlossen. Die gemütliche Haltung kann aber nicht darüber hinwegtäuschen, dass jede Faser seines Körpers angespannt ist. Die ersten Takte von *My Foolish Heart* heben sich wieder in den Raum. Ich setze mich dazu. Er gerät ins Schwärmen.

»Jaaaah! Die Höhen. Hör nur. Viel transparenter, viel glockiger mit der neuen Nadel.«

»Hm.«

»Und der Bass. Der hat jetzt ein richtiges Fundament. Hörst du? Dum, dum, dum, dum. Man könnte meinen, das ist eine ganz andere Band, was, Lukas?«

»Ja, ja. Aber, pst, hör mal hier, Ekkehart ... dam dam

dadamm. Das ist einfach brillant. Ganz wenige Töne, irre Reibung, perfekte harmonische Auflösung. Warte, das will ich noch mal hören.«

»Um Himmels willen! NIMM DEN TONARMLIFT!«

»'Tschuldigung.«

War doch eine gute Idee, die *Waltz for Debby* noch mal aufzulegen. Gestern war ich noch zu abgelenkt von der neuen Situation. Da sind mir wichtige Aspekte entgangen.

* * *

»Abend, die Herren. Hier riechts wie in Antonios Knoblauchstudio.«

»Hallo, Ines.«

»Guten Abend, Frau …«

Ines ist schon an uns vorbei in die Küche gerauscht.

»Und da kriechen seltsame Tiere in unserem Backofen herum. Kann man die essen?«

»Das sind mediterrane Putenrouladen. Wir hören gerade noch das Stück zu Ende, okay?«

Noch bevor die letzten Takte verklungen sind, hat Ines ihren Mantel ausgezogen, flugs die Teller auf den Tisch gestellt und die Kerzen angezündet. Was ich am Herd bin, ist sie beim Tafel-Dekorieren. Wären wir uns in einem anderen Leben begegnet, hätten wir vielleicht zusammen ein Restaurant eröffnet.

Ekkehart wühlt noch mal in den Platten.

»Zum Essen könnten wir ja jetzt diese *Tomorrow Is the Question!* hören, Lukas. Das ist immerhin eine Studioaufnahme, wie ich sehe. Da können wir vielleicht noch weitere Schwachpunkte eurer Anlage erlauschen.«

»Bloß nicht! Das ist nur was für, äh … Kenner.«

Ich sehe zu Ines hinüber, die gerade die Rouladen mit

Soße beträufelt. Meine Hände greifen ferngesteuert in die Kiste und ziehen *The Incredible Jazz Guitar of Wes Montgomery* heraus. »Nimm die. Und fang beim dritten Stück an.«

Ich gehe mir die Hände waschen. Als ich wiederkomme, sitzen die beiden schon, und Wes Montgomerys Daumen streichelt im Hintergrund zärtlich die dicken Saiten seiner Gibson.

»Auch etwas Rotwein, Herr ... Stöckelein-Grummler?«

»Oh, sagen Sie doch bitte Ekkehart zu mir. Ja, ein wenig Wein kann nicht schaden, hehe.«

Also wirklich, wie ein Gymnasiast, der beim Rauchen auf dem Klo erwischt wurde. Durfte er da, wo er herkommt, nichts trinken?

Ines hat schon den ersten Bissen im Mund.

»Okay, Lukas, in welchem Kleiderschrank hältst du deinen Sternekoch gefangen?«

»Oh, danke. Ich habs eigentlich nur so gemacht, wie es im Rezept ...«

»Für Entführung geht man auf jeden Fall in den Knast. Wenn du auffliegst, sag ich, ich hab von nichts gewusst ... Mmh, kann man wirklich essen. Was sagst du, Ekkehart?«

»Ja. Es schmeckt wie bei unserem Italien-Urlaub vor drei Jahren.«

Unserem. Ich würde zu gerne fragen, mit wem er im Urlaub war, aber er hat ja gestern schon die Krise gekriegt, als ich mich nach seinem Plattenspieler erkundigt habe. Wir sollten lieber warten, bis er bereit ist, von selbst von seinem finsteren Ehedrama zu erzählen.

»Mit wem warst du denn in Italien, Ekkehart?«

Harrrgh! Ines!

»Ich … möchte nicht darüber sprechen.«

Und da heißt es immer, Frauen seien feinfühliger als wir.

»Wunderbare Musik hast du da übrigens mitgebracht, Ekkehart.«

Was?

»Ich will ja nichts sagen, Ines, aber die Platte habe ich auf CD, und ich spiele sie ungefähr bei jedem zweiten Abendessen.«

»Wirklich?«

Das ist jetzt aber ein dicker Hund. Ich stampfe zur Anlage, lege die CD ein und schalte um. Das Stück ertönt von neuem.

»Na?«

»Aber das ist doch nicht das Gleiche.«

»Na doch! *Polka Dots and Moonbeams*. Hör doch hin. Dadadadadadadaaam …«

»Aber von der Schallplatte klingt es viel wärmer.«

Ich sehe, wie Ekkehart vor Freude rote Flecken im Gesicht bekommt.

* * *

»Und meinst du, wir sollten zuerst den Verstärker oder die Boxen austauschen, Ekkehart?«

»Das ist gar nicht so leicht zu beantworten, liebe Ines. Man muss eine Hifi-Anlage immer als Kette betrachten. Und in einer Kette darf kein Glied schwach sein. Sprich, die besten Boxen nützen nichts ohne einen guten Verstärker, und das gilt umgekehrt genauso. Und selbst wenn man beides optimiert und perfekt aufeinander abstimmt, nützt es nur wenig, wenn man schlechte Kabel …«

Das geht jetzt seit einer geschlagenen Stunde so. Ekkehart klingt nun nicht mehr wie ein linkischer Gymnasiast, sondern wie mein alter Religionslehrer, was noch viel schlimmer ist. Ich habe schon längst auf Durchzug geschaltet und mich wieder in die Plattensammlung vertieft. Dieser Großonkel Adalbert hat echt alles angehäuft, was Rang und Namen hat. Gut, viele von den Sachen habe ich in irgendeiner Form auf CD, aber die Originalpressungen in den Händen zu halten und mir vorzustellen, wie dieser Mann sie Stück für Stück in Manhattan zusammengekauft hat, ist einfach umwerfend. Ich kann mich nicht beherrschen. Ich muss immer wieder daran schnuppern. Ob da mitten in all dem Staub- und Gilb-Mief noch ein paar Moleküle 50er-Jahre-New York dranhängen?

»Irgendwann musst du mir bitte noch mehr über deinen Großonkel Adalbert erzählen, Ekkehart.«

»Stör uns nicht! Ich treffe gerade mit Ekkehart wichtige Entscheidungen für die Zukunft.«

Ich kann es immer noch nicht glauben, aber es sieht wirklich so aus, als hätte der Hifi-Spinner Ines geködert. Vorhin hat sie sich vorführen lassen, wie Wes Montgomery klingt, wenn der Netzstecker wieder andersherum drinsteckt, und war entsetzt. Ich konnte auch diesmal ums Verrecken keinen Unterschied hören.

»Okay, sprechen wir nun über die Kabel …«

Zum Glück darf ich wenigstens die Platten aussuchen, die die beiden für ihre Hörtests benutzen. Aber wenn das noch lange so weitergeht, sage ich bald gute Nacht. Nur noch die *Mode for Joe* von Joe Henderson …

* * *

Die *Mode for Joe* hat mir natürlich Appetit auf mehr Platten mit Bobby Hutcherson am Vibraphon gemacht. Aber jetzt ist es wirklich genug. Ich kriege schon dieses Zu-viele-Parfüms-in-der-Parfümabteilung-ausprobiert-Gefühl. Ines und dem Mann mit dem Doppelnamen scheint ebenfalls langsam die Luft auszugehen.

»Genug Musik für heute, oder, Ekkehart?«

»Ja, ein Gehör kann auch ermüden.«

»Ein Vorschlag zur Güte: Noch einen schönen Film und dann ab ins Bett?«

»Wow, woher hast du so viel Energie, Ines?«

»Ich könnte jetzt nie und nimmer schlafen. Ich glaube, Ekkehart hat gerade mein ganzes Leben verändert.«

Einmal mehr frage ich mich, ob sie ihn vielleicht die ganze Zeit veralbert und sich gleich vor Lachen abbückt, wenn er aus der Tür raus ist. Ich werde es ja sehen.

»Als Belohnung für seinen unbezahlbaren Expertenrat darf Ekkehart aussuchen, was wir gucken, okay?«

Sie zwinkert mir zu und will mir damit sagen, dass sie ihn notfalls massiv bei seiner Entscheidungsfindung beeinflussen wird. Manchmal ahne ich doch ganz leise, welche Fähigkeiten ihr zu ihrer Karriere verholfen haben.

Ekkehart schreitet schon das DVD-Regal ab.

»Ganz schön viele Filme habt ihr da, wenn ich das mal anmerken darf.«

»Och, na ja, was sich halt so ansammelt, wenn man zu zweit ist. Und ein paar von unserem alten Mitbewohner Viktor sind auch noch dabei.«

»Ist der hier gruselig?«

»Zeig mal. *Alien*? Also, was würdest du sagen, Lukas? Ist *Alien* gruselig?«

Ihr Blick fragt, ob ich die Auswahl gutheiße. Ich funke

zurück, dass ich das sehr wohl tue. Das ist nämlich der Director's Cut, den Viktor mal geschenkt bekommen hat, wir aber noch nie angesehen haben. Jetzt nur Ekkehart nicht vom Haken lassen.

»Gruselig? Och ja, bisschen halt. Hey, sag bloß, du hast noch nie *Alien* gesehen, Ekkehart?«

»Ich sehe nie gruselige Filme. Magda mag die nicht so.«

Magda. Na, er wird schon irgendwann reden.

»Aber du magst die, nicht wahr, Ekkehart?«

»Ehrlich gesagt, eigentlich, also genau genommen, ja, ich mag es schon gerne, wenn es ein bisschen gruselig ist. Das kitzelt mich immer so am Rücken. Neulich habe ich mit meiner Nichte *Hexe Lilli* im Kino gesehen. Wie sie sich da auf einmal ein Monster ins Zimmer gehext hat, ohne es zu merken, da hab ich vielleicht einen Schreck gekriegt, hehe.«

»Okay, Ekkehart, dann bist du jetzt reif für die nächste Stufe. Oder, Lukas?«

»Auf jeden Fall.«

* * *

12.1. / 23:31 Uhr

Habe von Ines sehr reizvolle Aufgabe
erhalten : neue Hifi-Anlage für Ines
und Lukas aussuchen. Budget : 5.000
Euro. Natürlich eine lächerliche Summe.
Habe daher beschlossen, Aufgabe
gezielt einzugrenzen : Versuche Hifi-Kette
zusammenzustellen, die optimal mit den
Schallplatten von Großonkel Adalbert
harmoniert. Budget ist streng genommen
auch dafür zu gering. Sehe es als Herausforderung.

Habe mit Lukas und Ines Gruselfilm "Alien"
gesehen. Hat starken Eindruck hinterlassen.
Kann nicht darüber schreiben. Bin noch
zu aufgewühlt.

Plan für morgen : Besuch bei Hifi-Studio
Ohr sowie Audio-Philosoph zwecks

Recherche für Ines' neue Anlage.

Transrotor-Vertrieb konnte leider immer noch keinen verbindlichen Liefertermin für den Transrotor Tourbillon nennen.

* * *

Ines und ich nehmen inzwischen Positionen auf den Polstermöbeln ein, die auch in liberalen Gesellschaften als zu lässig empfunden würden. Wir versuchen hartnäckig, die letzte Weinflasche leer zu bekommen.

»Ekkehart ist schon irgendwie schnuckelig, oder?«

»Oh ja. Diese Augen. Wie ein Kaninchen. Und ich sag dir, der hat irgendwas Schlimmes durchgemacht.«

»Ganz sicher. Ich sage nur *Magda*.«

»Wahrscheinlich hat sie ihn in einem Käfig gehalten.«

»Aber den päppeln wir schon wieder hoch, hihi.«

Es ist wirklich spät. Ein Glück, dass morgen Samstag ist und ich keine Schicht habe.

»Sag mal, ganz unter uns, du hast doch nicht wirklich einen Unterschied gehört, als er den Netzstecker umgedreht hat?«

»Na, aber natürlich. Die Höhen waren viel transparenter.«

»Du verarschst mich.«

»Nein, du hast keine Ohren.«

Ich und keine Ohren. Pff.

Sie dreht sich auf den Rücken und legt die Beine über die Sofalehne. Manchmal muss ich immer noch daran denken, wie sie im Brautkleid ausgesehen hat. Ob sie sich wirklich eines Tages von mir scheiden lassen wird?

»Was macht Bernd heute eigentlich?«

»Kommt erst ganz spät. War die Woche in Tokio. Ich kann dir nur raten, verliebe dich nie in einen Banker.«

»Ich würde ja echt gerne mal sehen, ob ihr beide es länger als drei Tage zusammen in einer Wohnung aushalten könntet.«

»Werd nicht frech. Wir haben immerhin schon vier gemeinsame Urlaube überstanden.«

»Ha. Überstanden.«

»Hast du jetzt auf einmal was gegen Bernd?«

»Nein. Ist mir nur so spontan durch den Kopf gegangen, dass ihr eigentlich noch nie länger ...«

»Apropos – hast du Ekkehart eigentlich darüber aufgeklärt, dass wir kein Paar sind?«

»Nö, du?«

»Nö, ich dachte du.«

Ich lege mich in die gleiche Position wie Ines und wippe mit den Beinen. Wir sind längst über den toten Punkt hinaus und kriegen nicht mehr die Kurve ins Bett. Ines dreht ihr Weinglas in den Händen.

»Ich bilde mir die ganze Zeit ein, dass ich seinen Namen irgendwoher kenne.«

»Ekkehart Stöckelein-Grummler?«

»Ja. Muss vom Nero d'Avola kommen.«

»Du solltest ins Bett.«

»Ja.«

Wir spielen »Wer sich zuerst bewegt, hat verloren«.

Ich will nicht, aber wenn man erst mal angefangen hat, kann man nicht mehr raus.

»Wir sollten die Decke streichen.«

»Du solltest wirklich ins Bett.«

»Ja.«

»Hab ich übrigens schon erzählt, dass Karoline ein größeres Atelier für ihre Brautkleid-Manufaktur braucht?«

»Ach nee, wird jetzt wieder mehr geheiratet?«

»Das nicht. Aber kein Mensch in der Stadt, der was auf sich hält, heiratet mehr ohne Karoline-Brautkleid.«

»Wir beide haben damals einen Trend losgetreten.«

»Genau.«

»Viktor und Annemarie wollen ja auch bald heiraten.«

»Hupsa.«

»Macht nichts, die Weinflecken auf dem Sofa kann man eh schon nicht mehr zählen.«

»Soll ich dir sagen, wo Karoline wahrscheinlich mit ihrem Atelier hingeht? In den Spinning-Raum von Tonis Fitnessstudio.«

»Ach nee, in den Raum, *in dem wo der* Toni das Spinning-Equipment hat?«

»Hihi, genau. Der gute Toni hat nämlich endlich gemerkt, dass er mehr Fläche angemietet hat, *als wie er* bezahlen kann.«

»Dann können Karoline und Toni heimlich zusammenarbeiten. Karoline macht ihre Brautkleider alle ein bisschen zu eng und die Bräute müssen dann schnell noch mal nach nebenan, ein paar Pfunde abtrainieren … Huch!«

Ines ist von einem Moment auf den anderen hochgeschossen und losgerannt, als wäre ihr gerade eingefallen, dass sie vor einem halben Tag irgendwo ein Bügeleisen auf Stufe drei hat stehen lassen. Nach zwei

Schritten ist sie gleich mal hingefallen, schien ihr aber gar nichts auszumachen. Ich höre sie in ihrem Zimmer wühlen. Was sie nur hat? Auf jeden Fall habe ich das Wer-sich-zuerst-bewegt-Spiel gewonnen ...

»LUKAS! Wir haben ein Problem!«

»Was auch immer es ist, bitte nicht jetzt.«

Sie kommt zurück. Bilde ich mir das nur ein, oder ist ihr Gesicht weiß wie die Wand? Sie hält irgendeinen Wisch in den Fingern.

»Was ist das?«

Sie drückt ihn mir wortlos in die Hand. Ich stöhne, setze meine Brille auf, was in dieser Sitzposition ein kleines Kunststück ist, und lese.

»Puh, irgendein Finanzamt-Scheiß. Noch vom letzten Jahr. Steuerklasse, Ehegatte, blabla. Kenn ich mich nicht aus mit dem Kram. Haben wir was falsch gemacht?«

Ines zeigt auf eine Stelle im Briefkopf.

»Manno, ist das klein gedruckt. *Ihr Sachbearbeiter: Hr. Stöckelein-Grummler, Zi. 546, Durchwahl ...* NEIN!!!«

* * *

Nachdem wir eine halbe Stunde in wirren Schleifen durch das Wohnzimmer gerannt sind und dabei stammelnd Krisenpläne geschmiedet haben, die so konfus waren, dass Haus anzünden und vorgetäuschter Unfalltod noch die vernünftigsten davon schienen, beschlossen wir, erst mal schlafen zu gehen. So eine Angelegenheit muss man mit klarem Kopf behandeln.

Es gelingt uns aber einfach nicht, diesen an sich klugen Beschluss umzusetzen. Kaum haben wir uns bettschön gemacht, kauern wir schon wieder auf dem Sofa, Ines im Bademantel, ich in meinem blauen Karstadt-

Herrenabteilungs-Schlafanzug. Manchmal beneide ich Raucher. Die wüssten jetzt ganz genau, was zu tun ist. Und auch wenn es sie der Lösung ihres Problems keinen Schritt näher bringt, ich beneide sie trotzdem.

»Dreck!«

»Tja, jetzt stehen wir da.«

»Von allen Wohnungen in der Stadt muss er ausgerechnet in die unter uns einziehen!«

»Aber vielleicht ist Ekkehart ja gar nicht dieser Herr Stöckelein-Grummler vom Finanzamt?«

»Du glaubst doch nicht im Ernst, dass noch jemand in dieser Stadt Stöckelein-Grummler heißt?«

»Sei doch nicht so pessimistisch. Es gibt bestimmt einen riesigen Stöckelein-Grummler-Clan.«

Ines holt das Telefonbuch aus dem Flur.

»Und schau du mal so lange im Internet.«

Schön, wenn man was tun kann.

»*Stöckelein-Grummler, Magda* und *Ekkehart*, sonst nichts. Und bei dir?«

»Auch nur *Stöckelein-Grummler, Magda* und *Ekkehart*. Davor kommt *Stöckelbaum* und danach *Stöckelheim*.«

»Dreck!«

»Aber vielleicht hat Ekkehart eine Geheimnummer?«

Ines zieht abwechselnd an ihrem Bademantelgürtel und reibt sich die Schläfen. Sie sind schon ganz rot davon.

»Sei ehrlich, glaubst du dran?«

Sie nimmt einem aber auch jeden Strohhalm gleich wieder weg.

»Na gut. Gehen wir mal davon aus, er ist es. Das Finanzamt hat ihn auf uns angesetzt und ich Idiot bin voll drauf reingefallen ...«

»Quark! Die schicken doch nicht ihre Sachbearbeiter zum Schnüffeln los. Natürlich ist es nur ein Zufall. Aber leider genauso schlimm. Und ich habe mich idiotischerweise auf sein Hifi-Ding eingelassen. Wobei, er hat recht, Schallplatten klingen wirklich besser als CDs, und seit wir den Verstärker ausgephast haben ...«

»Bleib beim Thema, Ines.«

»Ja ja. Also gut, noch ist nichts passiert. Er hat nicht bemerkt, dass er unser Sachbearbeiter ist, und auch nicht, dass wir kein Paar sind. Bis jetzt ist noch gar nichts verloren, oder?«

»Woher willst du wissen, dass er nicht weiß, dass wir seine Kunden sind?«

»Ach komm, der muss doch so viele Steuerbescheide ausstellen, für den sind wir erst mal alle nur Nummern. Aber jetzt kennt er uns, und wenn er bei der nächsten Steuererklärung unsere Namen liest ...«

»Hm, aber solange er uns für ein echtes Ehepaar hält, ist alles in Ordnung, oder?«

»Ja, so lange ist alles in Ordnung.«

»Wir sollten ihn aber trotzdem lieber nie nach seinem Beruf fragen.«

»Stimmt, sonst stoßen wir ihn ja geradezu mit der Nase drauf.«

Ines sollte jetzt wirklich mit dem Schläfenreiben aufhören. Ich streichele ihr sanft über den Rücken. Sie atmet tief ein.

»Gut. Sofortmaßnahme: Wir lassen unsere Beziehung zu ihm ganz schnell wieder abkühlen und ziehen uns zurück. Und auf keinen Fall darf er noch mal in unsere Wohnung. Wenn der merkt, dass wir ...«

Brrrrrrrrrrrrrrrring!

Um diese Zeit?

Ich löse mich aus der Starre, gehe zur Tür, gucke durch den Spion und spüre, wie mein Herz für zwei Schläge aussetzt. Ines kann es zwar bestimmt schon an meinem Gesicht erkennen, aber ich forme trotzdem tonlose Worte mit meinem Mund.

»*Er ist es.*«

…

»*Was soll ich tun?*«

»*Mach auf!*«

»*Warum?*«

»*Er hat uns eh schon reden gehört. Mach auf!*«

»*Okay.*«

Ich zwinge meine Hand dazu, die Klinke hinunterzudrücken. Ekkehart erscheint im Türausschnitt. Er trägt einen bis oben hin zugeknöpften gestreiften Schlafanzug und Adiletten. Über der Schulter hat er seine Bettdecke und unter dem Arm sein Kopfkissen.

»Äh, was gibts, Ekkehart?«

»Entschuldigt bitte vielmals. Ich … ich kann nicht einschlafen. Genau gesagt, offen gestanden, also ganz ehrlich – ich habe schreckliche Angst allein. Immerzu höre ich irgendwo Geräusche, und dann muss ich an das Alien aus dem Film denken. Ka… kann ich vielleicht noch einmal auf euer Sofa?«

* * *

Ich liege neben Ines auf ihrem Doppelbett. Durch den Flur dringt leichtes Schnarchen zu uns. Ekkehart ist endlich eingeschlafen.

»Ich mach jetzt die Tür zu.«

»Aber Ines, wir haben ihm versprochen, dass wir sie einen Spalt …«

»Ich mach sie jetzt zu! Ende!«

»Sei leise.«

»Jaha.«

Beinahe hätte ich vorhin alles versaut. Nachdem Ekkehart auf dem Sofa verstaut war, wollte ich zum Schlafen in mein Zimmer gehen. Ines hat zum Glück im letzten Moment meinen Schlafanzugärmel erwischt und mich mit einem »So, jetzt wirds aber Zeit für uns, *Liebling*« in ihr Zimmer gezogen.

»Schläfst du eigentlich immer mit Bademantel an, Ines?«

»Nein.«

»Verstehe.«

Ja, jetzt wo ich darüber nachdenke: Ich habe sie in den ganzen Jahren, in denen wir zusammen wohnen, kein einziges Mal in einem Schlafanzug herumlaufen sehen.

»Morgen fliegt er raus, und dann kommt er nie wieder hier rein.«

»So machen wirs. Schlaf gut, Ines.«

»Grmpf.«

Ines war lange vor mir wach und ist dann sofort zu Bernd gefahren. Ich vermute es zumindest. Auf dem Zettel, den Ekkehart und ich auf dem Frühstückstisch fanden, stand nur »Hallo, Liebling, ich mache den Einkauf und gehe danach ins Briefmarkenmuseum. Kannst du bitte die Wohnung sauber machen (vor allem die *Ekken*, du weißt schon)? Ines«. Und daneben ein Herz.

Sie hätte natürlich dran denken können, dass Ekkehart mir anbieten würde, mir beim Putzen zu helfen, aber das konnte ich wenigstens mit einiger Mühe noch abbiegen. Die viel schwierigere Aufgabe ist nun, bis heute Abend Ekkeharts *Alien*-Trauma wegzukriegen, sonst wird er womöglich wieder mit seiner Decke vor unserer Tür stehen. War auch wirklich eine dumme Idee mit diesem Film. Ich rede mir den Mund fransig.

»Weißt du, Ekkehart, eigentlich hat *Alien* eine zutiefst menschliche Botschaft.«

»Ehrlich?«

»Na klar. Das Alien ist einfach nur eine Metapher für das, was in jedem von uns steckt.«

»In jedem von uns steckt …?«

Er guckt entsetzt auf seinen Bauch. Mist. Schon wieder ganz falscher Ansatz. Wie komme ich da raus?

»Nein, nein. Ich meine im übertragenen Sinn. Sehen wir der Sache ins Gesicht, Ekkehart, jeder von uns trägt auch etwas Böses in sich. Jeder von uns könnte zum

Monster werden, wenn er dem Bösen in sich freie Bahn lässt. Aber zum Glück haben wir ja ein Gewissen, ein Über-Ich, gesellschaftliche Kontrolle und den ganzen Mist. Mehr will der Film nicht sagen.«

Hm, er ist noch weit davon entfernt, erleichtert zu nicken. Ich darf nicht lockerlassen.

»Denk mal nach, wann warst du zuletzt so richtig wütend, Ekkehart?«

»Oh, das weiß ich noch genau. Das war, als Magda neulich meinen Vorverstärker vor den Endstufen ausgeschaltet hat. Das hat vielleicht geknackt in den Boxen. Was da alles hätte kaputtgehen können.«

»Sehr gut. Und wie hast du dich in dem Moment gefühlt?«

»Nun ja, sehr, sehr … wütend.«

»Oder, mit anderen Worten – wie das Alien.«

»Ehrlich gesagt, nein, mir war nicht danach, mich in einem Raumschiff zu verstecken und nach und nach die Besatzung aufzufressen.«

»Hm, guter Punkt.«

So kriege ich ihn nicht. Neue Taktik.

»Pass auf, eigentlich ist *Alien* nichts weiter als der Prototyp für eine bestimmte Art Horrorfilm, weißt du, Ekkehart? Hast du einen gesehen, hast du alle gesehen. Das schockt nur ganz am Anfang. Letztendlich werden da nur auf ganz primitive Art gewisse psychische Mechanismen ausgelöst. Die Angst vor dem Unbekannten, die Angst vor dem Unerwarteten, und so weiter.«

Unglaublich, wie ich hier gerade über ein Filmkunstwerk herziehe, aber es hilft ja nichts.

»Und außerdem gibt es noch die alte eiserne Horrorfilm-Regel: Sigourney Weaver und die Katze müssen überleben. Alles klar? Mindestens einer kommt am Ende mit heiler Haut raus. Auf deine Situation bezogen: Außer dir ist niemand in deiner Wohnung, ergo *kann* es dich gar nicht erwischen, selbst wenn sich ein menschenfressendes Alien bei dir eingenistet hätte, weil das gegen die Sigourney-Weaver-Regel verstoßen würde.«

Das war nun wirklich brillant hergeleitet. Kann er nicht mal endlich aufhören, so verängstigt dreinzugucken?

»Weißt du, Lukas, das mag ja alles sein, aber wenn ich da so alleine im Bett liege, und dann höre ich ein Geräusch, dann ... spielen meine Gedanken verrückt. Und wenn man genau hinhört, hört man ja alle paar Minuten irgendein Knacken oder Knistern. Das hab ich erst jetzt gemerkt, wo ich alleine wohne.«

»Und wenn du dir Ohrenstöpsel kaufst?«

»Hm, das ist vielleicht eine gute Idee. Da bin ich noch gar nicht drauf gekommen. Danke, Lukas. Überhaupt, danke für alles. Ihr seid so tolle Nachbarn. Ich hatte am Anfang richtig Angst. Auf einmal so allein, ohne Magda und ... das konnte ich mir gar nicht recht vorstellen ... Oh, ich habe eine Idee! Heute koche ich mal was für euch, einverstanden?«

Alarm!

»Sei mir nicht böse, aber kannst du denn überhaupt kochen, Ekkehart?«

»Ich habe es noch nicht versucht, aber es kann doch nicht so schwer sein. Ich leihe mir einfach eins von euren Kochbüchern und suche mir ein Rezept aus.«

»Also ehrlich gesagt, ich würde es am Anfang lieber mit etwas ganz Einfachem versuchen. Ein Kuchen vielleicht? Da kann man nicht viel verkehrt machen.«

»Gut, ein Kuchen. Ich weiß auch schon welchen. Bei dem habe ich Magda schon oft auf die Finger geschaut. Da brauche ich nicht mal ein Rezept.«

Brrrrrrrring!

Ach du Schreck. Daran habe ich vor lauter *Alien* gar nicht gedacht.

»Hallo, Vanessa.«

»Huhu. Ich habe eine Nacht hinter mir, kann ich dir sagen. Aber jetzt machen wir es uns erst mal gemütlich ... Oh, hallo?«

»Äh, das ist Ekkehart, der neue Nachbar, du weißt schon, der mit den Schallplatten, und das ist Vanessa, hm, wohnt auch hier im Haus.«

Sie legt mir den Arm um den Hals und haucht mir ein Küsschen auf die Wange.

»Oh ja.«

Verflixt. Wenn sie wenigstens ihren Bademantel ein bisschen besser zugemacht hätte. Sie bringt uns in Teufels Küche.

»Äh, wir haben so eine Art Dauerverabredung, weißt du, Ekkehart?«

Dauerverabredung. Ich rede mich um Kopf und Kragen.

»Also, das heißt, wir massieren uns immer gegenseitig. Heute ist Vanessa dran, die hat nämlich ganz schlimme Rückenschmerzen.«

Massieren! Ob das eine gute Idee war?

»Stimmt wirklich, Lulu. Da unter den Schulterblättern zwickt es ganz fürchterlich. Kommt bestimmt vom ...«

»Ja ja, so was sehe ich auf den ersten Blick.«

»Lulu kennt mich halt in allen Details, hihi.«

Vanessa setzt sich auf die Tischkante, schlägt die Beine übereinander und beißt in mein Marmeladenbrötchen. Während sie genüsslich darauf herumknurpst, wippt sie mit den Puschel-Pantoffelfüßen, und Ekkehart verfolgt ungläubig die Linien ihrer nunmehr freigelegten, schlanken, langen, gebräunten Beine. Ich greife nach dem letzten Strohhalm.

»Am allerbesten sehe ich natürlich bei Ines, wenn ihr was fehlt.«

Das war gut. Vanessa hält inne.

»Ehrlich, Lulu?«

»Oh ja, neulich kam sie von der Arbeit nach Hause, ich sehe sie an und sage *Schatz*, sage ich, *du gehst jetzt erst mal unter die warme Dusche, und danach massiere ich dir die Oberschenkel.*«

Ja, Oberschenkel war gut.

»Sagst du *Schatz* zu Ines? Ist ja süß.«

»Also, Lukas, ich glaube, ich muss dann langsam mal los. Ich muss noch so einiges erledigen, und der Kuchen will ja auch noch gebacken werden, nicht wahr?«

»Äh, nur falls du das denken solltest, Ekkehart, du störst überhaupt nicht. Kein Stück. Ehrlich. Bleib ruhig hier.«

»Komm, Lulu, wenn Ekkehart los muss, muss er los.«

Wenn sie wenigstens nicht so zweideutig dabei zwinkern würde.

* * *

»Sagst du wirklich *Schatz* zu Ines?«

Im Augenblick kann ich nur ganz langsam denken. Vanessas Bademantel hängt über meiner Stuhllehne, sie liegt bäuchlings ausgestreckt auf meinem Bett, ich drücke meine Daumen einmal mehr in ihre eingeölte Rückenpartie und lasse sie langsam nach oben gleiten.

»Manchmal schon, ja.«

Ich will sie nicht in das Stöckelein-Grummler-Problem einweihen. Das ist jetzt nicht der richtige Moment. Außerdem muss ich das mit Ines besprechen. Wir müssen nüchtern und in Ruhe überlegen, ob das gut ist. Vanessa ist nun mal ein ganz schönes Plappermaul.

»Aber dein echter Schatz bin schon noch ich, ja? Och, bitte sag ja.«

»Na ja, klar, Vanessa. Du weißt, dass ich dich liebe. Du bist es doch, die …«

»Na, dann ist es ja gut.«

Sie streichelt mit ihrem Fußrücken über meinen Arm.

»Lulu … au, bisschen sanfter bitte … was ist eigentlich deine liebste Sexfantasie? Ganz ehrlich?«

»Puh, du fragst ja auf einmal Sachen. Hm … also sagen wir mal, dass du und ich in …«

»Lass mal. Ich vertrau dir jetzt an, was meine ist.«

Wow!

»Ich will mit einem Mann schlafen, der schon in festen Händen ist.«

Hat sie doch schon, wenn ich mich recht erinnere …

»Und zwar im gleichen Haus, in dem er mit seiner Frau zusammenlebt.«

Moment mal …

»Ist das böse von mir?«

Sie meint mich! Klar, ich bin mit Ines verheiratet, wir sind im gleichen Haus … Sie kann nur mich meinen!

Ich greife ihre Schultern, senke ganz langsam meinen Kopf, schließe die Augen und küsse sie auf das untere Ende ihres Nackens. Meine Lippen gleiten über ihre Haut weiter ihren Hals nach oben. Dieser Augenblick – wenn ich den jetzt nur einfach schnell in einer Flasche einfangen könnte …

»Hi, das kitzelt.«

»Tschuldigung.«

»Macht nichts. Du, ich muss jetzt auch langsam los. Aber danke, meinem Rücken geht es schon viel besser.«

Sie streckt seufzend ihren Prinzessinnenkörper durch, steht auf, streckt sich noch einmal, blinzelt dabei in die Wintersonne, deren Strahlen in herrlichen Orangetönen auf ihrer Haut zerfließen, und schlüpft dann in ihren Bademantel.

Nachdem sie durch die Tür verschwunden ist, murmele ich für geschlagene zwei Stunden Wörter wie »Eisbad«, »erektile Dysfunktion« und »Helmut Kohl« vor mich hin, aber es nützt nichts. Alles wird von Vanessa überlagert. Alle Szenen, die ich im Lauf der Zeit in meinem Schatzkästlein gesammelt habe. Die Rückenmassage, die Dusche, und natürlich das eine Mal, als wir bei der Eröffnungsparty von Tonis Fitnessstudio im Spinning-Raum …

* * *

13.1. / 13:21 Uhr

Musste gestern Nacht zu Lukas und
Ines umziehen, da zu viele Geräusche in
der Wohnung. Werde Ohrstöpsel besorgen.

Meine Reputation bei Hifi-Studio Ohr und
Audio-Philosoph hat gelitten. Muss
dringend noch einmal mit Ines über eine
Budgeterhöhung sprechen.

Mittagessen bei Burger King eingenommen.
Flame-grilled-Beef-Whopper-Menu mit großer
Cola. Habe mich ins Obergeschoss gesetzt, damit
Magda mich nicht sehen kann, falls sie
zufällig vorbeikommt. Herrliches Winterwetter.

Nächste Schritte: einkaufen und Kuchen backen
(Sahnekuchen nach Magda-Art).

Transrotor-Vertrieb ist nicht zu erreichen. Wahrscheinlich wegen Wochenende.

Ines ist zurück, und Bernd hat sich auch eingefunden. Wir sitzen im Wohnzimmer, klammern uns an unsere Kaffeetassen und suchen verzweifelt nach der rettenden Idee. Ines' und Bernds Laune ist gedämpft, ich selbst bin noch ziemlich durcheinander und kann ihrem Tempo nur schwer folgen.

»Hilft nichts. Wir müssen ausziehen, oder?«

»Jetzt mach doch nicht die Pferde scheu, Ini. Warum sollte dieser Stöckelein-Grummler irgendwas spitzkriegen?«

»Na hör mal, Bernd, wir sind gestern schon beinahe aufgeflogen.«

»Aber das war eine Extremsituation. Der wird doch nicht noch mal bei euch übernachten?«

»Natürlich nicht. Aber du musst auch an die nervliche Belastung denken. Der Sachbearbeiter, den wir die ganze Zeit verarschen, wohnt *direkt unter uns*.«

Ich muss auch was beitragen.

»Und der lebt zum ersten Mal in seinem Leben allein, Bernd. Der ist völlig hilflos, und weil er uns als Erste kennengelernt hat, steht er jetzt garantiert für die nächsten Wochen jeden Tag wegen irgendwas vor der Tür. Wir sind jetzt seine Freunde. Hätte nicht viel gefehlt, und wir beide hätten ihn adoptiert.«

»Wenn mir das mit dem Namen bloß schon früher aufgefallen wäre.«

»Hm, ich verstehe euren Punkt.«

Wie ich es hasse, wenn plötzlich solche Unruhe in mein Leben hineinkommt. Mir war zwar immer klar, dass ich meine Studenten-WG-Phase nicht künstlich bis zur Rente ausdehnen kann. Aber, sagen wir mal, bis 50 wäre doch auf jeden Fall drin gewesen. Vor allem jetzt, wo Vanessa auch hier wohnt und unsere Beziehung endlich eine faire Chance bekommt, sich zu festigen.

»Ausziehen ginge auf jeden Fall nicht von heute auf morgen. Ihr müsstet erst was anderes finden, es gibt eine Kündigungsfrist ...«

Ines und Bernd sehen sich an. Ja, und wir müssten auch noch mal überlegen, ob wir das mit unserer Ehe dann wirklich noch weitermachen. Ich wäre dafür. Wie gesagt, ich hasse plötzliche Veränderungen. Außerdem müsste ich, wenn Ines die Miete nicht mehr zahlt, wieder volles Gehalt verdienen, und das hieße wieder Frühschichten bei Karstadt übernehmen. Eine grauenhafte Vorstellung. Ob ich dazu überhaupt in der Lage wäre?

Ines' Blick macht mir Angst. Klar, sie denkt gerade darüber nach, ob sie jetzt endlich mit Bernd zusammenziehen soll. Sie will wissen, ob es klappt. Ich muss mich wohl damit abfinden. Wir haben halt zufällig zusammengewohnt, und da lag es nahe, diese Steuersparkomödie zu spielen. Mehr war es nicht. Wenn wir jetzt umziehen, werden die Karten neu gemischt. Ja, kein Zweifel, es liegt in der Luft, wir werden uns bald scheiden lassen, wir haben die längste Zeit zusammengewohnt und die Frühschichten ... Nein, nicht aufgeben. Nicht so schnell.

»Also ich finde, wir können das schaffen.«

»Aber Ini hat recht, Lukas. Das Risiko. Ich habe unseren Anwalt noch nicht eingeweiht, aber vielleicht steht ihr dann sogar mit einem Bein im Gefängnis.«

»Ekkehart hat doch schon zweimal hier übernachtet.«

»Da sagst du was. In der ersten Nacht wussten wir nämlich noch nicht Bescheid, und jeder hat in *seinem* Zimmer geschlafen. Ekkehart sitzt wahrscheinlich genau in diesem Moment direkt unter uns und grübelt darüber nach.«

»Das kann er ruhig machen. Schlau wie er ist, wird er bald drauf kommen, dass du früh rausmusstest und ich in Ruhe ausschlafen wollte. Und weil ich einen empfindlichen Schlaf habe …«

»Hm, da hat er auch wieder recht, Ini.«

»Irgendwas riecht hier komisch.«

»Und wie soll das mit uns gehen, Bernd? Soll ich einen Zettel an die Wohnungstür hängen, damit wir auch ja nicht vergessen, dass wir uns im Treppenhaus nicht küssen dürfen? Ach nein, den würde er ja lesen, wenn er das nächste Mal kommt. Er will mir ja die neue Hifi-Anlage verpassen, und ich habe schon ja gesagt. Mist.«

»Wir küssen uns doch sowieso nie im Treppenhaus.«

Ines verzieht den Mund, schüttelt den Kopf und sieht mich an.

»Tja, und dann gäbe es da auch noch das Fräulein Bleiker.«

»Nun ja, wir müssen Vanessa aufklären, wer Ekkehart ist, und …«

»Bist du verrückt? Dieses Plappermaul? Tschuldigung.«

»Jetzt denk doch mal rational, Ini. Wenn Vanessa nicht Bescheid weiß, plaudert sie irgendwann zufällig mit diesem Stöckelein-Grummler im Hausflur und erzählt es ihm einfach so.«

Ines sieht wieder mich an, zögert und sagt dann sehr vorsichtig: »Es gibt da natürlich auch noch einen anderen Aspekt bei diesem Problem.«

»Ja, ich weiß, du bist der Meinung, *dass Vanessa mich nie geliebt hat und auch nie lieben wird, und dass sie einfach nur Spaß daran hat, Männer an Marionettenfäden herumtanzen zu lassen, und dass ich die mit Abstand dienstälteste und beste Marionette in ihrem Pup-*

*penschrank bin, und dass es an der Zeit wäre, dass ich
mir dessen bewusst werde, die Fäden abschneide und ihr
einen kräftigen Tritt in ihren schönen Hin*tern *gebe.* So
ungefähr?«

Ines guckt nachdenklich.

»Habe ich das damals wirklich so gesagt?«

»Genau so. Wort für Wort.«

»Das hast du dir also die ganzen Jahre über gemerkt.
Du bist mir immer noch böse.«

»Nein.«

Am Anfang war ich es schon, ja. Aber bald nach unserem Streit damals wurde mir klar, dass Ines' Sichtweise,
nun ja, irgendwie auf der Hand liegt. Sie ist halt nur nicht
richtig. Die Wahrheit ist, man muss Vanessa Zeit geben,
um sich zu fangen. Dann gibt sich alles schon irgendwann. Und heute, das war doch schon mal ein Anfang.

»Gut, also, was auch immer zwischen euch läuft –
Hauptsache nicht im Treppenhaus, Lukas.«

Was auch immer zwischen euch läuft. Ich weiß, Bernd
hat es nicht böse gemeint. Trotzdem bin ich sauer. Dass
der Ekkehart-Vanessa-Supergau heute Morgen schon
fast passiert wäre, erzähle ich den beiden jetzt lieber
nicht.

»Hier riechts wirklich komisch.«

»Also, Stöckelein wird noch ein-, zweimal herkommen, wegen der Hifi-Anlage. Was noch?«

»Seine Jazzplatten wollten wir zusammen hören.«

»Das macht ihr bei ihm.«

»Er hat keinen Plattenspieler.«

»Was? Ich dachte …«

»Er will nicht darüber reden.«

»Jetzt rieche ich es auch. Ihh. Was ist das?«

»Es riecht wie …«

Während wir nachdenken, sehen wir alle drei gleichzeitig eine kleine Rauchschwade aus einer Ritze zwischen den Fußbodendielen aufsteigen.

Bernd ist als Erster im Treppenhaus. Er stürmt runter zu Ekkeharts Tür und hämmert dagegen. Keine Antwort. Wir sind inzwischen nachgerückt. Bernd tritt so lange mit dem Hacken seiner Edel-Freizeitschuhe gegen die Tür, bis sie nachgibt. Sofort quillt uns stinkender Qualm entgegen. Wir weichen zurück, husten und kneifen die Augen zu. Ich höre Ines schreien.

»Tu was, Bernd! Der ist bestimmt da drin!«

»Zu gefährlich. Ich kenne die Wohnung nicht. Ich könnte die Orientierung verlieren. Wer war schon mal drin?«

Ich renne ein paar Stufen hinunter, hole tief Luft, stürme mit angehaltenem Atem wieder nach oben und tauche in die Rauchwand. In der Wohnung finde ich blind zur Küche. Dort öffne ich die Augen einen Spalt weit und sehe schemenhaft Ekkehart, der, wie erwartet, reglos vor dem geöffneten Backofen, der wie ein Höllenschlund qualmt, liegt. Ich packe ihn unter den Armen und schleife ihn zum Ausgang. Die Luft wird knapp. Ich atme gegen meinen Willen ein und muss sofort husten. Unvorstellbare Mengen Schleim schießen in meinen Mund und triefen heraus. Bernd hatte recht. Jemand, der jetzt nicht genau wüsste, wo die Tür ist, wäre verratzt … Verflixt! Wo ist die Tür? Ich stoße dauernd gegen die Wand, huste mir die Seele aus dem Leib und gehe in die Knie. Von links höre ich Ines und Bernd rufen. Wie man sich mit der Richtung verschätzen kann. Einen Schritt mache ich noch, dann packen mich zwei Hände und ziehen mich samt Ekkehart im Schlepptau das letzte Stück heraus.

Ich lasse mich auf den Boden sinken, huste meine Strophe zu Ende und versuche dabei meine Brille zu putzen. Ich sehe verschwommen, dass Vanessa, Frau Kohlmeyer und noch einige andere Nachbarn um uns herumstehen.

»Er atmet!«

»Die Feuerwehr ist gleich da.«

Feuerwehr ist gut ... Aber wenn die jetzt gleich womöglich mit Wasser ...

»Lukas! Bist du wahnsinnig! NICHT NOCH MAL REINGEHEN!«

»Aber die Jazzplatten ...«

* * *

Ekkehart liegt mal wieder auf unserem Sofa. Ich gewöhne mich schon langsam an den Anblick. Die Wiederbelebungsversuche der Rettungskräfte haben gewirkt. Jetzt untersucht ihn der Arzt. Ich sitze daneben ausgestreckt in einem Sessel. Mir ist immer noch ein bisschen schlecht. Zum Glück hat der Feuerwehrmann endlich mit seiner Standpauke aufgehört, dass ich wegen der Platten mein Leben riskieren wollte. Dass ich für einen kleinen Moment vergessen hatte, dass sie sowieso sicher in unserer Wohnung stehen, erzähle ich ihm lieber nicht.

Ich höre Bernd mit dem Einsatzleiter sprechen.

»Wie lange wird es dauern, bis die Wohnung wieder bewohnbar ist?«

»Kann ich so nicht sagen. Erst mal zwei Tage durchlüften, dann fachmännische Brandsanierung.«

»Ich verstehe.«

Puh, ist mir schwummerig. Ich schließe wieder die

Augen. Ines steht hinter mir und krault mir den Kopf. Ich höre den Arzt mit Ekkehart sprechen.

»Sie haben eine Rauchvergiftung. Das heißt, mindestens drei Tage Pflege. Haben Sie Familie, die das leisten kann?«

»Krächz, nein, also nicht so richtig, köffköff.«

»Dann müssen Sie ins Krankenhaus.«

»Nun, ich könnte Magda anrufen, köff … Aber die wird mich erst mal gründlich auslachen, weil öööchköf-föffköf!«

»Sie sollten übrigens für die nächsten Stunden lieber nicht sprechen.«

»Köff.«

Der Arzt wendet sich an Ines.

»Kann er vorläufig bei Ihnen bleiben, und Sie regeln das mit seiner Familie? Sonst muss ich ihn ins Krankenhaus fahren lassen.«

Ich fühle, wie Ines' Hände auf meinem Kopf erstarren. Nach einer kurzen Pause sagt ihre Stimme leise: »Nein, er kann natürlich bei uns bleiben.«

* * *

13.01. / 21:34 Uhr

Es war nur teilweise mein Fehler. Ich bleibe dabei. Es spricht nichts dagegen, die Schlagsahne schon vor dem Backen auf dem Kuchen anzubringen (auch wenn Magda das immer anders sah). Unfall ist als Resultat einer Verkettung unglücklicher Umstände zu betrachten:

1.) Habe aus Versehen Bauschaumdose anstatt Sprühsahnedose gekauft, da Erstere zusammen mit Backartikeln auf Supermarkt-Wühltisch feilgeboten wurde.

2. Habe extra viel Sahne (Bauschaum) aufgetragen, damit Kuchen mehr Volumen erhält.

3. Habe angebrochene Bauschaumdose im Backofen vergessen.

Wohnung vorläufig nicht mehr bewohnbar.

Versicherungsmann kommt morgen.
Kann Rauchvergiftung zum Glück bei
Lukas und Ines auskurieren. Hätte
sonst zu Magda gemusst.

Immer noch kein Liefertermin für
Transrotor Tourbillon.

»Und wielang pennt derjetzschon bei euch?«

»FünfNächte. Schläftin meimZimmer. Wir hamihm gesagt, isokay, isunser Gästezimmer. Undwirsinja schließlichnEhepaar.«

Gut, Viktor und ich haben Schlagseite. Trotzdem muss Udo hinter seinem Tresen uns nicht dauernd so schief von der Seite angucken. Schließlich ist die ganze Kneipe zum Bersten voll mit Leuten, die dem Alkohol zusprechen. Außerdem ist betrunken im Moment der einzige Zustand, in dem man vernünftig mit Viktor reden kann. Seit er am Stadttheater den Hamlet spielt, verfällt er auch im Privatleben dauernd in Shakespeare-Sprache und mimt den Verrückten, außer er hat, wie jetzt, gerade mächtig was im Tank.

»Ganzschön anstregndwas? Müsstihrbeide sozusagn rundum dieUhr schauspielern.«

»Ja, dastimmt. Zwischn Inesundmir istschon oftziemlich gereizteStimmung, weilman willja auchmal alleinsein, wa? Aberwas sollnwir machen? DerEkkehart hat soein Horror, dasser wiederzu dieser komischenMagda zurückmuss, dasbringwir beidenich übersHerz.«

»Verstehe.«

»Außerdemsindwir ihmwas schuldig. Wegenuns hat der Ekki nachts dauerndAngst vorAliens, undden blöden Kuchen, denwoller auchnur fürunsbacken, nichwahr. Dakönn wirihn jetznicheinfach hängenlassenoder?«

»Na ja.«

»Außerdem isserirgenwieputzig. Wennder einenso anschautmit seinKaninchenaugen ...«

»Dusolltest malinnen Vital-Kompakt-Kurs beiToni kommen. Dann bistduwenigstens zweimalinderWoche draußenaus eurerKommune. Außerdem kriegstdu ein besseres Körpergefühl.«

»Neenee, kommtihr mallieber wiederalle Volleyball-spieln.«

»Tonibraucht Kundn, sonstkanner denLadendicht-machn.«

»Derhatdoch ehschon seinSpinningraum anBraut-kleid-Karoline vermietet.«

»Reicht abernicht, hatergesagt.«

»DasmitEkkehart issowieso baldvorbei. Handwerker sindschon fastdurch mitseinerWohnung. Dafangichjetzt nichtnochextra nVital-Kompakt-Kursan.«

»Bisthaltn Ego.«

»Weißtdu, waslustigwar? Ineswollte gesternAbend zumerstenMal seitdemQualmunglück unten nachdem Rechtenschauen, undann kamsie schreiend wiederzu-rück. Und weißtduwas? Siemeinte, dasind wirklich Aliens in Stöckel-Grummels Wohnung.«

»Echtjetz?«

»Warnaber nurseine Hifi-Boxen.«

»Sowas.«

»Weißdu was, Viktor? Eignlich binich ganzglücklich. Vanessa undich sinnjetzt endlich richtig zusamm.«

»Ihr passtdoch garnichzusamm.«

»Das siehsdu zu oberflächlich. Natürlich passnwir zu-samm. Isnur gefährlich. Wegen Stöckelschuh-Brumm-bär, weißtschon. Aberwir kriegenashin. Ich schlafja immer beiInes, solange erbeiunsist. Ich habihr einen

Schlafanzug ausser Karstadt-Damenabteilung geschenkt. Blickdicht, weißtwasichmein.«

»Sicheris sicher.«

»Übrigens, erzählsihrnich, abergestern hatsie sichim Schlaf anmich drangekuschelt.«

»Sienimmt ihrnSchauspielerjob ebenernst. Findich gut. Unmit Vanessa triffstdu dichdann tagsüber, oder was?«

»Klar, ich arbeitnur halbtags, undsie isschonwieder gekündigt, weilsie immer zuspätgekommis unNagellack innen Farblasedrucker gekippthat. Wennich unten bei ihrinder Wohnungbin, kriegder Ekkehart janix mit davon.«

»Lukas, ganzehrlich, ich sagdireins: Dieschmeißtsich jetzt vollandich dran, weilse nichwill, dassdudich inInes verknalls.«

»Blödsinn, meinHerz schlägtnur fürsie, unddas weißsie ganzgenau.«

»Neenee, diehatAngs, dasssie ihrSpielzeug weggenommkricht, undjetzt kralltsiesich dranfest.«

»IhrSpielzeug? Werjetz? Ich?«

»Sein oder naivSein, dasist hierdieFrage …«

»Udo! Viktor wirdnüchtern!«

»Jeder noch ein kleines Bier, aber dann ist Schluss.«

»Gehtklar.«

Viktor verschränkt seine Arme auf dem Tresen und legt den Kopf seitlich drauf. Seine blauen Leuchteaugen, mit denen er Abend für Abend die Zuschauer in den Bann zieht, strahlen mich schräg von unten an.

»Dubist undbleibstnTräumer, Lukas. Aberegal. Schlafeinfach weiterbeiInes, dannlässt Vanessadich ran. Wirstesehen.«

»Das vestehstdu nicht. Wirliebenuns. Wir wollnnur

nichtsüberstürzen. ImMoment massierich ihrnur abundzu denRücken, weilsie Rückenschmerzenhat.«

»Rückenschmerzen? Hatmir Vanessaneulich aucher-zählt, dasssie Rückenschmerzen hat. Unweißtu, was sie gesagthat? Sieglaubt, daskommtvon zuvielSex.«

»Echtjetzt?«

»Jou.«

»Hatsie gesagt, mitwem?«

Viktor reibt den Kopf auf seinen Armen hin und her.

»Nö. Ichdachte mitdir.«

»Udo, ichwill dochein Großes!«

* * *

Die Straße hat uns wieder. Es ist viel zu kalt, aber nach-dem Udo uns trockengelegt hat, hatte es keinen Sinn, den Heimweg noch lange herauszuzögern.

»Duhastgut, Lukas. Ichmöcht auchwieder gleichum dieEcke vom Blaubart wohn.«

»Tja, selberschuld, duwolltesja ausziehn.«

»Irgendwann mussmanja erwachsenwern.«

»Ha.«

»Hörma, Annemarie sagt, ichmach Fortschritte.«

»Dassich nichlache.«

Zwei Wesen springen uns plötzlich von hinten an und klammern sich an unseren Schultern fest. Im Nachhin-ein fällt mir zwar wieder ein, dass ich hinter uns Absätze klappern gehört habe, aber wir waren beide zu bräsig, um die Gefahr zu erkennen. Viktor kippt nach vorne um. Das Wesen, das ihn angesprungen hat, scheint überrascht. Und es spricht genauso wie wir.

»MenschViktor, duhasaber auchüberhauptkeine Kör-perspannungmehr.«

»Gehvonmir runter, Karoline.«

Ich halte mein Gleichgewicht gerade so eben, taumle aber mit meinem Anspringwesen vorwärts von einer Bürgersteigseite zur anderen und kann nicht mehr stoppen. Es fängt nun auch an zu reden.

»Schaudir denLukas an. Derbleibt wenigstensaufrecht.«

Ah, Ines.

Stimmt. Sie war heute mit Karoline essen. Wenn Erfolgsfrauen unter sich sind, lassen sie sich ja immer hemmungslos mit Schaumweinen volllaufen. Daher kommt wahrscheinlich auch die erstaunliche Sprungkraft ...

»Gehsofort runterInes!«

»He, wartetmal aufuns.«

»Ichkannnicht anhaaaaalten. Ups, das gingja nochmalgut ...«

»Ruhig, Arthur, ruhig.«

»IchheißnichtArthur.«

»Arthur isein superName füreinen Rennhengst.«

»Dubistbesoffn undgehörstins BettInes. Aaaaaaah!«

* * *

Ines ließ nicht locker. Obwohl sie und Arthur draußen in mehrere Autos und Mülltonnen gerummst sind und am Ende beinahe ins Schaufenster von Rudis Reste Rampe gefallen wären, musste ich sie auch noch das ganze Treppenhaus hochschleppen. Mein Kreislauf ist jetzt so in Fahrt, dass der Alkohol auch noch im hintersten Winkel meines Hirns Amok läuft.

»Aberdafür mussdujetzt dieTür aufschließnInes.«

»Vielzumüde.«

»Danngehwenigstens runtervonmir.«

Sie stellt widerwillig ihre Füße auf die Erde und umarmt mich weiter von hinten. Wir fallen zusammen gegen die Tür, und ich suche nach meinem Schlüssel in der Hosentasche.

»WeißtduLukas, ichglaube, wirhaben inletzterZeit vielzuviel gestritten.«

»Du, dasgehörtzu einergesundnEhe dazu, habichgelesn.«

»Aber Stöcko im Grummelland hatkeinguten Eindruckvonuns gekriegt.«

»Woisjetzt derSchlüssel? Achda.«

Dass Betrunkene ihren Schlüssel nicht ins Schlüsselloch kriegen, ist ein Gerücht. Ich schaffe es locker im ersten Anlauf. Schwierig ist nur, ihn auch in die richtige Richtung zu drehen. Aber wenn man das dann geschafft hat, geht die Tür sofort auf. Haben wir jetzt beide gar nicht mit gerechnet.

»Oooooops!«

»Autsch!«

»Pssst!«

»Nichtspassiert. SchläftwieeinMurmeltier, derEkkehart.«

»Aberer hatsich wiedernichrichtig zugedeckt. Typisch. Derholtsich nochdenTod, sagichdir.«

»Lasses, Ines. Dubistzu …«

»Upsa.«

»Hmpf? Oh, ihr seid es.«

»TschuldigungEkkehart. Schlafeinfachweiter. Nacht.«

»Gute Nacht.«

* * *

»Duhasdich beideim Schlafanzugverknöpft.«

»Hättestmir aucheinen ohneKnöpfe besorgenkönnen.«

»DieohneKnöpfe warnnichso elegant.«

»Ichhasse Schlafanzügesowieso.«

»Kannstihnjaheimlich unterderDecke ausziehn.«

»Ichbinein anständigesMädchen, merkdirdas.«

»Merk.«

»Heh, wartmal! Ichweißjetz, wiewir denEkkehart ein füralleMal überzeugenkönn, dasswir wirklichein Ehepaar sind.«

»Sollnwiruns mitTellern bewerfen?«

»Wirmachen dieTür wiedereinen Spaltauf undmachen Orgasmusgeräusche.«

»Duspinnst.«

»Garnich. Dasisgenial.«

»Nein, beisowas machich nichmit.«

»Dumachsmit. Hiergehtsum unsereZukunft.«

»Heh, lassdie Türzu!«

»Mmh, mmmmh, mmmmmmmh!«

»Hörsofortauf!«

»Hmmmmmm! Jaaa! Mmmmmmmmmmmhhh!«

»Komm, wirmachendas lieberim Tonstudio. Dannkönnen wirsabspielen, wennwir nichtdasind. Istdann nichso peinlich.«

»Hhhh! Hhhh! Jaaaaaa! Ooooooh!«

»Okay, okay. Abernur einQuickie.«

»Danngiballes! ... Hmmmmmmh!!!«

»Okay. Ähm ... Ahhhr, ahhhr, ahhhr.«

»Lauter, dumusst lauter! So wieich ... Jaaaaaa! Hhhh! Hhhh! Hhhh! Hhhh!!!«

»Ahhhr, ahhhr, ahhhr.«

»Lukas! Du kannsmir nicherzählen, dassdu beimSex *Ahhhr, ahhhr, ahhhr* machst.«

»KeineAhnung, ichhab mirnie richtigdabei zugehört.«

»Dasglaubich jetztnich ... Mmmmmmmh! Jaaaaah! Hmmmmmmm!«

»Weißtdu vielleicht, wieBerndimmer beidir macht?«

»Na irgendwieso: Bröööööh, bröööööh!«

»Das kannichnich.«

»Versuchs wenigstens ... Ohjaaaaaah, jaaaaaaaah! Mmmmmmmmmh!«

»Ähm ... Bröööööh, bröööööh.«

»Lauter, viellauter. Der sollschließlich davonaufwachen.«

* * *

»H A A A H A A A H A A A A A A A A A A A A A A A A A!!!«
»J A J A A A J A A A A A A A A A A A A A A A A A A H!!!«
»O O O O O H J A A A A!!! BLÖDE KNÖPFE JAAAA!!!«
»H M M M M M J A A A A A A H M M M A A A A A A A!!!«

* * *

»H A A A A A A O U U U U U U U A A A A A H H H H H!!!!!«
»J A A A A A A A A A A A A A A A A A A A A A H!!!!!!!!«
»O O O O O O O H A A A A A A A A O O O O O O O O H!!!!!!!«
»H M M M M J A A A A H M M M A A A A A A A!!!!!!!!!!!!«

* * *

»O H H H H H H H H H H H H H H H H H H H H H H H H!!!!!!«
»A A A A A A A A A A A A A A A J A A A A A A A A!!!!!!!«
»H A A A A A A A A A A A A A A A A A A A A A A A!!!!!!«
»O O O O O O O O O O O O O H H H H H H H!!!!!!!!!!!!!!!«

* * *

»J A A A A A A A A A A A A A A A A A A A A A A A A A A A A A A A A A A A A A A A A A A A A A A A R R R R R!!!!!!!!!!!!!!!!!!!!!!!!«

98

20.01. | 8:41 Uhr

Seit ich Ohrenstöpsel trage, höre ich nachts
keinen Mucks mehr. Habe von gestern auf
heute ohne Pause durchgeschlafen und
fast gar nicht vom Alien geträumt. Muss
mich nochmal bei Lukas für den Tipp
bedanken.

Heute Rückzug in eigene Wohnung, da Brandsanierung abgeschlossen. Fühle mich, bis auf
leichten Rauchgeschmack im Mund, wieder
gut. Bin dennoch bis auf Weiteres krank-
geschrieben.

Mache mir Sorgen um Lukas' und Ines' Ehe.
Unzweifelhaft vorhandene große Liebe scheint
von banalen Alltagsproblemen erstickt zu
werden. Neue Hifi-Anlage wird Stimmung
möglicherweise verbessern.
Immer noch keine verbindliche Auskunft zu
Liefertermin Transrotor-Plattenspieler.

KATHEDRALENZUPFER

Wusste ich doch, dass es noch umständlicher geht. Wenn man nach den Schreibwaren einfach links abbiegt und eine Sonderschleife durch die CD- und DVD-Abteilung dreht, statt durch die Haushaltsgeräte zu gehen, sind das locker noch mal zwei Extra-Minuten vom Klo zurück zur Herrenunterwäsche. Tut mir heute auch wirklich gut, ein wenig Zeit für mich zu haben.

Ines ist also eine Frau. Haltlos, hemmungslos, ein Stausee, zum Bersten gefüllt mit allem, was mir guttut. Meine Mitbewohnerin, ein Wesen, das nicht mehr nur mit mir wohnt, sondern auf einmal auch in mir. Und das jetzt ganz tief in mir drin herumwühlt, ohne auf irgendetwas Rücksicht zu nehmen. Ich muss ganz vorsichtig sein und darf auf keinen Fall voreilige Schlüsse ziehen, aber, und da will ich jetzt natürlich nicht das Kind mit dem Bade ausschütten, nur, wenn man es genau betrachtet, ganz ohne Vorurteile und Schwarz-Weiß-Denken, es könnte schon sein, also, ich will es zumindest mal in Betracht ziehen, dass ich manchmal, also wirklich nur phasenweise, versteht sich, ein bisschen zu sehr … auf Vanessa fixiert war?

Schluck, was habe ich da gedacht …

Die dicke Frau Kohlmeyer meinte heute Morgen im Treppenhaus jedenfalls zu mir, ich sähe so glücklich aus. Und Frau Kohlmeyer sieht mich ja nicht so oft. Die hat quasi die perfekte Außensicht …

Gut, wir waren betrunken. Trotzdem, das war kein Karnevals-Sex. Wir wollten Ekkehart verarschen und dann, wie soll ich sagen ... irgendwas mit *durchbrechen* und *mit aller Macht* und allem, was so in die Richtung geht. Als ich aufgewacht bin, war Ines schon weg. Aber sie hat eine Botschaft hinterlassen. Sie hat aus ihrer Schlafanzughose ein Herz gelegt. Ich sehe es immer noch vor mir auf dem Bett liegen ...

»Sagen Sie, ich suche eine CD mit Jazz. Ich habe da gerade was im Autoradio gehört, also eigentlich mag ich ja keinen Jazz, aber das war so schön munter, da hat so einer auf dem Klavier immer dum, didim, dum, didim gespielt, und dann kam ein Saxophon, so nänänä, nänänä, also, kennen Sie das vielleicht? Haben Sie das vielleicht da?«

Der Mann mit der Brille hat nicht mich gefragt, sondern den jungen CD- und DVD-Abteilungs-Azubi mit dem Popper-Iro und dem Blick, der sagt: An einem guten Tag kann ich meinen Namen fehlerfrei buchstabieren. Er guckt den Mann an, als wäre er ein Irrer, der nach einem funktionsfähigen Mondauto gefragt hätte.

»Also da kann ich Ihnen jetzt echt nicht ... heh!«

Ich habe den Knaben nach einem kurzen Sprint per Vinnie-Jones-Bodycheck in die Bande befördert, packe ihn am Popper-Iro und zische »Der gehört mir« in sein Ohr. Aus seinen Augen strahlt die nackte Furcht. Er verzieht sich in den hintersten Winkel der Abteilung und beginnt das Wühltisch-Angebot zu sortieren.

Ich atme tief durch, wische mir die Gel-verschmierte Hand unauffällig an der Hose ab und wende mich dem Herrn zu.

»Erlauben Sie mir, zu wiederholen: Das Klavier macht dum, didim, dum, didim?«

»Ja.«

»Dann setzt das Altsaxophon ein und macht nänänä, nänänä, nänänä, nänänä?«

»Ja, genau.«

»Und ich vermute, danach kommen Tenorsaxophon und Posaune und machen dapdadapdapdaaa, dadada-dapdaaadap, dadap?«

»Richtig! Das hatte ich schon wieder vergessen.«

»Das Stück heißt *Tom Thumb*, Komponist Wayne Shorter, Album *Schizophrenia*. Die Besetzung:

Wayne Shorter – Tenorsaxophon

James Spaulding – Altsaxophon

Curtis Fuller – Posaune

Herbie Hancock – Klavier

Ron Carter – Bass

Joe Chambers – Schlagzeug

Aufgenommen, hm, ich bin mir ehrlich gesagt nicht ganz sicher, 1967 oder 1968, aber auf jeden Fall mit Tonmeister Rudy van Gelder für Blue Note Records.«

»Großartig! Und wo finde ich die CD?«

Ich sehe ihn ernst und demütig an.

»Mein Herr, ich muss mich im Namen des Hauses aufrichtig bei Ihnen entschuldigen. Obwohl es kulturvergessen, ignorant, skandalös, ja geradezu barbarisch scheinen muss – Sie finden Wayne Shorters *Schizophrenia* im Moment nicht in unserem CD-Angebot. Sie können sich nicht vorstellen, wie sehr es mich schmerzt, diese Worte aussprechen zu müssen. Ich muss Sie wohl oder übel an ein anderes Geschäft verweisen: Jazz Pauli, Wilhelmstraße 4.«

»Danke. Sagen Sie, könnten Sie mir das noch mal aufschreiben?«

»Aber gerne. Sie interessieren sich für Wayne Shorter?«

»Na ja, wenn es da noch mehr gibt, was in die gleiche Richtung geht, ja, durchaus.«

»Nun, abgesehen von Shorters anderen Alben aus den 60ern, von denen ich *Speak No Evil* und *Adam's Apple* besonders hervorheben möchte, lohnt es sich, das Augenmerk auf weitere Aufnahmen mit Herbie Hancock und Ron Carter zu richten, die ja gemeinsam mit dem Schlagzeuger Tony Williams zu einer der wichtigsten Rhythmusgruppen ...«

* * *

»Nicht, dass ich Sie unterbrechen möchte, aber das war jetzt schon die dritte Durchsage, dass das Haus schließt, und ich müsste langsam mal ...«

»Kunst kennt keinen Ladenschluss. Ist zumindest meine Meinung.«

»Aber Sie haben jetzt schon drei Zettel mit CD-Titeln vollgeschrieben, die ich mir kaufen soll. Das übersteigt mein Budget, und ich muss jetzt auch wirklich nach Hause, meine Frau wartet mit dem Essen. Bitte, bitte, lassen Sie mich gehen!«

* * *

Zwei Fliegen mit einer Klappe geschlagen. Erstens müsste das dicke für eine Kündigung reichen, zweitens hat es Spaß gemacht. Ich lache dreckig vor mich hin, während ich die Haustür aufschließe.

An Vanessas Wohnung im ersten Stock husche ich heute schnell vorbei. Sonst gehe ich ja immer ganz langsam, versuche Vanessa-Moleküle in der Luft zu erschnüffeln, die Strahlung ihrer Anwesenheit aufzunehmen und summe dabei *On The Street Where You Live* vor mich hin, aber heute ist alles anders.

Ob das Schlafanzughosenherz noch auf unserem Bett liegt? Hihi, *unserem Bett*. Nein, ich finde, das muss klargehen. Vanessa hat sich in den ganzen Jahren so viel erlaubt. Jetzt darf ich auch mal. Der Großangriff fies knisternder Vorwurfswellen, der aus ihrem Eingang zu kommen scheint und hinter mir her die Treppe hochjagt, ist völlig überzogen. Schnell weiter.

Oben angekommen höre ich Töne durch unsere Tür. *My Romance*. Ben Webster lässt sein Saxophon aufseufzen, dass man in die Knie gehen möchte.

Ines hört freiwillig Jazz.

Ich bleibe stehen und mache die Augen zu.

My romance
doesn't have to have a moon in the sky
My romance
doesn't need a blue lagoon standing by …

Das ist für mich! Sie hat gespürt, dass ich jetzt komme.

… Wide awake
I can make my most fantastic dreams come true
My romance
doesn't need a thing but you!

Tür auf. Hier bin ich!

»Hallo, mein Lichtblick … Oh, Ekkehart. Äh, schön, dich mal wieder zu sehen.«

»Pst, wir hören gerade die neue Anlage Probe.«

Oh.

Sie haben es wirklich getan. Neben unserer alten Anlage steht ein neuer Hifi-Altar, flankiert von zwei Edel-Boxen auf schwarzen Ständern. Alles nicht annähernd so beeindruckend wie das, was Ekkehart in seiner Wohnung hat, aber man sieht sofort, dass es trotzdem sehr, sehr, sehr viel Geld gekostet haben muss.

Ines und er sitzen andächtig auf dem Sofa und hören.

Sie hat sich nur einmal kurz umgedreht und mir zugenickt. Gut. Eine Anschaffung dieser Größenordnung bindet natürlich schon ein wenig die Aufmerksamkeit. Da muss ich jetzt nicht gleich enttäuscht sein. Ich ziehe meinen Mantel aus, gucke die Post durch und setze mich auch dazu.

Kaum zu glauben. Der Steuerbeamte, von dem wir genau wissen, dass er eines Tages unser Verderben sein kann, sitzt in unserer Wohnung, und Ines' Augen leuchten.

»Wahnsinn, Ekkehart! So habe ich diese Musik noch nie gehört.«

»Nicht wahr? Viel wärmer, viel transparentere Höhen und die Mitten gut akzentuiert, das Saxophon klingt richtig räumlich. Viel mehr kann man aus so einer Platte kaum rausholen. Was meinst du, Lukas?«

»Ben Webster wird sowieso viel zu wenig gehört.«

»Guck mal: Clearaudio Performance-Plattenspieler, Trigon-Vorverstärker, Trigon-Endstufen und Canton-Boxen, alles mit hochwertigen Kabeln, die sogar dann noch ausreichen, wenn man später eine Klasse höher investiert. Und jetzt rate mal, was für einen Preis ich bekommen habe?«

»Hm, weiß nicht.«

»6345 Euro!«

Die Zahl platzt aus ihm heraus, als hätte er gerade ein altes Fahrrad für einen Picasso eingetauscht. Ich muss was sagen.

»Nicht zu fassen.«

»Gell?«

»Jetzt lass uns doch mal eine von deinen audiophilen Kostbarkeiten hören, von denen du immer sprichst, Ekkehart. Du hast doch nichts dagegen, oder, *Liebling*?«

»Äh, nein, *Schatz*, natürlich nicht.«

»Bin sofort zurück.«

Ekkehart ist schneller verschwunden, als man piff sagen kann. Na, das hat ja gut geklappt. Ich lege meine Hand auf Ines' Wange und lächele sie an. Sie zögert kurz, nimmt sie, drückt sie und schiebt sie dann weg.

»Was ist?«

»Sooo, da bin ich wieder. Hier, Anatol Kolumbanovich spielt in der Kathedrale von Amiens. Das ist wirklich eine Herausforderung für eine Hifi-Anlage. Ich bin schon ganz gespannt.«

Ekkehart holt die Platte so vorsichtig aus ihrer Hülle, als wäre sie aus getrockneten Schmetterlingsflügeln gepresst. Wie in Zeitlupe stülpt er sie über den Pin in der Mitte des Plattentellers und beginnt das Reinigungsritual. Ich sehe Ines noch mal an. Sie schielt nach Ekkehart und hält mir ihre Handflächen entgegen. Abwarten.

Ich verdrücke mich unauffällig in ihr Schlafzimmer. Ja, das Schlafanzughosenherz liegt noch so da wie heute Morgen. Oder ist das gar kein Herz? Man sieht ja immer nur das, was man gerne sehen will. Trotzdem, irgendwie liegt die Hose wirklich in Herzform. Kann man sagen, was man will. Wann verschwindet Stöckelein endlich?

»Setz dich, Lukas, gleich geht es los.«

Na gut. Ich lasse mich neben Ines nieder und lege meine Hände in den Schoß. Jemand beginnt einfältige pentatonische Figuren auf einer Akustik-Gitarre zu zupfen. Zwischen den Tönen lässt er endlos lange Pausen. Die sind auch bitter nötig, denn jeder Ton hallt so lange nach, dass man in einem schrecklichen Klangbrei ertrinken würde, wenn der Mann mehr spielen würde.

Was für ein billiges Esoterik-Spektakel. Das ist es also, was Ekkehart wie seinen Augapfel hütet? Pff.

Ines hat die Augen geschlossen.

»Das klingt wunderbar.«

»Nicht wahr? Sie haben allein drei Tage gebraucht, um die Mikrofone optimal in der Kathedrale aufzustellen.«

»Wenn man die Augen zumacht, könnte man meinen, man ist jetzt wirklich dort.«

»Na ja, ganz ehrlich gesagt, ihr müsstet das mal mit meiner Anlage hören. Dann glaubt ihr das sogar, wenn ihr die Augen *aufmacht*, hehe. Aber ich will euch jetzt nicht die Freude vermiesen.«

»Echt? Das geht noch besser?«

»Sicher. Für 6345 Euro allerdings nicht.«

* * *

Ines wollte sich tatsächlich eine ganze Schallplattenseite lang den Kathedralenzupfer antun. Ich hatte schon oft gehört, dass Hifi-Freaks in aller Regel einen miesen Musikgeschmack haben, dachte bis jetzt aber, dass dieses Gerücht ausschließlich aus Neid entstanden sei. Was für ein Irrtum.

Zum Glück hat sich Ekkehart danach verzogen, allerdings nicht ohne anzudrohen, dass er uns demnächst mit neuen »audiophilen Kostbarkeiten« besuchen würde. Ja, er hat sogar angeboten, einmal testweise seine eigene Anlage samt Alien-Boxen (»zu dritt kriegen wir die locker das eine Stockwerk hochgetragen«) bei uns aufzubauen, solange sein neuer Plattenspieler noch nicht geliefert ist. Und, ich habe es gesehen, Ines hat sich dabei die Lippen geleckt.

»Heh, wir hatten ausgemacht, dass wir Ekkehart hier raushalten wollen.«

»Na ja.«

»Wir haben gerade drei Nächte mit ihm in der Wohnung überstanden, und du gibst ihm schon wieder einen perfekten Grund, herzukommen?«

»Aber hast du denn nicht gehört, was für ein Wunder das gerade war? Für 6345 Euro die Kathedrale von Amiens in unserem Wohnzimmer!«

»Wir haben bald die Steuerfahndung im Wohnzimmer.«

»Aber versteh doch, das ist eine völlig neue Entdeckung für mich. Ekkehart hat mir die Ohren geöffnet.«

Entdeckung.

Ja, stimmt. Warum rege ich mich eigentlich auf? Ich lächele, gehe langsam auf Ines zu und nehme ihre Hand.

»Entschuldige, ich hatte nur kurz vergessen, dass es ja gar nichts mehr gibt, was er nicht rauskriegen darf.«

»Moment, nicht so schnell.«

»Okay.«

Sie macht sich los und schaut mich nicht an.

»Also, was da gestern war …«

Sie wedelt mit beiden Händen herum. Das habe ich bis jetzt noch nie bei ihr gesehen.

»Was da gestern war, das war …«

Eine Eröffnung, ein Gedicht, ein Blick ins Paradies. Nein, sie wird nichts davon sagen. Sie wird sagen …

»… ein Unfall.«

Genau das. Warum habe ich es schon vorher gewusst?

»Findest du wirklich?«

Sie schaut mich immer noch nicht an.

»Natürlich. Denk doch mal nach. Wir waren beide betrunken, ich habe lange keinen Sex mehr gehabt, weil

Bernd dauernd unterwegs ist, und du, na ja, keine Ahnung, und wir haben auf einem Doppelbett gesessen und wir haben … also …« Sie wedelt weiter mit den Händen. Als wollte sie etwas verscheuchen. »Jedenfalls musste das irgendwie so kommen, oder?«

»Du suchst eine Entschuldigung.«

»Hör mal, ich bin mit Bernd zusammen.« Jetzt sieht sie mich zum ersten Mal richtig an. »Ich hatte nicht vor, ihn zu verlassen.«

»Hatte?«

»*Habe*.«

»Hm.«

»Schau mich doch nicht so an. Du bist es doch, der seit Jahrzehnten immer nur an einer Frau hängt.«

»Ja, aber da ist, also ich denke, ganz ehrlich du, was … ins Wanken geraten.«

»Das glaub ich jetzt nicht!«

»Doch, wirklich.«

Sie verbirgt ihr Gesicht kurz hinter den Händen, als hätte sie festgestellt, dass ihr Gesprächspartner den Verstand verloren hat und sie kurz überlegen müsse, wie es weitergehen soll.

»Lukas. Das – geht – nicht.«

»Okay, Ines, es ist alles ein ziemliches Durcheinander. Aber das muss doch nicht heißen, dass es … nicht geht.«

»Ich bin verheiratet, kapier das doch mal.«

»Ja.«

»Ich meine natürlich *vergeben*.«

Sie wird rot und wendet sich von mir ab. Ich sehe wieder die zum Herz geformte Schlafanzughose vor mir auf dem Bett liegen. Die Beine, die sich am Tiefpunkt der spitzen Senke des Herzens berühren, lösen sich langsam voneinander. Ich starre den Sofatisch an.

»Aber wenn du das so siehst, dann darf Ekkehart doch wirklich auf keinen Fall mehr kommen.«

»Ja.« Sie starrt weiter die Wand an und schüttelt dabei langsam den Kopf. »Ich will nur noch einmal meinen neuen Plattenspieler über seine Anlage hören.«

Verflixt, sie wird sachlich. Nein, ich habe damit angefangen. Kann man da noch was machen?

»Pass bloß auf, ich habe nur Schlechtes über diese Hifi-Nerds gehört. Die machen dich süchtig. Mit 6345 Euro fängt es an. Dann hörst du eine noch tollere Anlage und willst die haben und so weiter. Und am Ende gibst du sechsstellige Summen aus, verschuldest dich, sonderst dich von deinem sozialen Umfeld ab und lebst nur noch in deiner Hör-Welt.«

Nein, jetzt kann man wirklich nichts mehr machen.

»Ich habs im Griff. Ich will nur einmal meinen neuen Plattenspieler mit Ekkeharts High-End-Anlage hören, dann ist Schluss.«

»Das kannst du auch einfacher haben. Trag den Plattenspieler nach unten.«

»Das geht nicht. Wir wollen den Klang mit der alten Anlage vergleichen, und zwei Räume können völlig unterschiedlich klingen, hat Ekkehart gesagt.«

Jetzt verberge auch ich kurz mein Gesicht hinter den Händen.

»Ich habe den Eindruck, das interessiert dich alles nicht, Lukas.«

Genau so ist es. Ich deute auf Ekkeharts Jazzplattensammlung.

»Hör zu, ich mag Musik …«

»Musik, die keiner versteht.«

»… und du und Ekkehart, ihr interessiert euch nur für Klang.«

»Na hör mal, Anatol Kolumbanovich in der Kathedrale von Amiens, war das vielleicht keine Musik?«

»Nein, sondern«, ich weiß, dass ich das jetzt nicht sagen sollte, »uninspiriertes, beliebiges, blutleeres, auf vordergründige Effekte bedachtes Gedaddel. Das hier ist Musik.«

Ich nehme die Ben-Webster-Platte und lege noch einmal *My Romance* auf.

»Nimm den Tonarmlift!«

»Tschuldigung.«

Es ist zwar noch lange nicht warm genug, um draußen zu sitzen, aber drinnen im Café knallt die Sonne durch die große Scheibe, die Wärme staut sich, wir tragen T-Shirts und Sonnenbrillen. Das Bollini ist zwar schon seit längerem nicht mehr mein Favorit, aber Vanessa kennt da keine Diskussion. Keine Ahnung, warum sie sich so gerne inmitten der gehobenen Großstadt-Bohème aufhält. Ich fühle mich zwischen den jungen Männern mit den weißen Hemden und modisch zerknitterten Jacketts immer fehl am Platz, und es wäre mir wirklich sehr peinlich, hier jemandem zu begegnen, dem ich schon einmal Unterhosen verkauft habe.

»Hast du denn schon einen neuen Job in Aussicht?«

»Ach, da findet sich schon was, Lulu. Wie immer, hihi.«

»Frag doch mal Viktor. Vielleicht geht was beim Theater? Die haben ja auch eine große Verwaltung.«

»Mhm, mach ich mal.«

Sie nimmt einen großen Schluck Milchkaffee und leckt sich den Schaum von den Lippen. Der Glanz, den ihre Zunge zurücklässt, wird zum Spielplatz für Sonnenstrahlen. Ich sehe sie an. Sie trägt ihr Haar heute wie eine brünette Ausgabe von Brigitte Bardot. Haltung und Bewegungen passen sich perfekt an. Sogar ihre Lippen wirken breiter als sonst, oder ergänze ich das nur in meinem Kopf? Unentwegt kommen Männerblicke durch mich hindurch zu ihr herangekrochen. Ja, sie ist schön, zum hundertsten Mal. Nur ich bin heute anders.

Sie nimmt, wie so oft, jeden zweiten Satz zum Anlass, mit ihrer Hand auf meinem Oberschenkel herumzutasten. Eigentlich bin ich das gewohnt, aber heute kommt mir ihre Hand fremd vor. Als wäre ich eine Wand und eine Hand würde auf mir herumtapsen, um den Lichtschalter zu finden.

»Du siehst blass aus, Lulu. Du arbeitest zu viel. Diese Klimaanlagenluft im Kaufhaus macht auch ganz spröde Haut.«

Einmal mehr streicht sie mir über den Oberschenkel, als wollte sie diesem Allerweltssatz größten Nachdruck verleihen. Sie könnte auch meinen Arm berühren oder die Schulter, aber das tut sie fast nie.

»Weißt du was? Vielleicht sollte ich dir auch mal den Rücken massieren.«

Gerade war sie noch bei spröder Haut. Ja, sie sucht tatsächlich nach Schaltern. Heute bin ich bereit, es zu bemerken.

»Mir hat das so gutgetan neulich, seufz. Ich wollte es dir ja eigentlich nicht sagen, aber ich hatte – ich hoffe, du bist mir nicht böse – was mit dem DJ von Xavier Naidoo. Den hatte ich damals bei dem Konzert, wo der Toni die Freikarten für hatte, kennengelernt, und jetzt waren sie wieder in der Stadt, weißt du? Und das mit den Rückenschmerzen kam, glaube ich, von, kicher, na ja …«

Dieser Schalter funktioniert heute nicht. Auch dann nicht, wenn sie mit dem Holzhammer draufhaut.

»Sei lieber froh, dass du keine Kopfschmerzen davon bekommen hast.«

»Wieso Kopfschmerzen?«

»Ach, Vani.«

»Heh, *Vani* hast du mich ja noch nie genannt.«

»War ganz spontan.«

»Klingt süß.«

Nicht zu fassen. Ich bin so eifersüchtig wie noch nie in meinem Leben, aber es hat nicht das Geringste mit Vanessa zu tun. Ich denke an Ines. Sie hat ihre Termine heute extra so gelegt, dass sie Bernd vom Flughafen abholen kann. Ich stelle mir vor, wie sie mit einem Blumenstrauß in der Hand am Gate auf ihn wartet, ganz wie ein reumütiger untreuer Ehemann. Nur gut, dass ich das Eifersüchtigsein all die Jahre mit Vanessa trainieren konnte, sonst würde ich wahrscheinlich krepieren.

Wegen Vanessa liegt mir etwas ganz anderes auf der Seele …

»Vani sage ich immer zu Vanille-Eis. *Eine Kugel Vani bitte*. Ist mein Lieblingseis, weißt du ja, Lulu.«

Habe ich die ganzen Jahre mit Vanessa verbracht, nur weil ich sie schön finde?

»Vani könnte auch eine Abkürzung für *vanitas* sein.«

»Oh ja, Señora Vanitas und ihre Chicas machen ganz Barcelona verrückt. Caramba!«

»Nee, vanitas ist Lateinisch.«

»Und was heißt es, bitte schön?«

»Das willst du nicht wirklich wissen.«

»Ah, was Unanständiges, hihi.«

»Sehr unanständig.«

Vanessa winkt irgendeinem Kerl zu, der an der Bar sitzt und schon so lange auf ihr Winken gewartet hat, dass er nun seinen inneren Freudentaumel darüber kaum verbergen kann. Er sieht ganz anders aus als ich. Behäbig, halblange dunkle Haare, breites gebräuntes Gesicht, weißes T-Shirt, dunkler Sakko und, wenn man böswillig ist, Tendenz zu Wurstfingern. Normalerweise hätte ich in ihm sofort einen Feind erkannt, gegen den ich um Vanessas Aufmerksamkeit kämpfen muss. Aber heute sehe ich es anders. Er ist wie ich und ich bin wie er. Wurstfinger und ich *meinen* um Vanessas Aufmerksamkeit kämpfen zu müssen. Und wir tun es. Aber nicht, weil wir das so entschieden haben. Wir kämpfen, weil Vanessa es so will. Wurstfinger und ich sind arme Würste.

Ich gebe mir einen Ruck.

»Ich muss langsam los.«

»Wart mal.«

Vanessa steht auf und schwebt mit ausgebreiteten Armen auf Wurstfinger zu. Ich soll dabei ihre Pobewegungen beobachten. Und, wie kann es anders sein, ich tue genau das. Und, schlimmer noch, ich schaffe es nicht, einfach aufzustehen und zu gehen. Ich versuche es immer wieder, aber kurz bevor ich mich bewege, nagelt sie mich mit einem präsise abgeschossenen Blick auf meinem Stuhl fest. Ich komme nicht dagegen an. Wenn es sein müsste, würde ich jetzt jeden Termin der Welt sausen lassen.

Nach einer Weile kommt sie zurück.

»Das war Ludolf. Modefotograf.«

Irgendwie schafft sie es, *Modefotograf* so auszusprechen, dass es wie *erstaunliche Penislänge* klingt. Und sie legt dabei wieder ihre Hand auf meinen Oberschenkel, als wäre ich sonst nicht in der Lage, den Sinn ihrer Worte zu erfassen.

»Komm, wir gönnen uns ein Glas Sekt.«

Ich werde dieses Café nicht verlassen, ohne dass sie es erlaubt. Keine Chance. Ich habe dieses Café noch nie verlassen, ohne dass sie es erlaubt. Und sie wird auch bestimmen, ob ich alleine gehe oder mit ihr zusammen.

* * *

»Ups.«

»Tschuldigung.«

* * *

Ich sitze allein im Wohnzimmer und drehe an den Knöpfen von Ines' neuem Verstärker herum. Nein, *Vorverstärker* natürlich. Modell Trigon SnowWhite. Ja, wirklich ein schönes kleines Ding. Zwei Drehregler, ein Ausschalter, sonst nichts, alles in strahlendem Weiß, wie auch die beiden Endstufen, die darunter stehen. Und die Boxen haben nicht das Geringste mit der wuchtigen Hässlichkeit der Granit-Aliens zu tun, die ich mit Ekkehart die Treppen hochschleppen musste. Schlichter, leicht abgerundeter Korpus aus leuchtend rotbraunem Holz mit feiner Maserung, das auch aus der Innenausstattung eines Rolls-Royce stammen könnte. Ein wunderbarer Kontrast zum Weiß der Verstärkersammlung.

So sehr es mir widerstrebt das anzuerkennen, aber Ekkehart hat ein Händchen. Das hier ist keine Stereoanlage für Nerds, sondern ein elegantes Wohnaccessoire für Damen mit Klasse. Noch steht alles provisorisch auf dem Boden vor dem großen Regal. Ich trete einen Schritt zurück. Dadurch, dass wir so lange hier gewohnt haben, gab es nie einen radikalen Schnitt in unserem Wohnstil. Wer hier unvoreingenommen reinkommt, könnte denken, dass wir immer noch dauerpartyfeiernde Studenten sind.

Gut, vielleicht Studenten mit hohem Budget, denn Ines hat im Lauf der Zeit doch hier und da mal etwas richtig Schönes angeschafft. Die beiden Blumenvasen, der neue Esstisch, die blauen Vorhänge, die gerahmte Radierung eines spanischen Künstlers. Aber ihr aktueller Lebensstil kommt trotzdem nur tupfenweise zur Geltung. Und auch die neue Anlage wird nur ein weiterer Tupfen sein.

Einerseits kann ich nichts für diesen Zustand. Ines weiß, dass ich kein Problem damit hätte, wenn sie in unseren Räumen alles radikal ändern würde. Andererseits wäre es vielleicht besser um uns beide bestellt, wenn ich selbst einmal mit dem Ändern angefangen hätte. Zeit genug hätte ich gehabt, selbst wenn ich kein einziges von den Endlos-Frühstücken mit Vanessa und ihrer Hand an meinem Oberschenkel-Schalter ausgelassen hätte. Ich hätte das Wohnzimmer neu streichen können, ich hätte Einrichtungshäuser besuchen können, um Vorschläge für neue Teppiche und neue Sitzmöbel zu machen, und vor allem hätte ich diese grelle Pendelleuchte mit der 100-Watt-Birne rausschmeißen und dafür sorgen sollen, dass wir endlich angenehmes Licht haben.

So sieht ein Wohnzimmer von zwei Leuten aus, die nur zusammenwohnen, weil sich noch nichts anderes ergeben hat – und zwischen denen neuerdings ein selbstersonnener Steuertrick pappt wie ein zäher Batzen Baumharz. Außer Lukas zu sein habe ich nie etwas dafür getan, dass Ines sich hier wohl fühlt.

Ich fahre mit den Fingern über Ekkeharts Jazzplatten, die als Hörtestmaterial immer noch neben der neuen Hifi-Anlage stehen, dann beginne ich unsere alte Anlage aus dem Regal herauszuholen und die neue am gleichen Ort aufzubauen.

Der passend zu den Verstärkern ebenfalls schneeweiße Plattenspieler ist viel schwerer, als es sein ätherisch klingender Name Clearaudio Performance vermuten lässt, aber natürlich gar nichts gegen Ekkeharts Steinboxen. Ich versuche so wenig Kabel wie möglich auszustöpseln, und die, die ich zum Umbauen rausziehen muss, stecke ich wieder exakt so rein, wie sie waren. Die alte Anlage stelle ich zuerst in den Flur, nehme sie dann aber sofort wieder weg und trage sie in mein Zimmer, damit hier nichts nach Baustelle aussieht.

Es dauert immer noch eine kleine Ewigkeit, bis ich zur Arbeit muss. Ich betrachte unser Regal und schalte vorsichtig die neuen weißen Kistchen an. Dann ziehe ich Sonny Rollins' *Saxophone Colossus* aus dem Karton, nehme die Platte aus der Hülle und lege sie behutsam auf den dicken Plattenteller aus massivem Acryl. Der Motor läuft. Die Karbonbürste liegt bereit. Ich versuche Ekkeharts ritualhafte Bewegungen nachzumachen, bin aber nicht sicher, ob die Platte danach wirklich sauberer ist als vorher. Wenigstens die Antistatik-Pistole ist idiotensicher. Nachdem ich dreimal abgedrückt habe, greife ich nach dem Tonarm, zucke im nächsten Moment zurück und suche nach dem Tonarmlift. Ich lege den Hebel um, schiebe den Tonarm zum zweiten Stück und lasse ihn herunter.

Sonny Rollins spielt einen weit ausholenden Auftakt, dann beginnt die tränenerstickte Ballade *You Don't Know What Love Is*. Ich sinke in unser in unzähligen Jahren breitgesessenes Sofa, starre an die Decke und zerdrücke am Ende zwei Tränen.

Als der Song zu Ende ist, schalte ich die Anlage aus und steige seufzend in mein Verkäufergewand. Ein letzter Blick in den Spiegel, dann raus ins Treppenhaus. Ich summe weiter leise *You Don't Know What Love Is* vor mich hin. Meine Beine sind schwer.

»Guten Tag, Herr Fink.«

»Hallo, Frau Kohlmeyer.«

»Sie sehen aber gar nicht gut aus. Sie brauchen mal frische Luft.«

»Tja, da, wo ich arbeite, gibts die leider nicht.«

»Essen Sie denn wenigstens vernünftig?«

»Doch, meistens schon. Danke übrigens noch mal für die Putenschnitzel neulich. Die waren wirklich ausgezeichnet.«

»Gell?«

* * *

Ines sitzt jetzt irgendwo mit Bernd beim Abendessen. Ich weiß, dass ich kein Auge zumachen werde, bis sie nach Hause kommt. Und weil sie vermutlich gar nicht nach Hause kommen wird, werde ich auch die ganze Nacht kein Auge zumachen. Grund genug, gar nicht erst nach Hause zu gehen.

Der Saxophonist steht am vorderen Bühnenrand und bläst, als wolle er die Decke zum Abheben bringen. Muss er auch. Die Band hinter ihm macht solchen Druck, dass er sonst untergehen würde. Unglaublich. Alles deutsche Twentysomething-Milchgesichtbubis, die vielleicht gerade mal ihren Zivildienst hinter sich haben, aber sie klingen, als könnte man die langweilige Können-Weiße-überhaupt-schwarze-Musik-spielen?-Diskussion heute Abend endlich für alle Zeiten ins Grab legen. Ja, irgendwann, irgendwann will ich auch mal in ein Tenorsaxophon blasen. Nur einmal. Nur um zu wissen, was für ein Gefühl das ist.

Das Solo ist zu Ende. Ein paar Handpaare klatschen entschlossen los, ein paar weitere, darunter meins, schließen sich an. Mit kurzer Verzögerung setzt auch rechts neben mir Applaus ein. Ich muss lächeln.

»Wirklich nett von dir, dass du mitgekommen bist, Ekkehart.«

»Gern geschehen. Weißt du, ich hatte sowieso nichts anderes vor.«

Das Klaviersolo beginnt sparsam. Ein paar versprengte Töne tropfen zwischen die Beats. Man muss genau hinhören, um sich anstecken zu lassen. Das Schlagzeug ist, wie immer, viel zu laut. Ekkehart rutscht von einer Pobacke auf die andere. Muss ich mir Vorwürfe machen? Er war es, der mich im Treppenhaus gefragt hat, was ich heute Abend mache. Und er war es, der gefragt hat, ob er mit ins Flatted Fifth kommen kann.

Ja, ich war froh, dass ich nicht, wie meistens, alleine unter den dummklug aus ihren Vollbärten heraus schwätzenden Gymnasiallehrern sitzen muss, die komischerweise immer den größten Teil des Jazzpublikums bilden. Aber ich habe Ekkehart nicht bedrängt. Er hat gefragt.

Gegähnt hat er bis jetzt noch nicht, aber wenn er sich erst mal an der neuen Umgebung sattgesehen hat, wird es kommen. Ich habe das schon mit so vielen anderen erlebt. Mein gesamter Freundeskreis saß mit mir schon hier, von A wie Annemarie bis V wie Vanessa und Viktor. Genau an diesem Tisch. Und jeder ist genau nur *ein Mal* mitgekommen. So nach dem Motto, was bei Wolfgang Petri das Freundschaftsbändchen, ist bei Lukas ein Konzertbesuch im Flatted Fifth. Da musst du durch. Ohne das kommt keine richtige Beziehung zu ihm zustande.

Ich bin ein Unmensch.

Die Klaviertöne häufen sich und werden lauter. Aber der Mann kann noch wesentlich mehr, als ein Solo lehrbuchmäßig aufzubauen. Er zieht mich mitten hinein …

Armer Ekkehart. Nein, ich schwöre, das war das letzte Mal heute. Ich werde niemanden mehr ins Flatted Fifth schleppen. Ich werde mich mit einem von den bärtigen Gymnasiallehrern anfreunden. Vielleicht ist ja doch einer dabei, den man ertragen kann.

»Mal ganz ehrlich, Ekkehart, dir gefällt die Musik nicht, oder?«

»Doch, doch.«

»Du brauchst nicht zu lügen.«

»Nein, ich mag es.«

»Ich kann dich verstehen, wenn du es nicht magst.«

»Gut, aber ich mag es nun mal.«

»Aber du kannst es doch gar nicht mögen.«

»Ich verstehe nicht ganz. Wieso?«

»Na, entweder man mag Anatol Kolumbanovich, oder man mag Jazz. Beides geht nicht.«

»Bei mir geht es anscheinend doch.«

»Komm, du brauchst mir nichts vorzumachen.«

»Tu ich nicht.«

»Was gefällt dir an Anatol Kolumbanovich?«

»Nun, es ist einfach die schönste Musik, die ich mir vorstellen kann. Und absolut perfekt aufgenommen. Sie hatten insgesamt 32 Mikrofone im …«

»So. Und wenn Kolumbanovichs Gezupfe die schönste Musik ist, die du dir vorstellen kannst, was gefällt dir dann hieran? Das hier ist wild, unharmonisch, verstörend …«

»Mag sein, aber es erinnert mich an Großonkel Adalbert.«

»Ach so.«

»Er hat sich immer ganz viel um mich gekümmert, als ich ein Kind war, und abends, wenn ich am Einschlafen war, hat er immer diese Platten da im Wohnzimmer gehört. Du bist, glaube ich, der erste Mensch, den ich kennenlerne, der Jazz so gern mag wie Großonkel Adalbert.«

»Verstehe.«

»Hast du eigentlich schon mal daran gedacht, als Musikkritiker zu arbeiten?«

»Brmpf. Ja, ich schreibe regelmäßig Artikel über Jazz und schicke sie an den Tagesspiegel, aber bis jetzt wollten sie nie was abdrucken. Nicht mal gemeldet haben sie sich.«

»Oh, das tut mir leid.«

Das Stück ist vorbei, die Musiker verabschieden sich zur Pause.

»Was hat dein Großonkel Adalbert eigentlich in New York gemacht?«

»Nun, er ist früh aus der Wehrmacht desertiert, hat sich nach New York durchgeschlagen, und dort hat er, soweit ich weiß, als Kellner, Asphaltierer, Hundeausführer, Eintänzer, Fensterputzer, Museumsaufsicht, Taxifahrer, Portier und Hot-Dog-Verkäufer gearbeitet, und nachts ist er immer in die Jazzclubs gegangen.«

»Beneidenswert.«

»Oh, ich glaube, er hatte kein leichtes Leben. Wenig Geld, immer von der Hand in den Mund, und drei Frauen haben ihn verlassen. Als er in den 70ern nach Deutschland zurückgekommen ist, hat er sofort einen festen Job gefunden und konnte sich auf seine alten Tage sogar noch ein kleines Häuschen kaufen.«

»Aber er hat die Zeit mitbekommen, in der der Jazz … passiert ist.«

»Ach so.«

»Schwer zu verstehen, ich weiß, aber glaub mir, es ist so.«

Nein, ich hole jetzt nicht weiter aus. Nur wenn er mich fragt.

»Sag mal, Lukas, Ines und du, wie habt ihr euch eigentlich kennengelernt?«

In meinem Kopf macht es ein Geräusch, als würde man eine Plattenspielernadel bei eingeschaltetem Verstärker quer über die Platte ratschen.

»Also, ich hoffe, ich bin jetzt nicht zu neugierig, hehe.«

»Iwo, nein nein, schon okay.«

Warum wird mir erst jetzt klar, dass es Wahnsinn ist, mit unserem Finanzamt-Sachbearbeiter-der-nicht-wissen-darf-dass-wir-gar-nicht-… auszugehen?

»Nun, also, das fing so an, dass mein alter Freund Viktor und ich nach zwei Semester Studium fanden, dass wir zu dick sind. Und nachdem wir gemerkt haben, dass das Unisport-Konditionstraining viel zu anstrengend für uns ist, haben wir uns der gemischten Volleyball-Gruppe angeschlossen …«

Und ein Jahr später haben Viktor, unsere neue Volleyball-Freundin Ines und ich eine 3er-WG gegründet, und noch ein Jahr später kam Bernd in die Volleyballgruppe, und zwei Jahre später waren Ines und er ein Paar. Obwohl Ines ihn am Anfang noch schrecklich doof fand.

»… na ja, und dann kam so eines zum anderen.«

Wenn er jetzt weiterbohrt, wird es eng.

»Ein Glück, das ihr euch kennengelernt habt. Ehrlich. Ines und du, ihr passt so gut zusammen.«

»Na ja, irgendwie schon, ja.«

Oh nein, das kam viel zu zögerlich. Er sieht mich prüfend an. Wahrscheinlich kann er schon die Schweißtropfen auf meiner Stirn zählen.

»Ich weiß, ist nicht immer einfach, so ein Eheleben. Mir brauchst du nichts erzählen. Aber was passt, das passt einfach. Da sollte man nicht groß grübeln, auch wenn es mal nicht so rund läuft. Prost.«

»Prost.«

Zum Glück kommt die Band gerade wieder auf die Bühne. Bitte spielt laut, Jungs, bitte sehr, sehr laut.

* * *

22.01. / 00:43 Uhr

Mache mir weiterhin Sorgen um Ines' und Lukas' Ehe. Beziehung scheint mir in der Tat belastet. Ursache möglicherweise mein mehrtägiger Aufenthalt in ihrer Wohnung?

Will den beiden helfen. Werde mich heute noch mit Karlchen treffen (dessen Rückenbeschwerden vom Umzug sind fast auskuriert) und mich mit ihm beraten.

KONFIERTER ENTENMAGEN

»Ja, hallo?«

»Hier ist Hartmut Meier vom Tagesspiegel, spreche ich mit Herrn Fink?«

»Ja. Ich möchte kein Abo, weil meine Mitbewohnerin hat schon eins, und ich muss jetzt auch gleich zur Arb ...«

»Haha, nein, es geht um Folgendes, Herr Fink. Sie sind uns schon seit geraumer Zeit als Jazz-Experte ersten Ranges bekannt, und weil unsere wenigen anderen Autoren mit Jazz-Kompetenz im Moment völlig ausgelastet sind, wollten wir anfragen, ob Sie bereit wären, heute Abend kurzfristig einzuspringen, um ein Interview mit dem Jazzpianisten McCoy Tyner durchzuführen, der sich gerade privat in unserer Stadt aufhält.«

M... M... M...

»Herr Fink, sind Sie noch dran?«

Mc... Mc... Mc... Verflixt, ich muss mich zusammenreißen.

»Ja, Herr Meier, entschuldigen Sie, ich hatte da gerade noch ein Gespräch auf der anderen Leitung, hehe, also ein Interview mit M... M... McCoy Tyner, sagten Sie?«

»Ja. Treffpunkt wäre heute Abend um 20 Uhr im Restaurant Le Canard. Könnten Sie das kurzfristig einrichten?«

»Hmhm, mal sehen, hmmmm ... ja, doch, das kann ich reinschieben.«

»Großartig, Herr Fink. Schreiben Sie bitte einen Artikel für die Wochenend-Beilage, Länge etwa 15 000 Zeichen.«

»Geht klar.«

»Die Kosten für Ihr Abendessen übernimmt selbstverständlich unser Haus.«

»Schön zu hören.«

»Der Tisch ist auf Ihren Namen reserviert. Wiederhören, Herr Fink, und wir bedanken uns sehr herzlich dafür, dass Sie so spontan zusagen konnten.«

»Keine Ursache. Wiederhören.«

* * *

Ich weiß nicht, wie viele Minuten ich noch reglos mit dem Hörer in der Hand dagestanden bin, bis mir auffiel, dass es die ganze Zeit tutete.

McCoy Tyner.

Was ziehe ich nur an? Ich pendele seit zwei Stunden zwischen Spiegel und Kleiderschrank hin und her, und trotzdem ist, abgesehen von der Unterhose, irgendwie noch gar nichts klar. Ich muss mich jetzt wirklich mal abregen.

Aber leicht gesagt. Schon allein, dass sie mich endlich als Jazz-Experten wahrgenommen haben, macht mich rasend glücklich. Und sie lassen mich sogar gleich mit McCoy Tyner sprechen. MCCOY TYNER! Der Mann, der mit seinem Klavier ein ganzes Orchester an die Wand spielen kann, der Held, der sechs Jahre lang Pianist im John Coltrane Quartet war, der Übermensch, der einst auf *A Love Supreme* die Tasten bearbeitete, als gäbe es kein Morgen mehr, ein lebendes Stück Jazzgeschichte, eine Legende …

Okay, ganz sachlich: Wenn ich McCoy Tyner wäre, was sollte dann ein junger deutscher Kulturjournalist zu einem Treffen mit mir anziehen? Einerseits habe ich als 70-jähriger schwarzer Jazzmusiker in den USA das Schattenseiten-des-Lebens-Programm in allen Variationen gehabt. Geldnot, Rassismus, Geringschätzung meiner Kunst und so weiter. Und gepuderte Schnösel hasse ich genauso wie Publikum, das auf Eins und Drei mitklatscht. Aber andererseits schätze ich an Europa, dass Jazz dort als Kunst gilt, die Feuilletons darüber schreiben, die Klaviere immer gestimmt sind, und, genau, dass die Journalisten, mit denen ich spreche, ihre Wertschätzung zum Ausdruck bringen, indem sie sich gut anziehen. Außerdem treffen wir uns im Le Canard, das hat immerhin einen Michelin-Stern, soweit ich weiß. Also, Entscheidung gefallen.

Ich puste die Staubkörner von meinem schwarzen Anzug. Champagnerfarbenes Hemd plus dezenter Schlips dazu und die Schuhe noch mal poliert.

McCoy Tyner. In nur einer Stunde werde ich ihn treffen. Nicht zu fassen. Ob ich ihn gleich mit Vornamen ansprechen soll? Auch wieder so ein Ding. Der normale Ami-Star hat kein Problem damit, aber bei Jazzmusikern ist, wie gesagt, Respekt das A und O. Wenn ich da einfach so »McCoy« sage, fühlt er sich womöglich in einen Topf mit Robbie Williams geworfen. Gut, Dizzy Gillespie, den hätte man natürlich mit »Dizzy« angesprochen, Cannonball Adderley vielleicht auch noch mit »Cannonball« … Aber nein, kein Risiko. »Mr Tyner«, damit bin ich auf der sicheren Seite.

Und soll ich ihm meine Fragen sofort stellen, oder plaudert man erst mal? Reicht mein Englisch überhaupt? Jedenfalls darf ich ihn auf keinen Fall beim Essen stören. Interviewfragen nur zwischen den Gängen, ganz klar.

Wo ist mein Schreibblock im Lederetui? Verflixt, ich hatte doch vor ein paar Jahren einen zu Weihnachten geschenkt bekommen, ich weiß es noch ganz genau …

* * *

»Ihr Name, mein Herr?«

»Fink.«

»Herr Fink. Ja, sehr wohl. Darf ich Sie zu Ihrem Tisch führen?«

»Häm, ja bitte.«

Ich wünschte, ich wäre schon früher mal im Le Canard gewesen, dann würde ich mich hier viel souveräner bewegen. McCoy Tyner wird bestimmt sofort merken, dass das normalerweise nicht meine Welt ist. Wenigstens bin ich früh genug dran, um mich noch ein bisschen einzugewöhnen.

»Ich hoffe, dieser Tisch ist Ihnen genehm?«

»Äh, ja.«

Manno, der braucht mir doch nicht den Stuhl unter den Hintern zu schieben. Das ist ja wirklich albern.

»Darf ich Ihnen schon einen Aperitif bringen?«

»Nein, danke, ich warte noch.«

»Selbstverständlich.«

Weia, ich sehe schon den ersten Krisenherd für unser Gespräch. Ich stehe auf, wähle den kürzesten Weg zwischen den Tischen hindurch und pirsche mich an den Restaurant-Pianisten heran, der in der Mitte des Raums den unvermeidlichen Hintergrund-Klimperteppich ausbreitet. Er sieht mich kommen, ignoriert mich aber und bearbeitet in stoischer Gelassenheit weiter den Steinway. Ich tippe ihm auf den Arm. Er sieht unwillig an mir hoch, sicher weil er glaubt, dass ich ihn jetzt bitte, *As Time Goes By* für mich und meine Süße zu spielen, und nicht mal einen Schein in der Hand habe.

»Entschuldigen Sie die Störung, nur … ich treffe mich hier gleich mit McCoy Tyner und, äh, wie soll ich sagen, könnten Sie ein gewisses Niveau …?«

»Was? McCoy Tyner? Hier? Kein Scherz?«

Er ist sofort blass geworden, spielt aber weiter, als wäre nichts gewesen. Ein echter Profi.

»Ja, McCoy Tyner. Ich bin vom Tagesspiegel und mache ein Interview mit ihm.«

»Danke fürs Bescheidsagen. Ich … ich spiele ganz leise … Mein Gott, McCoy Tyner … Wusste gar nicht, dass der noch lebt.«

Welche Wirkung ein Name haben kann. Ein Glück, dass ich nicht in seiner Haut stecke.

Gibt es sonst noch etwas, das das Wohlbefinden eines wandelnden Stücks Jazzgeschichte stören könnte? Nein, eigentlich nicht. Es ist das beste Restaurant der Stadt, angenehme Atmosphäre, bestes Essen, da kann er eigentlich nicht meckern. Hätte ich nicht gedacht, dass die Ignoranten vom Tagesspiegel so viel für Jazzmusiker übrighaben.

Ich gehe zurück und versuche dabei endlich etwas ruhiger zu atmen. Das gelingt mir aber nur genau drei Schritte lang. Dann sehe ich nämlich, dass an meinem Tisch schon jemand sitzt.

»Oh …«

»Hallo.«

»Hallo, Ines.«

»Sag mal, Lukas, ich wusste ja, dass du gut kochst, aber jetzt willst du es wirklich wissen, oder was?«

»Nein, nein, ich bin, äh, beruflich hier.«

»Du, beruflich hier? Sollst du die bevorzugten Unterhosenmarken der höheren Gesellschaftsschichten ausspionieren? Dann geh am besten auf die Herrentoilette.«

»Ich bin vom Tagesspiegel beauftragt worden, ein Interview mit McCoy Tyner zu führen.«

»Wer ist McCoy Tyner?«

»Ines! Ein Jazzpianist. Ein *großer* Jazzpianist.«

»Tschuldigung.«

»Schon okay.«

Die Farbe ihres langärmeligen Kleids liegt irgendwo zwischen Orange und Gold, auf jeden Fall genau der Ton, der zusammen mit ihrer Elfenbeinhaut, ihren hellblonden Haaren und der Spange aus Ebenholz, die es locker zusammenhält, ein vollendetes Gedicht ergibt. Warum sollte jemand wie sie McCoy Tyner kennen müssen? Er kennt sie ja schließlich auch nicht.

»Du solltest öfter Anzüge tragen, Lukas. Du siehst toll aus.«

»Danke, das finde ich sehr beruhigend.«

Sie bleibt einfach sitzen.

»Du, Ines, das ist jetzt nicht böse gemeint, und wir können ja auch gerne mal hier zusammen essen, und ich ziehe auch gerne noch einmal den Anzug dazu an, also, natürlich nur, wenn du auch noch einmal dieses Kleid anziehst, aber der Punkt ist ... *er* kommt jetzt gleich.«

»Moment mal, Lukas, das hier ist aber mein Tisch.«

»Das kann nicht sein. Den haben die vom Tagesspiegel für McCoy Tyner und mich reserviert. Der Ober hat mich gerade hingeführt.«

»Muss eine Verwechselung sein. Mich hat der Ober auch gerade hingeführt.«

»Und mit wem bist du verabredet?«

»Mit Professor Bleibimhaus, einem Experten für Katzenallergien, der sich mit meinem Fall befassen will, weil er ihn interessant findet.«

»Darf ich Ihnen nun einen Aperitif bringen?«

»Gut, dass Sie kommen. Hier hat es eine Verwechslung gegeben. Ist dieser Tisch für Herrn Fink oder für Frau Herzog reserviert?«

»Für Sie beide.«

* * *

»Aber es stimmt wirklich, ich habe einen Anruf vom Tagesspiegel gekriegt, ich soll mich hier mit McCoy Tyner treffen. Er hätte schon vor einer Viertelstunde kommen müssen.«

»Okay, Lukas, jetzt endlich mal Tacheles, du kriegst mich nicht rum, auch nicht, wenn du mich mit irgendwelchen Tricks in feine Restaurants lockst – wobei ich sagen muss, dass die Nummer mit dem Katzenallergie-Experten wirklich originell war.«

»Ich hab damit nichts zu tun. Mir hat man gesagt, dass ich mich hier mit McCoy Tyner treffen soll.«

»Wollen Sie vielleicht jetzt einen Aperitif?«

»Ja, bringen Sie mir einen.«

»Gut, mir auch einen.«

»Darf ich Ihnen einen Spritz empfehlen?«

»*Spritz?*«

»Ja, bringen Sie uns bitte zwei Spritz.«

»Sehr wohl.«

Ines sieht mich an. Sie führt irgendwas Hinterhältiges im Schilde.

»Also ein Interview mit McCoy Tyner?«

»Ja.«

Sie lächelt.

»Der Aperitif, bitte schön. Darf ich Ihnen dann die Karte bringen?«

»Ja, bitte.«

»Du hast doch sicher Fragen für McCoy Tyner vorbereitet?«

»Aber ja doch.«

»Weißt du was, stell sie doch einfach mir. Quasi als Training, falls er doch noch kommt.«

»So ein Blödsinn.«

»Ha, du hast nämlich gar keine Fragen vorbereitet.«

»Natürlich habe ich Fragen vorbereitet.«

»Dann stell sie mir.«

Wir kippen den Aperitif herunter, ohne vorher anzustoßen, und gucken uns an wie zwei Cowboys beim Duell. Sie will es wissen. Kann sie haben. Ich sehe ihr in die Augen und spreche ohne den kleinsten Verhaspeler meinen Text.

»Mister Tyner, zu Ihren Freunden aus Ihrer Heimatstadt Philadelphia gehörten der Trompeter Lee Morgan und der Schlagzeuger Mickey Roker, mit denen Sie schon als Jugendlicher regelmäßig zusammen spielten. Wie haben die beiden Ihre Musik beeinflusst?«

Ines sieht mich scharf an. Sie glaubt mir immer noch nicht. Der Ober kommt wieder an den Tisch geschwebt und reicht uns die Speisekarten.

»Okay, Ines, wir essen was, oder?«

»Ja, Mister Fink, ich bin schon ganz ausgehungert, müssen Sie wissen. Was essen Sie als Europäer denn so?«

Ich muss grinsen. Wir vertiefen uns in die Speisekarten und wählen aus. Bald läuft der erste Wein in die Gläser. Ich versuche ihn zu genießen und nicht mehr darüber nachzugrübeln, warum uns Viktor – es kann nur Viktor gewesen sein – diesen Streich gespielt hat, wie viel das alles hier kosten wird und was ich dem Restaurantpianisten erzählen soll, wenn er mir noch mal über den Weg läuft.

»Nun, Mister Fink, um auf Ihre Frage zurückzukommen ...«

»Jetzt lass doch gut sein, Ines.«

»... die von Ihnen erwähnten Jugendfreunde Lee Morgan und, Dings, Mickey Roker waren von Anfang an ein wichtiger Einfluss für mich. Einer von ihnen hat mich dauernd zum Lachen gebracht. In den anderen war ich dagegen, ich muss es Ihnen hier und heute gestehen, verliebt.«

»Soso.«

»Ich habe Lee Morgan privat übrigens immer *Viktor* und Mickey Roker immer *Lukas* genannt, aber das nur am Rande, Mister Fink.«

Sie sieht mich an wie Mona Lisa. Mir wird flau.

»Und welcher der beiden war es ... der Sie immer zum Lachen gebracht hat, Mister Tyner?«

Sie nimmt einen großen Schluck und schaut mir fest in die Augen.

»Lee Morgan. Nächste Frage?«

»Du warst ... in mich verliebt?«

»In Mickey Roker.«

»Ines, im Ernst, du warst in mich verliebt?«

»Können wir wieder über Jazz sprechen, Mister Fink? Dafür sind wir ja schließlich hier. Ihre nächste Frage bitte, oder ich gehe nach Hause.«

Wenn ich nicht mitmache, erfahre ich gar nichts.

»Gut. Mister Tyner, auch ein anderer Jazz-Pianist war zu ihrer Jugendzeit in Philadelphia sehr präsent: der große Bud Powell. Haben Sie ihn oft getroffen und gehört?«

»Nun, Mister Fink, ich war, wie gesagt, in Mickey Roker verliebt. Bud Powell hat mich lange Zeit nicht interessiert, obwohl ich sagen muss, dass ich mir das aus heutiger Sicht kaum noch vorstellen kann.«

»Kann es sein, dass Sie ihn privat *Bernd* Powell genannt haben?«

»Absolut richtig, Mister Fink, Sie sind sehr scharfsinnig. Vielleicht hätte Mickey Roker der wichtigste Mensch in meinem Musikerleben werden können, aber er hat sich immer nur für sein Schlagzeug interessiert. Stellen Sie sich vor, er hat es *Vanessa* genannt. Jede einzelne Trommel, jedes Becken, immer nur Vanessa, Vanessa, Vanessa. Und soll ich Ihnen was sagen? Dreivierteltakt hat er immer so gezählt: Va-nes-sa, Va-nes-sa. Ein verrückter Kerl, der Mickey. Dem war einfach nicht zu helfen. Aber im Nachhinein bin ich überzeugt, dass es ganz gut so war, denn so wurde Bud Powell mein wichtigster Freund. Wir beide haben viel mehr gemeinsam. Schließlich spielt er auch Klavier, wie ich.«

»Es tut Mickey Roker sehr leid. Er war ein Idiot.«

»Tut es ihm wegen ihm leid oder wegen mir?«

»Wegen uns.«

Ihre blauen Augen sind nun so kalt, wie Blau nur sein kann.

»Und du denkst, die Lösung wäre, dass ich Bernd Powell verlasse, mich in deine Arme stürze und, ach ja, unsere Lügen-Ehe könnten wir ja dann auch einfach schnell mal für echt erklären?«

»In dem Tonfall klingt das nicht sehr ermutigend.«

»Komm schon, das hätte doch was. Wäre wirklich sehr praktisch, und Angst vor Mister Stöckelein von untendrunter müssten wir auch nicht mehr haben.«

»Du klingst immer noch nicht ermutigend.«

»Vielleicht liegt es daran, dass ich mein Glück darüber, dass es dir leidtut, noch gar nicht fassen kann? In solchen Situationen soll man ja hin und wieder seinen Ton nicht so richtig unter Kontrolle haben.«

»Ines, es tut mir wirklich leid!«

»Ach komm, Lukas, die paar Jahre, die eine junge Frau mit Schmachten zugebracht hat, das braucht dir doch nicht leidzutun.«

»Du lässt mir keine Chance.«

»Ich gucke sicherheitshalber nach – nein, tatsächlich, keine Chancen mehr da. Wer hätte das gedacht. Früher hatten wir das ganze Lager voll. Bedaure zutiefst.«

»Ines ...«

»Darf ich das Essen servieren?«

»Ja, bitte.«

Ich kann es kaum erwarten, bis der Kellner wieder verschwindet, aber Ines zögert es sogar mit Absicht hinaus.

»Woher kommt die Ente, deren konfierten Magen ich gleich verspeisen werde, Herr Ober?«

»Wir beziehen unsere Enten von einem Hof im östlichen Brandenburg, ganz in der Nähe von ...«

Der Exkurs des Obers ins brandenburgische Entenleben dauert mehrere Minuten, aber ich bekomme kaum etwas davon mit. Ich starre auf das vermutlich beste und teuerste Essen, das jemals vor mir stand, und weiß nicht, wie ich es in meinen Mund kriegen soll. Auch als der Ober längst gegangen ist, habe ich mich immer noch nicht bewegt.

»Mister Fink, Ihr Seesaibling wird kalt.«

»Macht nichts. Mir ist auch kalt.«

»Umso mehr sollten Sie etwas Warmes essen.«

Ines' konfierte Entenmagenscheibchen sind zusammen mit den Beilagen so raffiniert angerichtet, dass man eher an einen Scherenschnitt von Matisse denken würde als an das, was die Dinger in der Mitte im Rohzustand waren. Ines arrangiert ebenso zärtlich wie kunstvoll einen Happen auf ihrer Gabel, führt ihn in den Mund und schließt die Augen.

»Köstlich. Lukas, hier kannst du wirklich noch was lernen.«

»Sag bloß.«

Ines' volle Lippen passen eigenartig perfekt zu ihrem zarten Gesicht, und das zarte Gesicht mit den vollen Lippen passt wiederum wie ein Sinnbild zu Gesamt-Ines. Bald sehe ich wieder nur die Lippen und wie sie sich beim Kauen bewegen, und endlich drängt es mich doch, mein Essen zu probieren. Ich habe keinen Hunger, aber ich bin neugierig. Für einen kurzen Moment erwischt mich das Feuerwerk, das der Koch in diesen Fisch gepackt hat, aber es verliert sich schnell in den bitteren Noten, die in mir und um mich herum alles beherrschen.

»Ines, hätte ich es wirklich merken müssen? Vielleicht hast du dich auch zu sehr versteckt?«

»Versteckt. Kann schon sein. Die Frage ist, ob mir etwas anderes übrig blieb, als mich zu verstecken.«

Was ärgert sie mehr? Meine Vanessa-Sucht oder dass sie sich versteckt hat? Ich esse noch ein paar Bissen und versuche aufzuhören, sie zu beobachten. Zu Hause hätten wir dieses Gespräch niemals geführt. Ich muss froh sein, dass wir hier sitzen, auch wenn es nicht nach dem ersten Schritt zum Glück aussieht.

»Wie hast du eigentlich diesen Termin mit diesem Professor Bleibimhaus abgesprochen? Hat er dich angerufen?«

»Sein Mitarbeiter. Aber ich habe nachgesehen. Den gibt es wirklich.«

»Hatte der Mitarbeiter eine hohe Stimme und war er sehr höflich?«

»Ja.«

»Wahrscheinlich der gleiche wie der vom Tagesspiegel, der bei mir angerufen hat.«

»Viktor.«

»Ja, wahrscheinlich.«

»Stimme verstellen und Rolle spielen ist für ihn ja nicht weiter schwer.«

»Aber warum?«

Sie lehnt sich zurück und trinkt einen großen Schluck.

»Lassen Sie uns wieder über Jazz reden, Mister Fink.«

»Komm, jetzt lass aber mal, echt.«

Sie kippt auf ihrem Stuhl ein wenig zurück, als würde ihr die Distanz, die der Tisch zwischen uns bringt, nicht ausreichen.

»Stell mir die letzte Frage, die du McCoy Tyner stellen wolltest.«

»Willst du das wirklich?«

»Ja.«

»Aber du antwortest dann auch?«

»Werde ich tun, Mister Fink. Versprochen.«

»Mister Tyner, die berühmte Jazz-Mäzenin Pannonica de Koenigswarter pflegte Musiker, die sie kennenlernte, früher oder später nach ihren drei größten Wünschen zu fragen. Sie schrieb die Antworten auf, um sie später in einem Buch zu veröffentlichen. Das Buch erschien erst lange nach ihrem Tod. Unter den 300 Musikern, die dort Zeugnis ablegen, fehlen Sie. Deshalb würde ich Sie, wenn Sie es mir erlauben, gerne heute stellvertretend für Frau de Koenigswarter nach Ihren drei größten Wünschen fragen.«

Kein Zucken. Sie sieht mir fest in die Augen und denkt

lange nach. Dann spricht sie, mit großen Pausen dazwischen, die drei Wünsche aus.

»Ich wünsche mir, dass Mickey Roker immer mein Freund bleibt.«

...

»Ich wünsche mir, dass ich, zusammen mit Mickey Roker, unserem vorwitzigen Kumpel Lee Morgan einmal einen richtig guten Streich spielen kann.«

...

»Und ich möchte irgendwann Bud Powell heiraten und mit ihm ein Klaviergeschäft eröffnen.«

Ernst, sehr ernst, wie sie mich ansieht. Klaviergeschäft eröffnen. Das darf nicht so stehen bleiben. Ich spreche wie von selbst und erschrecke insgeheim vor dem, was ich sage.

»Mister Tyner, Sie müssten genauso gut wie ich wissen, dass Bud Powell schon lange gestorben ist.«

»Nicht in meinem Herzen, Mister Fink.«

»Und Mickey Roker lebt noch, soviel ich weiß.«

Ein letzter aussichtsloser Anlauf, ich weiß. Sie legt mir die Hand auf den Arm und drückt ihn leicht.

»Ich bin froh, dass wir gesprochen haben, Lukas, aber mach es mir nicht unnötig schwer, okay?«

Ich lasse meinen Blick hilflos im Restaurant herumwandern, um ihn wieder auf Ines' Gesicht landen zu lassen. Kaum ist er dort angekommen, schießt er aber wie von selbst wieder eine Viertelrunde zurück, an eine Stelle, an der er gerade etwas wahrgenommen hat, das er nicht sofort einordnen konnte. Ein Gesicht hat sich über dem Geländer der Galerie gezeigt. Es wollte nicht von mir gesehen werden, aber es weiß, dass es zu spät ist. Es lächelt mich etwas verlegen an. Zwischen den Geländerstäben unter dem lächelnden Gesicht erscheint kurz ein nach oben gereckter Daumen. Dann verschwinden Gesicht und Daumen wieder.

»War alles zu Ihrer Zufriedenheit?«

»Aber ja.«

»Wünschen Sie noch ein Dessert?«

»Danke nein. Können wir bitte bezahlen?«

»Die Rechnung wurde schon beglichen, meine Dame.« Ines strahlt mich an, während sie aufsteht.

»Danke, Lukas, das war toll. Irgendwann lade ich dich auch mal ein. Sollten wir wirklich öfter machen. He, jetzt guck doch nicht so. Du bist ja ganz blass. Komm, lass dich mal drücken.«

»Ines, ich glaube, wir müssen uns bei jemand anders bedanken.«

* * *

Wir sitzen an Udos Bar und trinken unter seinen missbilligenden Blicken bereits den zweiten Absacker. Ines und ich knallen zwar etwas heraus, weil wir hoffnungslos overdressed sind, aber das Schöne am Blaubart ist, dass man immer kommen kann, wie man eben gerade herumläuft. Bernd steht in Jeansjacke und Basketballsneakern neben Ines und hat ihr die Hand um die Taille gelegt. Wer uns nicht kennt, würde vielleicht erwarten, dass der Typ im Anzug irgendwann aufspringt und den Typ in der Jeansjacke anbrüllt, er solle gefälligst die Hände von seiner Frau nehmen. Aber obwohl ich genau das am liebsten tun würde, es wird nicht passieren.

»Und du bist ganz sicher, dass es Ekkehart war, Lukas?«

»Ja, ich habe ihn gesehen. Er hat uns von der Galerie aus beobachtet, und als ich ihn erwischt habe, hat er gegrinst und den Daumen nach oben gezeigt. Er hat uns dahin gelotst, und er hat auch das Essen bezahlt. Ganz sicher.«

»Und Viktor schwört auf das Grab seines Vaters, des ermordeten Königs von Dänemark, dass er nichts damit zu tun hat. Wir haben ihn schon zwei Mal angerufen.«

»Aber warum macht der Typ das? Sicher, er will sich bei euch für das Asyl bedanken, aber da muss er doch kein Versteckspiel draus machen.«

»Vielleicht ist er schüchtern?«

»Ich fürchte, ihr werdet noch viel Spaß mit eurem Steuerinspektor haben.«

»Nun, ehrlich gesagt, ich fürchte, es sieht noch viel schlimmer aus.«

»Wieso, Lukas?«

Ich sehe Ines an.

»Ich glaube, er will unsere Ehe retten.«

Biotherm vs. Nivea

»Autsch!«

»Tschuldigung.«

»Das ist jetzt schon das dritte Mal!«

»Bin halt Anfänger.«

»Mann! Einfach auf drei einen Vorwärtsschritt mit rechts. Ist doch ganz einfach.«

Ich werde nie verstehen, warum Ines unbedingt diesen Tangokurs mit mir machen wollte. Erstens wussten wir beide ganz genau, dass der Gutschein für das Estudio Gustavo, den wir vor ein paar Tagen aus unserem Briefkasten gefischt haben, keinesfalls der Hauptgewinn einer Reisebüro-Jubiläumslotterie war, an der wir nie teilgenommen hatten, sondern vielmehr Herrn Stöckelein-Grummlers nächster Eherettungs-Großangriff. Zweitens hatte ich Ines seit dem Abend im Le Canard kaum noch gesehen. Bernd war nämlich ausnahmsweise mal eine gute Woche am Stück zu Hause, und die beiden nutzten die Gelegenheit, um sich als echtes Vollzeitpaar in Bernds Wohnung zu versuchen. Und wenn Ines bei uns zu Hause war, war fast immer auch Ekkehart da. Sein Wunderplattenspieler ist immer noch nicht geliefert worden, und damit der Rest seines Hifi-Altars nicht einrostet, hat er ihn kurzerhand zusammen mit Ines in unser Wohnzimmer geschleppt. Samt Monsterboxen. Dort stöpseln die beiden jetzt in jeder freien Minute wild zwischen Ines' und seinen Kisten hin und her und versuchen zu erlauschen, mit welcher Kabelfarbe die Anatol-Ko-lumbanovich-Einschlafmusik am besten klingt.

Natürlich ist Ines bei diesen Ekkehart-Besuchen immer sehr kuschelig zu mir, damit unsere Pseudo-Ehe nicht auffliegt. So war ihre Bernd-Woche besonders schlimm für mich, weil ich den üblen Kontrast zwischen Ponyhof und echtem Leben fast täglich von neuem kennenlernen durfte, wenn Ines abends wieder, unbemerkt von Ekkehart, zu ihrem Lover zwei Straßen weiter verschwand.

Draußen knattert ein Helikopter auf Augenhöhe an uns vorbei, und wir halten uns die Ohren zu. Ja, unser Tangokurs hat leider auch noch ein besonderes Konzept: Jeder Termin an einem anderen Ort. Und natürlich keine normalen Orte, nein, alles verwegen, romantisch und noch nie da gewesen. So richtig für Leute, die dringend was brauchen, was sie ihren Freunden erzählen können. Den Auftakt zelebrieren wir heute im 21. Stockwerk eines Büroturm-Rohbaus am Rand der Innenstadt. Der Rundumblick über die nächtliche Skyline ist gewaltig, trotzdem, es ist kalt und zugig, die Heizstrahler können kaum etwas ausrichten, und die vielen Treppen, die wir steigen mussten, haben einen schon fertiggemacht, bevor man überhaupt angekommen ist. Wir hätten sogar noch höher gekonnt, aber Gustavo wollte unbedingt das 21. Stockwerk, weil 1921 das Geburtsjahr von Astor Piazzolla war. Ein Glück nur, dass der Kerl nicht später zur Welt gekommen ist.

Wenn der Kurs jedes Mal hier stattfinden würde, könnte ich mich ja noch irgendwie darauf einstellen. Was mich unruhig macht, ist die Aussicht, dass ich meine Schritte beim nächsten Termin vielleicht auf Bahnsteig 9 im Hauptbahnhof oder auf dem Rasen eines ausverkauften Fußballstadions setzen muss. Wirklich, keine Ahnung, warum Ines unbedingt hier mitmachen will. Ich muss es aber vielleicht auch nicht verstehen.

»Müsst rruhig bleiben und noch mal prrobieren. Schauen, Lukas, ich zeige. Die Base ist Grundfigur. Musst die Schritt können in die Schlaff.«

Weia. Gustavo hat bestimmt Extrageld von Ekkehart dafür gezahlt bekommen, dass er uns ganz besonders im Auge behält. Beim Vormachen tritt Ines unserem Tanzlehrer auf den Fuß. Wenigstens bin ich hier nicht der Einzige, der alles falsch macht. Gustavo verzieht aber keine Miene. Hat wahrscheinlich schon eine dicke Hornhaut an der Stelle.

»Jetzt noch mal du.«

Okay. Die atemberaubende Aussicht auf Sternenhimmel und Stadtlichter nicht beachten, konzentrieren und auf drei einen Vorwärtsschritt mit rechts machen.

»So ist rrichtig. Weiterr üben.«

Ich muss zugeben, die Musik gefällt mir. Wenn man länger zuhört, wird die penetrante Tango-Schwermütigkeit zwar ein bisschen anstrengend, aber mir fällt kaum eine Musik ein, die es schafft, erdig und gleichzeitig schwungvoll zu klingen. Ich denke an einen mächtigen, purpurfarbenen Samtvorhang, der langsam auf und zu geht und rosenschwere Luft um unsere Köpfe bewegt.

»Super, Lukas. Dreimal hintereinander die Base richtig getanzt!«

Eben. Man muss sich einfach der Musik hingeben und nicht an die Schritte denken. Wenn, dann an die Partnerin. Ines ... Autsch!

»Hihi, tschuldigung. Komm, kurze Pause.«

Wir setzen uns an einen der Campingtische in der Ecke. Ines wickelt sich in eine der bereitgelegten Decken, und wir gucken zu, wie die Leute ihre Tanzschuhe über die erstaunlich glatte Betonfläche spazieren führen. Gustavo geht von Paar zu Paar und gibt mit ernstem Gesicht Korrekturanweisungen. Am Rand sehe ich einen alten Mann, der eine schlanke junge Frau ruhig und elegant über die graue Fläche führt. Jeder Schritt sitzt, als wären sie ein Herz und eine Seele. Ja, sie könnten einfach aus dem Hochhaus heraus- und in der Luft weitertanzen, hoch über der Stadt ihre Schritte setzen, die Lichter unter sich. Irgendeinen magischen Punkt haben die beiden überwunden. Ich will das auch können.

»Die Anlage hier klingt viel zu mittenbetont. Kein Wunder bei einem Raum, der keine Wände hat. Ich frag mal Gustavo, ob er wenigstens den Verstärker ausgephast hat.«

»Untersteh dich.«

»He, ist es dir etwa peinlich, dass deine Frau ein kultiviertes Gehör hat?«

Deine Frau. Ich sehe sie lange an. Nur ihr Kopf schaut aus der Decke heraus, und ihre blonden Haare fließen über den filzigen braunen Stoff. Denkt sie auch gerade darüber nach, dass sie gerade »deine Frau« gesagt hat? Die gewohnte Angriffslust ist jedenfalls plötzlich aus ihren Augen verschwunden. Kann ich ihr jetzt sagen, dass ich wünschte, sie wäre meine Frau – also nicht nur in echt, sondern quasi auch so richtig? Nein. Erbärmlich.

Ich ahne zwar, dass das Experiment »Eine Woche Wohnen mit Bernd« nicht wirklich ein hundertprozentiger Erfolg war, aber den Tiefschlag vom Le Canard fühle ich immer noch in meinem Bauch wie am ersten Tag.

Bleiben wir einfach beim Thema.

»Wann Ekkehart wohl endlich seinen Wunder-Plattenspieler kriegt?«

»Ich hoffe, nicht so bald, weil er dann nämlich sofort seine Anlage wieder nach unten bringen wird.«

»Aber dann hätten wir ihn nicht mehr ganz so oft in der Wohnung.«

»Hätten wir doch.«

»Wieso?«

»Weil du niemals Ruhe geben wirst, bis du nicht jede Rille seiner Jazzplattensammlung mindestens zehn Mal zusammen mit ihm angehört und ihm dabei erklärt hast, dass Fetti Wells die zweite Tenortrompete von links in der Clown Basie Bigband ist.«

»Er heißt Dicky Wells, und er spielt Posau…«

»Außerdem verstehe ich nicht, warum du Ekkehart unbedingt Kochen beibringen willst.«

»Irgendjemand muss dem armen Kerl doch zeigen, wie man alleine überlebt.«

»Na dann, viel Erfolg.«

»Nur weil er neulich die Nudeln ohne Wasser aufgesetzt hat? Komm, das passiert jedem mal.«

»Ich finde viel wichtiger, dass er endlich aus dem Haus rauskommt. Abgesehen von seinen Besuchen in den Hifi-Freak-Läden besteht sein ganzes Sozialleben aus Telefonaten mit diesem Karlchen, bei denen sie über dessen neueste Wehwehchen sprechen.«

»Stimmt, der Ekkehart braucht andere Freunde. Wir müssen ihn rauslocken.«

»Ich habe gestern schon mal ganz vorsichtig eine Andeutung in die Richtung gemacht. Ich glaube, er sieht es auch …«

»Ines, Lukas, weiterr üben!«

* * *

Klirr!

»Tschuldigung.«

»Das ist jetzt schon das dritte Glas!«

»Bin halt Anfänger.«

»Kannst du dem Viktor bitte woanders Tango beibringen, Ines? Das hier ist eine Kneipe und kein Ballettstudio.«

»Nur noch einmal die Grundfigur.«

»Und diese Alter-Latino-hat-den-Blues-Musik vertreibt mir derweil die Gäste, aber das braucht ja nicht eure Sorge zu sein. Ich hab ja auch nur die 5000-Euro-Steuernachzahlung an der Backe. Das schüttelt man als Wirt jederzeit locker aus dem Ärmel und …«

Den Rest von Udos Gegrummel höre ich nicht mehr. Seit Ekkehart in unser Leben getreten ist, trifft mich jedes Wort, das mit »Steuer« anfängt, wie eine Stecknadel ins Hinterteil.

»Also, auf drei einen Vorwärtsschritt mit rechts … und Vorsicht, der Tisch!«

Udo wienert kopfschüttelnd seine Gläser, während Ines sich weiter mit Viktor abmüht. Bernd und ich sehen von der Bar aus zu. Talent hat Viktor ja schon, aber seine Schritte sind noch nicht richtig geerdet, finde ich. Gustavo würde einen Wutanfall kriegen, wenn er das sähe.

Bernd hat keine Augen dafür. Er ist unruhig. Die Scheinehe unserer Vorbilder Fridolin von Freggelhofen und Mandy Pilske ist gerade am Auffliegen. Mandys echter Freund Greg hat eine Eifersuchtskrise gekriegt und beim Finanzamt gepetzt.

»Stell dir vor, wenn die Pech haben, werden sie für einen Modellversuch benutzt.«

»Modellversuch?«

»Weißt du, wie die Ausländerbehörden testen, ob eine

Ehe echt ist oder nur ein Vorwand, um die deutsche Staatsbürgerschaft zu bekommen?«

»Nö.«

»Sie befragen beide Partner zur gleichen Zeit in getrennten Räumen zu Dingen, die man nur wissen kann, wenn man wirklich zusammenlebt. Und genau diesen Test will das Finanzamt jetzt auch mal ausprobieren. Da sitzt du dann und musst antworten. Wie heißt die Handcreme Ihrer Frau? Welche Pyjamas trägt sie?«

»Ist doch kein Problem. Zu eins: Nivea. Zu zwei: gar keine.«

»Siehst du! Schon falsch. Ines hat die Handcreme von Biotherm.«

»Eigentlich dürfte ich es dir nicht sagen, aber die Biotherm nimmt sie nur, wenn du da bist, weil du sie ihr geschenkt hast. Sonst immer Nivea, ehrlich.«

»Hey, und woher weißt du überhaupt, dass sie keine Pyjamas trägt?«

Klirr!

»Tschuldigung.«

»Schreib ers auf die Rechnung, Freund Wirt.«

Bernd schüttelt sich die Glasscherben vom Schuh.

»Warum tut ihr euch eigentlich das mit dem Tangokurs an?«

»Du, das macht richtig Spaß. Such dir doch auch eine Partnerin und stoß noch dazu.«

Eigentlich hat Bernd seine Gesichtszüge immer gut unter Kontrolle, aber jetzt guckt er eindeutig böse. Mir wird erst nach und nach klar, dass ich da gerade einen sehr bemerkenswerten Satz gesagt habe. Vor allem, wenn man die letzten Tage bedenkt.

»Ich meine natürlich …«

»Schon gut.«

Ich hatte schon immer den Verdacht, dass, wenn Ines und Bernd mal längere Zeit unter einem Dach verbringen, nicht alles eitel Sonnenschein sein würde. Und vor ein paar Wochen hatte ich mir noch vorgestellt, wie ich in dieser Situation geduldig zwischen den beiden vermittelt hätte. »Ist halt nicht so leicht, eben mal schnell von Fernbeziehung auf Vollkontakt umzustellen«, und so weiter. Jetzt ist aber alles ganz anders. Als Ines nach einer Woche Bernd wieder in unsere Wohnung kam, war sie, kein Zweifel, erleichtert, dass es endlich vorbei war.

Das und der Tanzkurs sind die beiden Strohhalme, an die ich mich gerade klammere. Blöd nur, dass Bernd schon wieder in seiner Geschäftsreisen-Routine gefangen ist. Jetzt können sich die beiden wie vorher schön aus der Distanz über ihre Terminkalender verabreden, und nach ein paar Wochen im alten Trott renkt sich womöglich alles wieder ein.

»Vielleicht hast du sogar recht, Lukas. Ich glaube, ich steige doch in den Tanzkurs ein.«

Hm, wäre das jetzt gut oder schlecht? Vielleicht haben die beiden dann für Ines' Gefühl wieder zu wenig Abstand und es gibt Stress. Andererseits, wer weiß, was passiert, wenn Ines und er erst mal zusammen Tango tanzen. Gustavo lässt seine Schüler ja dauernd Partnertausch machen, damit wir lernen, uns auch auf andere einzustellen …

Ines und Viktor haben ihre beschämenden Versuche inzwischen beendet, ohne noch mehr Gläser zu zerdeppern.

»Wirklich nicht schlecht für das erste Mal, Viktor.«

»Aber ich finde, seine Schritte sind noch nicht genug geerdet.«

»Sei nicht so streng. Udo, bitte ganz schnell zwei … danke.«

»Auf das Blaubart. Der wahrscheinlich letzte Stöckelein-Grummler-freie Ort des bekannten Universums.«

»Stimmt, so habe ich das noch nie betrachtet.«

»Ist doch herrlich, wenn man mal frei sprechen und sich frei bewegen kann.«

»So lange diese Bastion bestehet, werdet ihr stets obsiegen im Kampfe!«

»Prost.«

»Wohlsein.«

»Ach? Sieh an, hallochen! Also, ich sag mal, das ist jetzt wirklich ein Zufall, nicht wahr?«

Jeder von uns versucht den Moment, bevor er sich der Stimme im Eingang zuwendet, so lange wie möglich hinauszuzögern, ungefähr so, wie man, wenn man mit bloßen Knien auf den Asphalt gestürzt ist, auch gerne den Moment hinauszögert, in dem man sich zwingt, die infernalische Schürfwunde zu betrachten, obwohl man weiß, dass es nichts nützt.

»Oh, hallo, Ekkehart.«

»Schön, dich zu sehen.«

»Was äh … verschlägt dich hierher?«

»Na, ihr wart nicht zu Hause, der Transrotor Tourbillon ist auch noch nicht geliefert worden, und im Fernsehen kam nur Müll. Da hab ich mir gesagt, Ekkehart, hab ich mir gesagt, Ines hat ganz recht, du musst mal raus aus deinem Loch.«

»Verstehe.«

»Aber ich will euch nicht stören. Ich kann mich auch an den Tisch dahinten setzen.«

»Nein, nein, geht schon in Ordnung.«

»Ein Bier? Udo, ein Bier für Ekkehart.«

Ekkehart klettert geschickt auf den letzten freien Barhocker, putzt seine Brille und setzt sie wieder auf. Aus

dem Rundausschnitt seines dunkelgrünen Winterpullo-
vers ragt links ein roter Polohemdkragen. Auf der rechten Seiten ist er hingegen nicht zu sehen. Irgendwas
sucht er mit den Händen unter seiner Sitzfläche. Erst
nachdem er zwei Mal in einen alten Kaugummi gelangt
hat, findet er sich damit ab, dass Udos Barhocker nicht
höhenverstellbar sind.

»Zum Wohl!«

»Prost, Ekkehart.«

»Darf ich mal kurz …«

Ines, jetzt lass doch seinen Kragen. Das kann ja wohl
nicht wahr sein.

Ekkehart streckt zwischen uns hindurch Viktor die
Hand hin.

»Wir kennen uns noch nicht, oder? Ich bin der Ekkehart.«

»Angenehm. Vladimir Ingebert Kasimir Turmuhr
Odomar Rübenbichler. Freund wie Feind sagt Viktor zu
mir.«

»Ah … ja. Und, jetzt muss ich doch mal fragen, ich
glaube, wir beide haben uns auch noch nie richtig vorgestellt, oder?«

»Äh … oh, ja, ich bin Bernd. Ich bin, ähm … ein alter
Sportfreund von Ines … ähm, ich meine natürlich von
Lukas! … Von Lukas und Ines … a… also gewisserma-
ßen …«

Das darf doch nicht wahr sein. Wie stellt der sich denn
an?

»A… also, ja, wie gesagt, Sportfreund. O… oder Sport-
bekannter, gewissermaßen …«

»Weißt du, Ekkehart, der Bernd ist manchmal bisschen durcheinander, wenn er was getrunken hat, aber
er ist okay, wirklich.«

»Ein reizender Kerl.«

»Also, ich bin, wie gesagt, der Ekkehart.«

Nicht zu fassen, Bernd hat Schweißperlen auf der Stirn. Der muss sich doch wegen der Geschichte mit Fridolin und Mandy nicht gleich so ins Hemd machen.

»Und was für einen Sport macht ihr zusammen, Bernd?«

»Vo… Vovo… Volleybaball … A… Also, dadas haben wir früher immer gegemacht. Häm.«

»Ach ja, Sportgruppen stelle ich mir toll vor. Da lernt man sich schnell kennen, was?«

»Nein!!! Also … beziehungsweise, wir haben uns i… immer nur a… auf d… dadas Spoortliche konzentriert, o… oder, Ines? Nunur Spoport.«

Er versaut alles.

»Also, meine Eltern haben sich beim Kegeln kennengelernt.«

»Wrgl …«

Wir müssen was tun.

»Mensch, na klar, Kegeln. Meine auch.«

»Auf den Sport!«

»Biotherm … Nein … Nivea! Nivea!!!«

»So, Bernd, du musst jetzt nach Hause.«

»Ja, finde ich auch.«

»Udo guckt schon böse.«

»A… Aber …«

Ich helfe ihm in den Mantel.

»Komm, da gehts raus. Ich trinke hier noch einen Absacker mit Ekkehart, Viktor und meinem Schatz, und du gehst in die Heia.«

»Genau. Musst schließlich morgen früh raus, oder?«

* * *

»Ich finde, euer Freund wirkte etwas durch den Wind, wenn ich das so sagen darf.«

»Ach mach dir um den keine Sorgen, Ekkehart.«

»Außerdem, Ines und ich sind auch mal froh, wenn wir Zeit für uns haben.«

»Dafür haben wir schließlich geheiratet.«

»Das finde ich schön. Wenn man bedenkt, dass in vielen anderen Kulturkreisen immer noch Zweckehen geschlossen werden.«

»Wirklich verwerflich so was.«

* * *

Ich habe nach langem Ringen mit mir beschlossen, dass ich doch noch nicht zu müde bin, um mir die Zähne zu putzen. Durch die offene Badezimmertür höre ich Ines telefonieren. Immer wenn es interessant wird, unterbreche ich die Bürsterei, damit ich besser höre.

»Nein, Bernd …

Ach, was für ein Quatsch!

Nein, nein …

Wo du überall versteckte Andeutungen vermutest …

Nur weil er gesagt hat, *meine Eltern haben sich beim Kegeln kennengelernt*, heißt das noch lange nicht, dass er …

Nein …

Du bist völlig paranoid …

Nein, wir landen nicht im Knast …

Wie meinst du das, *wo ist Lukas jetzt* …?

Wenn es dich so interessiert: IM BAD! Er putzt sich die Zähne und hat eine gestreifte Schlafanzughose an und die Brille …

Woher ich das weiß? Weil ich Augen im Kopf habe und …

Eine Beim-Zähneputzen-Tür-zumach-Pflicht hat es hier noch nie gegeben …

LEG DICH JETZT HIN! TSCHÜSS!!!«

Ich hätte nie gedacht, wie angenehm es sich anhören kann, wenn jemand das Telefon mit aller Kraft auf die Basisstation knallt. Ines geht anschließend eine Runde im Kreis, bleibt dann vor der Wand stehen, überlegt kurz, ob sie ihren Kopf dagegen donnern soll, entscheidet sich dann anders und verschwindet in ihr Zimmer.

»NACHT!!!«

Auch das klang irgendwie angenehm.

* * *

»Entschuldigung, könnten Sie mir vielleicht weiterhelfen? Ich suche Unterhosen für mich, die so richtig schön warm … Oh nein, vergessen Sie es. Bin schon wieder weg.«

»He, jetzt warten Sie doch.«

»Nein, nein, wirklich, ich habs mir überlegt, ich brauch gar keine warmen Unterhosen!«

»Natürlich brauchen Sie warme Unterhosen, das sehe ich Ihnen doch an. Und heute Morgen waren es fast null Grad. Kommen Sie, ich zeige Ihnen welche.«

»Aber nur, wenn Sie mir versprechen, dass Sie mir diesmal keinen Jazz-Vortrag halten und dass ich vor sechs hier wieder rauskann.«

»Versprochen.«

»Ich schrei sonst um Hilfe.«

»Vertrauen Sie mir.«

Es gäbe ja jetzt viele Möglichkeiten. Ich könnte ihm vorführen, welche warmen Unterhosen am besten als Mütze geeignet sind, ich könnte meine Hose herunter-

153

lassen, um ihm zu beweisen, dass ich, wenn ich behaupte »Die trage ich selber«, nicht gelogen habe, oder ich könnte ganz fies mein Versprechen brechen und Mutmaßungen darüber anstellen, welcher Jazzmusiker zu welcher Wäschemode neigte (ein Feld, das noch nie richtig erforscht wurde), aber nein, heute will ich nichts anderes sein als ein perfekter Karstadt-Unterhosenverkäufer. Es dauert keine zehn Minuten, und mein Kunde geht glücklich lächelnd mit acht Jockey Platinum Cotton ohne Eingriff zur Kasse. Er ist nicht nur froh, weil er seinen Einkauf erledigt hat, nein, ich habe tief in sein Herz die Überzeugung eingesät, dass dieser Kauf der Start zu einem neuen angenehmeren Leben für ihn ist, praktisch ein Verkaufsgespräch wie aus dem Lehrbuch.

Warum will ich heute nicht gekündigt werden? ... Da, schon wieder. Ich ertappe mich dabei, wie ich ein paar in Unordnung geratene Edelschlüpfer in Papp-Verpackungen neu ordne. Und das einfach nur, weil ich möchte, dass das Regal gut aussieht. Wenn ich so weitermache, werde ich noch Verkäufer des Quartals. Was ist mit mir los? Hm, das Calvin-Klein-Display steht ja auch völlig schief in der Landschaft ... Schon wieder.

Also, wenn ich ganz ehrlich bin, irgendwie stelle ich mir die ganze Zeit vor, ich wäre ein Familienvater, der weiß, dass seine Frau und seine Kinder dringend darauf angewiesen sind, dass er Geld mit nach Hause bringt. Aber welche Kinder? Welche Frau? Kann man so voreilig sein? Nur weil Ines gestern mit Bernd am Telefon gestritten hat?

Na ja, eins kann mir auf jeden Fall keiner nehmen: Heute Abend ist schon wieder Tangokurs. Ich werde sie im Arm halten und sie mit den neuen Schritten, die ich heimlich geübt habe, betören. Das wird ...

»Kann ich das hier mal anprobieren?«

»Aber meine Dame, wollen Sie wirklich einen Herren-String-Tanga … Oh, Vanessa.«

»Hihi!«

Also wirklich.

»Was machst du in der Karstadt-Herrenunterwäsche-Abteilung?«

»Kam nur eben zufällig vorbei und dachte mir, ich guck mal nach dir.«

»Nett von dir. Musst du nicht arbeiten?«

Sie dreht sich ein bisschen hin und her. Das rote Kleid mit dem tiefen Ausschnitt steht ihr fantastisch. Und sie weiß es.

»Übrigens, ich hab mich jetzt auch beim Tangokurs angemeldet.«

»Oh, tatsächlich?«

»Ich will ja schließlich nicht hinterherhinken.«

* * *

Die Luft ist gut. So gut, dass Ines und ich nach dem Tangounterricht spontan beschlossen haben, noch eine Parkrunde zu drehen, um, nachdem der Kurs diesmal auf einem großen, den Fluss hinuntertreibenden Holzfloß stattfand, den festen Boden zu genießen, den wir jetzt wieder unter den Füßen haben. Ines hat sich inzwischen auch einen dieser Tanzschuhbeutel angeschafft, die Tangotänzer immer mit sich herumtragen wie Musiker ihre Instrumentenkoffer. Er schlenkert neben ihren Knien, als hätte sie ihn schon ihr halbes Leben lang immer dabeigehabt. Wir spazieren am Flussufer entlang. Das Wasser sieht um diese Jahreszeit wenig appetitlich aus, aber es ist schon dunkel, so dass wir den Fluss oh-

nehin mehr durch seine Plätschergeräusche wahrneh-
men.

»Kann mir gar nicht vorstellen, dass es jemals wieder
Frühling wird. Du?«

»Och, das geht schneller, als man denkt.«

Es war, angefangen vom Standardtanzkurs in der
8. Klasse, über den Rock'n'Roll-Kurs, den ich später ab-
solviert habe, bis zu »Limbo für Fortgeschrittene«, den
Vanessa unbedingt mit mir machen wollte, sicher die
schönste Tanzstunde meines Lebens. Wir haben riesige
Fortschritte gemacht. Und, ich gebe es zu, es war toll auf
dem Floß. Wir waren von so vielen Schichten warmer
Wolle umhüllt, dass wir die klare Winter-Fluss-Luft richtig genießen konnten, genau wie den Nachthimmel, die
prächtigen Fassaden, die an uns vorbeizogen, und die
Lichter am Ufer und auf dem Floß. Doch das Schönste dabei: Wir haben all das nur am Rand beachtet, weil Ines,
ich und das Lächeln, das wir uns hin- und herspielten,
noch viel wichtiger waren.

»Dass Vanessa es jetzt auch mit Tango versuchen will,
ist schon ein Ding.«

»Ach ja, stimmt. Schon wieder vergessen.«

»Komm, du freust dich doch, Lukas.«

»Also, ich bin da leidenschaftslos.«

»Ha, leidenschaftslos. *Lukas*, *Vanessa* und *leidenschaftslos*. Diese drei Wörter werden niemals richtig in
einen Satz passen.«

Selbst bei diesem Thema klingt Ines heute ein bisschen versöhnlicher. Nur gut, dass ich vorhin im Kurs bei
allen Partnertausch-Aktionen um Vanessa herumge-
kommen bin. Gar nicht so einfach, bei dem chronischen
Tango-Männermangel.

Sie hatte wieder das rote Kleid an. Trotz der Kälte.

Alle mussten hingucken. Und dann auch noch der Gedanke an die enganliegende Skiunterwäsche, die sie darunter getragen haben muss ... Verflixt. Ja. Wenigstens einen Tanz hätte ich ja schon gerne mit ihr gemacht. Nur so, um des Tanzes willen ...

»Und du willst morgen wirklich wieder versuchen, Ekkelchen das Kochen beizubringen?«

»Du sagst das so, als ob es völlig hoffnungslos wäre.«

»Es ist hoffnungslos.«

»Man muss nur dranbleiben.«

»Er wird wieder unsere Küche verwüsten.«

Ich sehe sie von der Seite an und lächle. Ja, Ekkehart und ich wollen morgen Abend für eine Fünferrunde aus uns, Viktor und Annemarie kochen. Der nächste Schritt in meinem Mach-Ekkehart-fit-für-den-Alltag-Programm. Etwas gewagt, aber ich denke, man muss ihn auch mal fordern. Und in Wirklichkeit freut sich Ines auf das Essen, ich weiß es.

»Wetten wir um ein Essen im Le Canard, dass es nichts wird.«

»Gemacht. Ein Essen im Le Canard.«

Wir reichen uns die Hände und sehen uns fest in die Augen, formal um die Wette zu bekräftigen, vielleicht aber auch, weil wir uns beide unbändig auf unser Date freuen, egal wer gewinnt. Ines kichert ein bisschen und guckt beim Weitergehen in den Fluss.

»Wir könnten natürlich auch in Stöckchens Küche kochen, Ines, aber du und er, ihr beiden wollt ja immer zum Essen Musik auf seinen geheimnisvollen Hifi-Kisten hören. Und die stehen wiederum wohl noch so lange in unserem Wohnzimmer, bis eines fernen Tages endlich seine Transzendental-Turbine geliefert wird.«

»*Transrotor Tourbillon.*«

»Sag ich doch.«

»Einer der aufwendigsten Plattenspieler, die je gebaut wurden. 60 Kilo Hifi pur. Ich fange jedes Mal an zu sabbern, wenn ich nur ein Bild davon sehe.«

»Ich habe ja den Verdacht, das Teil wird nie fertig.«

»Das hätte zumindest einen Vorteil: Ich würde nicht vor Neid sterben.«

»Jetzt reiß dich mal zusammen, Ines. Du kannst dir ja, wenn du unbedingt willst, auch so einen Sumo-Plattenspieler zulegen. Wenn hier einer vor Neid sterben muss, dann ich. Ekk-Stöcks Plattensammlung ist einmalig. Die werde ich nie kriegen, nicht für alles Geld der Welt.«

»Hm, du hast recht.«

»Eben.«

»Wenn ich ein bisschen spare und Bernd nichts davon erzähle, könnte ich mir auch einen Transrotor leisten. Aber was mache ich dann mit meinem Clearaudio Performance?«

»Wie? Moment, du würdest wirklich 25 000 Euro …?«

»Würdest du mich auslachen?«

»Hm. Ganz ehrlich?«

»Sags.«

»Du wärst der einzige Mensch der Welt, den ich nicht dafür auslachen würde.«

…

Sie hat mich geküsst.

Aber nur ganz leicht.

* * *

158

31.01. / 21:14 Uhr

Tagebuch vernachlässigt. Zu viele Ereignisse, zu wenig Zeit. Was mich wundert: Lukas und Ines haben mich noch nie nach meinem Beruf gefragt.

Immer noch keine verbindliche Auskunft zu Liefertermin Transrotor-Plattenspieler. Habe persönliche Abholung angeboten.

»EINS – ZWO – DREI – VIER … und nicht schlappmachen da in der letzten Reihe! EINS – ZWO – DREI – VIER …«

Ich weiß nicht, wann mein Herz zum letzten Mal so schnell geschlagen hat. Hoffentlich hält es durch. Ich sehe Viktor von der Seite an. Er grinst.

»Ich hab doch gesagt, dass du der perfekte Kandidat für Tonis Vital-Kompakt-Kurs bist.«

»Du hast gesagt … das ist kaum anstrengender … als eine Partie Volleyball.«

»Ihr wollt den Sinn meiner Red' mit Zweifel belegen, Freund?«

Ich bin lieber still. Im Gegensatz zu Viktor brauche ich meinen Atem. Hoffentlich kann ich mich, wenn diese Marter endlich vorbei ist, überhaupt noch auf den Beinen halten. Wäre nicht ganz unwichtig, denn hinterher soll ja noch Küchenvernichter-Grummler unter meiner Aufsicht für fünf Leute kochen. Das wird ein Knochenjob.

Überhaupt, hier ist es viel zu eng. Kein Wunder, schließlich stehen um uns herum die ganzen Spinning-Geräte, die vorher in dem Raum waren, in den jetzt Karolines Brautkleid-Atelier eingezogen ist. Ich muss ständig aufpassen, dass ich mir hinten nicht an einem dieser Ungetüme die Ellbogen stoße, und gleichzeitig, dass ich vorne dem Mann mit der enganliegenden Fitness-Hose nicht in den dicken Hintern trete, den er sich gerade abzutrainieren versucht. Ein fürchterlicher Anblick übrigens.

Aber der Abend mit Ines gestern war so schön, dass mir heute nichts so richtig die Laune verderben wird. Die traumhafte Tanzstunde wollte einfach nicht aufhören. Wir lächelten uns dauernd an, im Park, zu Hause, und, ja, zwischendrin dieser Kuss, ganz leicht, ganz nebenbei, eben mal so, ohne Geigen und ohne harten Schnitt zur Anschlussszene. Und später noch ein zweites Mal, bevor Ines zum Schlafen in ihr Zimmer verschwand.

»EINS – ZWO – DREI – VIER … und lasst bitte die Leute durch, die wo ins Brautkleid-Atelier wollen!«

Hihi, also, das ist wirklich langsam eine Farce hier.

»Ich finde, Toni sollte den Empfangstresen um die Hälfte kleiner machen.«

»Wieso?«

»In den so gewonnen' Raum könnt' er zwo Spinning-Gerät' placieren. Das wiederum schüfe eine freie Gass' hin zu des Brautkleid-Ateliers Toren.«

»Er könnte … auch einfach sein … Büro kleiner machen … Und ich kann jetzt wirklich … nicht mehr.«

»Deines Kommens Wichtigkeit erkennst du an ebendiesen Worten, Freund.«

»Hä? … Ach so … Du, solange ich die Treppe bei uns raufkomme … bin ich fit genug … Außerdem, tu nicht so enthusiastisch, Viktor … Ich weiß genau, dass du auch nur hier bist … weil Annemarie dich dazu verdonnert … hat.«

»Pst, sie kann uns hören.«

»Ist nur die … Wahrheit.«

»Es geht hier auch nicht nur um Fitness, du kriegst einfach ein viel besseres …«

»Körpergefühl … ich weiß.«

»Eben.«

»EINS – ZWO – DREI – VIER … Lukas, Viktor, der Nächste, der wo schwätzt, fliegt raus.«

»Barsche Kund' aus des gutherz'gen Freundes Mund.«
»Dem steht das Wasser ... wirklich bis zum Hals.«

* * *

Wenigstens der Duschraum ist einigermaßen großzügig. Der Brausekopf über meinem verschwitzten Schädel ist zwar ein bisschen verkalkt, aber der harte Strahl, den die verengte Öffnung erzeugt, massiert jeden Körperteil durch, den man in ihn reinhält. Meine vom Dauergehampel malträtierten Schultermuskeln sagen danke. Durch den Wasservorhang hindurch höre ich Viktor quasseln.

»Toni könnte noch mehr sparen, wenn er einfach einen gemischten Duschraum anbieten würde. Dann könnte er die Frauendusche noch an ein anderes Modeatelier vermieten.«

»Schlachterei ginge natürlich auch. Fliesen sind ja schon drin.«

»Darf ich mal dein Shampoo haben?«

»Vanessa war gestern in unserem Tangokurs.«

»Echt? Siehst du, die passt schon wieder auf ihre Felle auf.«

»Quark.«

»Schwachheit, dein Nam' ist Weib ... Oh, Biotherm-Shampoo?«

»Von Ines. Sags Bernd nicht weiter. Aaaah, das tut sooo guuuut!«

»Vorbei nun die Zeit, da dein eingerost'er Körper auf dem Faulbett ruhet und ...«

»Noch ein Wort, Viktor, und du bist für heute Abend ausgeladen.«

Kohlrouladen Hausfrauenart

Zutaten:

1 mittelgroßer Wirsing

2 Zwiebeln

2 altbackene Brötchen

500 g gemischtes Hackfleisch

1 Ei

200 ml Sahne

½ l Gemüsebrühe

Kümmel

Salz und Pfeffer

Kartoffeln

Zubereitung:

Wirsing in einzelne ganze Blätter zerteilen. Blätter kurz in kochendem Salzwasser blanchieren. Zwiebeln fein würfeln und in Öl glasig anbraten. Altbackenes Brötchen in Scheiben schneiden und in Wasser einweichen. Hackfleisch mit Ei, eingeweichtem Brötchen und Zwiebeln zu einem Teig verkneten. Mit Salz, Pfeffer und Kümmel kräftig würzen. 2–3 Wirsingblätter fein hacken und in den Hackfleischteig mengen. Hackfleischteig zu kurzen Rollen formen, in übrige Wirsingblätter einrollen und dabei die Seiten einklappen. Mit Küchengarn schließen. Kohlrouladen in etwas Fett von allen Seiten anbraten. Mit heißer Brühe ablöschen und 20 Min. schmoren lassen. Für die Sauce etwas Sahne nachgießen. Mit Salz und Pfeffer abschmecken und mit gekochten Kartoffeln servieren.

»Also, Ekkehart?«

»Kriege ich hin.«

Das will ich hoffen. Ist mir zwar egal, ob Ines oder ich die Wette gewinnen, Hauptsache, wir gehen zusammen ins Le Canard, aber trotzdem.

Nachdem das mit den Putenrouladen neulich so gut geklappt hat, habe ich für Ekkeharts Kocheinsatz heute einfach noch mal ein Rouladenrezept rausgesucht. Diesmal etwas Bodenständiges, schätzungsweise ganz dicht an Ekkeharts bisherigen Geschmackserlebnissen. Frauen, die Magda heißen, kochen immer viel mit Kohl.

Für die Raffinesse drum herum bin ich zuständig. Ich mache die Vorspeise. Möhrensuppe mit Ingwer und Avocado, habe ich gerade spontan entschieden. War immer ein Renner. Erst mal muss ich aber Ekkehart beim Hauptgericht in die Spur bringen. Ich baue mich neben ihm auf wie ein Fußballtrainer.

»So. Was tun wir als Erstes?«

»Äh, mal überlegen, also, hm, tja.«

»Als Erstes suchen wir uns alles, was wir brauchen, und legen es zurecht. Alle Geräte, alle Zutaten.«

»Genial.«

»Dann los.«

Ich setze mich auf einen Stuhl und lasse ihn machen. Blöder Viktor, blöder Toni, blöder Vital-Kompakt-Kurs. Jeder einzelne Muskel tut mir weh. Ich angele mir ächzend den Korkenzieher und versuche die Rotweinflasche vor mir aufzumachen. Anstrengend. Müssen die die Korken immer so fest reinballern?

* * *

»Lukas ... Lukas?«

»Huch ... Bin ich eingeschlafen?«

»War nicht so schlimm. Dein Glas ist heil geblieben.«

Vital-Kompakt ist definitiv der falsche Name.

»Okay … Oh, Ekkehart, du hast ja schon einiges geschafft.«

»Ja. Ich hab die Wirsingblätter auseinandergefriemelt. War gar nicht so schwer. Ich wusste bloß nicht, Gemüsebrühe, wo kriegen wir die denn her?«

Ich stehe auf, spüre die Schmerzen, setze mich sofort wieder, gieße mir ein neues Glas Wein ein und nehme einen Schluck.

»Also, Ekkehart, bei Gemüsebrühe hat man, wie bei Hifi-Anlagen auch, die Wahl zwischen Standard und anspruchsvoll. Du darfst entscheiden. Was willst du?«

Ich sehe ihn feierlich an.

»Also, wenn es geht, dann natürlich anspruchsvoll, hehe.«

Sehr gut. Ich brauche nämlich auch Gemüsebrühe für meine Möhrensuppe, und die schmeckt doppelt so gut, wenn die Brühe nach meinem Spezialrezept selbst gemacht ist. Ich nehme noch einen Schluck Wein, fische mir einen Stift und einen Zettel und beginne zu schreiben.

»Bitte schön, dann geh noch mal schnell zum Gemüsetürken an der Ecke und hole das alles.«

Ekkehart sieht mich so begeistert an wie Mowgli aus dem Dschungelbuch Balou den Bären.

»Bin gleich wieder da.«

So, jetzt kann ich zehn Minuten einfach nur sitzen und nichts machen. Ein Traum.

* * *

Brrrrrring!

Ws …? Oh, noch mal eingeschlafen. Boa, was für eine lange Strecke bis zur Tür. Und sogar das Türklinke-

Runterdrücken ist nach einer Einheit Vital-Kompakt wie Folter. Ich muss mir dringend noch was Fieses überlegen, das ich Viktor nachher ins Essen tun kann.

Ekkehart schwenkt begeistert seine Plastiktüte.

»Ich hab alles.«

»Gut.«

Nachdem ich mich wieder gesetzt und dabei im Stillen beschlossen habe, möglichst bald Stühle mit Armlehnen für die Küche anzuschaffen, diktiere ich Ekkehart, wie er das Zeug für die Gemüsebrühe zerkleinern soll, welche Kräuter rein müssen und so weiter. Sprechen ist anscheinend die einzige Bewegungsart, die mir keine Schmerzen bereitet.

»Machst du sehr gut, Ekkehart, aus dir wird noch mal was.«

Er strahlt.

»So, und das Ganze lassen wir jetzt schön sanft köcheln, weiter nichts. In der Zwischenzeit können wir die Wirsingblätter blanchieren. Schon mal gemacht? Nein? Ganz einfach. Hol mal einen flachen breiten Topf aus dem Schrank.«

Wir sind ein Dreamteam. Ich muss mich nicht bewegen, und er sammelt unter meiner gnädigen Aufsicht wertvolle Kocherfahrung. Zum Glück ist er ziemlich geschickt. Wer dauernd Plattenspielernadeln wechselt und Karbonbürsten schwenkt, hat anscheinend auch wenig Probleme mit dem Kochmesser.

* * *

»Lukas ... Lukas?«

»Ines, lassmeineZahnbürste ... Hab ich schon wieder geschlafen?«

»Nur eine halbe Stunde.«

166

»Okay ... Was macht die Brühe?«

»Sie köchelt sanft. So wie du gesagt hast.«

Ich lasse die Schmerzen Schmerzen sein, richte mich schnell auf und gucke in den Topf. Tatsächlich, alles in Ordnung. Puh.

»Als es zu brodeln anfing, hab ich den Herd auf eins gedreht. Und zwischendrin hab ich ein paarmal umgerührt. War hoffentlich richtig?«

Ich probiere ein Löffelchen.

»Glatte Eins, Ekkehart. Oh, und das ist doch nicht etwa schon ...?«

»Na ja, ich hab schon mal den Hackfleischteig gemacht. Aber ich dachte, ich frag jetzt lieber mal, bevor ich ...«

»Moment.«

Hm, optisch gibt es nichts auszusetzen. Ich nehme einen kleinen Batzen zwischen die Finger. Ja, die Konsistenz ist in Ordnung, und der Schnuppertest ergibt auch nur grüne Lämpchen. Kaum zu glauben, dass dieser Mann noch vor ein paar Wochen Bauschaum nicht von Sprühsahne unterscheiden konnte.

»Ausgezeichnet. Dann mal gleich weiter im ... Waaaah! Wo sind die blanchierten Blätter?«

»Im Topf.«

»Hast du das Wasser abgegossen? ... Nein, hast du nicht. Mist. Jetzt sind sie ganz labberig.«

»Ist das schlimm?«

»Werden wir gleich sehen, wenn wir die Rouladen wickeln. Lass mich das machen. Du kannst inzwischen die Brühe abgießen. Sieb hängt dahinten.«

Verflixt. Diese traurigen verkochten Wirsinglappen reißen selbst bei der kleinsten falschen Bewegung sofort ein. Daraus Rouladen zu wickeln ist ein Job für Uhrmacherfinger. Das erste Blatt kann ich wegschmeißen. Noch mal ganz langsam.

»Oh nein, Lukas, ich glaube, ich hab was falsch gemacht.«

»Ruhe! Ich brauche jetzt absolute Ruhe.«

Und ... geschafft, die erste Roulade ist gerollt und mit Kochgarn verschnürt. Geht doch. Ich wische mir den Schweiß von der Stirn und mache mich an die nächste.

»Toll, wie du das kannst.«

»Wenn die Blätter nicht so labbrig wären, würd ich dich ja auch mal machen lassen, aber das hier ist jetzt wirklich nichts für Anfänger. Guck einfach zu.«

»Alles klar.«

Wenigstens bin ich wieder schön wach.

Zehn Minuten später ist der ganze Hackfleischteig in Grünzeug eingerollt, und ich habe dabei tatsächlich nur drei Blätter verschlissen. Wer weiß, vielleicht hätte ich mit den Fingern auch Chirurg werden können?

Ekkehart sieht andächtig zu, wie ich die Rouladen ganz vorsichtig eine nach der anderen in die heiße Pfanne bugsiere.

»So, Ekkehart, und jetzt kommts drauf an. Sie sollen von allen Seiten zart braun werden. Hört sich leicht an, aber das klappt nur mit perfektem Timing. Wenn du da eine Roulade nur ein bisschen zu lange auf einer Seite lässt, wird der Wirsing schwarz. Und beim Wenden müssen wir auch noch höllisch aufpassen, sonst reißen die Labberblätter ein.«

Ich führe den Pfannenwender so vorsichtig wie ein Elektrofrickler seinen Lötkolben. Dass ich die fragilen Paketchen so perfekt gleichmäßig angebraten kriege, hätte ich mir selbst nicht zugetraut. Anscheinend brauche ich Publikum beim Kochen. Ich muss Ekkehart nur noch einbläuen, dass er nachher nicht verrät, wie viel ich mitgeholfen habe.

»Gut, Ekkehart, und jetzt gib mir die Brühe.«

Ich nehme noch einen Schluck Wein und lasse die Pfanne dabei nicht aus den Augen.

»Tja, also, hm.«

»Was ist?«

»Also, die Brühe, ich wollts ja vorhin schon sagen …«

Ich drehe mich langsam zu Ekkehart. Er hat das Sieb mit dem ausgekochten Gemüse in der Hand.

»Du … du hast jetzt aber nicht die Brühe in den Ausguss …?«

»Also, genau genommen – ja.«

Ich schubse mit letzter Kraft die Pfanne von der heißen Herdplatte und lasse mich wieder auf meinen Stuhl fallen.

»Tja, tschuldigung, also ich hab mir auch gleich gesagt, Ekkehart, das war jetzt nicht richtig, hab ich mir gesagt, aber da war schon alles weg, nicht wahr.«

Okay. Erstens: Ich bin selbst schuld. Ich hätte Ekkehart nicht alleine werkeln lassen dürfen. Zweitens: Noch ist nichts verloren. Wir haben immer noch das Fertigpulver.

Ich dirigiere Ekkehart stoisch von meinem Stuhl aus beim Bereiten der Instantbrühe. Das Malheur hat ihn ganz schön aus seinem seelischen Gleichgewicht geworfen. Im Gegensatz zu vorhin ist er jetzt fahrig und hektisch. Dauernd fliegt ihm was runter oder spritzt rum. Ich selbst spüre währenddessen, wie die Müdigkeit schon wieder gnadenlos über mich herfällt.

Verflixt, was wird jetzt überhaupt aus der Vorspeise? Meine schöne Möhrensuppe mit Ingwer und Avocado auf der Basis von Instantbrühe? Nein. Da mache ich lieber was anderes aus den Avocados. Jetzt aber erst mal den Hauptgang retten.

»Ekkehart, stell die Pfanne mit den Rouladen wieder auf die Platte und dreh auf sechs ... Falsche Platte, die da vorne, ja genau ... So, und jetzt kipp die Brühe drüber ... Waaaah! Doch nicht so doll!«

Zu spät. Die fragilen Labberblatt-Rouladen werden im Brüheschwall umhergeworfen wie Fischerboote im Orkan. Ich bin aufgesprungen und habe den verdatterten Ekkehart zur Seite gestoßen. Es dauert eine Weile, bis sich die Verhältnisse in der Pfanne beruhigt haben und ich eine vorläufige Bilanz ziehen kann. Fünf Rouladen sind auf jeden Fall so ernsthaft beschädigt, dass sie das Schmoren nicht überleben würden. Ich angele sie eine nach der anderen raus und verarzte sie mit noch mehr Kochgarn. Ekkehart sieht mit aufgerissenen Augen zu.

»Mach dich nützlich. Schau mal in den Kochbüchern dahinten, ob du irgendeine andere Vorspeise mit Avocados findest.«

»Okay.«

Verflixt, auch die Rouladen, die auf den ersten Blick heil aussahen, fangen jetzt an, sich in der heißen Brühe aufzulösen. Aber ich gebe noch nicht auf. Eine nach der anderen wird rausgefischt und geflickt. Immer wieder verbrenne ich mir die Finger dabei.

»Ich hab hier was, Lukas: Staten-Island-Avocado-Krabbencocktail.«

»Sehr gut, Ekkehart. Dann hol gleich eine Packung Krabben aus dem Tiefkühler und schütte sie auf einen Teller.«

Schande. Ich kann so viel Garn drumwickeln, wie ich will, die blöden Blätter halten die Füllung nicht mehr.

Eines nach dem anderen entlässt seine Fracht. Wahrscheinlich wäre das sogar auch ohne Ekkeharts Brühe-Tsunami passiert. Ich hätte halt nicht einschlafen dürfen, als die Blätter im Wasser waren. Alles Viktors Schuld. Dafür kriegt er nachher einen Avocado-Krabbencocktail à la Vital-Kompakt mit einem Extra-Teelöffel Tabasco ...

»Was soll ich jetzt machen?«

»Die Kartoffeln schälen. Kriegst du das hin?«

»Glaub schon.«

Dreck! Die Situation in der Pfanne gerät außer Kontrolle. Eine Roulade nach der anderen havariert. Nein, das hat keinen Sinn mehr.

»Planänderung, Ekkehart, es gibt Wirsing-Hackfleisch-Eintopf und keine Rouladen.«

»Schmeckt bestimmt auch.«

Ich massakriere mit dem Kochlöffel alles, was noch irgendwie zusammenhält, und rühre um, bis es sich zu einer gleichmäßigen Pampe vermischt hat. Wenn es mir nachher gelingt, das geschickt abzuschmecken und mit Sahne zu verfeinern, könnte die Wette mit Ines zumindest unentschieden ausgehen.

»Übernimm du mal das Rühren. Ich schäl die Kartoffeln lieber selbst. Wir haben nicht mehr viel Zeit. Ach, und versuch bitte das blöde Küchengarn aus der Pamp... äh, dem Eintopf rauszufischen.«

»Wird gemacht.«

Mist, die Krabben sind immer noch steinhart. Ich verfrachte sie in ein heißes Wasserbad. Dann greife ich mir eine große Kartoffel, schäle blind los und gehe nebenbei die Zutatenliste für den Avocado-Krabbencocktail durch. Prima. Bis auf Chicoree haben wir alles da, und der ist eh nur für die Deko ... So, die Kartoffeln müssten reichen.

Boah, das wird jetzt aber alles ganz schön knapp. Bisschen sauber machen sollten wir auch noch, bevor die Meute kommt. Vor allem den Boden.

Ich stemme mich hoch, ächze zum Herd und probiere den ungewollten Eintopf. Nein, gewiss keine kulinarische Eröffnung. Auch nachdem ich ihm mit Sahne, Salz und Pfeffer zu Leibe gerückt bin. Aber wenn wir sagen, dass Ekkehart es ganz alleine gemacht hat, ist das Ergebnis auf jeden Fall im Soll.

So, jetzt auf die Zeit achten.

»Ekkehart, hol mal den komischsten Topf raus, den du im Schrank findest. Na los, hopp.«

»Ah, du meinst sicher diesen hier.«

»Genau, Omas guter alter Schnellkochtopf. Damit werden die Kartoffeln ganz schnell gar. Ich sag nur Überdruck.«

»Hm, Überdruck?«

»Keine Angst. Du gießt jetzt ein bisschen Wasser da rein … Halt, nein, wir machen es anders. Eintopf ist Eintopf. Kippe den ganzen Wirsing-Hackfleisch-Schmodder in den Schnellkochtopf und gib die Kartoffeln dazu. Nur Mut.«

Während Ekkehart ungelenk das Essen umschüttet, versuche ich mich auf meine Avocados zu konzentrieren. Gar nicht so einfach, die Dinger genau in zwei Hälften zu schneiden, wenn dir dauernd mächtige Hackfleisch-Wirsing-Spritzer um die Ohren fliegen. Als Ekkehart endlich fertig ist, schließe ich den Schnellkochtopfdeckel und drehe die Herdplatte voll auf.

»Und … und da kann sicher nichts passieren?«

»Natürlich nicht. Selbst wenn wir beide jetzt in einen tausendjährigen Schlaf fallen würden, ein Schnellkochtopf hat immer ein Sicherheitsventil.«

»Ah.«

»Du hast jetzt eine wichtige Aufgabe, Ekkehart: Gleich kommt hier Dampf aus dem Deckel geschossen. Wenn kein Dampf mehr kommt, dreh sofort die Platte auf drei, okay?«

»Explodiert sonst was?«

»Viel schlimmer.«

»Äh …?«

»Das Essen verkocht.«

Natürlich werde ich selbst aufpassen, aber er soll sich ruhig mal verantwortlich fühlen. Während Ekkehart in Hab-Acht-Stellung vor dem Schnellkochtopf steht, fange ich an, den Cocktail für die Vorspeise zu mixen.

»Ha! Jetzt! Es kommt kein Dampf mehr.«

»Gut aufgepasst, Ekkehart. Schön die Platte auf drei drehen, und stell dann die Eieruhr auf zehn Minuten. Danach lassen wir den Dampf ab, holen das Zeug raus und sind fertig. In der Zwischenzeit kannst du schon mal den Tisch decken.«

Ich befülle die Avocadohälften mit den leider immer noch nicht ganz aufgetauten Krabben und gieße anschließend bei fünf Exemplaren schon mal die Soße drüber. Das sechste ist für Viktor. Das braucht, wie gesagt, eine Extraportion Tabasco. Natürlich ist ausgerechnet jetzt die Flasche leer. Hoffentlich haben wir Nachschub in der Vorratskammer.

»Bin gleich wieder da.«

Na bitte, da steht ja noch ein Fläschlein ganz hinten im Regal.

Brrrrrring!

Mist. Viktor und Annemarie.

PiepPiepPiepPiepPiep!

Mist. Der Eintopf.

Ich drücke im Vorbeigehen auf den Türöffner. So. Jetzt bleiben mir etwa dreißig Sekunden. Im Idealfall reicht das, um eine semi-tödliche Portion Tabasco in Viktors Cocktail zu schummeln und Ekkehart zur Tür zu schicken, um die Gäste zu begrüßen, während ich den Schnellkochtopf abdampfe.

Das Leben ist aber nicht immer Idealfall. Es gibt auch den kleinen Bruder Normalfall und, als wäre das nicht schlimm genug, noch den bösen Cousin Worst-Case-Fall. Muss nicht immer kommen. Wenn man ein paar Regeln beachtet, passiert es fast nie.

Man sollte zum Beispiel nicht im Laufschritt in eine Küche stürmen, in der gerade Hochbetrieb herrscht.

Und wenn, dann sollte man darauf achten, dass man dabei nicht auf einem labberigen Wirsingblatt ausrutscht.

Und wenn, dann sollte man dabei niemals ein bereits geöffnetes Tabasco-Fläschlein in der Hand halten und es sich beim Ausrutschen in die Augen kippen.

Und wenn, dann sollte man sich danach wenigstens sofort die Augen ausspülen.

Zumindest Letzteres befolge ich haarscharf. Ich hänge mit dem Kopf in der Küchenspüle und lasse mir liter-weise Wasser über die Pupillen sprudeln. Es hilft zwar nur langsam, doch es hilft. Aber Cousin Worst-Case kennt keine Gnade. Viktor und Annemarie klingeln jetzt Sturm an der Wohnungstür, die Eieruhr piept weiter, und ich sehe immer noch nichts.

»Ekkehart!!! Der Topf!!!«

»Ich … ich krieg ihn nicht auf!«

»Keine Panik. Du …«

»Ich krieg ihn nicht auf!!!«

»Du musst …«

»Keine Sorge, Lukas, ich schaff das! Ich schaff …
ächz … das! Noch mal. Hauuu ruck!!!«

»Ekkehart! NEIIIIIIIIIIIN!!!«

* * *

Bis jetzt kannte ich nur aus Erzählungen, was passiert,
wenn man einen Schnellkochtopf, der noch unter Druck
steht, mit Gewalt öffnet. Und ich hätte vorhin die einma-
lige Chance gehabt, zu sehen, ob es wirklich so schlimm
ist, wie alle immer sagen. Aber selbst jetzt, eine Stunde
nach meiner missglückten Wirsing-Tabasco-Pirouette,
erkenne ich immer noch nur verschwommene Umrisse.
Die Ärztin in der Notaufnahme hat aber gesagt, dass das
mit der Sehkraft bald viel besser sein wird.

Ich sitze neben Viktor im Foyer der Klinik. Ein hoher
großzügiger Raum mit wildem Pflanzendschungel, der
auch die Eingangshalle eines Schwimmbads sein
könnte, wenn er nicht so nach Krankheit und Elend riechen würde. Wir warten auf Ekkehart. Seine Verbren-
nung am Unterarm ist nicht so schlimm, wie es auf den
ersten Blick schien, aber der Chefarzt wollte ihn unbedingt auch noch sehen.

»Tja, der hat halt eine Beamtenversicherung.«

»Tja, und das bleibt dann alles am Steuerzahler hängen.«

»So ist das.«

»Bitte ganz ehrlich, Viktor, wie schlimm sieht die Küche aus?«

»Oh, das willst du nicht wirklich wissen.«

»Sags mir.«

»Nun, Freund, wenn Ihr den Inhalt meiner Red' nicht
fürchtet, so lasst mich kundtun …«

»Viktor!«

»Also gut: Wenn ihr die Tür zum Wohnzimmer zugemacht hättet, dann müssten Ines und Annemarie jetzt *nur* die Küche putzen.«

Dachte ich mir. Es ist meine Schuld. Immer versau ich alles.

* * *

Ines und Annemarie haben sofort mit der Putzerei aufgehört, als wir zurückkamen. Wir haben beschlossen, dass der Rest von einer Profi-Reinigungskraft erledigt wird, und Ekkeharts Angebot, die Kosten zu übernehmen, haben wir rigoros abgelehnt. Während wir auf die Ankunft des Pizzadiensts warten, machen wir uns über die Avocado-Krabbencocktails her, die das Kücheninferno erstaunlich gut überstanden haben.

»Lecker, aber du hättest von mir aus ruhig noch mehr Tabasco nehmen können.«

»Sei still, Viktor.«

Keine Frage, die Vorspeise ist mir in dem ganzen Chaos super gelungen. Trotzdem kann ich beim Essen meinen Blick kaum von Ekkeharts Verband losreißen. Warum muss ich einen Anfänger, und noch dazu einen mit erwiesenem Gefährlichkeitspotential, ausgerechnet Rouladen kochen lassen? Nur um Ines zu beeindrucken? Wo war mein Verantwortungsgefühl, als ich ihn den alten Schnellkochtopf aus dem Schrank holen ließ?

Aber anscheinend bin ich der Einzige, dem das auf die Laune schlägt. Ekkehart hat sich den Mund abgewischt und kniet schon wieder vor der Edel-Hifi-Experimentierstation. Nicht auszudenken, wenn die Hackfleisch-Wirsing-Sauerei auch noch in diesen Bereich des Zimmers vorgedrungen wäre.

»Sag ich doch, wenn wir meine Boxen nehmen, hört man erst mal richtig, welches Klangspektrum deine Trigon-Verstärker beherrschen, Ines.«

»Stimmt. Noch mehr Obertöne im Nachhall.«

»Und noch kräftigere Farben in der Gesamtwirkung, nicht wahr?«

Über was er sich schon wieder Gedanken macht. Mit etwas weniger Glück hätte er sich vorhin die Hand so verletzen können, dass er erst nach Monaten wieder eine Plattenspielernadel hätte wechseln können. Ganz zu schweigen davon, was passiert wäre, wenn ihm heißer Wirsing-Hackfleisch-Schmodder ins Ohr gespritzt wäre. Ich darf gar nicht dran denken …

Brrrrrring!

Endlich, die Pizza. Ich ächze zur Tür, bezahle und gehe mit Annemarie in die halb geputzte Küche, um die Lieferung von den Pappkartons zu befreien. Nach kurzer Zeit haben wir eine halbwegs ansehnliche Tafel hergerichtet, und meine Laune macht nun doch Anstalten, sich zu heben.

»Kannst du mich erkennen, wenn du dein Nicht-Tabasco-Auge zuhältst?«

»Hm, gerade so eben. Aber vorhin war es noch viel schlimmer.«

»Also, ich finde, wenn du schon so was bringst, dann hättest du dir ruhig einen besonderen Tag dafür aussuchen sollen.«

»Genau, Tangokurs-Abschlussfest.«

»Viktors nächste Theaterpremiere.«

»200. Geburtstag der Herrenunterhose.«

»Hihi, übrigens, da fällt mir ein, wollte ich euch schon immer mal fragen, wann ist eigentlich euer Hochzeitstag?«

Verflixt. Allein schon die Stille, die auf einmal hereinbricht, ist verräterisch. Ich stopfe mir schnell noch ein Stück Pizza in den Mund, um etwas Zeit zu gewinnen.

»Ho... Hochzeitstag? Äääh ... na komm, Lukas, sag du.«

»Schluck. Jaaaa ... Na ja ... Verflixt, dauernd vergesse ich es.«

»Typisch Mann.«

»Dings, Februar, oder?«

»Ihr habt im Februar geheiratet?«

Während Ekkehart Ines anstarrt, sehe ich, wie Annemarie etwas auf einen Zettel schreibt und ihn mir unauffällig hinschiebt.

Ah.

»Ja, Ekkehart, am 27. Februar. Ist mir gerade eingefallen. Ich brauch immer 'ne Weile, hehe.«

»Mitten im Winter?«

»Oh, wir lieben den Winter.«

»Und Standesamtstermine kriegt man da auch viel leichter.«

»Und man kann so schön kuschelig und romantisch Hochzeitstag feiern.«

»Mit allem Trumm und Gedöns.«

Ekkehart strahlt über das ganze Gesicht.

»Na, das will ich auch gehofft haben.«

* * *

Ines steht im Bademantel auf dem Flur und lacht einmal mehr ungläubig vor sich hin.

»Also, in drei Wochen werden wir unseren Hochzeitstag feiern. Mit allem Trumm und Gedöns.«

»So siehts aus.«

»Na schön.«

»Ja, schön.«

»Im Le Canard?«

»Ja, und, okay, ich hab verloren, ich bezahle.«

Sie schüttelt einmal mehr den Kopf. Dann sieht sie mich plötzlich an und legt mir die Hand auf die Schulter.

»Ich muss dir mal was sagen, Lukas.«

»Ja?«

»Ganz ehrlich, ich finde es großartig, was du alles für Ekkehart tust.«

»Machst du Witze?«

»Ich kann mir nicht helfen, er wächst mir immer mehr ans Herz.«

»Na ja, heute ist halt alles schiefgegangen. Ich hätte ihn niemals mit dem Schnellkochtopf, also was da alles hätte passieren können …«

»Mach dir keine Vorwürfe. Ist nicht immer leicht mit ihm.«

»Oh ja. Und ich vergesse dauernd, dass er eigentlich unser Feind ist.«

»Ich auch … Mann, und dann fragt der plötzlich nach unserem Hochzeitstag …«

»Du, für einen kurzen Moment hab ich gedacht, jetzt sind wir endgültig erledigt.«

»Haben wir dann aber noch sehr professionell umgebogen.«

»Ja, wir werden immer besser.«

»Ein Glück, dass Bernd nicht dabei war. Der hätte vielleicht eine Panikattacke gekriegt.«

»Wo ist er eigentlich gerade?«

»Singapur, glaube ich. Oder Hongkong? Keine Ahnung. Schlaf gut, Lukas.«

Heute kein Kuss. Aber wenn Blicke küssen könnten, dann würden meine Lippen jetzt sehr seltsame Bewegungen machen.

03.02. / 23:55 Uhr

Unter meinem Verband kribbelt es,
aber ich komme nicht ran zum
Kratzen. Immer noch kein Liefertermin
für Transrotor Tourbillon.

FÜSSESCHARRENDER
SCHNELLKOCHTOPF

Ich weiß nicht, ob das, was wir hier vorhaben, vernünftig ist. Wenn man gerade eben gelernt hat, seinen Kopf ohne Schwimmflügel über Wasser zu halten, probiert man auch nicht gleich einen Hecht ins Wellenbecken, und wer das erste Mal auf Skiern sturzfrei den Anfängerhang geschafft hat, sollte ebenfalls davon absehen, als Nächstes die Innsbrucker Bergiselschanze zu testen. Natürlich drohen einem als Tango-Anfänger, der sich das erste Mal zum freien Tanzen wagt, nicht gleich der Tod und in der Regel auch keine schwereren Verletzungen, aber mein Magen sagt trotzdem dauernd: »Tu es nicht! Tu es nicht!«

Was mich noch zusätzlich verunsichert: Diese Veranstaltung ist an einem ganz normalen Ort. Kein Rohbau, kein Floß, keine Brücke, kein Museum, sondern einfach nur Saal 2 in Gustavos Tanzstudio. Wer weiß, vielleicht habe ich in so einer normalen Umgebung alle Schritte sofort wieder vergessen?

Wir suchen uns einen freien Platz im Vorraum. Ines öffnet ihren Beutel. Sie hat noch mal investiert. Neue Tangoschuhe. Schwarzes Leder, hohe Absätze, elegante dünne Riemen. Schön, verführerisch und sicher so teuer wie ein Mittelklasse-Fahrrad. Sie schlüpft hinein und baut sich in Holly-Golightly-Pose vor mir auf.

»Na, was sagst du?«

»Stehen dir großartig. Hast du das Geld dafür aus der Transrotor-Tourbillon-Spardose genommen?«

Sie deutet einen Handkantenschlag in mein Genick an und knickt dabei etwas um. Ich verkneife mir das Grinsen. Also, wenn sie sich sogar mit diesen Absätzen aufs Parkett traut, sollte ich mich vielleicht auch mal zusammenreißen. Ich schnüre meine Senkel zu, zwinge mich, nicht absichtlich zu trödeln, und gehe voran.

»Wo willst du hin, Lukas?«

»Na, ich dachte, wir setzen uns erst mal in die Ecke und gucken zu?«

»Damit wir uns nachher nicht trauen? Kommt nicht in Frage. Wir fangen gleich an.«

Rote Lampe. Sie meint es ernst. Jetzt keine Panik, sondern Ohren gespitzt … Verflixt. Eine Milonga. Halsbrecherisches Tempo. Der Schrecken aller Anfänger. Wo ist die Eins? Mist. Ich bin der Mann und muss führen. Ines wartet. Na gut … zwo, drei, vier, hepp.

»Sind wir auf der Eins?«

»Weiß nicht genau.«

»Zwo, drei, vier, da! Das ist doch die Eins.«

Schande.

Führen, ich muss führen. Aber ich kann froh sein, wenn ich meine eigenen Füße richtig setze. Wir hätten es sein lassen sollen. Es ist noch zu früh.

* * *

Drei Liter Angsschweiß später sieht die Situation nicht mehr so übel aus. Wir sind bestimmt nicht das Paar des Abends, aber wir schwimmen wenigstens in der Tangomenge mit, ohne groß aufzufallen. Und mit jedem neuen Stück kriege ich das Führen besser hin. Ab und zu schaffen wir es sogar, uns beim Tanzen anzusehen.

»Ein Stück noch, dann machen wir Pause, okay, Lukas?«

»Machen wir.«

Ich koste die letzten Runden aus. Ja, gut, wenn man uns auf Video aufnehmen würde und uns zwänge, das hinterher anzusehen, wären wir wahrscheinlich über unser Gestakse entsetzt, aber das wird schon noch mit der Zeit. Der Knoten ist geplatzt, wir werden mit jedem Tanz besser. Und die Bergiselschanze sollte ich vielleicht auch bald mal in Angriff nehmen.

»Pause. Bitte.«

Nanu? Ines zieht mich an der Hand zu den Stühlen. Das ist nicht ihr gewohnter Gang. Kaum sitzt sie, hat sie auch schon den rechten Schuh aus. Ihr Knöchel sieht nicht gut aus.

»Ines! Autsch.«

»Ach, nicht so schlimm. Dauert halt ein bisschen, bis die neuen Schuhe eingetanzt sind.«

»Zeig mal.«

Mmh, das warme neue Leder duftet so sexy wie nur irgendwas. Ich biege die drückende Randstelle ein paarmal kräftig hin und her, weiß aber, dass es nicht viel bringen wird.

Vor unseren Augen zieht ein neues Tanzpaar mit unendlich langgezogenen Schritten durch den Raum. Sie bewegen sich so schnell, dass die Luftwirbel unsere Gesichter erreichen. Zusammen sehen sie aus wie ein Ferrari, der mit 100 Sachen durch einen Slalomparcours rast, ohne auch nur einmal mit den Reifen zu quietschen. Unglaublich, dass die beiden dabei nur Augen für sich haben. Anscheinend wissen sie blind, wo die Lücken zwischen den anderen Paaren sind, die vor und hinter ihnen alle naselang zusammenrumpeln.

Beim männlichen Part des Paares braucht man sich darüber nicht zu wundern, schließlich hat Gustavo der Legende nach schon Tango getanzt, als er noch nicht einmal laufen konnte. Vanessa hat dagegen erst nach uns mit dem Kurs angefangen. Wie kann es sein, dass sie jetzt schon so in ihrem roten Kleid übers Parkett fegt, dass den Kerlen der Kiefer bis auf das Parkett hinunterfällt?

Ines knetet ihre Druckstelle und verfolgt die beiden mit offenem Mund.

»Starr Gustavo nicht so an.«

»Starr Vanessa nicht so an.«

»Unglaublich, wie gut der führt.«

»Der Hammer, wie gut die sich führen lässt.«

Ob vor meinem fiesen Mathe-Lehrer Herrn Kregelwein, meiner 1,95 Meter großen Fahrlehrerin Frau Dilzinger oder meinem strengen Abteilungsleiter Herrn von Buldenfort, ich bin mir schon oft in meinem Leben sehr klein vorgekommen. Ich bin mir aber noch nie als Paar sehr klein vorgekommen. Ob es Ines genauso geht?

»Komm, das kriegen wir auch hin, Lukas.«

Sie grinst. Ihre Manager-Positiv-Denk-Hirnschaltung hat aber auch wirklich nie einen Aussetzer. Gut. Einfach da anknüpfen, wo wir aufgehört haben. Und mir doch egal, wie gut Vanessa und Gustavo tanzen. Wo ist die Eins?

Mist. Es ist mir doch nicht egal, wie gut sie tanzen. Oder, besser gesagt, mir ist nicht egal, warum sie so gut tanzen. Wie viel Zeit muss Vanessa in den letzten Tagen mit Gustavo verbracht haben?

Mir egal. Mir egal. Mir egal.

Ines.

»Wie geht es deinem Fuß?«

»Der soll die Klappe halten und seinen Job machen.«

»Quälen gilt nicht.«

»Ich quäl mich nicht.«

»Ehrlich?«

»Nein. Autsch!«

Gut, dass ich führen darf. Ich tanze Ines langsam zurück zu den Stühlen und setze zum Schluss eine Freestyle-Drehung an, mit der wir beide auf den Sitzflächen landen.

»Zeig noch mal.«

»Aber sie drücken wirklich kaum noch … Autsch!«

»Höchste Zeit, dass du da raus kommst. Noch ein paar Schritte mehr, und du hast eine dicke Blase.«

»Manno.«

»Ich hol uns erst mal was zu trinken. Apfelschorle?«

»Ja, danke.«

Der junge Hispanier hinter der Theke hat deutlich mehr Talent im Feurig-Dreingucken als im Ausschenken. Er braucht für die beiden Apfelschorlen etwa so lange wie ein besserer Barkeeper für eine Runde Willkommensmojitos für zwei Reisebusladungen. Als ich wieder zurückkomme, sitzt Vanessa auf meinem Platz.

»Ines, Schatz, du kannst doch nicht ohne Pflaster in der Tasche losgehen, wenn du neue Schuhe hast. Hallo, Lukas! Hol doch mal schnell meine Tasche. Liegt bei Miguel hinter dem Tresen.«

Miguels Blick wird noch einmal extra feurig, als ich Vanessas Tasche haben will. Erst nachdem er einen Wink von ihr bekommen hat, gibt er sie heraus. Als ich wieder bei den Damen bin, fischt Vanessa mit einem

Handgriff ein Hightech-Blasenpflaster heraus und verarztet Ines' Fuß. Hätte ich auch dran denken können.

»Aber du machst jetzt trotzdem erst mal eine halbe Stunde Pause. Die gereizte Haut muss sich erholen, weißt du?«

»Ach, ich tanz einfach barfuß.«

Während Vanessa und ich Ines davon überzeugen, dass das wegen der vielen Pfennigabsätze viel zu gefährlich ist, bildet sich langsam eine Männerschlange neben uns. Aber niemand kann so gut Männerschlangen ignorieren wie Vanessa. Erst als der Latino mit dem weißen Hemd schon fast an ihrem Rücken klebt, dreht sie sich um.

»Nein, Juan, ich tanze jetzt erst mal mit meinem Freund hier.«

Vanessa greift weiter hinten in der Schlange nach der Hand eines kleinen Männleins mit 80er-Jahre-Streberscheitel. Ich kenne ihn. Er ist auch in unserem Kurs. Angesichts einer so hochkarätigen Tanzpartnerin könnte er ruhig ein bisschen lächeln.

Ines hat nun auch den anderen Schuh ausgezogen und findet sich mit ihrer Zwangspause ab, während Vanessa beginnt, mit dem Streberscheitel ihre Runden zu drehen. Der Typ ist übrigens nicht nur qua Frisur, sondern auch so durch und durch Streber. Im Kurs war er immer der Erste, der die neuen Schrittfolgen konnte, und schon mehr als ein Mal ist er neben Ines und mir aufgetaucht, um uns gnädig Ratschläge zu erteilen. Am Anfang haben wir ihn noch »Gustavo für Arme« genannt, aber am Ende hat sich »Streberscheitel« durchgesetzt. Trotzdem, eins muss man ihm lassen, er führt Vanessa ziemlich souverän durchs Gewühl. Etwas steif im Rücken vielleicht, aber keine Spur von Nervosität.

Ich arbeite weiter an Ines' Schuh herum und muss mich langsam fragen, ob das wirklich was hilft oder ob ich mich in ihn verliebt habe.

»Nur falls du darüber nachdenkst, Lukas – du kannst von mir aus gerne auch mal mit Vanessa tanzen.«

»Och, so wie es aussieht, habe ich da eh keine Chance.«

Ein paar Stühle weiter sitzt nämlich Juan, starrt Vanessa und Streberscheitel an und scharrt dabei nervös mit den Füßen. Keine Frage, in ihm sieht es ungefähr so aus wie neulich bei uns im Schnellkochtopf, kurz bevor Ekkehart ihn aufgemacht hat. Wie kann man sich nur so quälen? Vielleicht sollten wir besser einfach gehen.

* * *

Wie viele Lieder will Vanessa jetzt eigentlich noch mit Juan tanzen? Es reicht mir langsam. So gut ist der nämlich auch wieder nicht. Außerdem versucht er dauernd irgendwelche verquasten Figuren, bei denen sie ihm das Bein in den Schritt stecken muss. Warum lächelt sie ihn an? Das ist doch einfach nur plump. Also wirklich! So einen schmierigen Westentaschenmacho lässt man als Frau von Format doch einfach links liegen.

»Scharr nicht dauernd so mit den Füßen, Lukas.«

»Tschuldigung. Komm, wir tanzen wieder.«

»Kleinen Moment.«

Noch während ich zusehe, wie Ines in ihre Wunderwerke der Schuhmacherkunst schlüpft, zieht jemand von hinten an mir.

»So, Lukas, jetzt endlich wir.«

»Vanessa ...«

Im nächsten Augenblick haben wir schon unsere ersten Figuren getanzt. Aus den Augenwinkeln sehe ich Ines, die nun vom Streberscheitel aufgefordert wird, und Juan, der uns anstarrt und sofort wieder zum füßescharrenden Schnellkochtopf wird.

»Jaja, man muss einfach öfter die Partner wechseln, hihi.«

»Äh ja, genau.«

Unglaublich. Sie tanzt, als würde sie das schon Jahre machen. Trotzdem muss ich führen. Blödes Konzept. Aber hilft nichts. Konzentration. Eins, zwei, drei, vier …

Nach zwei Liedern bin ich endlich so weit drin, dass ich Vanessa einigermaßen sicher führen kann. Aber jetzt fängt sie auf einmal an, Sperenzchen zu machen.

»He, die Figur kann ich noch nicht, Vanessa.«

»Ist aber ganz einfach. Komm, probier noch mal, Lukas. Folge einfach deinen tänzerischen Instinkten, hihi.«

»Ich fürchte, wenn wir *das* noch mal machen, kocht dein Juan über.«

»Hm? Ach der … Sooo, und jetzt hopp, lass mein Bein rein.«

»Äh …«

Wow.

Wir sehen Ines wieder zum Rand humpeln. Keine Ahnung, ob sie nur markiert, weil sie die Nase voll vom Streberscheitel hat, oder ob der Schuh wirklich wieder drückt. Vanessa reißt mich herum, und wir tanzen noch mal die anzügliche Figur. Und noch mal. Und noch mal andersherum.

»Na, drückt dich auch irgendwo der Schuh?«

Der Schuh nicht, aber … und sie weiß es ganz genau. Raffiniertes Biest.

»Schau mal, was ich noch kann.«

Wow!

He, ich führe. Nein, das war wohl mal. Vanessa spult jetzt ihr Programm ab. Jeder Versuch, sie zu führen, läuft ins Leere. Sie steuert mich, wohin sie will. Ich sehe nervös nach Ines, aber die ist schon wieder mit jemand anderem auf der Tanzfläche.

* * *

Inzwischen habe ich mich daran gewöhnt, dass Vanessa den Ton angibt. Ist wahrscheinlich doch besser, weil sie einfach schon viel sicherer ist als ich. Mir ist inzwischen auch alles egal. Mit dieser Frau Tango zu tanzen ist wie auf einem Lavastrom zu surfen, mit einer Aprilia-Maschine um eine Haarnadelkurve zu jagen, mit Lionel Messi Doppelpässe zu spielen … Moment mal.

»Heee! Vanessa, wo willst du hin?«

»Och, nirgendwohin.«

Vanessa tanzt mit mir den kleinen Flur hinunter, der zu den … ja, alles klar, zu den Toiletten führt. Wäre das hier ein Buch, gäbe es jetzt mehrere Lösungen.

Liebesroman:

Ich ringe ein wenig mit Vanessa, die sich kichernd an mir festklammert, und werfe sie, weil sie einfach nicht lockerlassen will, am Ende ebenso entschlossen wie grob gegen die Wand. Sie guckt kurz verdutzt, lacht dann weiter, aber ich nagele sie mit eisernem Blick dort fest, wo sie gerade steht, rede mit einer Stimme, die das Kunststück fertigbringt, gleichzeitig aufgewühlt und eiskalt zu klingen, irgendwas von »Es ist vorbei«, »Ich liebe jemand anders« und »Ich falle nicht mehr auf deine Tricks herein«, und Vanessa zieht mit gesenktem Haupt ab.

Horrorthriller:

In etwa das Gleiche, nur dass Vanessa nicht abzieht, sondern dass sich herausstellt, dass sie in Wirklichkeit ein Zombie ist.

Komödie:

Ich sage: »Äh, du, wart mal einen Moment«, verschwinde zur Bar, erbettele mir ein großes Glas Eiswürfel, kippe es mir in die Hose und seufze »Aaaaah!«.

Aber das hier ist nun mal das wahre Leben. Und im wahren Leben tönt tief in meinem Innersten mein männlicher Urinstinkt.

»Begatte sie!«

Natürlich setze ich mich zur Wehr.

»Kommt nicht in Frage. Ich bin nämlich eigentlich gerade in Ines ... Ach, das verstehst du eh nicht. Ist zu kompliziert für dich.«

»Wie soll deine Art überleben, wenn du dich deinem männlichen Instinkt widersetzt? Begatte sie!«

»Du, das Überleben meiner Art ist überhaupt kein Problem mehr. Im Gegenteil. Schon mal was von Überbevölkerung gehört?«

»Hohoho!«

»Jetzt pass mal auf, männlicher Instinkt, das hier ist keine archaische Steinzeitwelt mehr. Hast du vielleicht noch nicht mitbekommen, aber heutzutage ...«

»Hohoho!«

»Du, wenn du einen Disput mit mir führen willst, dann musst du schon Argumente bringen.«

»Begatte sie!«

»Hm ...«

»Dafür wurdest du geschaffen.«

»Tja, schon ein guter Punkt … irgendwie …«

Wupps, sind wir im erstbesten Toilettenabteil verschwunden. Vanessa knallt die Tür zu. Die Musik hören wir nur noch gedämpft, aber wir tanzen weiter. Tango, Limbo, Lambada, was auch immer, wir picken uns jeweils die schmutzigsten Elemente heraus, mixen sie zu einer wilden Lukas-Vanessa-Orgie zusammen.

»Hohoho! Na bitte!«

»Das müssen wir aber nachher noch zu Ende diskutieren.«

»Aber sicher doch!«

* * *

»Ups!«

»Wow!«

»Also Lukas.«

Wir schnaufen und schnaufen und schnaufen, werfen uns dabei seltsame Blicke zu und zählen die Schweißtropfen auf unserer Haut. Dass das ausgerechnet heute passiert? Mir schießen tausend Gedanken gleichzeitig duch den Kopf, während ich noch immer ab und zu vor Erregung zucke.

»Du, Vanessa, ganz komisch, ich muss gerade dran denken, wie wir beide damals bei Tonis Fitnessstudio-Eröffnung im Spinningraum …«

»Bei Tonis Fitnessstudio-Eröffnung?«

»Na, das wirst du doch wohl noch wissen. Du und ich im Spinningraum. Alle waren am kalten Buffet, ich bin rein und hab auf dich gewartet, und du …«

»Moment mal.«

»Stockfinster wars …«

»Das warst DU?«

»Äh, ja.«

»DUHU? … Also Lukas, wow!«

»Was dachtest du denn?«

»Sag ich nicht, hihi.«

Muss ich jetzt beleidigt sein? Geht gar nicht, ich bin viel zu erschöpft. Außerdem fühle ich mich so wunderbar eins mit Vanessa. Nur ganz allmählich kehre ich wieder in die Außenwelt zurück. Was sind das eigentlich für komische Geräusche?

»Sag mal, kann es sein, dass da jemand die ganze Zeit an die Tür hämmert?«

»Ach, das ist nur der Juan. Warten wir einfach. Der geht schon wieder.«

Vanessa ist eingeschlafen. Ich liege neben ihr, streichele sie durch die Decke und kann immer noch nicht fassen, dass das alles wahr ist. Ich bin am Ziel. Wir haben seit 24 Stunden ihr Schlafzimmer nicht mehr verlassen. Und so, wie es aussieht, werden es wohl noch ein paar mehr werden. Wenn wir berühmt wären, könnten wir morgen Reporter ans Bett kommen lassen, wie damals John Lennon und Yoko Ono.

* * *

Schichtbeginn um 13 Uhr ist wirklich zu früh für einen glücklichen Instinktmenschen. Ich werde das mit meinem Chef besprechen müssen. Jetzt brauche ich aber erst mal alles, was geeignet ist, um mich wach zu kriegen. Kaltes Wasser, Kaffee und natürlich Musik.

Kurz in Ekkeharts Plattenkiste geblättert. Yep. John Coltrane Quartet, *A Love Supreme* in voller Lautstärke, das wird helfen. Davor kommt aber die Arbeit. Vorverstärker einschalten, externe Netzteile, Endstufen und so weiter. Es ist ein Kreuz, wie viel man machen muss, damit überhaupt Musik aus dem Hifi-Monstrum in unserem Wohnzimmer kommt. Und damit nicht genug, einige Kisten springen noch nicht mal sofort an, sondern man muss erst warten, bis die Vorwärmzeit vorbei ist, ein gnädiges »Klick« aus ihrem Inneren dringt und ein Lämpchen von Rot auf Grün springt. Außerdem, klar, die Platte mit der Karbonbürste reinigen und, natürlich, Tonarmlift nicht vergessen. Ich muss mir *A Love Supreme* dringend auf CD besorgen, dann kann ich mir den ganzen Zirkus in Zukunft sparen. Der Toaster in der Küche ist da ein ganz anderes Kaliber. Der toastet wenigstens sofort.

Vanessa schläft immer noch. Als ich vorhin die Treppen zu uns hoch bin, habe ich durch das Treppenhausfenster Juan vor unserem Hauseingang herumlungern sehen. Er scharrte schon wieder mit den Füßen. Hoffentlich ist er keiner von der Springmesser-Fraktion, sonst habe ich bald ein Problem.

Ich bin so müde, dass ich nicht schmecken kann, was ich mir da gerade in den Hals gieße, aber es wird schon Kaffee sein. Die Farbe stimmt jedenfalls. Und der Toast macht auch die Geräusche, die ein guter Toast machen soll. Nach der dritten Scheibe ist mein Geschmackssinn gewöhnlich auch aufgewacht, aber so viel Zeit habe ich heute nicht. Die Bartstoppeln müssen runter, der schlechte Atem aus dem Mund raus und das Verkäufer-Kostüm an mich dran. Komisch, irgendwie ist mein beruflicher Elanschub von neulich wieder völlig dahin.

Bevor ich die Wohnung verlasse, mache ich die Anlage wieder aus, so wie ich es von Ekkehart und Ines gelernt habe. *Zuerst* die Endstufen, *dann* den Vorverstärker, *dann* den Rest. Danach verstaue ich mit letzter Kraft die Platte. Mal sehen, vielleicht schaffe ich es ja, mir auf dem Rückweg noch die *A Love Supreme*-CD zu kaufen.

Im Treppenhaus laufe ich zum ersten Mal seit Tagen wieder in Frau Kohlmeyer.

»Frau Kohlmeyer, Sie sehen irgendwie angestrengt aus.«

Moment, normalerweise läuft das doch umgekehrt. *Sie* muss sich doch um *mich* Sorgen machen.

»Ach, Herr Fink, wenn Sie wüssten. Mein Neffe hat sich zum Geburtstag gewünscht, dass ich mit ihm auf den Rummel gehe. Und ich sage Ihnen, diese Achterbahnen von heute, das ist nicht mehr so, wie es früher war.«

»Sie sind doch nicht etwa den Freaky Furious Bastard gefahren? Also, Frau Kohlmeyer, bei allem Respekt, da muss man einfach auch mal nein sagen können.«

»Sie haben ja recht, Herr Fink. Aber wissen Sie was? Ich habe eine Jahreskarte für das Entspannungsbad am Herzogdamm. Das gönne ich mir morgen.«

»Ja, das sollten Sie tun.«

»Kommen Sie doch mit, Herr Fink. Sie sehen auch etwas abgegessen aus.«

Na also.

»Danke, Frau Kohlmeyer, aber ich habe nur zu wenig geschlafen. Das wird schon wieder.«

»Ich darf jeden letzten Donnerstag im Monat jemanden umsonst auf meine Karte mitnehmen. Sagen Sie einfach Bescheid, wenn Sie es sich noch überlegen.«

»Danke, Frau Kohlmeyer. Einen schönen Tag noch.«

* * *

In der Straßenbahn versuche ich, wie immer, gerade so laut zu summen, dass ich noch als gut gelaunt und nicht als geistig verwirrt durchgehe. Manchmal träume ich davon, dass ein ganzer Gospel-Chor einsteigt und mitsummt und -klatscht. Stattdessen steigt ein paar Stationen weiter Herr Bilgenhorst von der Weinabteilung ein und nickt mir müde zu. Ob er so wenig geschlafen hat wie ich, weiß ich nicht, aber vom Restalkoholpegel her nehmen wir beide uns wohl nicht viel.

Am Ziel angekommen schlurfen wir wortlos in die Umkleideräume. Um mich in einen Verkäufer zu verwandeln, muss ich nur meinen Mantel ausziehen, mein Schildchen anstecken und mir kurz mit dem Kamm durch die Haare fahren. Ich bin dabei sogar etwas schneller als Herr Bilgenhorst, der mir noch einmal matt, aber freundlich zulächelt, bevor ich im Korridor zu den Verkaufsräumen verschwinde.

Dass im Korridor etwa zehn Kollegen, mein Chef Herr von Buldenfort und mein Oberchef Herr Kreitmayr herumstehen, ist zwar nicht ganz gewöhnlich, aber es kommt doch regelmäßig alle Vierteljahre vor, immer dann, wenn einer der Kollegen als »Mitarbeiter des Quartals« ausgezeichnet wird. Was hingegen noch nie vorgekommen ist, ist, dass ich nicht vorher darüber informiert wurde. Schließlich legt die Geschäftsleitung großen Wert darauf, dass möglichst alle Kollegen, die gerade abkömmlich sind, an dem Tag im Korridor Spalier stehen und klatschen. Hab ich wohl wieder die Hausmails nicht gründlich genug gelesen.

Ich hüstele verlegen und versuche mich unauffällig in das Spalier einzureihen, aber die Kollegen schubsen mich lachend wieder in die Mitte. Alle nehmen Haltung an und klatschen, während Herr von Buldenfort und Herr Kreitmayr mit der Mitarbeiter-des-Quartals-Urkunde auf mich zukommen.

Moment, Moment. So einfach kriegt ihr mich nicht. Lukas Fink, Mitarbeiter des Quartals. Das könnt ihr euren Großeltern erzählen …

»Herzlichen Glückwunsch, Herr Fink – und jetzt tun Sie mal nicht so überrascht.«

»Sie haben einen großen Sprung gemacht, das blieb nicht unbemerkt, nicht wahr, Herr von Buldenfort?«

»In der Tat. Nicht nur einer, nein, gleich mehrere Kunden haben sich in letzter Zeit lobend über Sie geäußert.«

»Und das kommt bei Herrenunterwäsche nun wirklich nicht oft vor.«

»Aber wenn ein Herrenunterwäscheverkäufer genug Esprit hat, nebenbei auch einmal eine Flasche Wein oder einen Taschenrechner zu verkaufen, statt den Kunden abzuwimmeln und zum Kollegen zu schicken ...«

»... dann freuen wir uns und ziehen den Hut. Herzlichen Glückwunsch, Herr Fink – und weiter so!«

Während die Chefs mir die Hand drücken und die Urkunde überreichen, applaudieren die Kollegen pflichtschuldig. Irgendwas stimmt hier nicht.

Ah, jetzt weiß ichs. Versteckte Kamera. Diesmal wirklich. *Gleich kommt Herr Fink, der unengagierteste, faulste und pflichtvergessenste Verkäufer des ganzen Hauses. Ihm ist nur wichtig, dass er nie vor 13 Uhr arbeiten muss. Deswegen hat er sogar auf die Hälfte seines Gehalts verzichtet. Doch heute haben wir eine Überraschung für Herrn Fink vorbereitet: Er wird von unserem Spaßteam zum Mitarbeiter des Quartals ernannt. Schauen wir mal, was er für ein Gesicht macht.*

Und wenn ich jetzt nicht gleich auf irgendeine fürchterlich alberne Art Freude zeige, fahren sie bestimmt noch ganz andere Geschütze auf. Dann kriege ich eine Sexpuppe als Präsent überreicht oder einen Gutschein für eine Ganzkörperenthaarung. Nein, das muss ich jetzt nicht auch noch haben. Da mache ich doch lieber ein kleines Jubeltänzchen und werfe die Urkunde ein paarmal in die Luft. Dann haben sie ihre Bilder im Kasten und gut.

Das Einzige, was ich damit allerdings bewirke, ist, dass sich meine Kollegen und Chefs köstlich amüsieren und noch mehr klatschen, statt dass endlich das Spaß-team erscheint. Das ist mir jetzt wirklich zu blöd, ich gehe. Sollen sie mir doch hinterherlaufen mit ihrer doofen Sexpuppe.

* * *

Ich bin tatsächlich Mitarbeiter des Quartals. Ich habe lange gebraucht, um es zu akzeptieren, aber ich erkenne jetzt auch langsam die Bedeutung. Es war richtig, meinem Instinkt zu gehorchen. Meine Gefühle, mein Wille, mein Körper, alles ist auf einmal im Einklang mit sich und der Matrix. Die Dissonanzen verschwinden aus meinem Leben, Harmonie kehrt ein. Alle Fragezeichen und Unsicherheiten lösen sich auf. Die Welt um mich herum fügt sich neu. Meine Auszeichnung von eben ist nur eines von vielen Zeichen für diesen Zustand.

Ich lehne lässig an einem Unterhosenregal und nicke den Kunden freundlich zu. Ich kann spüren, wie meine positive Energie auf sie überspringt. Und ich bin auch überhaupt nicht mehr müde. Kein Wunder. Wer sich im Einklang mit der Matrix befindet, braucht nicht viel Schlaf.

»Können Sie mir sagen, wo die Toiletten sind?«

»Hm? … Oh, aber ja, einfach durch die Tür dort geradeaus, und dann dritte Tür links.«

»Danke.«

»Bitte, bitte.«

Ein wunderbarer Tag, denke ich ich mir. Dann dämmert mir, dass ich den Kunden gerade ins Chefbüro geschickt habe. Trotzdem, ein wunderbarer Tag. Heute freue ich mich sogar auf den Vital-Kompakt-Kurs.

* * *

»Warum bist du da auf einmal so sicher, Lukas?«

»Ich höre auf meinen Instinkt.«

»Also, wenn du mich fragst, wie gesagt, Vanessa ist einfach nur eifersüchtig auf Ines und schmeißt sich an d…«

»Ja klar, Viktor, nur weil sie eifersüchtig ist, funktioniert unsere Beziehung jetzt auf einmal. Dass Vanessa endlich in mir sieht, was ich wirklich bin, dass der Tango ein Feuer zwischen uns entzündet hat, dass sie endlich spitzgekriegt hat, dass sie mit den ganzen anderen Pfeifen nur ihre Zeit verschwendet …«

»… und sich danach verzehrt, mit dir, o Freund, alsbald ein' Familie zu gründen, ein trautes Heim zu erbauen, Kindlein auf dem Arm zu wiegen und ein Keuschheitsgelübde …«

»Arsch.«

»Nun, so verharre er in Torheit und reiche mir das Biotherm-Shampoo.«

»Also du glaubst nicht, dass wir jetzt endlich …?«

»Nein.«

* * *

»Warum bist du da auf einmal so sicher, Lukas?«

»Ich … höre auf meinen Instinkt.«

»Klar, verstehe.«

»Hör zu, ich will das ganz offen mit dir bereden, Ines.«

»Was gibts da zu bereden?«

»Ich weiß jetzt, dass ich dich einmal sehr verletzt habe, und ich möchte …«

»Du verletzt mich nicht, du Kasper. Ich bin sowieso verhei… vergeben.«

Sie sitzt mit verschränkten Armen neben mir auf dem Sofa und schaut die ganze Zeit nur geradeaus in die Hifi-Versammlung. In ihrer Stimme ist keine Regung.

Dabei würde ich mich jetzt viel besser fühlen, wenn sie mich anschreien und mir was Hartes an den Kopf werfen würde.

»Hm, dann ist also … alles gut zwischen uns?«

»Alles bestens.«

»Wir bleiben zusammen wohnen und wir ziehen das weiter durch mit dem Steuerschummel?«

»Klar.«

»Also, ich könnt verstehen, wenn du …«

»Sonst noch was?«

»Äh, machen wir den Tangokurs weiter?«

»Klar.«

»Und, das ist mir ganz wichtig, kümmern uns weiter zusammen ein bisschen um Ekkehart? Also ich glaube, er ist auf einem guten Weg, aber …«

»Klar.«

»Hätte ihm auch sicher das Herz gebrochen, wenn wir uns jetzt auf einmal scheiden …«

»Klar.«

»Du, ehrlich, ich bin ganz froh, dass wir offen darüber geredet haben.«

»Klar.«

»Hm, gehen wir noch ins Blaubart? Bisschen auf andere Gedanken kommen?«

»Klar. Geh doch schon mal vor, ich muss noch eine Kleinigkeit erledigen.«

»Gut. Wenn das okay ist?«

»Klar.«

Ich stecke mein Geld ein und schlüpfe in meine Jacke. Während ich die Treppen runtergehe, höre ich irgendwas in unserer Wohnung ganz fürchterlich krachen.

* * *

200

Ekkehart sitzt auf dem gleichen Tresenstuhl wie neulich und redet auf Udo ein. Etwas weiter hinten unterhalten sich Viktor und Annemarie. Als die beiden mich sehen, passiert Folgendes: Viktor nickt mir zu, während sein Gesicht ein Fragezeichen ist, Annemarie schüttelt den Kopf, während ihr Gesicht ein Ausrufezeichen ist. Nicht schwer zu erraten, dass sie sich gerade über mich, Vanessa, Ines und meinen Instinkt unterhalten haben. Sollen sie ruhig noch ein wenig weitermachen, ich muss hier erst mal was regeln.

»… und wenn die Boxen nicht auf Ohrhöhe stehen, kommt der Schall gleich gar nicht optimal beim Hörer an, das heißt, wenn Ihre Gäste hier gut hören wollen, müssten sie sozusagen alle auf Leitern steigen, hehe, kleiner Scherz, und dann ist da noch die Frage der Abstrahlung …«

Udo stellt mir ein Bier hin und flüstert in mein Ohr.

»Der macht mich wahnsinnig.«

Ich flüstere zurück.

»Hifi ist bei Ekkehart nur immer das Einstiegsthema. Den muss man nur auf andere Gedanken bringen. Aber ich mach das schon.«

»Bitte!«

Ich lasse mich auf den Sitz nebenan fallen.

»Ekkehart, alte Hütte.«

»Lukas, äh, alter Meisterkoch – wenn ich das so sagen darf, hehe.«

Ich sehe ihn streng an.

»Anscheinend bist du noch nicht mit der wichtigsten aller Kneipenregeln vertraut?«

»Hm, nicht zu viel trinken?«

»Nein. Die Regel heißt: Nur Verlierer texten den Wirt zu.«

»Nun, aber bei dieser Anlage sehe ich wirklich großes Optimierungs...«

»Hast du dir heute Mittag Nudeln mit Pesto aus dem Glas gekocht, wie besprochen?«

»Nun ja, ich wollte, aber dann war der Hunger schon so stark und ich bin doch zu Burger King, hehe.«

»Ekkehart, Ekkehart, das haben wir doch so oft durchgekaut: Wer, wie du, die ganze Woche von Kantinenfraß lebt, der muss wenigstens am Wochenende mal was halbwegs Gesundes und Wohlschmeckendes in den Bauch kriegen.«

Während er mich kleinlaut ansieht, kommt Ines herein.

»Ines, stell dir vor, der Ekkehart hat schon wieder nur Hamburger zu Mittag gegessen.«

Ines' Totengräbermiene verschwindet von einem Moment auf den anderen und macht dem Ausdruck großer Besorgnis Platz.

»Was? Ekkehart, im Ernst, das kann so nicht weitergehen.«

»Du bist richtig blass geworden, seit du hier eingezogen bist.«

»Udo, gib ihm ein Hefeweizen.«

»Gute Idee, das sind auf jeden Fall gesündere Kalorien als Junkfood.«

»Überhaupt, lass dich mal anschauen ... Hm, nicht schlecht. Gedeckte Farben sind nie verkehrt. Aber kauf dir doch mal eine Jeans. Würde dir sicher stehen.«

»Meinst du, Ines?«

Also ich finde ja, in Stilfragen sollten wir ihm nicht zu viel reinreden, aber es wäre sicher pädagogisch unklug, das jetzt vor ihm auszudiskutieren. Müssen wir mal in aller Ruhe unter vier Augen machen.

»Aber jetzt sag mal du, Ines, wie findest du die Boxen-positionierung hier?«

»Natürlich völlig verkehrt. Nicht auf Ohrhöhe, nicht parallel. Udo müsste als Erstes ...«

Zehn Minuten später ist mir klar, dass ich mich zu Tode langweilen werde, wenn ich weiter neben den beiden sitzen bleibe. Ich nehme mein Bier und schaue bei Toni und Karoline vorbei. Die beiden sind in ein geschäftliches Gespräch vertieft. Zu Viktor will ich nicht so gerne, weil ich fürchte, dass Annemarie sauer auf mich ist. Ist auch wirklich nicht so einfach für Außenstehende, das mit Ines, Vanessa und mir zu verstehen. Aber Instinkt und Verstand und so weiter, nicht wahr?

Zum Glück kommt in diesem Moment Bernd rein, und damit fällt mir unverhofft die wichtige Aufgabe zu, ihn in großem Bogen um Ekkehart und Ines herumzulotsen, damit er nicht wieder zu stammeln anfängt. Noch bevor er überhaupt in die Runde geblickt hat, bin ich schon bei ihm und führe ihn am Arm in Viktors Ecke.

»Hey, Bernd, wo kommst du her?«

»Singapur. Oh Mist, da drüben sitzt ja eure Steuereintreibernase schon wieder.«

»Keine Sorge, Ines hat alles im Griff.«

»Mannomann, das kann ich nur für uns hoffen. Fridolin und Mandy müssen am Montag zum Ehe-Check ins Finanzamt. Und die Ehe-Check-Spezialisten von der Einwanderungsbehörde sind mit dabei. Ich darf gar nicht dran denken.«

»Trink erst mal was.«

»Vielleicht geh ich lieber wieder?«

»Ach was.«

* * *

»Sag ehrlich, wie viele Hefeweizen hatte Ekkehart?«

»Ich weiß es nicht. Wir waren so ins Gespräch vertieft, da hab ich nicht so aufgepasst.«

»Mann, Ines, das ist echt fahrlässig von dir, muss ich schon sagen.«

Der nächste Kotzschwall strömt aus Ekkehart heraus in die einzige Blaubart-Männerkloschüssel. Ich stütze ihn an den Schultern, Ines hält seine Brille.

»Schau mich nicht so an! Du hättest ja auch mal auf ihn aufpassen können, Lukas.«

»Hättest nur einen Piep sagen müssen.«

»Wenn du dich wirklich verantwortlich fühlen würdest, wärst du auch selber draufgekommen.«

»Also ich finde, wir sollten das jetzt wirklich nicht vor Ekkehart ausdiskutieren. Wie geht es dir denn, Ekkehart? Gell, wir streiten hier rum, während du …«

»Och, ich glaub, es geht schon wieder … BRUHÄRL!«

»Da hast du es. Wir machen ihn unruhig.«

»Dann geh ich eben.«

»Ja, mach das, du bist hier echt keine Hilfe, Lukas.«

»Bin schon weg.«

»Nächstes Mal bringst du ihn aber ins Bett.«

* * *

Ines und ich starren uns über den Küchentisch hinweg an, als wollten wir testen, wer länger durchhält. Vielleicht wollen wir auch genau das, ich weiß es nicht. Am Kopfende sitzt Fitnessstudio-Toni und schaut auf die Uhr.

»Also, ich hätt da einen Vorschlag, den wo ich machen wollte: Sollen wir einfach heute Abend weiterreden?«

»Nein, ich will das jetzt ein für alle Mal regeln.«

»Aber warum muss ich unbedingt dabei sein, Ines?«

»Haben wir dir doch erklärt, Toni. Du bist unser Mediator. Eine neutrale Person, die beide Seiten unvoreingenommen anhört, den Streitschlichtungsprozess managt und eine Abschlussvereinbarung verfasst, die beide Seiten unterschreiben.«

»Aber Bernd könnte das viel besser als wie ich.«

»Du bist der einzige neutrale Schlichter, auf den wir uns einigen konnten.«

»Genau. Deswegen du, alles klar?«

Von wegen. Toni ist natürlich nur unser Streitschlichter, weil er der Einzige aus unserem Freundeskreis ist, der so was mit sich machen lässt. Er nimmt noch einen Schluck Wasser und fährt sich mit der Hand übers Gesicht.

»Ich weiß gar nicht, was du hast, Toni. Bis jetzt machst du alles super.«

»Find ich auch. Pass auf, wenn du durchhältst, melde ich mich noch heute für den Vital-Kompakt-Kurs an. Versprochen.«

Toni ächzt erschöpft, schüttelt den Kopf und senkt schließlich ergeben den Blick auf das Papier vor ihm.

»Also gut. Ich lese dann noch mal alle Punkte vor, auf die wo ihr euch geeinigt habt:

Punkt 1: Ihr zieht den Steuerschummel noch bis zur nächsten Steuererklärung durch und bleibt solange hier zusammen wohnen. Danach lasst ihr euch scheiden.

Punkt 2: Nach der Scheidung zieht Ines zu Bernd, und Lukas bespricht mit Vanessa, ob sie hier einziehen will. Sprachregelung für Ekkehart: Ihr habt euch auseinandergelebt, aber es ist nicht so schlimm.

Punkt 3: In der Zeit bis zur Scheidung trainiert ihr Ekkehart so weit, dass er entweder:

a) alleine überleben kann oder

b) eine Freundin findet, die sich um ihn kümmert …«

»Und wenn wir das bis dahin nicht schaffen?«

»Manno, wir können ja notfalls auch nach der Scheidung noch ein bisschen nach ihm schauen.«

»Ich will, dass das in die schriftliche Vereinbarung reinkommt!«

»Von mir aus.«

»Schreib: *Sollte Ekkehart bis zur Scheidung noch nicht fähig sein, alleine zu leben, werden beide Parteien das Training fortsetzen.*«

»Ergänzung: *bis zum Erfolg fortsetzen.*«

»*… bis zum Erfolg fortsetzen.* Okay. Ich les dann weiter vor, ja?«

»Moment, wer entscheidet, ob Ekkehart überlebensfähig ist oder nicht?«

»Na, wieder ein neutraler Sachverständiger. Toni?«

Toni nickt ergeben wie ein Zwei-Meter-Hüne, der von zwei einbeinigen Liliputanern mit überreifen Bananen beworfen wird.

»Ich les aber jetzt weiter vor, weil ich hab heute auch noch Sachen, die wo ich erledigen muss.«

»Okay.«

»Also:

Punkt 4: Um Streit und Kompetenzgerangel wie in den vergangenen Tagen zu vermeiden, übernimmt Lukas bis auf weiteres das Ekkehart-Selbständigkeitstraining montags, mittwochs und freitags. Ines übernimmt bis auf weiteres das Ekkehart-Selbständigkeitstraining dienstags, donnerstags und samstags. Am Sonntag wird die Trainingsverantwortung nach individueller Absprache verteilt. Zusammentreffen zu dritt werden nach Möglichkeit vermieden.

So, beide zufrieden?«

Wir starren uns immer noch an.

»Zufrieden.«

»Zufrieden.«

Toni schiebt Ines den Zettel zum Unterschreiben hin. Sie löst endlich den Blick von mir und unterschreibt. Anschließend unterschreibe ich, während sie schon aufsteht und sich ihren Mantel anzieht.

»Okay, Toni, du bewahrst den Zettel auf. Noch ein Kaffee?«

»Nein, danke.«

* * *

07.02. / 19:31 Uhr

Musste mich auf dem Heimweg
spontan übergeben, als ich bei
Blaubarts Eck vorbeikam. Immer
noch kein Liefertermin für
Transrotor Tourbillon.

Sex ist nicht alles.

Hohoho.

Ist es doch. Offensichtlich. Wir tun nichts anderes mehr. Ich komme von der Arbeit nach Hause, dusche mich, überlege, ob ich noch eine Onkel-Adalbert-Platte hören soll, lasse es aber jedes Mal sein und gehe schnurstracks im Bademantel runter zu Vanessa. Wir haben einen Sport daraus gemacht, kein Wort mehr miteinander zu reden. Und wir haben einen Sport daraus gemacht, es genau dort zu tun, wo Vanessa gerade ist, wenn ich hereinkomme. Einmal saß sie in einem Schaumbad, ein anderes Mal lackierte sie sich gerade die Fußnägel, und vorgestern hing sie an der Reckstange in ihrem Küchentürrahmen, die der Vormieter dagelassen hatte.

Das Einzige, worum ich mich neben Vanessa noch kümmere, ist der Tangokurs und Ekkeharts Sozial- und Lebenspraxistraining. Ein Mal in der Woche gehen wir auf ein Jazzkonzert im Flatted Fifth, und seit dem Kohlrouladen-Unglück sind wir mit der Kocherei auch ein gutes Stück vorangekommen. Einfache Nudelgerichte, Eintöpfe, Kurzgebratenes – wenn man ihn nicht überfordert und aufmerksam danebensteht, klappt es.

Und jeden Mittwoch kocht Ekkehart für Ines und mich in unserer Wohnung. Das lässt er sich nicht nehmen. Ich finde das gut, sonst würden wir beide uns gar nicht mehr sehen. Nachdem ich Ines das mit Vanessa und mir und dem Instinkt erklärt hatte, war sie zuerst dauernd auf Streit aus gewesen, aber in den letzten Tagen ist es schon besser geworden. Im Tangokurs kommen wir jetzt auch wieder ein bisschen voran. Nicht nur Gustavo, sogar der Streberscheitel hat uns in der letzten Stunde, die in einer nicht mehr genutzten Kirche stattfand, ausdrücklich gelobt.

»Noch Soße, Ines?«

»Die hast du aber nicht selbst gemacht, Ekkehart? Schwindel jetzt nicht.«

»Na ja, doch, schon. Es ist zwar nur eine Fertigsoße, aber Lukas hat mir noch einen Tipp gegeben, wie man sie verfeinern kann. Man muss nämlich etwas Butter ...«

»Ach, der und seine Tricks schon wieder.«

»Im Gegensatz zu eurem Wie-herum-stecke-ich-das-Verstärker-Stromkabel-in-die-Steckdose?-Theater merkt man hier wenigstens den Unterschied.«

Vielleicht ist Vanessa zu Hause? Aber jetzt kann ich natürlich nicht weg ...

* * *

Ines liegt in Ich-bin-satt-und-glücklich-Stellung auf dem Sofa. Eine von Ekkeharts audiophilen Kostbarkeiten dreht sich auf ihrem neuen Plattenspieler und verplätschert seine harmlosen Klänge im Raum. Unser Wohnzimmer fühlt sich dadurch an wie das Foyer eines Wellness-Hotels, was um diese Tageszeit auch ganz okay ist. Ekkehart haben wir inzwischen, nachdem ihm zweimal der Kopf auf den Tisch gefallen ist, nach unten ins Bett geschickt.

»Respekt, Lukas, er lernt es wirklich. Hätte ich nach der Kohlrouladen-Explosion keine fünf Cent mehr drauf gewettet.«

»War auch nicht einfach. Ich musste ihm erst mal die Ängste, die er aufgebaut hatte, wieder nehmen. Andererseits, seit er sich vor Schnellkochtöpfen fürchtet, ist das mit dem Alien überhaupt kein Thema mehr bei ihm. Ist dir das auch aufgefallen?«

»Stimmt, jetzt, wo du es sagst.«

»Und was macht dein Kneipen-Trainingsprogramm?«

»Ich hab ihn auf jeden Fall schon mal davon überzeugt, dass das Blaubart nicht das richtige Umfeld für ihn ist. Udo hat mich aus lauter Dankbarkeit für zwei Wochen auf Freibier gesetzt, und Bernd kann jetzt auch wieder ganz entspannt sein. Ich hoffe nur, dass Fridolin und Mandy heil aus der Sache mit dem Ehe-Check rauskommen. Das macht ihn ganz schön nervös.«

»Jetzt mal ehrlich. Sagen wir, Ekkehart kommt durch irgendeinen blöden Zufall doch dahinter, glaubst du wirklich, der würde uns hinhängen? Nach alldem, was wir für ihn getan haben?«

»Hm, nicht wirklich. Der mag uns ja. Andererseits, könnte sein, dass die Welt für ihn zusammenbricht, wenn er erfährt, dass da nichts mit Liebe zwischen uns war.«

»Das mit der Scheidung wird sowieso schon hart genug für ihn.«

»Eben. Deswegen braucht er ja so dringend Freunde, die ihn wieder aufbauen können. Ich versuche mit ihm eine Stammkneipe zu finden, die zu ihm passt. Weißt du, so was Kleines, Unkompliziertes, Gemütliches mit einer alten Frau mit Brille hinter der Theke.«

»Und da soll er Freunde finden?«

»Na ja.«

»Entschuldige, aber ich finde, du hast da einen falschen Ansatz.«

»So.«

»Ekkehart ist kein Kneipentyp.«

»Schön, Ekkehart ist kein Kneipentyp, meint Herr Fink. Aber hast du vielleicht eine bessere Idee parat, wie wir sein Sozialleben in Gang bringen?«

»Hab ich nicht gesagt.«

»Ha!«

»Oder ... Wart mal, ich glaube, ich habe eine.«

* * *

»EINS – ZWO – DREI – VIER ... und wenn alle noch ein bisschen mehr zusammenrücken, dann haben die, die wo jetzt neu dabei sind, auch noch Platz.«

Ich hätte es eigentlich nicht für möglich gehalten, dass Toni den Trainingsraum noch mal kleiner macht, aber es ist wirklich wahr. Er hat sein Büro als Präsentationsraum für Karoline untervermietet, und deswegen stehen hier jetzt auch noch sein viel zu großer Schreibtisch und seine Akten im Weg herum.

Ekkehart hat so natürlich einen denkbar schwierigen Einstieg in den Vital-Kompakt-Kurs. Ines und ich haben uns links und rechts von ihm aufgestellt und versuchen ihm mit dezentem Körpereinsatz Platz zu verschaffen. Das ist natürlich nicht so einfach, und wir ernten dauernd böse Blicke von unseren Turnnachbarn.

»Puh ... das ist ... aber anstrengend ... Lukas.«

»Du machst das schon.«

»EINS – ZWO – DREI – VIER ... Viktor, geh von den Anmeldeformularen runter!«

»Verzeiht, edler Sportbefehlshaber.«

»Ich hab eine Idee. Toni müsste einfach nur zum Training seinen Schreibtisch freiräumen, dann könnten zwei Leute auf der Tischplatte ...«

»EINS – ZWO – DREI – VIER … Ruhe! Das sind Übungen, die wo Konzentration brauchen.«

»Ich … puh … kann nicht mehr.«

»Durchhalten, Ekkehart. Du wirst sehen, du kriegst ein viel besseres Körpergefühl.«

Und Sozialkontakte. Hoffentlich.

Jetzt schlängelt sich auch noch Karolines Praktikantin mit einem riesigen Stoffballen und zwei Kunden im Schlepptau durchs Gewühl.

»EINS – ZWO – DREI – VIER … Gasse machen! Linke Hälfte einen Schritt nach rechts!«

Toni merkt zwar noch im gleichen Moment, dass er das besser nicht gesagt hätte, aber es ist zu spät. Der halbe Kurs stolpert übereinander, fällt um und bleibt mit hoffnungslos ineinander verhedderten Armen und Beinen liegen. Die Praktikantin zieht die verschreckten Kunden schnell aus der Gefahrenzone und schiebt sie ins Atelier.

»So geht das nicht, Toni. Wenn wir schon einen Schrittwechsel machen, dann musst du genau ansagen, ob auf der Eins oder auf der Drei.«

»Und die Reihe rechts außen hätte sowieso keinen Schritt nach rechts machen können, weil da die Spinning…«

»Wenn ihr eh alles besser wisst als wie ich, dann stellt sich halt einer von euch nach vorne!«

»Jetzt sei doch nicht gleich so gereizt, Toni.«

»Und veracht' er nicht den klugen Rat, wenn Bedrängnis bricht herein …«

»Hallo! Der Ekkehart rührt sich nicht mehr!«

»Was? Oh nein.«

»EKKEHAAART! Sag doch was!«

»Hat er noch Puls?«

»Nein … doch. Aber ziemlich schwach.«

»Ist einer von euch Arzt?«

* * *

»Soso. Der Ekkehart ist also kein Kneipentyp, nicht wahr? Mehr so ein Fitnesstyp, oder?«

Klar, jetzt hat Ines mich bei den Eiern. Wir stapfen schnell über den Bürgersteig, obwohl es keiner von uns eilig hat, und stampfen dabei viel fester als nötig mit den Füßen auf. Unsere Sporttaschen pendeln wild hin und her, und die Dampfwolken vor unseren Mündern haben bei genauem Hinsehen Ähnlichkeit mit Gewitterwolken.

»Deine sarkastischen Bemerkungen kannst du dir sparen, Ines. Das war immerhin ein Kreislaufkollaps. Seien wir einfach mal froh, dass er wieder auf den Beinen ist.«

»Wird er nicht lange bleiben. Er will ja weitermachen.«

»Ist doch gut, wenn er nicht gleich aufgibt. Außerdem geht es beim nächsten Mal bestimmt schon besser. Weißt du noch, als du neulich angefangen hast …«

»Ja, ja.«

»Und außerdem kriegt er dann endlich mal ein gutes Körperge…«

»Tschüss, Lukas, ich treff mich noch mit Bernd.«

»Viel Spaß. Äh, ich muss aber auch da lang.«

Wir stapfen ein paar Straßen wortlos nebeneinander her. Unangenehm. Hätte ich lieber einen kleinen Umweg machen sollen. Aber irgendwie muss die ganze schlechte Stimmung auch nicht unbedingt sein. Wir wollen ja beide nur Ekkeharts Bestes.

»Weißt du, ich sag ja nicht, dass er überhaupt nicht in Kneipen passt. Ich glaub nur, dass er …«

»Ach nee, jetzt auf einmal?«

»Ich wollte nicht dein Freunde-find-Programm kritisieren. Und so hin und wieder mal ein Hefeweizen im Blaubart oder anderswo ist sicher nicht schlecht, nur …«

Ines geht jetzt etwas langsamer.

»Okay, ich gebe ja zu, du hast recht. Neue Freunde findet der so nicht. Wir brauchen was anderes. Nur was?«

»Ich weiß es ja auch nicht. Aber es ist wirklich wichtig. Dieser Umzugshelfer mit dem schwachen Rücken, wie heißt er noch mal? Karlchen, genau, der scheint tatsächlich sein einziger Freund zu sein. Und ich bin mir ehrlich gesagt nicht mal sicher, ob es den überhaupt gibt oder ob er nur in seinem Kopf existiert.«

»Lass uns das wann anders besprechen, ich muss jetzt da rein.«

»Äh, ins Bollini? So ein Zufall, ich auch.«

»Vanessa?«

»Ja.«

* * *

Ich trinke jetzt schon meinen zweiten Softdrink an der Bar, aber Vanessa sitzt immer noch mit Juan an ihrem Stamm-Fenstertisch. Sie hat schon eine Ewigkeit gebraucht, nur um mich zu sehen, und dann noch mal eine Ewigkeit, um mir wenigstens mal zuzuzwinkern. In der Zwischenzeit konnte ich mich ausgiebig davon überzeugen, wie gut ihr der weiße Flauschepullover mit dem Riesenkragen steht, den sie heute anhat. Wahrscheinlich ist sie die einzige Frau der Stadt, die darin nicht wie ein pummeliger Kuschelhase aussieht. Und sicher weiß sie auch das wieder einmal ganz genau. Sie trägt den Pullover, um andere Frauen zu demütigen.

In der anderen Ecke sitzen Ines und Bernd. Seit sie

sich mit Kuss begrüßt haben, tun sie nichts anderes, als Termine abzukaspern. Ich schaue hin und wieder zu den beiden rüber, um nicht dauernd zu Vanessas Tisch zu stieren. Als Ines einmal ihren Kopf dreht und mich sieht, greift sie nach Bernds Hand. Bernd wollte eigentlich gerade etwas in seinen Palm eintippen, aber nach einem kurzen Moment beschließt er, es sein zu lassen. Ich kann sehen, wie es ihn anstrengt, sich das, was er eintippen wollte, zu merken. Ines hält seine Hand wie ein Cocktailglas, das man ja eigentlich nicht halten soll, weil es kalte Hände macht und die Hände wiederum den Drink erwärmen. Bernd versucht jetzt mit der linken Hand zu tippen und wirft dabei den Palm vom Tisch. Beide lachen. Ich drehe mich weg, aber über den Spiegel hinter der Bar tauchen die beiden sofort wieder in meinem Blickfeld auf. Von Bernd sehe ich nur den Rücken, weil er unter dem Tisch nach dem Termin-Helferlein angelt. Ines lacht nicht mehr, sondern guckt auf die schwarze Scheibe, hinter der das kleine Licht eines Radfahrers auftaucht und wieder verschwindet.

Ha. Und sie will mir immer erzählen, was zwischen mir und Vanessa alles nicht stimmt. Sie liebt Bernd nicht. Sie war mit ihm zusammen, weil ich sie gekränkt habe, und sie ist mit ihm zusammen, weil ich sie schon wieder gekränkt habe. Und die beiden halten es nur miteinander aus, weil sie diese verkappte Fernbeziehung führen. Nur, es hat mich noch nie so traurig gemacht wie in diesem Moment. Wäre doch Ekkehart nur ein gutaussehender, charmanter, reicher Hifi-Geschäft-Besitzer und Katzenliebhaber … Hm, das bringt mich auf eine Idee.

Bernd ist wieder hochgekommen, der Palm blieb heil, die Termine auch. Ich drehe mich wieder zur anderen Seite. So, Vani, jetzt aber genug gejuant. Sie winkt schon wieder, macht aber immer noch keine Anstalten aufzustehen. Frech. Was Ekkehart in puncto Selbständigkeit ist, ist sie in puncto Höflichkeit. Muss ich auch mal mit ihr üben. Ich gehe jetzt.

* * *

Ich bin natürlich nicht gegangen. Konnte ich wieder nicht. Ist das zu fassen? Woher hat sie diese Kräfte?

Wenigstens ist sie jetzt endlich aufgestanden und kommt zu mir, was Juan die Gelegenheit gibt, ihren Po anzustarren. Ich winke ihr zu und merke erst jetzt, dass ich, schon seit ich hier bin, mit einer Hand das kalte verchromte Rohr, das um den Tresen herumläuft, umklammert halte.

Kurze Umarmung mit kleinen Küsschen. Ich spüre die Blicke des Barmanns in meinem Rücken, weiß aber nicht, ob er mich beneidet oder ob er mich für einen Trottel hält. Im Moment weiß ich nicht mal selbst, ob ich mich für beneidenswert oder für einen Trottel halten soll.

* * *

Vanessas Bett ist viel weicher als meins. Deswegen frage ich mich, warum es mir auf einmal so hart vorkommt. Ich liege, den Kopf an das große Kissen gelehnt, auf dem Rücken, summe ungefähr zum dreißigsten Mal *The Touch of Your Lips* und bin mir immer noch nicht sicher, wie ich mich fühle. Zeitentrückt? Melancholisch verklärt? Vital-Kompakt? Und, unwichtiges Detail, aber warum habe ich eigentlich nie Angst, dass Ekkehart zufällig mitkriegt, wie ich Vanessas Tür aufschließe?

Seit Tagen will ich nichts lieber, als dass die Zeit stehen bleibt. Und ich habe wirklich alles dafür getan. Ich habe nicht mehr auf die Uhr und nicht mehr auf den Kalender geschaut, ich habe nichts gemacht, außer Vanessa und meinem männlichen Instinkt zu gehorchen und die paar Sachen, die unbedingt erledigt werden müssen, zu erledigen. Ich habe das Glück angehalten. Ich habe es wenigstens versucht.

Eben wusste ich noch nicht, wie lange ich hier schon liege. Jetzt beginne ich allmählich zu fühlen, dass es sehr lange ist. Ich gieße mir noch einen Schluck Rotwein ein. Sie wird nicht kommen. Ich werde schlafen.

Vanessa hat mich irgendwann gnädig aus dem Bollini entlassen. Ein Wink reichte aus, und der Bann war gelöst. Beim Rausgehen hielt sie mich kurz fest und flüsterte, sie komme gleich nach und ich solle schon die Flasche aufmachen und das Bett wärmen. Juan saß dabei und wurde von unsichtbaren Fesseln in seinem Stuhl gehalten. Ob er sich über seine Situation im Klaren war?

Eigenartig. Mich interessiert nicht, wo Vanessa ist. Ich müsste rasend eifersüchtig sein, aber ich bin einfach nur müde und werde gleich schlafen. Ich habe nicht einmal mehr genug Kraft, um mich auszuziehen. Und, sehr komisch, mein Instinkt brummt gelassen »Schlaf nur, deine Mission ist erfüllt«.

* * *

»Tschuldige, Lukas, aber Juan, hihi, der ist so eifersüchtig auf dich, ich musste einfach mal länger mit dem reden. Sonst gibts noch Ärger, hihi ... He, schläfst du schon?«

»Hmpf, fast.«

»Na, ein Glück.«

Der kleine Luftzug, die Kälte, die Vanessa von draußen mitgebracht hat, und die Tatsache, dass nun noch
jemand im Raum ist, all das holt mich schnell zurück.

Sie streift im Stehen ihre Stiefel ab und zieht ihre
Strümpfe aus. Komisch, sonst ist alles, was sie macht,
sexy. Einfach Stiefel auszuziehen gibt es normalerweise
nicht, sondern es ist nur die Frage, ob es die kleine oder
die große Stiefel-Auszieh-Show gibt. Warum hat sie sich
dabei nicht wenigstens gesetzt?

Nachdem ihr storchenbeiniger Balanceakt zu Ende
ist, sieht sie mich an. Hatte sie gerade den gleichen Gedanken? Oder kann sie meine Gedanken lesen? Kann
ich ihre Gedanken lesen? *Oh nein, ich dachte, er hat die
Augen zu …*

Sie macht im gedimmten Deckenfluterlicht barfuß
zwei Schritte Richtung Fußende des Betts. Zwei Va-
nessa-Schritte. Zwei Schritte, die das Stiefel-Desaster
sofort wiedergutmachen.

Sie setzt sich. Elegant aus einer engen Jeans herauszu-
kommen, ist noch wesentlich anspruchsvoller, als Stiefel
auszuziehen. Sie tut es mit einer Bravour, als hätte sie es
wochenlang eingeübt, wie ein Tanzstück.

Ihre langen braunen Beine und die gigantische Flau-
schepulloverkugel, aus der sie herausschauen, sind bestimmt eins der seltsamsten Paare auf diesem Planeten,
aber sie mögen sich. Vanessa dreht sich zu mir, beugt ein
Bein leicht nach außen und strahlt mich dabei an wie
eine Hauptgewinn-Verkünderin. Sie verharrt in dieser
Pose. Für einen kurzen Moment steigt Angst in mir auf,
dass die Show schon zu Ende sein könnte. Dann aber – es
geht so langsam, dass ich es am Anfang gar nicht merke –
beginnt ihr Kopf in ihrem großen Flauschekragen zu ver-
sinken. Hals. Kinn. Mund. Kurz bevor ihr Gesicht ganz

verschwunden ist, sieht sie mich noch einmal an, dann steigt der Pullover gemächlich wie ein Heißluftballon nach oben und löst sich irgendwo im Dunkeln in Luft auf.

Ich weiß nicht, wer die Idee ins allgemeine Bewusstsein gepflanzt hat, dass die Männer nuttige Unterwäsche toll finden. Die Wahrheit ist nämlich, dass nuttige Unterwäsche grottenhässlich ist, dass nur ein kleiner Bruchteil aufgrund seltsamer Kindheitserlebnisse darauf steht und dass der großen Mehrheit beim Anblick von rot-schwarzen Rüschen und affigen Strumpfhaltern sofort übel wird. Und natürlich trägt Vanessa keine nuttige Unterwäsche. Was sie unter dem weißen Flauschepullover anhat, ist vom Konzept her wie ein Billy-Bücherregal. Gerade so viel Material wie nötig, schnörkellos, schlicht, und wenn es leer ist, sogar ein wenig öde, dafür aber umso aufregender, wenn es mit tollen Büchern gefüllt ist. Die Art Verpackung, die zurücktritt, weil sie weiß, dass sie durch nichts so sehr glänzen kann wie durch ihren Inhalt.

Vanessa krabbelt geschmeidig wie eine Katze zu mir und beginnt mich auszuziehen. Ich helfe dankbar mit, wo ich kann. Sie lässt ihren immer noch vom Billy-BH gehaltenen Busen über mein Gesicht streifen, bevor sie sich zurücklehnt, mit beiden Händen die legendäre Bewegung zum Verschluss am Rücken macht, die allein schon der Höhepunkt eines erotischen Männertraums sein kann.

Einen Augenblick später umströmt die freie Luft ihre wunderbaren Brüste, und man könnte glauben, sie wären zwei Wesen, die sich schon die ganze Zeit danach gesehnt haben.

»Immer noch müde?«

»Nein, nein.«

»Ich auch nicht, hihi.«

Die letzten Stücke Stoff zelebrieren angemessen ihren Abgang und machen die Bühne frei für die Stars. Wirklich komisch. Warum denke ich ausgerechnet jetzt an Ekkehart?

...

Vanessa sitzt auf mir. Ihre Hände wandern über meinen Körper und erreichen, wie so oft, Stellen, von denen ich bisher nicht einmal wusste, dass sie überhaupt existieren. Ich winde mich hin und her und vergrabe meine Finger mit aller Kraft in ihren Pobacken.

...

Ekkehart. Ja, schon klar. Ich hatte da vorhin eine Idee, als ich mich mit Ines gezankt habe. Okay, ist notiert, wird nicht vergessen.

»Ja, Lulu. Jaaah!«

...

Was willst du noch, Ekkehart? Verschwinde! Ah, jetzt verstehe ich. Mein Hirn ist raffiniert. Ekkehart ist nur ein Umweg zu Ines. Ines und Bernd. Ines ohne Bernd. Ines beim Volleyball. Wir in einem Team. Wir schlagen das Team von Bernd und Toni.

»Jah, Lulu! Ooooooooooooh!!!«

Ines und ich liegen im Sand und umarmen uns in Siegerlaune. Sie lacht so wunderbar, wie ein Mensch nur lachen kann. Ihre Augen sind wie zwei tiefe Waldseen und funkeln mich an. Die anderen Mitspieler packen ihre Sachen, wir liegen aber immer noch da und riechen die Sonne. Zwei lange braune Beine tauchen in meinem Blickfeld auf. Nein, Vanessa, geht ihr schon mal vor, wir müssen uns noch ausruhen. Ines' sandiger Fuß streift langsam meinen Oberschenkel hoch und wieder herunter. Wir küssen uns und lächeln. Wir küssen uns noch mal, und noch mal, und jedes Mal wilder. Ihre Hände umfassen meinen Nacken. Ich sehe ein paar Sandkörner auf ihren zarten Wimpern. Wir rollen eng umschlungen hin und her. Ines' geschmeidiger weicher Körper reibt unwiderstehlich an meinem. Ines' geschmeidiger weicher Körper reibt unwiderstehlich an meinem. Geschmeidiger weicher Körper. Ines' …

»Ups.«

»Tschuldigung.«

* * *

18.02. / 15:04 Uhr
Sollte wirklich aufhören, Hamburger zu essen. Bekomme dauernd Ärger mit Lukas und Ines.

Tigerchen

Ich dachte immer, Tierheime seien stinkende Kavernen des Elends. Stimmt nicht. Das Tierheim, in dem ich mich gerade bewege, ist weitläufig und gepflegt wie eine Parkklinik für Privatpatienten. Interessant. Sollte ich mal obdachlos werden, wäre es auf jeden Fall eine Option, mich als streunender Vierbeiner auszugeben.

Natürlich will mein Kopf die ganze Zeit über gestern Nacht nachdenken, aber ich erlaube es ihm noch nicht. Ich brauche jetzt erst mal Abstand. Deswegen ist es doppelt gut, dass ich jetzt im Tierheim bin. Erstens: andere Umgebung. Zweitens: Ich habe eine Aufgabe.

· Ich schreite die vollverglasten Wände der einzelnen Katzen-Apartments ab und schaue nach den Miezen, die sich auf mannshohen Kratzbäumen tummeln, aus gemütlichen Körbchen herausschauen oder sich feist auf ihren vergitterten Außenbalkons in der Sonne räkeln. Mit jedem gesichteten Tier werde ich hilfloser. Die paar Infos, die mit abwaschbarem Filzer auf die an den Türen befestigten Plastiktäfelchen geschrieben wurden, helfen mir gar nicht. Schon allein die Rassennamen: Britisch Kurzhaar, Kurilian Bobtail, German Rex. Was soll das bitte alles?

Zum Glück guckt mich dieser eine kleine graue Felltiger, der gerade neugierig zur Scheibe geschlichen ist, mit so lieben großen Kulleraugen an, dass ich wieder etwas Mut fasse.

Wenigstens unter dem Stichwort »Charakter« findet man auf den Plastikkärtchen ab und zu etwas handfestere Informationen: »Gel. aggressiv«, »kratzt o. Grund«, »bissig« – da weiß man wenigstens, woran man ist. Ich sollte mich mehr in Richtung »schmust gerne«, »total verspielt« und »sehr verständnisvoll« orientieren. Aber ist das alles, was die richtige Katze ausmacht? Wie kriege ich raus, welche wirklich für meinen Zweck taugt?

Ich trete einen Schritt zurück, schließe die Augen und konzentriere mich auf meine geistige Mitte. Alle Gedanken werden nach und nach ausgeblendet, bis ich die große dunkle Leere vor mir habe. Inmitten der Leere steht in riesigen leuchtenden Buchstaben nur noch ein Satz:

»Welche Katze passt zu Ekkehart?«

Doch, die Idee ist gut. Ich habe seit gestern immer wieder darüber nachgedacht. Zumindest sollten wir es probieren. Zurückbringen kann man sie ja immer noch, wenn alle Stricke reißen.

Erst als ich das Gefühl habe, dass ich wirklich bereit bin, öffne ich die Augen wieder. Der kleine graue Felltiger von eben schaut mich immer noch an. Das kann jetzt natürlich Zufall sein, aber irgendwie … ·

»Oh, Mama, guck mal. Ist die nicht goldig? Die will ich haben!«

Mist. Das kleine Mädchen meint mein Tigerchen …

»Hör mir auf. Isch will doch nisch so was langweiliges Graues. Krisch ja Deppressonen.«

»Aber, Mama …«

»Jetzt geh mir nisch auf die Nerven.«

Die unglaublich dicke Wachtel mit der Reibeisenstimme schubst ihre Tochter weiter. Das ist ja noch mal gutgegangen. Jetzt aber nicht mehr lange gezögert. Ich

hechte sofort zur Katzenaufsicht, eine unauffällige End-
fünfzigerin mit Strickpullover, die in der Ecke sitzt.

»Hallo! Ich interessiere mich für die da.«

»Sie meinen die Christa?«

»Ja, genau, die Christa.«

Während die Dame mit dem Schlüsselbund heran-
schreitet, gucke ich mir Tigerchens Plastikkärtchen an.

»Ähm, ich sehe gerade, da steht ja gar nichts unter
Charakter bei der Christa. Die ist doch hoffentlich ver-
schmust, verspielt und verständnisvoll?«

»Also, die haben wir erst Anfang der Woche reinbe-
kommen. Viel kann ich Ihnen da nicht sagen. Wir wissen
nur, dass sie gerne ausbüchst, wenn die Tür offen ist.«

»Aha.«

»Wollen Sie mal zu ihr reingehen?«

Klar will ich. Die Katzenaufsicht sperrt auf. Tigerchen
kommt gleich auf mich zugetapst und schnuppert an
meiner ausgestreckten Hand.

»Rahmauz.«

»Hallo, Tigerchen! Hm, also ich weiß jetzt gar nicht,
was ich sagen soll.«

»Rahmauz.«

»Du kannst wirklich sehr ausdrucksvoll mauzen.«

»Rahmauz.«

Wie putzig. Sie streicht um meine Beine herum.

»Du, ich komm mal gleich zur Sache, Tigerchen. Ich
hab da einen Freund, den Ekkehart, und der ist ziemlich
allein, und da dachte ich mir, ihr beiden würdet euch
vielleicht …«

»Rahmauz.«

»Du bist also einverstanden?«

»Rahmauz.«

* * *

Die Katzentransportbox, die ich mir für Tigerchen gekauft habe, ist richtig schick. Man kann sogar einen Umhängegurt daran befestigen, wenn man will. Das würde aber zu sehr schaukeln, finde ich, deswegen trage ich sie ganz vorsichtig am Griff.

»Rahmauz.«

»Ja, Tigerchen, ich weiß, du willst raus. Dauert nicht lange. Versprochen.«

An der Straßenbahnhaltestelle treffe ich die dicke Wachtel mit ihrer Tochter wieder. Sie haben auch eine Katzentransportbox dabei. Ich kann nicht genau sehen, was darin herumhüpft, aber wenn man nach den Strähnen geht, die dauernd durch die Luftlöcher staksen, muss es unglaublich lange, drahtige, cremefarbene Haare haben.

* * *

Ich kenne diesen Blick. Da ist so ein Leuchten in ihren Augen. Eigentlich ist es unsichtbar, aber es leuchtet trotzdem, keine Ahnung, wie sie das macht. Jedenfalls, so schaut Ines nur, wenn sie schwer verliebt ist. Das weiß ich inzwischen.

Tigerchen interessiert sich aber im Moment vor allem für die Hifi-Anlage. Sie beschnuffelt die weißen Regler und überlegt, ob sie vielleicht auch mal auf die Kisten raufspringen soll.

»Lukas, sie ist so wunderschön.«

»Da bin ich ja froh, dass sie dir auch gefällt.«

»Also, du kommst manchmal auf Ideen.«

»Ich dachte halt, das hilft Ekkehart gleich doppelt. Einerseits ist er nicht mehr so allein, andererseits lernt er Verantwortung zu übernehmen.«

Ines hört mir gar nicht zu.

»Tigerchen! Schätzchen! Du mit deinen großen Augen, hm?«

»Rahmauz.«

»Guck mal, sie stupst mir mit der Nase an die Hand!«

Ich lasse mich aufs Sofa sinken. Wunderbar, Ines glücklich zu sehen. Hätte sie nur nicht diese verflixte Katzenallergie. Ich würde ihr jede Katze der Welt schenken.

»He, Tigerchen, bleib doch hier.«

Keine Chance. Kaum habe ich es mir gemütlich gemacht, schleicht Tigerchen wie an einer Schnur gezogen unter unserem Couchtisch durch auf mich zu, hopst auf meinen Schoß und macht es sich gemütlich.

»Rahmauz.«

Schön warm fühlt sich das an. Wann habe ich eigentlich zum letzten Mal eine Katze auf dem Schoß gehabt? Meine Hand beginnt wie von selbst durch ihr Fell zu gleiten, sie schließt die Augen und schnurrt so heftig los, dass mein Körper mitvibriert.

»Oh, ich bin eifersüchtig.«

»Setz dich doch auch, Ines. Dann kommt sie vielleicht zu dir.«

»Ich versuchs mal … Und du hast wirklich alles beisammen, was Ekkehart für so eine Katze braucht?«

»Alles. Ich habe mich eine geschlagene Stunde in der Zoohandlung volltexten lassen. Ich weiß jetzt sogar, dass es wichtig ist, dass Katzen ab und zu die Fellhaare, die sie sich beim Putzen vom Pelz runterlecken, wieder auskotzen und …«

»Beeindruckend, Herr Fink.«

»Aber wo steckt der Stöckelmann bloß? Der soll sich mal beeilen. Ich hab ihm gesagt, dass du Katzenallergie hast.«

»Ach, kein Problem. Ein Stündchen halte ich das locker aus. Komm, Tigerchen, komm zu mir. Na los, hopp!«

»Rrrrrrrrrr.«

Ich will Tigerchen auf Ines' Schoß rüberheben, aber sie wehrt ab.

»Lass sie. Sie muss von alleine kommen.«

Ob das noch was wird? Ich sage, dass ich was zu trinken holen will, und stehe langsam auf. Mein Schoß verwandelt sich in einen Steilhang. Tigerchen rahmauzt kurz und bringt sich mit einem Sprung in Sicherheit. In der Küche lasse ich mir viel Zeit. Erst als ich »Gell, das magst du? Kleine Genießerin« aus dem Wohzimmer höre, gehe ich wieder zurück. Ines strahlt vor Glück über das feiste Schnurrpaket, das jetzt endlich auf ihrem Schoß herumlümmelt und, so wie es aussieht, die nächsten hundert Jahre wohl nicht mehr runtergehen wird.

Von mir aus, dann warten wir halt noch ein bisschen. Natürlich lande ich mit meinen Gedanken jetzt doch dauernd bei gestern Nacht. Ich brauche nicht so zu tun, als wäre nichts gewesen. Wer beim Sex mit Vanessa an andere Frauen denkt, mit dem ist etwas nicht in Ordnung. Ich bin aus dem inneren Gleichgewicht. Alles gerät aus den Fugen. Keine Frage.

»Warum starrst du mich eigentlich die ganze Zeit so seltsam an, Lukas?«

»Ähm, ich hab nur Tigerchen ...«

»Nein, du hast mich angestarrt. Nicht, dass es mich etwas anginge. Ist ja nur mein Kopf und mein Körper.«

»Also, ehrlich gesagt, es ist nur ... ich habe gestern von dir ... ... geträumt.«

Ihr ganzes Gesicht wird mit einem Schlag zu Stein.

»Wirklich, Ines.«

»Hör zu: Ich verbiete dir, von mir zu träumen! Hast du verstanden?«

Brrrrrring!

»Und was ist, wenn ich aus Versehen doch wieder von dir träume?«

»Dann wachst du gefälligst sofort auf. Und jetzt lass den Ekkehart rein.«

* * *

»Und der tut auch sicher nichts?«

»Noch mal: Tigerchen ist eine Sie, Ekkehart. Ich weiß, ist ein bisschen komisch, ein Mädchen, das Tigerchen heißt. Aber da gewöhnst du dich schnell dran, wirst du sehen.«

Ekkehart geht zögernd in die Hocke und beginnt zärtlich und beschwörend zu flüstern, während Ines und ich uns hinter seinem Rücken zuzwinkern.

»Hallo, Tigerchen. Ja hallo, ja hallo, ja hallo, ja wer ist denn da, ja wer ist denn da, ja wer ist denn da, ja hallo, ja hallo, ja hallo …«

Ganz schön heftig, Ines' Reaktion eben. Okay, dass ich von ihr geträumt habe, war auch gelogen. Getagträumt vielleicht. Ja, könnte man so sagen … obwohl es ja Nacht war. Wobei, die Wahrheit ist schon eher, dass … Aber das kann ich ihr ja nicht erzählen. Und überhaupt. Ich bin, wie gesagt, sowieso völlig aus meinem inneren Gleichgewicht …

»Ja Tigerchen, ja Tigerchen, ja komm, ja komm. Oh! Schaut mal, sie schnuppert an meiner Hand!«

So habe ich Ekkehart noch nie lachen sehen. Mann, bin ich gerührt …

»Ist die süß! Ich mag Katzen. Magda hat immer nur gesagt, Haustiere, hat sie gesagt, Haustiere kommen mir nicht ins Haus.«

… so gerührt, dass ich Ines' Hand nehmen will. Sie zieht sie aber schnell weg.

»Setz dich mal hin, Ekkehart. Vielleicht springt sie dann auf deinen Schoß.«

»Genau, setz dich mal.«

Es klappt schon wieder. Keine Minute, nachdem Ekkehart es sich bequem gemacht hat, schnurrt Tigerchen auf seinem Schoß.

»Katzen sollen ja sehr beruhigend sein, habe ich mal gelesen. So für Menschen mit hohem Blutdruck zum Beispiel. Ich bin ja manchmal auch bisschen hibbelig, hehe, nicht wahr, Tigerchen? Nicht wahr, Tigerchen? Nicht wahr, Tigerchen?«

Hey, da habe ich wirklich mal was richtig gemacht. Ich stelle mir eine riesige Hand vor, die von der Decke kommt und mir sanft auf die Schulter patscht. Deswegen bemerke ich nur zeitverzögert, dass es in Wirklichkeit Ines' kleine Hand ist, die mir sanft auf die Schulter patscht.

»Das ist jetzt deine neue Mitbewohnerin, Ekkehart.«

»Komm, wir bringen Tigerchen runter zu dir.«

»Was, schon?«

»Warum nicht, Ines?«

»Bitte, ich will nur noch eine Minute …«

* * *

»Ines, du musst Tigerchen jetzt wirklich hergeben.«

»Mur mog eime Mimute.«

»Aber deine Nase läuft schon ganz schlimm.«

»Mag mir mix aupf … HUATSCHA!«

»Rahmauz!«

»Siehst du? Jetzt hast du auch noch ihr Fell vollgerotzt.«

»Nein, Tigerchen! Nicht abschlecken!«

»Tja, so machen das Katzen nun mal.«

»Ma gut, bamm gehm mir ebem epf zum Eggeharp.«

»Sehr vernünftig.«

Tigerchen ist erschrocken von Ines' Schoß heruntergesprungen, aber sie lässt sich mit einigem guten Zureden wieder auf den Arm nehmen. Wir gehen in einer kleinen Prozession die Treppe hinunter. Ekkehart trägt Tigerchen, Ines das Körbchen und das Futter und ich das Katzenklo und die Tüte mit der Streu. Ekkeharts Wohnung ist immer noch so leer, dass in diesem Kontext selbst unsere banalen Tier-Accessoires wie Kunstwerke in einem Museum aussehen.

»Nein, nicht dahin. Da stelle ich den Transrotor Tourbillon auf, wenn er geliefert wird.«

»Tschudigum.«

»Einen Kratzbaum brauchst du noch, aber den bauen wir lieber selber, dachte ich.«

»Gut.«

»Dann kommst du jetzt erst mal allein klar?«

»Ich denke schon, hehe. Morgens und abends Fresschen, ab und zu Wassernapf auffüllen und Katzenklo saubermachen und viel mit ihr reden, nicht wahr?«

»Rahmauz.«

»Letzte Testfrage: Was machst du, wenn Tigerchen in Lauerstellung um dich herumschleicht und dich bedrohlich anstarrt?«

»Dann lasse ich sie die Stoffmaus an der Schnur jagen, damit sie ihren Jagdtrieb ausleben kann.«

»Sehr gut. Ich glaube, ihr werdet viel Spaß haben.«

»Tüss, Tigechem.«

»Und bring mal bisschen Gemütlichkeit in den grauen Beamtenalltag von deinem Herrchen, hihi.«

»Rahmauz.«

»Tschüss und vielen, vielen Dank. Ich freu mich so, ich kanns gar nicht sagen.«

»Keine Ursache.«

»Bis bald … Ach, und sagt mal, woher wisst ihr eigentlich, dass ich Beamter bin?«

Argh.

»Na ja …«

Ein Glück, dass ich keinen Holzhammer zur Hand habe. Ich würde sonst nämlich damit sofort meinen Kopf dermaßen malträtieren, dass sowohl Ekkehart als auch Ines und nicht zuletzt Tigerchen für den Rest ihres Lebens an schlimmen Bildern zu knabbern gehabt hätten.

»Häm, ja, das …«

»Bas hast bu ums, äh …«

»Das hast du uns neulich erzählt, als du so besoffen warst.«

»Gemau, im Baubarp.«

»Im Blaubart? Tatsächlich?«

»Weißt du bestimmt nicht mehr, aber du hast es uns erzählt.«

»Ja, ja. Deimem gamzem Frust hast bu rausgemassem.«

»Genau. *Die wollen den Staat um sein Geld betrügen*, hast du gesagt. *Aber ich kriege sie! Alle!* Und dabei hast du die Zähne gefletscht.«

»Echt jetzt? Mannomann. Ja, also, unter uns gesagt, an dem Tag hab ich mit meinem Kollegen tatsächlich ein ganz dickes Ding aufgedeckt. Aber habe ich das dann wirklich öffentlich rumposaunt? Ist mir ja peinlich.«

»Keim Problem.«

»Jeder prahlt mal gerne vor seinen Freunden.«

»Wisst ihr, Steuergelder sind meines Erachtens ein

heiliges Gut, aber auf keinen Fall ein Thema für den Stammtisch.«

»Nein, echt nicht.«

»Und außerdem ist der ganze Zahlenkram, das sag ich ganz ehrlich, eigentlich todlangweilig.«

»Gemau, toblamgweimig … HUATSCHA!«

»Ines, du musst jetzt wirklich gehen.«

* * *

Wir stolpern mit letzter Kraft über unsere Schwelle, machen die Tür zu, lehnen uns schnaufend von innen dagegen und schließen die Augen. Wie konnte ich nur. Ein falsches Wort, und wir wären verratzt gewesen.

»Entschuldigung.«

»Das war kmapp.«

»Ich bin so ein Trottel, Ines.«

»Ach, hätt mir auch passierm kömm.«

Tja. Und plötzlich liegen wir uns in den Armen. Schwer zu erklären. Wahrscheinlich sucht jeder von uns in diesem Moment im jeweils anderen einen Tigerchen-Ersatz. Mein Puls, der, seit Ekkehart »Woher wisst ihr eigentlich, dass ich Beamter bin?« gesagt hat, nur noch verrückt gespielt hat, beruhigt sich langsam wieder. Ich fühle Ines' warmen Atem an meinem Ohr. Wahnsinn. Um ein Haar …

»HUATSCHA! … Tschudigum.«

»Macht nichts.«

»Was für eime Sauerei.«

»Du, der muss eh in die Wäsche.«

Ines tastet nach ihrem bereits hoffnungslos durchweichten Tempo. Ich komme ihr zuvor und biete ihr eine frische Packung an, die ich so schnell wie einer der glorreichen Sieben seinen Colt aus unserem Flurregal geangelt habe.

»Damke.«

Ich sehe sie an. Das aufgequollene Gesicht, die Triefaugen, die Rotznase. Das letzte Steinchen, das die Lawine noch braucht, um loszurollen, löst sich.

»Du, Ines, ganz ehrlich, ich glaube … … … … … … … … … … … … … … … … … … ich habe einen Fehler gemacht.«

Hm, eine Lawine hört sich anders an.

»Kömm wir da viemmeichp wam ambers brüber rebem?«

»Ich liebe dich.«

»HUATSCHA!«

Ines schneuzt sich und holt dann tief Luft.

»Mukas, ich mag bich echp, somst häpp ich bir schom mängsp eim Tripp im bem Himterm gegebm, weim bu so eim blöber Kerm bist. Aber schmag bir bas ausm Kompf. Bas wirb nix mehr mip ums.«

»Bitte, Ines, es ist alles meine Schuld. Du hattest recht mit mir und Vanessa und allem, und ich wollte es einfach nicht sehen. Alles klar. Und ich schwöre, wenn du glücklich mit jemand anderem wärst, würde ich mich überhaupt nicht trauen, jetzt noch bei dir angekrochen zu kommen.«

»Aber ich bim gmückmich mit Bermb.«

»Nein! Du machst dir nur was vor.«

»Ber weiß wemigstems, was er wimm. Umd bas ist eime Eigemschafp, bie meim Traumamm umbebimt habem muss, so viem weiß ich imzwischem.«

»Alles klar, das geht an mich, verstanden. Aber, sei ehrlich, du kannst dir doch noch nicht mal vorstellen, mit Bernd zusammenzuwohnen.«

»Muss ich doch auch gar mich.«

»Wie jetzt?«

»Na schöm, ich sags dir epf, Bermb ziehp im zwei Momatem im die Schmeiz.«

»In die Schweiz? Aber dann ...«

»Gemau, ich bmeib hier. Promlem gemösp.«

»Das heißt ...«

»Gemau, wir habem damm emdmich eime richtige Fermbeziehum.«

»Das ist verrückt.«

»Das ist Miebe im eimumzamzigstem Jahrhumberp.«

»Und ...?«

Ines fasst meine Hand.

»Ich kamms mir zwar sember moch micht vorstemmen, aber ich werbe damm im Bermbs Wohmum ziehen, umd wir beibem massen ums damm emdmich scheiben.«

* * *

Nachdem Ines zu Bernd verschwunden ist, smse ich Vanessa kurz, dass ich k. o. bin, und falle aufs Sofa. Wie soll ich das, was ich fühle, beschreiben? Eine 1000-Watt-Flex mit 350er Diamanttrennscheibe, die mir von einem muskelbepackten Bauarbeiter in einem fort kreuz und quer über den Brustkorb gezogen wird – nur noch viel schlimmer? Eine Sekunde dauert für mich eine Ewigkeit. Und daran hängt sich unerbittlich die nächste Sekunde. Und dann schon wieder eine.

Nach ein paar Ewigkeitssekunden stehe ich auf und lege, ohne groß dabei hinzusehen, eine von Ekkeharts Wunderplatten auf, einfach um etwas zu tun. Die Musik will nicht in meinen Kopf, aber sie beruhigt mich ein wenig und macht die Sekunden kürzer. Der Bauarbeiter mit der Flex ist irgendwann verschwunden, aber ich habe es gar nicht bemerkt, denn in meinem Hals ist inzwischen ein Riesenkloß aus Eisen gewachsen, der nun mein gesamtes Schmerzbewusstsein für sich beansprucht.

Ich kann nicht weinen. Ich kann nicht über meine sagenhafte Dämlichkeit lachen. Ich fühle mich nicht einmal in der Lage, meinen Kopf kräftig auf die Tischplatte zu hauen. Ich kann gar nichts.

Irgendwann, ich weiß nicht, wie spät es ist, stehe ich auf und gehe ins Bett. Nicht, weil ich müde bin, sondern einfach nur, um auszuprobieren, ob ich mich noch bewegen kann. Natürlich kann ich nicht einschlafen. Ich habe keine Gedanken. Mein Kopf zieht sich zusammen. Ich lasse nicht zu, dass er denkt. Ich habe Angst vor dem, was dabei herauskommen würde. Ich verliere das letzte bisschen Gefühl für die Zeit.

Als ich endlich anfange zu überlegen, ob ich noch mal aufstehen und ins Blaubart gehen soll oder nicht, weiß ich nicht, wie spät es ist. Aber die Frage ist meine Rettung, denn über ihr gelingt es mir am Ende doch noch einzuschlafen.

Als Erstes träume ich, dass Louis Armstrong seine Trompete von mir wiederhaben will. Hatte er mir wohl geliehen, aber ich habe sie irgendwie verbummelt. Ich durchsuche verzweifelt mein Zimmer. Dabei finde ich aber nur eine Mundharmonika. Als ich ihm die ersatzweise anbiete, zeigt er mir den Stinkefinger. Louis Armstrong zeigt mir den Stinkefinger! Ich wache schweißgebadet auf und bin wirklich froh, dass das nur ein Traum ist.

Dann schlafe ich wieder ein und finde mich auf einem Beachvolleyballfeld wieder. Ich spiele im Team mit Vanessa. Sie sitzt auf meinen Schultern und erledigt das

Bälleschlagen. Ich mache nur die Laufarbeit. Wir spielen phänomenal. Egal ob Viktor und Annemarie, Gustavo und Juan oder Toni und Ekkehart, Vanessa schmettert alle Gegner in Grund und Boden. Dann betritt Ines das gegnerische Feld. Ich will noch einwenden, dass das unfair ist, weil sie keinen Partner hat und sich in dem Brautkleid, das sie anhat, sowieso nicht vernünftig bewegen kann. Aber sie nimmt einfach den Ball und macht einen prachtvollen Aufschlag. Ich schleppe Vanessa in Position, sie holt, wie schon die ganze Zeit, lachend aus und schmettert, dass es nur so kracht. Ines fliegt aber im gleichen Moment schnell wie Zhang Ziyi in *Tiger & Dragon* in die Luft und blockt den Ball so ab, dass er mir mitten ins Gesicht klatscht. Ich verliere das Gleichgewicht und kippe langsam, aber sicher nach hinten. Erst jetzt bemerken wir, dass direkt hinter uns ein schrecklicher Abgrund gähnt, aber das Unglück ist nicht mehr abzuwenden. Ich hörte eine Stimme laut »Pass doch auuuuuuuuuuuuuuuf!« rufen, aber bevor ich weiß, ob es Ines oder Vanessa war, die gerufen hat, wache ich schon wieder auf.

Es ist immer noch mitten in der Nacht, aber es dauert ziemlich lang, bis ich wieder einschlafe. Jetzt träume ich fast nichts mehr. Nur einmal kurz von Tigerchen, der in unserem Wohnzimmer auf dem Boden kauert und »Rahmauz« macht, während Ekkehart auf dem Sofa sitzt und vorwurfsvoll auf mich einredet. Ich erkenne das aber nur an seinen Gesten. Seine Worte sind nicht zu hören.

BESCHEUERT

21.02. / 23:55 Uhr

Muskelkater ist noch stärker geworden,
anstatt nachzulassen.

Jedes Mal, wenn ich Wohnungstür aufmache, haut Tigerchen ab. Traut sich
zum Glück nur bis zum nächsten
Treppenabsatz. Außerdem setzt sie sich
immer, wenn ich Tagebuchschreiben
will, mitten auf das Buc

»Autsch!«

»Tschuldigung, Ines.«

»Schon okay. Also noch mal.«

In den letzten Tangostunden haben wir weiter Fortschritte gemacht, aber heute kommen wir gar nicht voran. Kein Wunder. Der unterirdische Atombunker, den sie diesmal als Ort ausgeguckt haben, ist viel zu eng, die Luft ist zum Schneiden, und sie haben zu wenige Lampen aufgestellt. Der Ocho mit Rechtsdrehung, den Gustavo uns vorhin gezeigt hat, ist zwar nicht schwer, aber für jemanden, der, wie ich, gerade mehr so als Geist existiert, ist alles, was mit der motorischen Koordination zu tun hat, eine Höllenqual. Vor allem, wenn ich den Grund für mein Geist-Dasein auch noch im Arm halte. Mist. Schon wieder falsch. Immer diese eine Drehung …

»Jetzt reiß dich mal zusammen, Lukas. Der Streberscheitel schaut schon rüber.«

»Der soll lieber gucken, wie er seine eigene Dame über den Beton gewuchtet kriegt.«

»Lukas!«

»Ist doch wahr.«

Überhaupt, Ines macht auch nicht alles richtig. Irgendwie ist sie, seit sie mir vorgestern ihre Zukunftspläne erläutert hat, auch ein bisschen Geist. Aus den Augenwinkeln sehe ich, dass Vanessa den Ocho mit Rechtsdrehung natürlich schon wieder perfekt kann. War ja klar. Wir müssen uns ranhalten. Aber irgendwo hakt es immer noch. Hoffentlich schaut Gustavo gleich noch mal vorbei. Ist bestimmt nur eine winzig kleine falsche Bewegung, mit der ich immer alles durcheinanderbringe.

Das Stück ist zu Ende. Und Gustavo schaut leider nicht vorbei, sondern ordnet Partnerwechsel an. Mist.

»Komm, ich zeig dir mal, wie es geht.«

Na klar. Der Streberscheitel zieht Ines von mir weg. Ich gerate währenddessen an die unauffällige Dame, an die ich meistens automatisch gerate, wenn Gustavo Partnerwechsel ausruft. Wahrscheinlich liegt es daran, dass wir beide Brillenträger sind.

Auch mit ihr läuft es nicht rund. Sie weiß bestimmt genau, was ich falsch mache, aber sie traut sich nicht, es mir zu sagen. Stattdessen lächelt sie mich bei jedem Tritt, den ich ihr verpasse, an und entschuldigt sich. Genau wegen solcher Menschen werden wir Brillenträger auch in tausend Jahren noch als notorische Leisetreter gelten. Ein Unding.

Ines ist sicher schon vom Streberscheitel in die Spur gebracht worden. Vielleicht können wir beim nächsten Stück ja noch mal heimlich wechseln, und sie sagt mir, was ich verkehrt mache? Verflixt, irgendwie muss ich doch …

»Tschuldigung.«

Das heißt nicht *Tschuldigung*, das heißt *Autsch, du Trottel!*, aber das lernst du wohl nicht mehr in diesem Leben.

»Autsch, Trottelchen.«

»Tschuldigung, Vanessa.«

»Du keilst aber auch nach hinten aus wie ein Hengst, Lulu. Das muss ich dir gleich mal austreiben.«

»Ach, nicht nötig, das macht schon, Dings, äh …«

»Ich heiße Erdmute.«

»Erdmute, genau, lag mir auf der Zunge.«

Vanessas Gesicht verschwindet in einer eleganten, langgezogenen Kurve aus meinem Blickfeld. Ihr Abschiedslächeln, kokett, einfältig, verschwörerisch und süß zugleich, hebt mich für gewöhnlich jedes Mal aus dem Sattel. Heute ist mir aber anders zumute. So, als wäre der Sattel weggeflogen, aber ich säße immer noch auf dem Pferd. Genau so. Ha. Soll noch einer sagen, dass Männer nicht über ihre Gefühle nachdenken.

»Tschuldigung.«

»Mensch, jetzt pass doch mal besser auf, Erdmute … He, Erdmute, das war ein Scheeeherz, okay?«

»Also, ich will ja wirklich nicht unhöflich sein, aber warum verlagerst du nicht einfach dein Gewicht, statt mich zu zerren und zu drücken?«

»Erdmute, darf ich dich nachher zu einem Getränk einladen?«

Genau. Gewicht verlagern. Das war es. Fantastisch. Es fluppt. Unsere Schwünge werden mit jedem Takt kühner. Ich steuere Erdmute und mich souverän durch die kleinsten Lücken im Getümmel und lächele dabei abwechselnd Vanessa, Ines und sie an. Nun kann das Stück von mir aus gerne noch eine Stunde weitergehen, denke ich mir und werde wieder ein klein wenig vom Geist zum Menschen. Und als hätte das Stück meinen Gedanken verstanden und nicht gebilligt, hört es genau in diesem Moment auf.

»Komm, Erdmute, noch eins.«

»Ich weiß nicht …«

»Keine Lust mehr?«

»Vielleicht später.«

Schwupps ist sie im Halbdunkel verschwunden. Was hat sie nur? Eine zarte Hand legt sich in meine und zieht mich sanft in Richtung eines wohlbekannten Dufts.

»Schöner Mann?«

Ah.

»Vanessa, was hast du gerade gemacht, dass Erdmute so verschreckt geguckt hat?«

»Ich habe keine Ahnung. Komm.«

Schon die ersten Schritte sind wunderbar. Warum ist sie nicht Tänzerin geworden? Das, was sich vorhin in mir gesperrt hatte, mit ihr zu tanzen, ist mit einem Schlag weg. Der Streberscheitel, Gustavo, Ines, Erdmute, die Gesichter fliegen an mir vorbei. Armer Ekkehart. Wenn ich daran denke, dass er mich und Ines in den Tanzkurs gelockt hat, um unsere Ehe zu retten …

»He, ich führe!«

»Ja, hihi, aber in die falsche Richtung.«

»Wieso? Nee, Vanessa, nicht in einem Atombunker. Außerdem …«

»Spießerchen.«

»Hör mal …«

»Schnell, sonst sieht uns Juan.«

»Was hast du eigentlich mit Juan?«

»Schhhhhhhh.«

Sie tangot mich unaufhaltsam in eine dunkle Ecke abseits des Getanzes. Verflixt. Nein. Ich …

Ich – will – nicht!

Aber wie komme ich ohne unangenehme Szene hier raus? Vielleicht eine überraschende Drehung um 180 Grad?

Ha.

…

Na ja, hätte klappen können, wenn Vanessa nicht gleich noch eine zweite 180-Grad-Drehung auf dem anderen Fuß angeschlossen hätte. Okay, Spaß beiseite. Ich werde Vanessa jetzt loslassen und zurückgehen. Ich muss weg. Nachdenken. Lange nachdenken.

»Lulu, husch ins Körbchen.«

»Vanessa, jetzt wart…«

Wir hören beide gleichzeitig hastige Schritte hinter uns. Im nächsten Moment drängelt sich jemand grob vorbei. Wir unterbrechen unseren Tanz und sehen zu, wie er in der Ecke verschwindet, die Vanessa ansteuern wollte. Gleich darauf hören wir Geräusche, die uns bis ins Mark erschüttern. Wir weichen Schritt für Schritt zurück in die Richtung, aus der wir gekommen sind, und sehen uns entsetzt an.

»Boa, was hat der nur gegessen?«

»Könnte aber auch ein Virus sein.«

»Wie heißt der eigentlich?«

»Also wir nennen ihn Streberscheitel.«

»Hihi.«

»Komm, wir schauen nach Ines.«

»Ist wohl besser.«

* * *

Kazack!

Huch!

Nichts ist mehr normal. Jetzt erschrecke ich sogar schon vor unserem Toaster. Ich drehe mich zur Küchenzeile um und betrachte den vertrauten Silberkasten. Eigenartig. Es gibt nur wenige Dinge, von denen ich felsenfest überzeugt bin, aber eines davon ist, dass er unerschütterlich gutmütig ist. Und als ich jetzt genau hinsehe, denke ich mir noch, dass er, wenn zwei Toastscheiben aus ihm rausragen, irgendwie aussieht wie ein Hase mit eckigen Ohren. Ich muss mich zusammenreißen.

Wenig später zeigen mir die Krümel auf dem Teller, dass ich Toasts gegessen haben muss. Wirklich mitgekriegt habe ich davon nichts. Klar, kann passieren, dass man beim Frühstück so in Gedanken verloren ist, dass man die Toastbrote nicht mitzählt. Komisch ist nur, dass ich beim besten Willen nicht weiß, ob ich mir überhaupt Gedanken gemacht habe. Und das passiert mir jetzt schon seit zwei Tagen immer wieder. Vielleicht ist es ja wirklich gefährlich, wenn man sich nicht genug auf die Gegenwart konzentriert? Womöglich verschwindet man am Ende einfach in einem Paralleluniversum?

Bevor ich mich anziehe, tanze ich zwei Ochos mit Rechtsdrehung und versuche so meine Aufmerksamkeit zu schärfen. Kurze Zeit später stehe ich trotzdem schon wieder im Mantel da und weiß einmal mehr nicht, wie es dazu gekommen ist. Mit mir stimmt gar nichts mehr. Und es wird immer schlimmer.

Vanessa wollte gestern nach Streberscheitels Kotzattacke im Atombunker auf einmal nicht mehr mit mir tanzen. Und nicht nur das, sie wollte mich nicht einmal mehr anschauen. Ich kenne das von ihr. Ihr reichte schon immer der kleinste Anlass, um mich aufs Abstellgleis zu schieben, manchmal für ein paar Tage, manchmal für Wochen, manchmal sogar für viele Monate. Ich hatte dann immer viel Zeit, darüber zu grübeln, was ich falsch gemacht habe, aber es gab natürlich nichts. Die Abstellgleis-Aufenthalte waren in Wirklichkeit nur dazu da, dass ich jedes Mal in Dankbarkeit zerfloss, sobald sie sich mir wieder zuwandte. Eigentlich eine große Gemeinheit, aber jetzt ist es genau das Richtige für mich. Ich muss nachdenken, ich muss dieses taube Gefühl loswerden, ich muss Ines … Ich muss zur Arbeit.

Während ich die Treppe hinuntergehe, denke ich nach. Was könnte mir helfen? Ein Vollrausch? Eine Stunde mit Tigerchen auf dem Schoß? Bei voller Lautstärke Albert Ayler hören? Ein viel zu schwieriges Rezept kochen? Bernd verdreschen? Einmal auf … Äh, habe ich gerade *Bernd verdreschen* gedacht?

»Ja guten Tag, Herr Fink.«

»Hallo, Frau Kohlmeyer.«

»Lange nicht mehr gesehen. Geht es zur Arbeit?«

»Ja, ja, muss mich sputen.«

»Na, dann wünsche ich Ihnen eine angenehme Schicht.«

»Ihnen auch … Ach, Frau Kohlmeyer, fällt mir gerade ein, Sie hatten doch neulich von diesem Entspannungsbad erzählt. Könnte ich da vielleicht doch mal mitkommen?«

* * *

Manchmal bin ich mir nicht sicher, ob die Kollegen mich dafür hassen, dass ich Mitarbeiter des Quartals geworden bin. Frau Gruber von den Haushaltswaren hat jedenfalls seitdem kein Wort mehr mit mir gesprochen, und Herr Bilgenhorst vom Weinregal guckt mich nur noch mitleidig an. Meine ausgedehnten Spaziergänge durch die anderen Abteilungen machen nun längst nicht mehr so viel Spaß wie früher. Ich verbringe deswegen viel mehr Zeit bei den Unterhosen als üblich. Die schwarzen Zeitlöcher, die mich im Moment heimsuchen, kommen mir da natürlich ganz gelegen. In einer Stunde ist meine Schicht schon wieder vorbei, und ich habe immer noch das Gefühl, als wäre ich eben erst gekommen. Ich weiß nicht, wie viele Kunden ich bedient habe, ich weiß nicht, wie viel ich verkauft habe, ich habe keine Ahnung, ob ich überhaupt mit jemandem gesprochen habe. Ich kann nur hoffen, dass ich nicht vor den Überwachungskameras herumgetanzt bin und den Kollegen von der Security Stinkefinger gezeigt habe. Wobei, wenn ich mein Image als Mitarbeiter-des-Quartals-Streber loswerden möchte, wäre das vermutlich gar keine so schlechte Idee …

»Hallo, Sie, junger Mann!«

»Meinen Sie mich?«

»Ja, genau Sie. Endlich habe ich Sie gefunden.«

Die alte Dame ist etwas außer Atem. Ich sehe sie nicht zum ersten Mal. Aber woher kenne ich sie nur?

»Wie kann ich Ihnen helfen?«

»Sie haben mir doch neulich diesen Taschenrechner hier verkauft, nicht wahr?«

Ah, genau.

»Aber ja doch. Wie könnte ich diesen Tag vergessen. Ich hoffe, Ihr Mann ist zufrieden?«

»Nun, um ehrlich zu sein, nicht so richtig.«

»Oh, ich kann Ihnen gar nicht sagen, wie sehr ich das bedaure. Wo hapert es denn? Stromversorgung? Tastatur? Display? Falsche Farbe? Kein chinesischer Schriftsatz?«

Sie haben hier immerhin den Mitarbeiter des Quartals vor sich. Mein zweiter Name ist Überengagiert.

»Sehen Sie sich das mal an.«

Sie tippt 2 + 2.

»Zwei plus zwei. Nun, bis hierher klappt es ja noch ganz gut, oder?«

Sie tippt = .

Auf dem Display erscheint eine Fünf.

Ich stehe da wie vom Donner gerührt. Nach ein paar Sekunden drückenden Schweigens höre ich mich »D... darf ich kurz mal?« sagen. Ich sehe mich 2 + 2 eintippen, und ich sehe das gleiche falsche Ergebnis. Ich versuche es wieder und wieder, aber es wird nicht besser. Mich packt das kalte Grausen. Ich versuche andere Aufgaben, die rechnet das Gerät allerdings alle richtig. Nur dieses verflixte 2 + 2. Ich schalte das Ding aus und wieder ein, schüttle es und halte die Solarzellen ins Licht, aber was ich auch tue, es bleibt dabei: 2 + 2 = 5.

Okay, ich muss jetzt vor allem ruhig bleiben. Das muss nichts heißen. Ein Taschenrechner, der 2 + 2 falsch rechnet. So was passiert doch alle naselang, oder? Ich meine, gut, seit ich vorgestern Nacht statt mit Vanessa in Gedanken mit Ines geschlafen habe, stimmt mit mir so einiges nicht mehr, aber dass ich jetzt tatsächlich aus Liebeskummer in ein Paralleluniversum abgedriftet bin, nö, also, die Vorstellung ist wirklich albern.

Na gut, jetzt nur mal angenommen, ich wäre in einem Paralleluniversum gefangen, in dem andere Gesetze gelten und in dem sich sogar Taschenrechner verrechnen. Nur als Gedankenspiel: Wäre die Dame dann auch Teil des Paralleluniversums, oder hat sie sich, wie ich, auch nur verlaufen? Wenn sie Teil des Paralleluniversums wäre, hätte sie sich nicht über den Rechner beschweren dürfen. Sprich, sie gehört auch nicht hier hin. Sie wäre im Moment meine einzige Verbündete aus meinem Stammuniversum. Die Frage wäre nur, hat sie es schon gemerkt, dass etwas nicht stimmt? Und falls nein, wie spreche ich sie darauf an, ohne dass sie mich für verrückt hält? Ich muss …

»Hallo, Siehie! Jetzt sagen Sie doch mal was. Schließlich habe ich für den Rechner bezahlt, und da kann ich auch erwarten, dass er richtig rechnet.«

»Äh, sicher, sicher. Meine Dame, ich muss sagen, ich bin bestürzt. Gerade dieser Taschenrechnerhersteller ist für die überaus präzisen Rechenergebnisse seiner Produkte berühmt. Die gesamte Modellpalette wird laufend im Mathematiklabor härtesten Tests unterzogen. Ich stehe vor einem Rätsel. Es ist mir unerklärlich.«

Also, angenommen, sie kommt aus der gleichen Dimension wie ich, weiß aber nur noch nicht, dass es sie in ein Paralleluniversum verschlagen hat, welche Chancen hätte ich, sie davon zu überzeugen? Und wie könnten wir nach einem Rückweg suchen?

»Schön und gut, junger Mann, aber Sie sehen ja, er rechnet falsch.«

»Natürlich, natürlich. Wissen Sie was? Wir gehen jetzt gemeinsam in die zuständige Abteilung und tauschen ihn einfach um. Was halten Sie davon?«

Das war geschickt. Nur mal angenommen, wir wären beide tatsächlich im Paralleluniversum gestrandet, dann hätte ich jetzt Zeit gewonnen. Ich könnte mich mit ihr auf dem Weg zur Schreibwarenabteilung ganz zwanglos unterhalten und sie dabei vorsichtig ausfragen, ob sie in letzter Zeit auch oft geistesabwesend ist und manchmal erwägt, Freunde zu verdreschen …

»Davon halte ich überhaupt nichts. Mein Vertrauen in Ihre Taschenrechner ist abgrundtief erschüttert. Ein einziger großer Humbug ist das. Kundenveralberung im ganz großen Stil. Ich sage Ihnen, wie es wirklich ist: Der zeigt einfach irgendeine beliebige Zahl an, und manchmal stimmt sie eben zufällig. Kirmeskram ist das.«

»Nun, in dem Fall würde ich vorschlagen, wir erstatten Ihnen Ihr Geld zurück.«

»Ich will kein Geld zurück. Das ist ein Skandal. Sie haben mir mit großen Worten etwas aufgeschwätzt. Und Sie haben insgeheim genau gewusst, dass es nichts taugt. Aber mit einer wehrlosen alten Frau kann man es ja machen.«

»Aber nein, hören Sie doch …«

»Ich will den Geschäftsführer sprechen.«

Das passiert doch alles nicht wirklich, oder?

»Ich versichere Ihnen, so wahr ich hier stehe, ich habe noch nie …«

»Den Geschäftsführer! Sofort!«

»Natürlich, den Geschäftsführer. Wenn Sie wollen, werde ich ihn holen.«

Herr Kreitmayr, entschuldigen Sie, aber es gibt hier ein Problem mit einem Taschenrechner ... Soll ich das wirklich tun? Also, jetzt zum letzten Mal, angenommen, ich bin doch in einem Paralleluniversum, dann spräche eigentlich nichts dagegen, wenn ich jetzt einfach laut losschreien würde. Kann mir doch völlig egal sein, was die Leute im Paralleluniversum von mir denken. Vielleicht hört dann der ganze Spuk sogar mit einem Schlag auf? Und wenn die These nicht stimmt, dann werde ich wenigstens endlich gekündigt. Also, alles spricht dafür. Ich hole tief Luft – und stoße sie sofort wieder hustend aus, weil mir aus heiterem Himmel eine Hand auf die Schulter haut.

»So, ich glaube, jetzt haben wir Sie aber lange genug gequält, haahaaa! Gestatten, wir sind das Spaßteam von *Verarscht! Lausbuben mit versteckter Kamera.* Wir haben uns erlaubt, Sie ein bisschen auf die Schippe zu nehmen, Herr Fink. Wir haben den Taschenrechner manipuliert, den unsere Schauspielerin neulich bei Ihnen gekauft hat. War gar nicht so einfach, aber unser Technikteam hat ganze Arbeit geleistet, haahaaa! Zwei plus zwei ist fünf! Schade, dass Sie Ihr Gesicht nicht sehen konnten! Ihr Mund stand so weit offen, da hätte ein Traktor reinfahren können, haahaaa! Aber Spaß beiseite, Herr Fink, Sie haben wirklich Nerven wie Stahlseile. Ein anderer hätte bestimmt schon längst angefangen, laut zu schreien, haahaahaahaaaaa!«

Ich sehe Frau Gruber, Herrn Bilgenhorst und noch ein paar andere Kollegen um uns herumschleichen und sich gegenseitig zufeixen. Mein Atem geht flach, und mir ist schwindelig. Ich würde mich am liebsten in die hinterste Umkleidekabine verziehen, mich hinsetzen und in aller Ruhe wieder zu Kräften kommen. Stattdessen reiche ich diesem Ohrfeigengesicht von Moderator auch noch die Hand und lasse mich von ihm in Richtung Kamera drehen. Ein klein wenig hoffe ich aber immer noch, dass das alles nicht wirklich passiert.

* * *

Geschafft. Die Schicht ist vorbei. Nichts wie weg. Ich reiße meinen Mantel vom Haken. Jetzt muss ich wirklich erst mal irgendwo ganz im Stillen über alles nachdenken. Als ich die Türklinke schon in der Hand halte, höre ich Herrn Kreitmayrs immerzu laut und positiv polternde Managerstimme hinter mir.

»Herr Fink, auf ein Wort.«

Nein, ich kann nicht so tun, als ob ich ihn nicht gehört hätte. Ich drehe mich um.

»Ja, Herr Kr...?«

»Ich denke, Sie haben unter diesen außergewöhnlichen Umständen heute noch einmal bewiesen, dass wir ganz richtig lagen, als wir Ihnen neulich die Auszeichnung gegeben haben.«

»Danke, Herr Kr...«

»Als die Versteckte-Kamera-Leute wegen der Dreherlaubnis angefragt haben, dachte ich zuerst, nein, auf keinen Fall. Aber dann hatte ich eine Idee. Ich habe mir gesagt, das ist ein perfekter Test für unseren Mitarbeiter des Quartals. Und den haben Sie wirklich mit Bravour bestanden. Keine Frage. Souveräne Haltung, immer dem Kunden zugewandt, stets um Deeskalation bemüht. Alle Achtung.«

»Nun ja, ich habe mir eigentlich nur Gedanken darüber gemacht, ob wir vielleicht beide in ein Parallel...«

»Ich sage Ihnen was, ich werde mir ernsthaft überlegen, ob wir diesen Film nicht sogar als Lehrvideo ein-
setzen. Kann ich Ihnen noch nicht versprechen, aber
eins weiß ich sicher, es wird wirklich höchste Zeit, dass
wir Sie mal aus Ihrem Unterwäschewinkel herausholen.«

»Ach, Herr Kreitmayr, das ist nicht ...«

»In Ihnen steckt ein großartiger Kundenberater. Ich
hatte in den letzten Jahren ein völlig falsches Bild von
Ihnen. So, jetzt machen Sie sich aber erst mal einen
schönen Abend. Auf Wiedersehen.«

»Auf Wiedersehen, Herr Kr...«

»Ach, und, Herr Fink, noch einen Rat: Kümmern Sie
sich ja nicht um den Neid der Kollegen.«

* * *

Als ich nach Hause komme, höre ich schon wieder die
Kathedralenzupfermusik. Pling, Plang, Plong. Na ja. Ich
gewöhne mich allmählich daran. Während der schneeweiße Plattenspieler arbeitet, sitzt Ines auf dem Sofa und
telefoniert. Ein kurzes Lächeln für mich, ein langes Au-
genrollen für den am anderen Telefon. Das ist doch gar
nicht so schlecht.

»Ja, Bernd ...

Ja, sicher, schrecklich ...

Aber, hey, mal ganz ehrlich, wenn Fridolin sich so an-
stellt ...

Ja ...

Können wir das nicht nachher besprechen? ...

Jetzt hör mal zu, selbst wenn bei uns alles rauskommen sollte, was es nicht wird, so etwas würde uns Ekkehart niemals antun. Niemals ...

Ach was, raffiniert. Du hat keine Ahnung von ihm, weil du ihn nicht richtig kennst.

Nö …

Jetzt komm mal klar. Bis nachher.«

Ines pfeffert ihr Handy in die andere Sofaecke.

»Ist was mit Fridolin und Mandy?«

»Sie sind beim Ehe-Check aufgeflogen.«

»Nein, wirklich?«

Ines kichert.

»Fridolin musste würgen, als er Mandys Lieblingsparfüm nennen sollte. Und als die beiden sich am Ende vor der versammelten Kommission küssen sollten, musste er sogar fast kotzen. Dann hat er die Nerven verloren und alles gebeichtet.«

»Sie mussten sich küssen? Wie durchtrieben.«

»Nur ganz harmlos auf die Wange. Aber das hat gereicht.«

»Und was passiert jetzt?«

Ines winkt müde ab.

»Wenn Fridolin die Steuern sofort nachzahlt, wird er nicht angeklagt. Und bei seinem Bankkonto wird er damit kein Problem haben. Ich kann mir aber immer noch nicht vorstellen, dass Ekkehart uns reinreiten würde, du?«

»Nö. Wie es ihm wohl mit Tigerchen geht?«

»Hm, ich würde ja zu gerne mal Mäuschen bei den beiden spielen.«

»Wir könnten am Fußboden horchen.«

»Das geht?«

»Keine Ahnung. Probieren wirs einfach. Mach doch mal die Musik aus.«

Während Ines zärtlich am Tonarmlifthebel zieht, lege ich mich flach auf den Boden, mein linkes Ohr auf den alten Dielenbrettern. Ines kommt dazu und legt sich neben mich auf ihr rechtes Ohr. Als ob nie etwas gewesen wäre. Ist sie wirklich so abgeklärt? Mein Herz fährt Achterbahn, aber sie lächelt mich einfach nur matt an und lauscht.

Ob er überhaupt schon zu Hause ist? Und selbst wenn, wahrscheinlich hört man eh nichts.

»Ich hör was.«

»Echt?«

»Pst.«

Ich mache die Augen zu und konzentriere mich ganz auf mein linkes Ohr. Gleichzeitig versuche ich mir Ekkeharts Wohnung vorzustellen ... Ja! Jetzt höre ich auch was.

»Nein, Tigerchen, lass mich ... He! Nein, nein! ... Du sollst nicht mich jagen ... Hier ist die Maus, hier ist die Maus ... Die Maus, Tigerchen, hier, lecker Stoffmaus!«

»Ich finde, er klingt panisch, Lukas.«

»Nein, nein, er macht das schon.«

»Autsch! Nein, Tigerchen, nicht mit den Krallen in mein Hemd ... Lässt du wohl los!«

»Ich schau lieber mal nach den beiden.«

»Du willst Tigerchen wiedersehen.«

»Nur ein bisschen.«

Während Ines rausgeht, werfe ich ihr eine Packung Tempos zu. Sie rollt wieder mit den Augen, diesmal aber ganz bezaubernd.

Als die Tür zu ist, bleibe ich einfach daneben stehen. Kurze Zeit frage ich mich warum, dann merke ich, dass ich Ines' Duft, der noch in der Luft hängt, hinterherschnüffele, und höre, peinlich von mir selbst berührt, sofort damit auf. Während ich noch den Kopf über mich schüttele, merke ich, dass ich etwas vor mich hin summe, und erschrecke, als mir klar wird, dass es die Kathedra-lenzupfer-Musik ist. Ich muss der Sache ins Gesicht sehen.

Ich … Ich mag … Ich fühle … Ich mag-fühle … Ich bin … nein … oder … ja … doch … doch, ganz schlimm sogar … es tickt … schnurrt … kitzelt … flattert in mir … ich … ich bin … ich liebe … Ines.

Ja. Die ganze Zeit schon. Ich Idiot habe mir nur von Vanessa und meinem blöden Instinkt, oder wie auch immer der Irre heißt, der jetzt dahinten in der Ecke steht und unschuldig mit den Schultern zuckt, das Gehirn waschen lassen. Und jetzt ist nichts mehr zu retten. Wahrscheinlich jedenfalls. Oder?

Ich gehe zum Plattenspieler, der sich immer noch dreht, und lasse vorsichtig die Nadel per Tonarmlift in die erste Rille sinken.

Pling, Plang, Plong.

Seltsam, unser Wohnzimmer fühlt sich ganz anders an, wenn das läuft. Es ist nicht die Musik, es ist der Klang.

Natürlich.

Jetzt wird mir alles klar. Der Super-Hifi-Klang ist ein Weg für Ines, hier auf einfache Weise doch etwas zu verändern, eine neue Umgebung zu schaffen, eine, die ihr angemessen ist.

Ich lasse die Platte laufen. Im nächsten Moment finde ich mich in der Küche wieder, in den Vorräten wühlend. Tomaten, Zitronen, geräucherter Lachs. Das gebe ich schnell in meine Lieblings-Online-Rezeptdatenbank ein. Da: »Pasta mit Lachs und Lauch«. Ja, liest sich gut. Ich brauche aber noch schnell eine Stange Lauch. Ohne den Mantel anzuziehen stürze ich die Treppen herunter auf die Straße und erwürge an der Ecke beinahe einen Dackel, weil ich über seine Hundeleine stolpere.

Auf dem Rückweg kommt mir Frau Kohlmeyer entgegen.

»Du liebe Güte, Herr Fink, Lauch! Wenn ich das gewusst hätte. Sie hätten auch von mir jede Menge Lauch haben können. Ich habe gestern viel zu viel gekauft.«

»So ein Pech auch, Frau Kohlmeyer, aber dann machen Sie sich doch einfach ein Süppchen draus.«

»Ach, wissen Sie, ich bin mehr für herzhafte Kost. Kommen Sie denn am Donnerstag mit ins Entspannungsbad?«

»Ja, Frau Kohlmeyer, auf jeden Fall.«

Wenige Sekunden später stehe ich am Herd. Wie viel Zeit werde ich wohl haben? Egal, ich glaube dran. Wer nicht kämpft, hat schon verloren. Zack, der Lauch ist in fingerbreite Stücke geschnitten. Zack, die Basilikumblätter sind auch gaumenfertig. Wutsch, die Tomaten sind gehäutet, watsch, die Brühe ist angerührt (seit einem gewissen Ereignis schwöre ich jetzt doch auf Instant), bratz, die Butter schäumt in der Pfanne auf, holterdipolter, der Lauch purzelt hinein. Während er eindünstet, reibe ich schnell ein bisschen Zitronenschale ab und schneide den Lachs in Scheiben und trommele anschließend mit den Fingern.

So, das reicht, zisch, die Brühe drüber. Ich drehe die Temperatur höher, als es eigentlich gut wäre, damit es schneller geht. Als Ausgleich rühre ich wie ein Besessener wilde Achten mit dem Kochlöffel und hoffe, das es etwas hilft. Ines kann jeden Moment kommen …

So, genug eingekocht. Tomaten und Sahne fliegen schneller, als man gucken kann, in die Pfanne. Mit dem Koriander bin ich etwas vorsichtiger, der darf nämlich auf keinen Fall dominieren … Jetzt noch das Salz-Pfeffer-Ritual und, nicht vergessen, Wasser für die Nudeln aufstellen. Anschließend Lachs und Basilikum dazu, eine Minute sanft köcheln und … hmhm, kleiner Spritzer Zitronensaft noch … Ja, das kann man lassen.

Ich lasse die Tischdecke auf die Tischplatte sinken, und noch während die aufgewirbelte Luft durch den Raum huscht, um sich einen anderen Platz zu suchen, landen Teller und Besteck auf ihren Plätzen. Wenn ich jetzt noch schnell den Wein und die Kerzen … Tatsächlich, ich habe es geschafft. Danke, Tigerchen!

Ich bewege mich jetzt wieder langsamer. Zum ersten Mal seit langer Zeit fühle ich mich wieder ganz in mir drin und im Hier und Jetzt und überhaupt. Noch einen letzten kritischen Blick durch den Raum. Hm, das ist natürlich wieder ein Dämpfer. Viel zu helles Licht, viel zu weiße Wand, viel zu … Ha, ich habs, ich könnte heute ausnahmsweise eine 40-Watt-Birne in die Deckenleuchte reinschrauben. Piff, ich bin in der Vorratskammer. Zapp, ich bin wieder da. Autsch, ich verbrenne mir an der heißen 100-Watt-Birne die Finger. Rickrack, Ines schließt die Tür auf. Tschawupp, ich hüpfe schnell vom Tisch.

»Na, Ines, was machen Stöckchen und Tigerchen?«

»Ich kommte verhimderm, dass sie ihm auffrissp. Umd epf brauch ich erst ma brimgemb moch mehr Taschemtücher.«

Nachdem ich, trotz Einsatz all meiner magischen Kräfte, die 40-Watt-Birne in meiner Hand nicht in eine rote Rose verwandeln kann, gebe ich es auf und lasse sie unauffällig in meiner Gesäßtasche verschwinden. Ines vergräbt ihr Gesicht derweil lustvoll im weichen Zellstoff.

»Pfrrrrrrrrrrz. Ah, schom besser … Oh, sag ma, wie hasp bu bemm bas so schmell bezauberp?«

»Ich dachte, wir …«

»Kamm im Momemp leiber michts riechem, siehp aber mirklich mecker aus. Bas ist bas?«

»Das ist, hm … Spaghetti I&L.«

»Spaghetti I&L? Hm, umd bofür stehp I&L?«

»Für … Lachs und Lauch.«

»Max umd Mauch? Bamm müsste es boch Spaghetti L&L heißem.«

»Na ja, Lachs heißt auf Italienisch, äh, incondo.«

»Stimmt boch garmich.«

»In bestimmten Regionen …«

»HUATSCHA!«

»Gesundheit.«

»Pfrrrrrrz. Bu hast Spaghetti Imes&Mukas gemeimp, ober?«

Das Katzenallergierot ihrer Augen kann ihren Sehen-wir-den-Tatsachen-ins-Gesicht-Blick nicht verschleiern. Ich schaffe es, trotzdem zu lächeln. Sie gibt sich einen Ruck und umarmt mich kurz.

»Mukas, bu kammst so wumberbar seim, aber …«, sie drückt meine Hand und macht eine lange Pause, »… bu bist bamitp ebem viem zu späp bram, verstehsp bu? Ich hab ja gamz ehrmich gesagp auch kurz mam gebacht, das kömmpe moch mas werbem mip ums, aber, mee, bas passp himpem ump vorme michp.«

Gerade war ich noch in mir drin. Jetzt mache ich wieder einen Schritt neben mich. Ich sehe mich langsam nicken. Meinen Körper fühle ich nicht mehr, nur noch klammes Entsetzen, das alles in mir und um mich herum mit Schwerindustriegewalt zusammenpresst.

»Bu, es tup mir so leib, aber ich muss jetzp auch gleich mos. Bermb wartep schom seit zehm Mimumpen auf mich.«

Sie drückt noch einmal meine Hand. Dann wendet sie

sich wie in Zeitlupe ab und nimmt ihren Mantel. Ich sehe zu, wie sie sich die Taschen mit frischen Tempo-Packungen vollstopft, aber ich weiß nicht, was ich derweil mache, nicht mal, ob ich in diesen Momenten überhaupt existiere. Nichts hat geklappt. Ich wollte mit einem großen Hauruck das Ruder herumreißen, aber alles, was ich geschafft habe, ist, Ines eine Containerladung schlechtes Gewissen aufzuladen.

»Viemmichp fragsp du stapp mir …«

Noch einmal treffen sich unsere Blicke und funken sich für kurze Momente Botschaften hin und zurück. Ich muss zum Glück nicht den Kopf schütteln, damit Ines nicht Vanessa sagt.

»… stapp mir, äh … Frau Kohmmeyer?«

»Mit Frau Kohlmeyer gehe ich die Woche noch ins Entspannungsbad.«

»Ah, verspehe.«

* * *

Wieder weiß ich nicht, wie lange ich rumgestanden bin, nachdem Ines sich verabschiedet hat. Mir kam es vor wie zwei Stunden, aber wahrscheinlich waren es in echt nur wenige Minuten. Das Essen ist jedenfalls noch warm, als ich mir endlich einen Ruck gebe und beschließe, Ekkehart einzuladen. Ich habe die Klinke schon in der Hand, als es klopft. Vanessas Klopfen. Das höre ich ebenso sicher heraus wie den federnden Tastenanschlag von Chick Corea. Dass ich öffne, ist mehr so ein Reflex, weil ich die Hand schon auf der Klinke habe. Ich weiß nicht, ob ich es sonst getan hätte.

»Lulu, mein Bester!«

»Hallo.«

»Oh, sag bloß, du hast für mich gekocht?«

Sie geht forsch an mir vorbei und gibt mir dabei einen Klaps auf den Po. Das alte Abstellgleiszeit-ist-zu-Ende-Zeichen. Ich spüre es, aber es ist nicht wie ein Klaps auf meinen Po, sondern es ist, als hätte ich eine Plastiktüte mit einem Salatkopf in der Hand, auf die sie draufgeklapst hat.

Sie sieht mich an. Zuerst, wie immer, kokett, einfältig, verschwörerisch und süß. Anschließend, Repertoireblick für besondere Fälle, besorgt, warm, mütterlich. Dann, Repertoireblick zwei für ganz besondere Fälle, etwas ärgerlich. Dann, Blickrepertoire erschöpft, als wäre mein Po tatsächlich eine Plastiktüte mit einem Salatkopf drin.

Ich spüre, wie zwei Tränen aus meinen Augen herauskippen. Mir ist nicht so, als würde ich wirklich weinen, dafür bin ich noch viel zu sehr in meiner Starre. Trotzdem fühle ich, wie die Rinnsale an meinen Wangen herunterlaufen.

Aber auch wenn das kein richtiges Weinen ist, Vanessa sieht zum ersten Mal in ihrem Leben meine Tränen. Mit ihrem Gesicht passieren jetzt Dinge, die ich noch nie zuvor bei ihr gesehen habe. Es ist, als würde auf einmal Schicht um Schicht abplatzen. Sie will wegschauen, aber sie zwingt sich, mich weiter anzusehen. Ich spüre, wie viel Überwindung sie das kostet. Immer weiter verschwinden die Masken und geben neue Gesichter frei. Manchmal passiert es durch ein Zucken, manchmal durch Bewegungen, die so langsam sind, dass man sie kaum wahrnimmt. Ich habe Angst vor dem, was am Ende zum Vorschein kommen wird, bin aber gleichzeitig neugierig. Ich sehe sie an, als wäre ich am ganzen Körper gelähmt und könnte nur noch die Augen bewegen. Wieder habe ich nicht das geringste Gefühl für die vergehende Zeit, aber ich ahne, dass wir uns noch nie so lange schweigend angesehen haben.

Irgendwann, viel später, kommt sie endlich zur Ruhe. Ein anderer Mensch sieht mich an, aber es erschreckt mich nicht, es überrascht mich nicht einmal. Ich habe ihr Gesicht noch nie so gesehen, aber es kommt mir gleichzeitig unendlich vertraut vor.

Und dann beginnt das Gesicht zu sprechen. Mit einer Stimme, mit der etwas Ähnliches passiert sein muss wie mit dem Gesicht.

»Ines.«

Sie hat das Wort nur ganz leise geflüstert. Aber in ihm schwingt alles mit, was ich brauche, um das Gesicht erklären zu können. Das Vanessa-Spiel ist vorbei. Keiner hat mich gezwungen, es so lange und immer wieder von neuem mitzuspielen. Es war immer meine Entscheidung gewesen. Sie hat höchstens entschieden, meine Entscheidung zu beeinflussen. Doch das reicht ihr. Sie ist schuld. Nichts und niemand wird sie von dieser Meinung abbringen. All das kann ich sofort in dem neuen Gesicht sehen.

Nun schaut sie doch für einen kurzen Moment weg. Nicht, weil sie es nicht ertragen kann mich anzusehen. Es ist, als müsste sie kurz Zwiesprache mit einem Gott oder irgendeiner anderen unsichtbaren Instanz halten, bevor sie die nächsten Worte sagt.

»Lukas, es tut mir so leid.«

Kein besonderer Satz, aber wie sie ihn ausspricht, leise, doch jedes einzelne Wort so, dass ich es auch noch hören würde, wenn wir auf zwei verschiedenen Kontinenten stünden. Jetzt weine ich wirklich. Die Tränen schießen aus mir heraus wie aus einem Staudamm in einem Katastrophenfilm. Ich sinke an ihre Schulter, sie

führt mich zum Sofa. Beim Hinsetzen zerplatzt die Glüh-
birne in meiner Gesäßtasche.

* * *

Seit einer kleinen Ewigkeit tut Vanessa nichts anderes,
als mir zuzuhören, mir Taschentücher zu reichen und
meinen Unterarm zu drücken. Ich schluchz-rede ohne
Pause, obwohl ich eigentlich nichts anderes sage, als
dass ich Ines über alles liebe, aber ihre Liebe verloren
habe. Als selbst ich nicht mehr übersehen kann, dass ich
mich dauernd wiederhole, gehe ich allmählich dazu
über, nur noch »Ich bin so bescheuert« zu sagen. Auch
das hört sich Vanessa an. Immer wieder, ohne mich zu
unterbrechen oder sonst wie dazwischenzufunken.
    »Ich bin so bescheuert. Ich bin soho bescheuhehert.
Ich bibin so bebescheuehert …«
    Irgendwann kann ich nicht mal das mehr. Das Wort
»bescheuert« muss mir ausgegangen sein. Als Kind hat
mir meine Großmutter, um mich still zu kriegen, immer
weisgemacht, dass man nur einen beschränkten Vorrat
von Wörtern im Leben hat. Später habe ich ihr vorge-
worfen, dass man Kindern nicht einfach so Angst machen darf. Jetzt merke ich, dass sie recht hatte.
    »Ich bin so b…, so b…, soho b…«
    Ich verstumme wie ein Traktormotor, dem allmählich
das Benzin ausgeht. Vanessa hört selbst dann noch zu,
als ich nur noch in einem getragenen Zickzackrhythmus
aufschluchze. Sogar als ich ganz still bin, hört sie noch
ein wenig der Stille zu. Nach einer kleinen Ewigkeit
strafft sie sich und spricht, mehr in die Luft als zu mir. Sie
denkt laut, aber ich verstehe nicht, was sie sagt. Währenddessen drückt sie weiter meinen Arm. Irgendwann

sind wir beide still. Während ich mich nach meinem Heulkonzert wieder ganz gut durchblutet fühle, scheint nun auf einmal Vanessa ein Geist geworden zu sein. Sie starrt ins Leere.

»Van... essa?«

Sie sieht mich an, und ohne dass einer von uns ein Wort sprechen muss, vollziehen wir das Ende von etwas, über das wir längst den Überblick verloren haben. Es dauert nicht lang. Sie atmet schnell ein, klatscht mit den Handflächen auf ihre Oberschenkel und steht auf.

Ich stehe auch auf. Sie umarmt mich für einen kurzen Moment und drückt dabei ihr Gesicht in meine Haare. Das hat sie noch nie getan. Dann dreht sie sich um und geht mit ebenso entschlossenen wie sexy Schritten zur Tür.

»Du hast irgendwas vor, Vanessa?«

»Kümmer dich nicht drum.«

Die Tür geht leise hinter ihr zu, danach ist alles still.

»Nicht zu viel Koriander, Ekkehart. Der darf auf keinen Fall dominieren.«

»Was du alles weißt.«

Mal sehen. Mit etwas Glück wird es fast so gut wie bei meinem Express-Kochen gestern, bei dem am Ende leider alles ungegessen im Müll landete, weil, na ja … Heute habe ich mich sogar rechtzeitig um die 40-Watt-Birne gekümmert. Etwas funzelig, das Licht, aber wenn Ines jetzt gleich noch die Kerzen aufstellt, wird es prima. Ekkehart hat eine neue audiophile Kostbarkeit mitgebracht: *Friday Night in San Francisco.* Die Meister des Lichtgeschwindigkeitsgitarrenspiels Al Di Meola, John McLaughlin und Paco de Lucía beim Schwanzvergleich. Hab ich damals mit 17 gehört, aber warum nicht.

»Was ist los mit euch? Ihr seid so schweigsam.«

»Och, nichts, Ekkehart. Wir haben halt anstrengende Jobs.«

»Ihr Armen, aber gleich geht es euch besser. Das wird das beste Essen, das ich je gekocht habe.«

»Stopp mit dem Salz, Ekkehart!«

»Oh, ich muss mich besser konzentrieren … Wisst ihr, was ich uns für einen Film für nachher ausgesucht habe?«

»Erzähl.«

»*Green Card.*«

…

»G… Green Card?«

»Ja, wisst ihr, das ist eine ganz reizende Geschichte. Spielt in New York. Eine schöne Amerikanerin will eine Wohnung, die sie nur kriegt, wenn sie verheiratet ist, und ein französischer Musiker will die Greencard, die er nur kriegt, wenn er eine Amerikanerin heiratet. Und stellt euch vor, was sie machen: Sie heiraten zum Schein! Versteht ihr? Einfach so, ohne ein Paar zu sein. Sie führen eine Zeitlang alle an der Nase herum, aber am Ende geht es schie… Äh, stopp mit dem Pfeffer, Lukas!«

* * *

Ekkehart ist längst gegangen, aber die abgegessenen Teller stehen immer noch auf dem Tisch, und wir kümmern uns einen Dreck drum. Einer von uns rennt die ganze Zeit unruhig hin und her, und der andere sitzt derweil auf dem Sofa und hält sich den Kopf. Dabei wechseln wir uns in Fünf-Minuten-Schichten ab.

»Er weiß alles, oder?«

»Ja, klar weiß er alles. Er spielt mit uns.«

»Er hat die ganze Zeit nur mit uns gespielt.«

»Was für ein sadistischer Arsch.«

»Und wir schenken ihm auch noch eine Katze.«

»Bernd hat es die ganze Zeit geahnt.«

»Aber warum macht er das?«

»Weil er Spaß dran hat. Dieses ganze Hilflosgetue plus die alten Jazzplatten. Der wusste genau, wie er uns kriegt.«

»Aber warum der ganze Aufwand?«

»Ja, warum? Der müsste uns doch nur auch zu diesem Ehe-Check schicken.«

»Vielleicht denken sie, dass sie uns damit nicht kriegen, weil wir eh zusammenwohnen und uns gut genug kennen?«

»Vielleicht. Aber trotzdem, was das schon allein alles kostet, wenn sie einen Mitarbeiter ...«

»Nein! Warte, ich habs! Er will bestochen werden!«

»Wie kommst du denn darauf?«

»Na ja, das passt doch alles zusammen. Er gibt uns dezente Hinweise, dass er Bescheid weiß, und nun sind wir dran, ihm dezente Hinweise zu geben, dass wir bereit sind, ihm Geld zu zahlen. Ganz einfach.«

»Hm, du hast recht, könnte sein. Und was machen wir jetzt?«

»Wir zahlen natürlich. Bleibt uns ja nichts anderes übrig. Aber als Erstes müssen wir ihm einen dezenten Hinweis geben, dass wir dazu bereit sind.«

»Wie sollen wir das machen?«

»Sein Hinweis war *Green Card*, also muss unser Hinweis auch irgendein Film sein. Welche Streifen gibt es, die sich um Schmiergeld und Korruption drehen?«

»Okay, ich stell morgen die Videothek auf den Kopf.«

* * *

23.2. / 23:55 Uhr

Muskelkater fort. Körpergefühl
tatsächlich besser geworden. Habe
endlich aufgehört, Hamburger zu essen.
Fitnessstudio-Toni hat gesagt, dass
es nicht gut für die Fitness ist.

Bei Transrotor geht keiner mehr ans Telefon,
wenn ich anrufe.

* * *

Das Entspannungsbad liegt etwas außerhalb, aber mit
der Straßenbahn kommt man schnell hin. Frau Kohlmeyer und ich sitzen nebeneinander und zählen im
Geist die Stationen runter.

»Es ist wirklich sehr nett von Ihnen, dass Sie mich mitnehmen.«

»Ach, wissen Sie, Herr Fink, ich freue mich, wenn ich
mal Begleitung habe. Als Single in meinem Alter wird
man im Entspannungsbad ja immer wie Luft behandelt.
Die Frauen haben Angst, dass ich ihnen ihre Männer
wegschnappe, und die Männer haben Angst, dass sie
von ihren Frauen geschimpft werden, wenn sie mich anschauen.«

»Ach so. Hm, und gibt es wirklich keine netten Single-
männer in Ihrem Alter?«

265

»Schwer zu finden. Und ich sage auch immer, man weiß nie, was hinter den schönen Fassaden steckt, nicht wahr?«

»Da haben Sie recht, Frau Kohlmeyer.«

Ich sehe sie verstohlen von der Seite an. Wie wenig ich von ihr weiß. Geschieden? Mann verloren? Oder tatsächlich chronischer Single? Und Kinder? Nein, die müssten sie doch mal besuchen, oder? Außerdem, gesprächig, wie sie ist, hätte sie bestimmt schon davon erzählt. Nein, sie war immer allein, irgendwie bin ich mir sicher. Und, meine Theorie, an Männern hat sie immer nur das Kinderkriegen interessiert. Und das war vielleicht genau das Problem.

Als wolle sie es mir bestätigen, zwinkert sie in diesem Moment einem Fünfjährigen zu, der uns gegenüber sitzt. Der vergräbt sich im Arm seiner Mama, guckt dann aber doch wieder zurück und winkt sogar.

»Wir müssen jetzt raus, Frau Kohlmeyer.«

»Was? Oh, hätt ich es doch fast vergessen. Ein Glück, dass ich Sie dabeihabe, Herr Fink.«

Draußen ist es immer noch trüb und feucht. Und, passend dazu, sind wir auch noch in einer der ödesten Gegenden der Stadt. Wahrscheinlich hat man das Entspannungsbad mit Absicht genau hierhin gebaut, damit der Kontrast zwischen innen und außen noch größer ist. Frau Kohlmeyer und ich ziehen uns unsere Schals noch enger um die Hälse und stapfen die letzten Meter zu Fuß.

»Wie ist denn Ihr Lauchgericht neulich geraten, Herr Fink?«

»Die Pasta Lachs & Lauch? Oh, das hat jemandem ganz ausgezeichnet geschmeckt.« Dem Mülleimer. »Soll ich Ihnen das Rezept geben?«

»Also mit Lachs und Lauch würde ich eher gedünstetes Fischfilet machen. Besser für die schlanke Linie.«

Endlich sind wir durch die Tür. Der Chemiewasserplus-ungewaschene-Füße-Duft ist im Eingangsbereich halbwegs erträglich. Als ich den Herren-Umziehbereich betrete, allerdings nicht mehr. Aber dafür ist es angenehm, mal in einem Schwimmbad zu sein, dessen männlicher Besucheranteil nicht ausschließlich aus wandelnder Muskelmasse besteht. Ja, in diesen Körpern stecken Kriegsjahre, Wirtschaftswunder und Fresswellen, aber bestimmt keine Eiweißpräparate.

Als ich mit Badehose, Bademantel und großem Handtuch bewaffnet die Umkleidezone Richtung Bad verlasse, betrete ich als Erstes eine Wegekreuzung, die jeden erfahrenen Wandersmann in Angst und Schrecken versetzt hätte. Es gibt nicht weniger als zehn Richtungen, die ich einschlagen kann, und um den Hinweisschilderwald zu studieren, bräuchte ich Tage. Ich fange erst gar nicht damit an. Frau Kohlmeyer soll mich führen. Ich muss mich entspannen, nachdenken und ein neues Leben beginnen. Da darf ich keine Kraft vergeuden.

Ich lehne mich an eine der künstlichen Palmen und schiele immer wieder unauffällig zum Ausgang der Damenumkleide. Hoffentlich haben wir uns nicht verpasst …

Nein, da kommt sie.

Ach du …

Bisher hatte ich immer gedacht, Frau Kohlmeyer könnte sich wirklich mal ein bisschen adretter anziehen. Jetzt wird mir mit einem Schlag klar, was für ein Genie sie bei ihrer Klamottenwahl ist. Nur, mit einem Badeanzug ist, Genie hin oder her, bei dieser Leibesfülle nichts mehr zu reißen.

»Ah, da sind Sie ja, Herr Fink. Hübsch hier, nicht wahr? Was möchten Sie denn als Erstes machen? Schwimmen, Sauna, Aqua-Fitness?«

Falls ich sie zu erschrocken angestarrt habe, lässt sie sich das zumindest nicht anmerken.

»Mir egal. Es muss nur still und entspannend sein.«

»Ach so, na dann kommen Sie doch mit mir ins Entspannungsbecken.«

»Das klingt gut.«

»Da müssten wir dann hier entlang.«

Mit einer Frau diesen Formats im Badeanzug durch eine Wellness-Landschaft zu schlendern, hat schon wieder etwas von einem Leben im Paralleluniversum. Aber ich wollte es genau so. Ich werde mich heute von meinem bisherigen Leben verabschieden, und ich muss meine neue Richtung finden. Dafür kann die Umgebung gar nicht fremd genug sein. Alles Vertraute stört nur.

»So, da wären wir.«

Wir stehen in einem schummerigen Saal mit einem geheimnisvoll durch Unterwasserscheinwerfer ausgeleuchteten Becken. Im Wasser treiben ein paar Körper herum. Jeder einzelne davon kann es locker mit Frau Kohlmeyer aufnehmen. Oder nein, bei genauerem Hinsehen erkenne ich, dass, verloren zwischen den ganzen Fettbergen, auch ein einzelner dünner junger Mann umhertreibt. Ob er eine Kollision überleben würde?

»Na, was ist, Herr Fink? Haben Sie etwa Angst, nass zu werden, hihi? Ist auch ganz warm.«

Sie beginnt die flache Treppe ins Wasser hinunterzuwatscheln, und ich folge ihr wie ein Entenküken. Ohne ein weiteres Wort lässt sie sich rücklings ins Wasser gleiten und verlässt das Ufer mit unbekanntem Kurs. Ich mache es ihr nach, stoße mich aber heimlich in eine Richtung ab, in der sich nicht ganz so viel Treibfett tummelt. So, jetzt Augen zu und alles auf Anfang.

Oh nein, Unterwassermusik! Hätte ich mir ja gleich denken können. Ich richte mich etwas auf und sehe nach Frau Kohlmeyer. Wäre gar nicht so einfach, sie unter all den gleichförmigen Bauchbergen zu finden, wenn ich mir nicht gemerkt hätte, dass sie einen Badeanzug mit lila und rosa Blumen trägt. Zum Glück öffnet sie gerade in dem Moment, in dem ich hinschaue, kurz die Augen.

»Äh, Frau Kohlmeyer, gibts vielleicht auch ein Entspannungsbecken ohne Unterwassermusik?«

Sie lächelt mich nur breit an und treibt weiter. Klar, sie hört mich nicht. Nun gut, ich kann es zumindest mal versuchen, denke ich mir und tauche meinen Hinterkopf wieder in die Musik. Dämliches asiatisches Ding-Ding-Gedudel. Was soll das? Man könnte meinen, sie ließen Ekkehart und Ines hier die Musikauswahl treffen. Autsch. Ines. Nein, ich will nach vorne denken. Ich habe es mir fest vorgenommen.

Nach einer Weile gelingt es mir tatsächlich, die Kling-Klänge auszublenden. Gut, also, ich lasse alles hinter mir, und mein Leben beginnt neu ... Ich bin ein weißes Blatt Papier. Ein reines, blendend weißes Blatt Papier, das alles versaut hat ... Nein, anders. Ich bin ... eine vollgeschriebene Schultafel, von der gerade alles abgewischt wird. Der bunte Kreidestaub wird mit dem Wasser davongeschwemmt, trieft als trübes graues Rinnsal über die untere Kante und bildet eine unappetitliche Pfütze am Boden ... Nein ... Ich bin ein Ozean ... Quatsch, wieso ein Ozean? ... Was Kleines. Ich bin eine Darmbakterie, und irgendwie bin ich vom Dickdarm in den Dünndarm gewandert und kann nicht mehr zurück. Hier im Dünndarm kennt mich keiner, und all der Scheiß, den ich im Dickdarm gebaut habe, ist ab sofort …

»Sie hammisch angedözt!«*

Was? Ach so, der dünne junge Mann, den ich vorhin gesehen habe, ist nun tatsächlich mit einem von den Fettbergen kollidiert. Lustig, dass nicht er, sondern der Berg sich beschwert.

»Sie haben MICH angedözt, weil Sie nicht aufpassen, wo Sie hintreiben mit Ihrem ganzen Fett!«*

Also, deeskalierend war das jetzt aber auch nicht gerade. Während die beiden sich noch ein wenig weiterbalgen, bekomme ich zumindest das beruhigende Gefühl, dass ich nicht der einzige Vollidiot in diesem Becken bin.

Ganz langsam lasse ich mich wieder nach hinten sinken. Also, jetzt mal etwas abstrakter. Ich stelle mir einfach Leere vor. Eine riesig große dunkle weite Leere … Wobei, wer sagt eigentlich, dass Leere dunkel ist? Kann Leere auch hell sein? Ich dreh mich im Kreis. Also, sagen wir als Notbehelf, dass Leere die Farbe von Haferschleim hat. Das liegt doch etwa genau zwischen hell und dunkel, oder? So, und in dieser haferschleimfarbenen Leere ist alles aufgelöst, was war. Meine Vergangenheit ist in mir, aber sie berührt mich nicht mehr …

Was ist das? Nein! Tut mir das nicht an! Bitte nicht Anatol Kolumbanovich als Unterwassermusik …

Ines!!! Bitte!!! Ich liebe dich!!!

* * *

* Kommen Ihnen diese Äußerungen bekannt vor? Nein? Etwa nie *Vollidiot* von Tommy Jaud gelesen? Oder wenigstens Seite 127?

»So ganz erholt sehen Sie mir aber noch nicht aus, Herr Fink.«

»Iwo, Frau Kohlmeyer, mir geht es blendend.«

»Aber Ihre Augen und Ihre Gesichtsfarbe, irgendwie will mir das alles nicht so recht gefallen. Ich mache Ihnen am besten noch einen Brennnesseltee zur Stärkung, wenn wir nach Hause kommen.«

»Das ist wirklich furchtbar nett von Ihnen, Frau Kohlmeyer, aber ich werde an der nächsten Station aussteigen. Ich muss nämlich dringend noch zur Videothek.«

* * *

»EINS – ZWO – DREI – VIER ... und Schluss für heute!«

»Oh, schon Schluss? Also ich könnte noch eine halbe Stunde ...«

»Jetzt lass mal gut sein, Ekkehart. Immerhin bist du vor kurzem noch zusammengeklappt.«

»Aber ich hab schon ein viel besseres Körperge...«

»Und außerdem wollten wir doch unseren Spezial-Videoabend machen, weißt du nicht mehr?«

»Hm, vielleicht gehe ich einfach vorher noch eine kurze Runde joggen?«

»Ekkehart: NEIN!«

»Na gut, Lukas.«

»Also, wir sehen uns um neun bei uns?«

»Ja, geht in Ordnung. Ich treff mich noch kurz mit Karlchen, dann komm ich.«

Puh. Während Ekkehart zu den Duschen schlurft, wechsele ich einen Blick mit Ines. Wollte er uns damit schon wieder was sagen? Ines schüttelt den Kopf. Wir müssen ruhig bleiben.

Sie kommt herüber und zieht mich in eine Ecke. Der

Duft, den sie so frisch durchgeschwitzt vor sich herträgt, ist unwiderstehlich. Ich halte den Atem an, aber es ist schon zu spät. Sie ist in mir drin, schwebt sanft bis in die hintersten Winkel meines Hirns, und mein Verstand schreit in Todespanik.

»Lukas, ich hab gehört, du hast dich mit Vanessa ... ausgesprochen?«

»Ja, wir haben, also, das heißt, ächz ...«

Für einen winzigen Moment sehe ich, dass es Ines große Überwindung kostet, das zu sagen, was sie jetzt sagt. Doch ihre Stimme klingt sehr fest, als sie es tut.

»Warum hast du das gemacht? Ich hab dir gesagt, dass aus uns beiden nichts wird.«

Sie schaut knapp an meinen Augen vorbei, als würde sie mein rechtes Jochbein fixieren.

»Ja, weiß ich.«

Die Tränen steigen von unten hoch, aber ganz oben auf die Leiter stelle ich einen muskelbepackten Türsteher, der ihnen laut und hämisch »Versuchts gar nicht erst!« entgegenruft.

»Weißt du, das hat gar nicht nur mit uns zu tun, Ines. Ich muss einfach irgendwie neu anfangen, hab ich gemerkt.«

»Neu anfangen? Wie muss ich mir das vorstellen?«

»Weiß noch nicht genau. Ich überleg gerade, ob ich vielleicht in ein Kloster gehe.«

»Was? Nicht dein Ernst, oder?«

»Na ja, vielleicht eine Zeitlang.«

»Hm.«

Die ersten Tränen hat der Türsteher unter Hohngelächter wieder in die Tiefe gestürzt. Aber jetzt werden es allmählich zu viele. Er kämpft tapfer, aber es ist abzusehen, dass er gleich selber runtergestoßen wird. Dann wird es kein Halten mehr geben.

»Du, lass uns mal lieber duschen gehen. Die nächste Gruppe kommt gleich, und das gibt dann immer so ein Gedrängel im ... Umkleideraum.«

»Lukas!«

Es sind zum Glück nur zehn kurze Schritte zur Männerdusche. Ich stürze durch die Tür, knalle sie hinter mir zu und reiße mir die Sportsachen vom Leib. Sekunden später stehe ich unter dem Duschstrahl. Hier kann ich erst mal bleiben. Kein Mensch bemerkt, dass bei mir unten etwas mehr Wasser in den Abfluss fließt, als oben aus dem Brausekopf herauskommt.

»Kann ich noch mal dein Biotherm ...?«

»Nimms ... dir.«

»Danke. Na, Ekkehart, gut geschwitzt?«

»Also, wie gesagt, ich hätte locker noch eine halbe Stunde dranhängen können, Viktor.«

»Hut ab vor deines Körpers jugendlicher Kraft.«

»Tschüss, wir sehen uns dann später, Lukas.«

Ich warte, bis der Letzte fertig ist, und gehe erst dann in den Umkleideraum. Dort tummeln sich allerdings schon die Männer aus dem Spinning-Kurs und rollen mit den Augen, weil hier immer noch ein Vital-Kompaktler rumhängt und Platz wegnimmt. Mir egal. Hauptsache, ich hab mich wieder gefangen.

Ich werfe mir die Sporttasche über die Schulter und luge vorsichtig aus der Tür. Ines ist weg. Ich atme durch, setze mich in Bewegung und winke im Vorbeigehen Toni zu, der mit krauser Stirn über seinen Rechnungen brütet.

Während ich auf den elend langsamen Aufzug warte, stelle ich mir vor, wie es im Kloster sein wird. Früh aufstehen? Klar. Sehr früh. Beruhigende Gesänge mitsingen. Auf Lateinisch beten. Harte körperliche Arbeit im

Klostergarten. Karges Essen, noch mal beten, noch mal singen, noch mal arbeiten. Alles ganz großartig. Und nach und nach werde ich ruhig und zufrieden. Ja, ruhig und zufrieden. Selbstverständlich werde ich ruhig und zufrieden. Von dem ganzen Zeug kann man doch nur ruhig und zufrieden werden. Was sonst? Gebrochen und verzweifelt vielleicht? Ha!

Ziiinggg!

Mit einem Schlag breitet sich ein Gefühl in meinem Magen aus, als ob dort eine Atombombe hochgegangen wäre. Alles ist voll Licht. Aber es ist kein gutes Licht. Es tut nicht weh, macht aber trotzdem alles kaputt. In mir zieht und drückt es. Ich weiß nicht, ob das in meinem Kopf passiert, oder in meiner Brust, oder in meinem Bauch, oder überall gleichzeitig. Aber das Schlimmste ist das gigantische Gewicht, das auf einmal erbarmungslos von oben auf mich hinabdrückt und meinen hilflosen Körper zusammenstaucht. Und der harte Boden des Klostergartens gibt keinen Millimeter nach.

Ohne nachzudenken taumele ich quer durch den Vorraum, bekomme ein Geländer zu fassen und ziehe mich eine halbe Treppe nach oben. Dass ich mit diesem Gewicht auf den Schultern aufwärts komme, irritiert mich. Mir wird schlecht, wie einem noch untrainierten Astronauten, der zum ersten Mal die Schwerelosigkeit erlebt. Ich beuge mich in eine Ecke des Treppenhauses, um zu kotzen, aber es kommt nichts. Ich ziehe mich die nächste halbe Treppe hoch. Das Treppenhauslicht geht aus, und keiner schaltet es wieder an. Gut so. Ich will jetzt auf keinen Fall jemandem begegnen.

Es zieht und drückt wieder in mir. Ich beuge mich in die nächste Ecke, und wieder kommt nichts. Komisch, wenn einem richtig schlecht ist, dann versucht man immer, sich nicht zu bewegen. Bei mir ist es gerade anders. Je weniger ich mich bewege, umso schlimmer wird es. Ich muss aufhören, an das Kloster zu denken. Das war eine Scheißidee.

Aber was kann ich sonst machen? Das Ziehen und Drücken, der Schwindel, die eingebildete Übelkeit, das geht vielleicht alles mit der Zeit wieder weg. Nur das Gewicht, das ist gekommen, um zu bleiben. Das spüre ich in allen Fasern. Ich schleppe mich durch die Tür auf die Dachterrasse, die von allen, die hier im Haus arbeiten, als Raucherasyl genutzt wird. Über die Tischlein und Aschenbecher hinweg starre ich das Geländer an.

Jaha, klar kann ich mich umbringen. Das wäre ein sicherer Weg, das Gewicht zu killen. Natürlich mache ich es nicht. Es ist nur ein tröstlicher Gedanke. Der Ausweg, der immer bleibt. Irgendwann bin ich aus dem Gröbsten raus. Dann lach ich drüber.

Okay, die Tür zum großen Liebesglück stand sperrangelweit offen, und das Schloss war sogar kaputt, aber ich habe sie immer wieder so fest zugeschmissen, dass der alte rostige Riegel am Ende doch noch zugeschnappt ist. Sehr dumm, wirklich, aber, hey, heute ist der erste Tag vom Rest meines Lebens, oder?

Each time I find myself lying flat on the face
I'm gonna pick myself up and get back in the race …
Lala …

Ha, überhaupt, die paar Meter. Wenn ich da runterspringe und mich geschickt anstelle, komme ich mit einem verstauchten Bein davon. Drei Stockwerke. Lächerlich. Gibt genug Hochhäuser und Kirchtürme. Und die Autobahnbrücke. Überhaupt, wer sagt denn, dass es springen sein muss? Da könnte man ganze Abende im Internet forschen, was noch alles geht. Wenn, dann sollte man aus dem ganzen Spektrum das Beste für sich auswählen. Wenn.

Ich schaue in den Abendhimmel. Heute ist es seit vielen Tagen endlich wieder klar, so dass man in ein paar Stunden sogar hier mitten in der Stadt ein paar Sterne sehen können wird. Das ist doch wunderschön! Wie das ganze Leben! Und überhaupt!

Gut, wenn ich mit dem Kopf voraus springen würde, Hände an der Hosennaht, das wäre ein sicherer Tod. Einfach mit dem Kopf zuerst aufschlagen. Das würde mit etwas Glück sogar noch aus dem ersten Stock funktionieren. Und von hier aus – todsicher. Todsicher, haha, genau. Auf das Geländer stellen, strammstehen wie ein Soldat und sich langsam nach vorne kippen lassen.

Hätte man sich auf jeden Fall die elende Forscherei im Internet erspart. Klar, so spontan sollte man das nicht machen. Auf keinen Fall. Ich habe nur eine potentielle Methode gefunden, mehr nicht. Ich steige jetzt nur mal aufs Geländer, um ein Gefühl dafür zu bekommen. Um die Angst vor dem Tod zu spüren und nie wieder drüber nachzudenken.

Ich stelle meine Sporttasche hin. Wie schnell man da oben ist. Ein Klacks für einen Mann in meinem Alter. Tausend Sachen sind anstrengender als Selbstmord. Was für ein krasses Missverhältnis zwischen Aufwand und Wirkung. Natürlich hat es andererseits auch was Erhabenes, hier zu stehen und sich fallen zu lassen. Man lässt sich von der Stadt verschlucken. Das ist ja wohl mindestens so malerisch wie ein Brückenselbstmord … Die erste Idee ist die beste, hab ich schon immer gesagt. Hm, es ist irgendwie verflixt schwer, hier wieder herunterzusteigen, wenn man genau weiß, was für ein Elend einen erwartet. Und wenn man sich beim ersten Mal nicht traut, traut man sich nie, oder? Wie beim 10-Meter-Brett. Ha, und der entscheidende Punkt: Ich sterbe doch sowieso. Es ist schon längst entschieden. Es wäre wirklich nicht der schlechteste Zeitpunkt jetzt, oder?

Nur mal eine kleine Generalprobe. Hände an die Hosennaht ... Halt! Abschiedsbriefe? ... Nein, keine Abschiedsbriefe. Sowieso nur eine Generalprobe. Hände an die Hosennaht, an Ines denken. Hm, tut gar nicht mehr weh, wenn man ... Ja, also das überzeugt mich jetzt schon irgendwie ...

Oh, was machen denn die beiden Typen da unten? Nein, das tu ich denen nicht an. Muss man sich nur mal vorstellen, was für eine Sauerei ... Moment ... das ist ja der Ekkehart. Ja, kein Zweifel. Er unterhält sich mit dem anderen. Scheinen sich zu kennen. Das muss dann wohl Karlchen sein! Jetzt bin ich aber neugierig.

Ich steige auf der gefährlichen Seite vom Geländer hinunter auf einen Ziervorsprung, halte mich mit einer Hand an der Griffstange fest und hänge mich so weit es geht über den Abgrund. Muss der Typ so im Schatten stehen? Ich will sein Gesicht sehen. Komm schon ... Ah, jetzt ... Waaas? Das gibts nicht. Das glaub ich jetzt nicht ...

»LUKAS! NEEEEIIIIIIN!«

Hm? ... Ach so ...

»Psssssst!«

Ich schwinge mich über das Geländer zurück auf die Terrasse, wo mich eine kreidebleiche Ines in Empfang nimmt.

»Bist du wahnsinnig? Ich habe dich überall gesucht. Du ...«

»Sei ruhig! Ich spioniere doch nur. Schau mal da unten.«

Ines geht langsam. Ihre Knie zittern.

»Na ja, da steht Ekkehart mit irgendeinem Typen.«

»Karlchen.«

»Aha.«

»Schau genau hin … He, nicht so weit übers Geländer lehnen. Wenn du da runter fällst, bist du tot, Ines!«

Sie greift meinen Arm.

»Das gibts doch nicht, Lukas!«

»Tja, krass, oder?«

»Karlchen ist der Streberscheitel!«

* * *

Inzwischen haben wir so viel Routine beim Unruhig-im-Wohnzimmer-Herumlaufen, dass wir die Augen dabei zumachen könnten und uns trotzdem nicht rammen würden. Ich frage mich allerdings allmählich, ob es wirklich etwas bringt.

»Also noch mal, was hat das zu bedeuten mit Streber-scheitel-Karlchen?«

»Na, er und Ekkehart sind halt Komplizen. Karlchen sollte uns im Tangokurs überwachen.«

»Hast du gehört, was die beiden geredet haben?«

»Nein, nur ein bisschen die Stimmen.«

»Die Stimmen. Eigenartig, jetzt wo du es sagst …«

»Ja, so hell und freundlich, auch wenn er damit im Kurs immer so nervt …«

»Streberscheitel-Karlchen war …«

»… der Tagesspiegel-Redakteur …«

»… und der Assistent von Professor Bleibimhaus …«

»… der uns beide angerufen hat, damit wir ins Le Canard gehen?«

»Aber wozu?«

»Komm, sei doch nicht so naiv.«

»Wieso?«

»Die ganze Tischdeko. Wetten, da waren mindestens fünf Mikrofone und zwei Sender drin versteckt?«

»Du meinst ...?«

Brrrrrrrrrrrrring!

Während ich zur Tür gehe, um Ekkehart zu öffnen, frage ich mich, wie lange meine Kraft noch reichen wird, um mich auf den Beinen zu halten.

* * *

»Was ich noch sagen wollte, das ist wirklich sehr nett von euch, dass ihr mich schon wieder zum Filmgucken einladet, aber, also nur so, wir könnten doch auch was anderes machen. Könnt ihr zum Beispiel Mau-Mau?«

»Später, Ekkehart, jetzt wird erst mal geschaut.«

»Lukas hat einen ganzen Nachmittag in der Videothek verbracht, um uns ein paar ganz besondere Leckerbissen zu präsentieren.«

»Und du darfst aussuchen:

Film 1: *Corruptor – Im Zeichen der Korruption* mit Chow Yun-Fat und Mark Wahlberg.

Film 2: *Der Macher – Im Sumpf der Korruption* mit Jon Voight und der unvergleichlichen Brenda Bakke.

Film 3: *Erdöl, Brot und Korruption* von Denis Poncet.

Na, da ist doch was für dich dabei, oder?«

»Also, ganz ehrlich, ich weiß nicht ...«

»Jetzt sei nicht bockig. Du guckst, was auf den Tisch kommt!«

»Na gut, dann meinetwegen *Corruptor*.«

* * *

»Er ist eingeschlafen.«

»Kein Wunder. Hast du schon jemals so einen schlechten Film gesehen?«

»Nein.«

»Glaubst du, er hat es kapiert?«

»Keine Ahnung, wir müssen auf weitere Zeichen von ihm warten. Er muss uns seine Forderung mitteilen.«

»Und was machen wir jetzt mit ihm?«

»Sein Gesicht sieht immer so goldig aus, wenn er schläft. Guck mal, ich glaube, er lächelt.«

»Ha, er träumt von dem Geld, das er uns abpressen will.«

»Jetzt wart doch mal. Vielleicht will er ja gar kein Geld. Vielleicht reicht es ihm auch, wenn du ihm deinen Plattenspieler leihst, bis sein Trafo-Troubadour geliefert wird?«

»Was? Niemals. Den kriegt er nicht.«

»Vielleicht will er auch einfach nur Familienanschluss ...«

»Jetzt mal nicht den Teufel an die Wand. Hoffentlich will er nur Geld ... Moment, SMS ... Ach du Schreck.«

»Was?«

»Annemarie fragt, ob wir auch unseren Hochzeitstag morgen nicht vergessen haben.«

»Ach ja, 27. Februar. Mist, ich hab keinen Tisch reserviert.«

»Glaubst du, das ist nach alldem noch nötig?«

»Wieso?«

»Na, wir gehen doch davon aus, dass er Bescheid weiß und uns erpressen will.«

»Und was ist, wenn wir falschliegen?«

»Wie, die Möglichkeit willst du auch noch berücksichtigen?«

»Aber natürlich.«

»Na gut, wahrscheinlich hast du recht … Ich dachte nur, schließlich, na ja, ich habe den Eindruck, dir macht das immer noch ganz schön zu schaffen, und so ein Hochzeitstag wäre da ja wohl …«

Ines hört plötzlich auf zu stammeln und packt mich am Arm.

»Lukas, ich weiß, wie das klingt, aber versprichst du mir hoch und heilig, dass du keinen Blödsinn machst?«

»Ach, hihi, du hast wirklich geglaubt, ich wollte vom Dach springen?«

So freundlich war mir noch nie am Telefon gesagt worden, dass ich auf keinen Fall heute Abend einen Platz für zwei bekommen könnte. Selbst als ich das Thema Bestechungsgeld (in dem ich ja sowieso gerade tief drinsteckte) ganz offen ansprach, hörte ich kein Augenlid empört nach oben zucken. Sind halt durch und durch Profis im Le Canard.

Fakt ist aber: Wir *müssen* heute Hochzeitstag feiern. Seit Ekkehart früh morgens auf unserem Sofa aufgewacht ist, wissen wir definitiv, dass er uns *nicht* erpressen will und dass er uns immer noch für ein Ehepaar hält. Nachdem er sich ein bisschen gereckt und gestreckt hat, hat er sich nämlich sofort bitter über den »schon im Ansatz gescheiterten Film« von gestern beschwert, und wir mussten ihm versprechen, nächstes Mal endlich einen Spieleabend zu machen. Klarer können die Dinge nicht liegen. Wir waren paranoid.

Einerseits: gut. Andererseits: Was bringen wir jetzt für eine Showeinlage zum Hochzeitstag? Beziehungsweise, was mache *ich*, denn es scheint, als ob die Sache an mir hängen bliebe. Ines ist schon längst in der Arbeit und hat auch keine tolle Idee auf einem Zettel hinterlassen.

Okay, dass es nicht das Le Canard sein wird, ist für mich gar nicht so schlecht. Ich würde keinen Bissen runterbekommen, und wenn der Pianist dann womöglich auch noch anfängt, ein Liebeslieder-Potpourri zu spielen, nein, ganz schlimm. Aber was können wir sonst machen? Es muss was Echtes sein. Wenn wir was erfinden, verheddern wir uns in Widersprüche, wenn Ekkehart uns ausfragt.

Ich renne nervös auf und ab. Ungewohnt. Sonst ist in solchen Situationen immer Ines da und wir können uns unsere Panikwellen so schön hin- und herschicken. Aber es hat wenigstens auch eine positive Seite: Mein ganzer Kummer wurde durch den Stress mit Ekkehart und unseren Steuerschummel, der jetzt wieder hochkocht, einfach beiseitegedrängt. Nur deshalb kann ich sogar eine so pikante Sache wie unseren Hochzeitstag angehen, ohne sofort anzufangen zu schluchzen.

Also: Es muss etwas sein, das Ekkehart überzeugt ... Ein Tangoabend in unserer Wohnung zum Beispiel ... Wobei, nein, Hochzeitstag muss man mehr in trauter Zweisamkeit verbringen. ... Kino? Theater? Oper? ... Nicht speziell genug. Ein richtiger Knaller. Romantik pur. Ein in Fels gehauener Liebesschwur ... Autsch! Oh bitte, Kummer, was hab ich gerade gesagt? Nicht jetzt. Ich trag dein Gewicht gerne für den Rest meines Lebens herum, aber lass mich noch den Hochzeitstag managen, okay? Lässt dich kalt, meine Bitte? Merk ich mir. Irgendwann brauchst du mich auch mal ...

Mist, ich trete seit einer halben Stunde auf der Stelle. Was Einzigartiges, was Zweisames, was Romantisches. Blödes Le Canard. Das wäre so einfach gewesen. Dort hat unsere Liebesgeschichte begonnen. Ja, dort. Mit einem Gespräch mit McCoy Tyner über ... Jazz ... Nein, ich muss mich zusammenreißen, das kostet mich jetzt nur Zeit, wenn ich rumheule. Le Canard, Le Canard, Le Canard – irgendwas, was in die Richtung geht. Ich ...

Ja!

JA, JA, JA!!!

Das mache ich.

Und wenn es das Letzte ist, was ich tue.

* * *

Manche denken, Viktor wuschelt sich jeden Morgen mindestens eine Stunde vor dem Spiegel in den Haaren rum, bis sie so sitzen, wie wir es kennen. Die Wahrheit ist, seine Frisur kommt ausschließlich durch Schlafen zustande. Sie ist aber im Moment auch das Einzige an ihm, von dem man sagen kann, es passt. Alles, was unterhalb seiner Haare liegt, ist noch dermaßen im Schlafmodus, dass ich langsam beginne, den Mut zu verlieren.

»Huah. Alcho, gähn, ich hab nur verstanden, dass du aus irgendwelchen Gründen der Meinung bist, ich müsse jetzt aufstehen. Rchh.«

Immerhin funktioniert sein Konjunktiv schon. Allerdings hat ihn das so angestrengt, dass er sich jetzt wieder mit seinem ganzen Gewicht auf sein Kissen fallen lässt.

»Heee! Das ist ernst! Komm raus und zieh dich an! Ich erklärs dir dann noch mal in aller Ruhe, wenn wir auf dem Weg sind, okay?«

»Rchh.«

»Beweg dich!«

»Huah. Also, nur mal angenommen, ich stünde jetzt auf, was …«

»Schschsch! Spar deine Kräfte!«

»He! Lass die Decke … Rchh. Alcho gut. Puha. Machst du wenigstens 'n Kaffee?«

»Später. Taxi wartet.«

Echt jetzt. Kann der sich nicht mal beeilen? Geschlagene fünf Minuten braucht er für Katzenwäsche und

Klamotten-Anziehen. Und dann auch noch die Schuhe. Ewigkeiten. Als wir endlich im Treppenhaus sind, rechne ich schnell aus, dass ich meinen Zeitplan schon wieder korrigieren muss.

Auf der Straße fängt Viktor sofort an zu bibbern. Ich schubse ihn hektisch in den warmen Mercedes-Kombi, wo er sich mit verschränkten Armen und Beinen in die Ecke kuschelt.

»Wow, sag mal, gähn, was ist das alles für Kram im Kofferraum?«

»Für unseren Hochzeitstag. Aber ich brauche Hilfe.«

»Rchh. Hättst du nicht Toni statt mich fragen können? Der ist wenigstens Frühaufsteher.«

»Hab ich ja. Aber den hat heute seine Kreditbank einbestellt.«

»Huah. Ach so.«

»Können Sie bitte schneller fahren?«

»Äh, überhaupt, warum machst du denn so einen Aufriss um euren Hochzeitstag? Ist doch eh nur Alibi.«

»Ist es nicht.«

»Hä?«

»Ist – es – nicht.«

»Heißt das …?«

»Genau.«

»Rchh. Vollpfosten.«

Es dauert zwar nur noch drei Minuten, bis wir vor unserem Haus sind, aber Viktor nutzt die Zeit, um noch mal wegzupennen. Ich merke das allerdings erst, als ich seine Tür aufmache und er mir entgegenpurzelt.

»Rchh. Wsnls?«

»Jetzt reiß dich mal am Riemen.«

»Huah. Manno, keine Sau ist um die Zeit auf den Beinen.«

»Kein Schauspieler. Sonst alle.«

»Das sagen alle, huah, rchh … aber bewiesen hat mir das noch niemand.«

Ich drücke auf unsere Klingel, und keine Minute später stehen Ekkehart und Frau Kohlmeyer vor uns.

»Guck mal, die beiden sind schon seit einer Stunde oben am Schuf… äh, alles vorbereiten.«

»Huah, gähn … Tag zusammen … Musst du, rchh, nicht arbeiten, Ekkehart?«

»Ich bummel Überstunden ab.«

»Verliert keine Zeit. Schnappt euch die Sachen aus dem Taxi und hoch damit.«

»Äh, muss das wirklich alles hoch, Lukas?«

»Jep. Hier, für dich.«

»Hrrrgn … Was ist denn … da drin?«

»Sand. Okay, Frau Kohlmeyer, Sie bekommen was Leichteres … So, und der ist für dich, Viktor.«

»Hrrrgn … Oh, schwere Last! Sterben – schlafen – nichts weiter … hrrrgn … und zu wissen, dass ein … hrrrgn … Schlaf das Herzweh, und … hrrrgn … die tausend Stöße endet …«

»Endlich bist du wach.«

Bevor ich mir selber einen Sandsack auf die Schulter wuchte, klingele ich noch bei Vanessa im Erdgeschoss. Mist. Nicht da. Ausgerechnet heute. Gut, eine große Hilfe wäre sie eh nicht gewesen, aber ich brauche dringend … Hm, ob es okay ist, wenn ich jetzt noch ein einziges Mal mit dem Schlüssel, den ich immer noch habe, bei ihr reingehe und …? Ja. Doch, das wird sie verstehen. Ich leg ihr einen Zettel hin.

* * *

Die Arbeiten sind jetzt in vollem Gang. Kaum ein Platz in Küche und Wohnzimmer, an dem nicht gerade hochkonzentriert gewerkelt wird, obwohl wir nur zu viert sind.

Das Gute: Es sieht bis jetzt alles mindestens so klasse aus, wie ich es mir vorgestellt habe. Das Schlechte: Wir hinken dem Zeitplan hinterher, und meine drei Helfer wirken erschöpft. Wir hätten wirklich noch Fitnessstudio-Toni brauchen können …

»Was machst du da mit den schönen Bildern, Lukas?«

»Ekkehart, das sind keine schönen Bilder, sondern mit Allerweltsmotiven bedruckte Leinwände aus der Raumdeko-Abteilung im Baumarkt. Aber da machen wir jetzt was Hochkarätiges draus.«

»Hm, du übermalst sie einfach nur mit einer Farbe?«

»Genau. Das wird der Hintergrund.«

»Und … was wird der Vordergrund?«

»Den gestaltet ein Künstler.«

»Wow!«

Weia. Er sieht wirklich blass aus.

»Okay, kurze Trinkpause für alle!«

»Oh, schönstes Wort, das ich vernahm, seit an diesem vermaledeiten Tage die Sonn' aufging.«

Hm, Viktor ist, nach gutem Start, auch schon ein bisschen wackelig auf den Beinen. Jetzt kommt alles auf eine gute Halbzeitansprache an.

»Also, hört mir gut zu, ihr macht das ganz, ganz toll! Sieht wirklich alles prima aus. Viktor, super Feinmotorik! Ekkehart, bei dir habe ich heute Dinge gesehen, die du noch nie gezeigt hast! Und Frau Kohlmeyer, großartig ins Team eingefügt! Aber – wir müssen noch schneller machen. Wenn Ines kommt, bevor wir fertig sind, ist alles im Eimer.«

»Ich kann nicht mehr, Lukas.«

»Komm, Ekkehart, für jemanden, der nach dem Vital-Kompakt-Kurs noch joggen gehen will, ist das doch ein Klacks, oder?«

»Ich mach Ihnen einen Brennnessel…«

»Ruhe bitte! Also, bald wird es leichter. Jetzt kommt die Sache mit den Stoffen und Farben. Das wird euch richtig Spaß machen.«

»Und du willst wirklich am Ende den …?«

»Ja, will ich. Das ist das i-Tüpfelchen. Volleyball, verstehst du?«

»Äh … nö.«

Muss er auch nicht. Der Punkt ist, das mit dem Kochen neulich war im Prinzip die richtige Idee. Bei der Umsetzung fehlte nur die Durchschlagskraft. Aber was wir hier machen, lässt keine Fragen mehr offen.

»Okay, Pause zu Ende! Ihr beiden macht hier weiter, und ich geh jetzt zu Frau Kohlmeyer in die Küche.«

»Oh, dass wir die Übel, die wir haben, lieber ertragen, als zu unbekannten fliehn …«

»Halt die Klappe, Hamlet!«

* * *

»Haben Sie keinen Schnellkochtopf, Herr Fink?«

»Äh, der ist leider vor kurzem kaputtgegangen.«

»Dann hole ich schnell meinen von unten. Das spart uns Zeit bei den Kartoffeln.«

»Sie sind ein Schatz, Frau Kohlmeyer.«

Ich meditiere kurz ein letztes Mal über dem komplizierten Entenbrust-à-l'orange-Rezept, bevor ich mit den entscheidenden Schritten beginne. Eigentlich ist es Kamikaze, etwas anspruchsvolles Neues an einem Tag zu machen, an dem nichts schiefgehen darf. Wenn ich es wenigstens ein Mal schon vorher ausprobiert hätte. Gut, einerseits habe ich noch nie am Herd versagt, außer wenn Ekkehart dabei war, und der hat heute striktes Küchenverbot. Andererseits bin ich zum ersten Mal richtig nervös. Nicht aufgeregt, sondern nervös. Das ist ein großer Unterschied.

»Wir sind fertig, Lukas.«

»Gut. Lasst mal sehen.«

»Glatter kriegen wir das nicht hin.«

»Ekkehart, lass dich knuddeln. Genau so ist es perfekt.«

»Echt?«

»Ja. Viktor, du kümmerst dich um das Licht. Diese Lampen hier auf den Boden, die Papierlichter ins Regal, und die blöde Deckenlampe wird abgeschraubt. Und Ekkehart, du machst jetzt die Kunst.«

»Hihi, ich die Kunst.«

»Das ist ernst gemeint. Ich bereite alles vor, und du sammelst dich derweil.«

»Ich sammel mich?«

»Setz dich aufs Sofa und hör meinetwegen bisschen Anatol Kolumbanovich.«

»So, hier bin ich wieder, Herr Fink.«

»Oh, Sie haben ja den gleichen Schnellkochtopf wie ich früher, Frau Kohlmeyer.«

»Was? Und den haben Sie kaputtgekriegt?«

»Äh, ja. Erzähl ich ein andermal.«

Während Frau Kohlmeyer in der Küche verschwindet, lege ich die erste grundierte Leinwand auf den Tisch. Hm, was passt zu einem satten, tiefen Blau? Ohne lang zu überlegen mische ich ein sehr helles Hellrot in einem Farbbecher an und rufe Ekkehart zu mir, der in der Zwischenzeit noch nicht einmal damit fertig geworden ist, die Schallplatte zu reinigen.

»Hier ist der Pinsel.«

»Wie, ich soll jetzt ...? Aber ich kann doch gar nicht ...«

»Ekkehart, wir wollen hier ein modernes, aber gleichzeitig warmes und weibliches Ambiente schaffen. Und da gehört abstrakte Malerei so dringend dazu wie Pfeffer zum Steak. Du tobst dich jetzt einfach aus.«

»Aber was soll ich denn jetzt da konkret ...?«

Weia, er fängt an zu schwitzen. So wird das nichts.

»Okay, ruhig, Ekkehart. Anderes Gedankenmodell: Du stellst dir jetzt vor, du müsstest ein Schema malen, wie du deine Hifi-Anlage verkabelst. Okay?«

»Oh, dazu brauche ich aber einen feineren Pinsel.«

»Nimm diesen hier.«

»Aber der ist ja dicker.«

»Eben. Fang an!«

Zurück in die Küche.

»Also, Herr Fink, dass Sie die schönen Entenbrüste in Orangensaft garen wollen, also ich muss schon sagen ...«

»Feinste französische Küche, Frau Kohlmeyer.«

»Und als Vorspeise Spinat mit Birne und Blauschimmelkäse, also ich ...«

»Sie müssen sich auch mal auf was Neues einlassen.«

Manno, durch Frau Kohlmeyers Kochdenken schwebt permanent eine schwere Dunstschwade aus einem altdeutschen Fleischkochtopf. Wenn ich nicht genau wüsste, dass sie die Kartoffeln wunderbar zart und butterig hinbekommen wird, und dass sie bei der Limonenmousse, die ich als Nachspeise vorgesehen habe, absolut keine Chance hat, etwas in Richtung Germanisch zu drehen, würde ich sie jetzt endgültig auf die Auswechselbank setzen.

Ich ritze vorsichtig ein Rautenmuster in die Fettseite der beiden Fleischstücke. Meine Hand zittert etwas. Hm, sieht irgendwie nach Matheheft aus. Vielleicht mache ich bei Ines' Stück ein Herz … Nee, nicht gut.

»Luuukas! Das Licht ist fertig.«

»Komme gleich. Hast du die Deckenlampe schon abgeschraubt, Viktor?«

»Vermaledeit! Ich vergaß. Schimpf mich Verräter.«

So, fertig geritzt. Jetzt wird es ernst. Ich wuchte die schwere schmiedeeiserne Pfanne auf den Herd. Komm, mein Mädchen, du hast mich noch nie im Stich gelassen …

»Lukas! Das ist nichts geworden.«

Verflixt, immer alles gleichzeitig.

»Komme.«

Oh, auf Ekkeharts altem Pullover ist mehr Farbe als auf dem Bild.

»Ich kann nichts dafür. Der Pinsel ist wirklich viel zu dick.«

»Großartig, Ekkehart, genau so!«

»Aber es stimmt hinten und vorne nicht.«

»Doch. Mach gleich das nächste.«

Während ich neue Farbe für Ekkehart anrühre, sehe ich mir Viktors Lichter an. Perfekt. Bisschen zu hell, aber dafür habe ich ja nachher noch …

»Lukas, muss man eigentlich wissen, ob das Licht vorher an oder aus war, wenn man die Deckenlampe abschraubt?«

* * *

»Herr Fink, beinahe wäre Ihre schöne Ente angebrannt.«

»Danke für den Hinweis, ich habs im Griff, Frau Kohlmeyer.«

»Wenn ich nicht ein bisschen Öl nachgegossen hätte …«

»Waaas, Sie haben Öl in die Pfanne gegossen?! Zum letzten Mal, lassen Sie die Finger von meinen Enten!«

»Aber ich wollte doch nur …«

»Die müssen im Eigenfett angebraten werden! Geht das nicht in Ihren …«

»Lukas, beruhig dich!«

»Ja, wirklich. So ein Hochzeitstag ist wichtig, aber man darf sich auch nicht verrückt machen lassen.«

»Kümmert euch um euren eigenen Kram! Viktor, das Sofa sieht immer noch scheiße aus! Kriegst du den Stoff nicht glatter hin?«

»Hey, ich hab erst vor einer Minute angefangen.«

»Übrigens, Lukas, nur mal so, hast du schon darüber nachgedacht, wie der Sand die Raumakustik verändert?«

»Und das mit dem Spinat und den Birnen, ich würde da wie gesagt …«

»IHR WOLLT MICH FERTIGMACHEN! SAGTS DOCH EINFACH, IHR WOLLT MICH FERTIGMACHEN!!!«

* * *

»Also, hast du dich beruhigt? Dann lassen wir dich jetzt wieder raus.«

»Macht doch, was ihr wollt, ist eh alles egal.«

Ich sitze mit angezogenen Beinen auf meinem Bett, höre zu, wie meine Zimmertür wieder aufgeschlossen wird, schaue dabei aber nicht mal hoch.

»Komm, Lukas, alles gut.«

»Stell dir vor, die Hifi-Anlage klingt jetzt sogar besser. Karlchen hat noch schnell ein paar goldene Resonatorschalen vom Hifi-Studio Ohr besorgt. Seit die an der Wand kleben, kommen die Höhen viel …«

»Und Sie müssen mal die Soße probieren.«

Ha, *Soße*.

»Ich habe mich genau an das Rezept gehalten.«

Im gleichen Moment steigt mir ein feines Duftwölkchen in die Nase. Ich stehe auf wie von selbst und gehe in die Küche. Dort tunke ich einen Löffel in die Soße … Sekunden später hänge ich an Frau Kohlmeyers Brust und heule vor Glück.

»Sie hatten ja recht, Herr Fink. Wenn man etwas sparsam mit dem Orangensaft umgeht, ist das gar nicht so schlecht, muss ich sagen.«

»Es schmeckt göttlich!«

»Ich traue mich ja kaum, es Ihnen zu gestehen, aber ich habe noch ein bisschen von meinem Johannisbeergelee als Verfeinerung drangegeben.«

»Frau Kohlmeyer, Sie sind die Beste, die Beste, einfach nur die Beste!«

»He, genug geknutscht jetzt, du musst die Baustelle noch abnehmen.«

Ich gehe langsam ins Wohnzimmer.

Nein!

Wow!

Der Viktor. Tut immer so, als ob er nichts kapiert, aber wenn es drauf ankommt …

»Mit der Hängung der Bilder bin ich mir ja nicht so ganz sicher.«

»Perfekt.«

»Und den Couchtisch hab ich jetzt doch einfach nur weiß angesprüht.«

»Großartig.«

»Und die Volleybälle …«

»Besser gehts … nicht … Buhuuu!«

»Reiß dich zusammen, Lukas, sie kommt in einer Viertelstunde. Mach dich frisch!«

»Ich such derweil schon mal die Musik aus.«

»Ups, die Blumen stehen schief.«

»Und wir müssen durchlüften.«

Irgendwelche Hände schubsen mich ins Bad. Ich kann das Ganze immer noch nicht fassen. Ja. Doch. Alles ist im Lot. Jetzt kommt es nur noch auf mich an. Ha. *Nur* noch. Ich sehe mein Gesicht im Spiegel. Nein, das geht gar nicht. Ich verpasse ihm spontan ein paar Ohrfeigen, um es aufzuwecken. Bisschen kaltes Wasser und jetzt – lächeln. Fürchterlich. Erst mal duschen und dann noch mal probieren …

»Herr Fink, Herr Fink, sie kommt, sie kommt! Sie schließt gerade unten die Tür auf.«

Während ich die Information noch verarbeite, bewegen sich die anderen mit Lichtgeschwindigkeit.

»Okay, Musik läuft.«

»Kerzen sind an.«

»Prima.«

»Aber … wie verschwinden wir jetzt, ohne dass sie uns bemerkt?«

Also wirklich.

»Kommt, entspannt euch. Ines kommt rein, ihr sagt kurz hallo und …«

»Auf keinen Fall, Lukas. Es muss so aussehen, als hättest du das allein gestemmt! Das ist das A und O!«

»Da hat Ihr Freund ganz recht, Herr Fink.«

»Aber …«

Sowieso schon zu spät, der Schlüssel dreht sich im Schloss.

* * *

»Abend, Lukas. Tut mir wirklich leid, dass ich dich hängengelassen habe. Ich wollte die ganze Zeit anrufen wegen Hochzeitstag und so, aber ich hatte ausgerechnet heute einen dermaßenen Dauerhassel, und dann musste ich noch mit Bernd was regeln, weil der doch heute Abend noch nach Luxemburg ... Egal. Macht alles nix. Stell dir vor, ich hab über einen unserer Vorstände doch noch einen Tisch im Le Canard für uns zwei bekommen! Jetzt lassen wir es uns einfach ...

...

....

.....

Was ist hier passiert?«

Ich nestele an dem farbverschmierten Hemd rum, das ich immer noch anhabe.

»Das ... Ich ... Oh!«

Wie kann das sein? Als ich mich wieder umdrehe, sind Ekkehart, Viktor und Frau Kohlmeyer verschwunden! Ich stiere hektisch herum, sehe aber keine Füße unter der Vorhangkante, keine Nasenspitze hinter dem Schrank und auch keinen Ellenbogen unter dem Sofa ... Ha, bestimmt an der Decke, wie bei *Leon, der Profi* ... Nein, auch nicht. Als hätten sie sich in Luft aufgelöst. Ines ist zum Glück so von den Socken, dass sie gar nicht mitbekommt, wie verwirrt ich bin.

»Lukas! ...

das ...

ist ...

...

wunderschön!«

Beim »wunderschön« geschieht mit ihrer Stimme das Gleiche, was neulich mit Vanessas Gesicht passierte. Das Wort kam von so tief innen, dass es sich erst mal an das Licht gewöhnen muss. Etwas in mir jauchzt und hüpft. Aber – Haltung.

»Darf ich dir deinen Mantel abnehmen?«

»Oh … ja, danke. Saukalt da draußen, sag ich dir.«

Draußen! Natürlich!

»Wow … Und das hast du alles … für unseren Hochzeitstag …? Wow … Ich … Warte, ich muss kurz ins Bad. Bin gleich zurück.«

Während Ines verschwindet, stürze ich zur Balkontür und reiße sie auf. Da sind die drei.

»Schnell, kommt rein!«

»Damit Ines uns doch noch sieht? Nein, wir ziehen das jetzt durch.«

»Echt, kein Problem, Lukas, wir spielen hier solange Mau-Mau.«

»Aber ihr holt euch den Tod.«

»Mach zu! Sie kommt!«

Ines bleibt erst mal eine kleine Ewigkeit in der Wohnzimmertür stehen. Ihre Augen wandern Runde um Runde in der Welt herum, die wir gebaut haben. Wo vorher deprimierend schmutzigweiße Wände waren, fällt nun weinroter Stoff. Darauf schweben Ekkeharts ungerahmte abstrakte Gemälde. An der Decke über dem Esstisch und über der Couch schimmert ein Sternenhimmel aus kleinen Lichtern. Das doofe Regal wird jetzt von einem Vorhang aus weißem Stoff mit einem schicken Muster aus feinen hellgrünen Linien abgedeckt. Nur das Abteil links von der Mitte, in dem die Hifi-Anlage steht, ist ausgespart, so dass sie in ihrer ganzen Pracht voll zur Geltung kommt. Eine Ekkhart-Platte dreht ihre Runden auf Ines' Plattenspieler, und irgendein tiefenentspanntes Harfen- und Klaviergeplätscher streichelt sanft die Luft. Ob Ekkeharts kaum nussschalengroße goldene Resonatorschälchen an der Wand den Klang wirklich verbessern, weiß ich nicht, aber sie sehen sehr schick aus. Auch der schreckliche Couchtisch ist, weiß angesprüht, richtig hübsch geworden, und erst recht das ehemals fleckige Sofa mit dem neuen Bezug. Und, vielleicht am wichtigsten, der trostlose zerschrammte Dielenboden wird gnädig von einer dicken Sandschicht bedeckt.

Im Sand liegt ein Dutzend gut gealterter Volleybälle wie Findlinge herum. Hinter den Findlingen sind die Lampen aus Vanessas Schlafzimmer versteckt. Zusammen mit dem Leuchtesternenhimmel, den Papierlaternen auf den Borden und den Kerzen auf dem Tisch geben sie dem Raum ein wunderbar warmes und angenehmes Licht. In all das mischt sich der verführerische Duft von Entenbrust à l'orange, der aus der Küche herüberweht und uns zeigt, dass es die Ente kaum noch erwarten kann, endlich auf den Tisch gestellt und vernascht zu werden.

»Also … bleibt das jetzt so mit dem Sand?«

»Wenn du willst.«

»Aber ich zieh doch bald aus.«

Das klang jetzt wiederum überhaupt nicht so, als käme es von ganz tief innen, sondern mehr wie eine längst veraltete Anrufbeantworter-Ansage. Das Etwas in mir jauchzt und hüpft weiter.

»Und, mhmmm, was hast du gekocht?«

Frau Kohlmeyer wars.

»Entenbrust à l'orange. Komm, setz dich. Möchtest du einen Aperitif oder lieber gleich mit Rotwein beginnen?«

»Lieber gleich mit Rotwein …«

Ines will Platz nehmen, fällt mir aber, als ich ihr den Stuhl hinrücken will wie der Ober im Le Canard, plötzlich um den Hals. Während sie mich fest drückt und ganz lange nichts sagt, hüpft das Etwas in mir so wild, dass mein Brutkorb von innen Beulen bekommt.

»Lukas, nur, dass du es ein für alle Mal weißt: Du – bist – toll!«

Sie schaut mir in die Augen und strahlt.

»Und ich hab übrigens großen Hunger!«

Was für ein Auftakt. Besser hätte es nicht laufen können, oder? Ich habe völlig über ihren Kopf hinweg unserem Wohnzimmer ein neues Gesicht verpasst, ohne dabei auch nur einen Stein auf dem anderen zu lassen, und das alles mit einem Konzept, das von drei Amateuren in nur knapp einem Tag umgesetzt werden musste. Die Variante, dass Ines einen Schock, eine Panikattacke oder einen Wutanfall kriegt, war nicht ganz unwahrscheinlich, das wird mir jetzt erst klar. Aber ich habe wohl tatsächlich jeden einzelnen Nagel genau auf den Kopf getroffen … Wenn nur nicht die drei armen Teufel hinter dem Vorhang auf dem Balkon wären.

Ich entkorke gedankenverloren den Château Quinault L'Enclos. Das Beste, was Herr Bilgenhorst in seinem Regal finden konnte.

»Ich zahl fünf Cent für deine Gedanken, Lukas.«

»Alles in Ordnung. Bin nur etwas erschöpft.«

Es sind höchstens acht Grad da draußen. Und der Ekkehart ist so ein dünnes Hemd … Wir stoßen an und sehen uns in die Augen wie, ja wie, wie einer, der verliebt ist und eine, die …

»Mhmm! Lukas, ich weiß gar nicht mehr, was ich sagen soll.«

»Ha, *du* weißt nicht mehr, was du sagen sollst?«

»Hihi, nee, ehrlich nicht.«

Wie sie lächelt. Ich könnte vor Glück weinen. Wir trinken ein paar langsame Schlucke, und Ines' Blick wandert immer wieder zwischen dem Raum und mir hin und her. Ab und zu kichert sie und schüttelt so entzückend den Kopf, dass ich sie sofort küssen möchte. In meinem Klecks-Hemd fühle ich mich jetzt richtig wohl. Gut, dass ich keine Zeit hatte, es zu wechseln.

»Darf ich dem Augenschmaus nun die Vorspeise folgen lassen?«

Nicht, dass ich mir diesen Satz zurechtgelegt hätte. Er kam einfach so. Ines nickt und sieht mich an, als wäre sie sechs Jahre alt und ich hätte sie gefragt, ob sie jetzt ihren Weihnachtsgabentisch sehen wolle.

In der Küche steht alles griffbereit. Der Spinat mit Birne und Blauschimmelkäse ist eine Pracht. Von weitem wie eine Blüte mit grünen Blättern und hellem Inneren, von nahem einfach wie etwas, das einem gleich alle Säfte auf der Zunge zusammenfließen lässt. Frau Kohlmeyer muss in den letzten Stunden mindestens fünfmal über ihren Schatten gesprungen sein … Und jetzt schmort sie auf dem Balkon. Und »schmort« ist leider viel zu positiv formuliert.

Ines' Besteck blitzt im Kerzenschein auf, und während sie das erste Spinatblatt zerkaut, strahlt sie mich schon wieder an. Ich hätte nie gedacht, wie anstrengend es sein kann, zurückzustrahlen, wenn man sich darauf konzentrieren muss, die Sorge, die einen gerade plagt, aus dem Blick herauszuhalten. Vor allem, wenn man den Anlass der Sorge jederzeit beseitigen könnte. Aber die drei wollten es so. Sie wären mir böse, wenn ich jetzt …

»Lukas, du machst es mir richtig schwer, zu meinem Wort zu stehen.«

»Wie meinst du das?«

»Ich find das hier so schön, ehrlich, ich will jetzt gerade eigentlich nie wieder weg.«

Ah, die neue Anrufbeantworter-Ansage. Und Ines' Gesicht sieht einen kurzen Moment ganz bezaubernd nach »Ups, was habe ich da gerade gesagt« aus, bevor sie wieder leise kichert und den Kopf schüttelt. Wenn ich nur nicht genau wüsste, dass die drei vom Balkon schon eine Viertelstunde ...

Ines nimmt meinen Arm, schaut mich an, will etwas sagen, überlegt es sich dann anders und schüttelt einmal mehr den Kopf.

»Was wolltest du sagen?«

»Was Dummes.«

»Ich liebe dumme Sachen.«

»Später. Vielleicht. Sag bloß, der Wein ist schon alle?«

»Oh nein, natürlich nicht.«

Nicht mal einen heißen Tee haben die da draußen ...

Wir stoßen noch einmal an. Ines macht schon wieder das Gleiche. Mich ansehen, den Kopf schütteln und kichern, als könnte sie immer noch nicht glauben, dass das hier wirklich passiert. Von mir aus kann es noch ewig so weitergehen. Vielleicht ist das die Stunde, auf die mein ganzes Leben hingezielt hat.

Jetzt wäre der Hauptgang dran. Frau Kohlmeyer hat vorsichtshalber alles bei leichter Hitze im Backofen warmgestellt ...

Warmgestellt. Nein. Schluss. So geht das nicht.

»Ines, bevor wir weiteressen ...«

Ihr Gesicht friert ein. Klar, was sie denkt. Und es ist ein wunderbares Gefühl, dass man jetzt einen großen Fehler machen könnte, ihn aber nicht macht. Kein Kniefall, kein tränenreiches Liebesgeständnis Nr. 5, keine ungestüme Kussattacke.

»... möchte ich dir kurz ein paar Freunde vorstellen.«

Ines' Züge entspannen sich sofort wieder.

»Oh, du hast noch Freunde hier? Wo denn? Hinter dem Vorhang? Hinter dem Regal? Unter dem Sofa? Ha, nein, bestimmt an der Decke, wie bei *Leon, der Profi* ...«

Ich überlege kurz. Zu viel Pathos? Nein, genau so:

»Bis jetzt waren es einfach nur Freunde. Aber seit heute weiß ich, dass es die allerbesten Freunde sind, die ich je gehabt habe.«

Ich ziehe den Vorhang zurück und mache die Balkontür auf. Wir sehen Viktor, Ekkehart und Frau Kohlmeyer. Sie stehen zu dritt ganz eng aneinandergekuschelt und bibbern. Die dunkelblaue Fleecedecke, die sie sich im letzten Moment noch im Wohnzimmer greifen konnten, haben sie um sich herumgewickelt, so dass sie auf den ersten Blick wie ein viel zu groß geratenes Stück Sushi aussehen.

Ein viel zu groß geratenes Stück Sushi, das reden kann.

»L... L... Lukas ...«

»Da... da... das hätte ...«

»Ni... ni... nicht sein mü... mü... müssen.«

* * *

Die Gesichter haben jetzt alle wieder Farbe. Die Balkonexilanten sitzen auf dem frisch bezogenen Sofa, und jeder hat einen Becher von Frau Kohlmeyers gutem Brennnesseltee getrunken. Zum Glück haben alle drei sofort nach ihrer Befreiung unisono bestätigt, dass das ihre eigene bescheuerte Idee gewesen ist, und dass ich über jeden Verdacht, ein Menschenquäler zu sein, erhaben bin. Ines' Blick, der für einen kurzen Augenblick begann, mich mit Zimmermannsnägeln an die Wand zu tackern, wurde daraufhin schnell wieder so sanft wie davor.

»So, jetzt müssen wir aber wirklich los.«

»Ihr könnt auch gerne bleiben.«

»Na, na, es ist euer Hochzeitstag.«

»Aber versprich mir, dass du ein heißes Bad nimmst und gleich danach unter die warme Decke schlüpfst, Ekkehart.«

»Mach ich. Tigerchen kuschelt sich bestimmt auch dazu, und dann hab ichs schön warm.«

Ines lächelt bei dem Gedanken. Ich drücke Viktor und Ekkehart fest an meine Brust und versuche anschließend so viel von Frau Kohlmeyer zu umarmen, wie meine Arme schaffen. Hoffentlich kommt Viktor gut nach Hause. So müde habe ich ihn noch nie gesehen, wie eben, als er mit letzter Kraft die Treppe hinuntersank.

Die drei hatten unrecht. Sobald sie verschwunden sind, fällt Ines mir noch einmal um den Hals. Der Anblick der abgerackerten Gestalten hat mich in ihren Augen vom heroischen Einzelkämpfer in die noch glorreichere Position eines Generals und Kriegshelden befördert.

»Irgendwie … erkenn ich dich kaum wieder, Lukas.«

»Und ich … erkenn mich endlich überhaupt mal.«

»Was du nicht sagst.«

»Hunger auf Ente à l'orange?«

»Jaaa!«

Als wäre eine unsichtbare Reset-Taste gedrückt worden, sitzen wir uns wieder gegenüber und lächeln uns an. Ich hatte, nachdem ich die Soße probiert habe, so hohe Erwartungen an die Ente, dass es ein Wunder ist, dass die ersten Bissen sie fast noch übertreffen. Ines geht es wohl genauso. Wir essen und reden dabei ein bisschen. Und wir genießen jeden Bissen so sehr, dass wir immer gleich im nächsten Moment schon vergessen ha-

ben, was wir gerade gesagt haben. Unsere Worte ergän-
zen nur die Hintergrundmusik.

Erst als die Gabeln beginnen, immer langsamer zum
Mund zu wandern, weil wir satt sind, werden unsere
Sätze wieder zum Teil der Haupthandlung. Ines lehnt
sich mit einem der letzten Bissen im Mund zurück, kaut
ein wenig und schaut mich an.

»Sag mal, welchen Jazzmusiker wolltest du heute eigentlich interviewen?«

Ah. Showtime. Ines' Augen sind wie zwei Türen, auf
denen »Öffne mich, wenn du kannst« steht. Komisch, ich
bin gar nicht aufgeregt. Was ich sage, kommt wie von
selbst.

»Ich darf die große Harfenistin Ines Herzog interviewen. Und, stell dir vor, sie ist gekommen. Sie sitzt mir
gegenüber, und ich sage dir nicht, wie wunderbar sie
aussieht, denn ich bräuchte Stunden, um ihr gerecht zu
werden, und darüber würde ich das Interview verpassen. Nur ein kleines Detail: Sie kann mit den Lippen
strahlen und mit den Augen küssen.«

Ich fühle mich wie ein Weltklasse-Tennisspieler, der
gerade einen perfekten Aufschlag gespielt hat und dem
Ball ausnahmsweise in Superzeitlupe hinterhergu-
cken kann. Die Superzeitlupe zeigt Ines' Gesicht. Das
breite Lächeln mit dem homöopathisch zarten Hauch
von Sarkasmus wird, ohne dass sie sich dagegen wehren
kann, wieder vom strahlenden Lächeln, das sich hinter
einem ungläubigen Kopfschütteln versteckt, überblen-
det.

»Dann hoffe ich, du stellst ihr die richtigen Fragen.«
Oh ja.

»Frau Herzog, was ist in Ihren Augen die wichtigste
Eigenschaft einer großen Harfenistin?«

»Das ist nicht fair, Lukas, die Fragen für McCoy Tyner waren viel einfacher.«

»Dann lassen Sie uns gemeinsam überlegen.«

Nicht, dass ich gerade einen Plan hätte. Ich improvisiere – oder eiere einfach nur herum, mal sehen.

»Beginnen wir ganz einfach. Eine Harfenistin …«

»… zupft Saiten, oder?«

»Bringt Saiten zum Klingen.«

»Romantiker.«

»Aber von welchen Saiten sprechen wir? Von den Harfensaiten?«

Nicht schlecht, aber ich muss diesen Karstadt-Verkäuferton wegkriegen.

»Oder, besser gesagt, sprechen wir *nur* von Harfensaiten? Nein, eine Harfenistin von Weltgeltung wie Sie …«

»Lukas, also wirklich …«

»… bringt nicht nur die Saiten ihres Instruments zum Klingen, sondern auch Saiten im Herzen ihrer Zuhörer.«

Ja!

»Mancher Zuhörer.«

»Da haben Sie recht. Mancher Zuhörer. Wer nicht mit dem nötigen Sensorium ausgestattet ist, wer es nicht fühlen kann, ja, der … fühlt es nicht.«

»So sieht es aus.«

Verflixt, da wollte sie mich haben. 1 : 0.

»Das ist genauso, als … würde man eine audiophile Schallplatte auf einer unzureichenden Stereoanlage abspielen.«

Ich reite mich immer tiefer rein.

»Aber manche Zuhörer lernen es auch beim Hören, nicht, Herr Interviewer?«

Oh, Ines baut mir auf einmal eine Brücke?

»Ja, richtig.«

»Manche brauchen das ganze Konzert lang.«

»Ja, richtig.«

»Und manche verstehen es sogar erst, wenn das Konzert schon vorbei ist.«

»Hm, manche.«

»Wenn sie Jahre später das Konzert noch einmal auf einer Hifi-Anlage, selbstverständlich auf einer guten Hifi-Anlage, hören.«

Kämpfen. Aber wie?

»Ja, Frau Herzog, dann mag die Harfenistin zwar nicht körperlich anwesend sein, aber ihre Kunst, die Essenz ihres Wesens, die ist da.«

»Genau, ich bin vielleicht schon längst auf einer Konzertreise durch die Schweiz, aber trotzdem nicht ganz weg.«

»Aber dann wird mich die Sehnsucht nach Ihnen packen, und ...«

Ines nimmt wieder meinen Arm. Jetzt lächelt sie zum ersten Mal seit langer Zeit nicht mehr.

»Mich wird auch ab und zu die Sehnsucht packen, glaub mir. Und ich bin ja nicht aus der Welt.«

Sie macht die Augen zu, während sie spricht.

»Weißt du, wenn ich mich genau in diesem Moment einfach gehen lassen würde, so wie du immer, was glaubst du, was ich dann machen würde?«

»Was ... Schönes?«

»Ach, Lukas.«

»Ines, ich ...«

»Nein, das ist der Unterschied zwischen dir und mir. Ich lasse mich nicht gehen, weil ich weiß, dass es falsch ist. Es geht nicht darum, was ich ein paar Momente lang will oder, besser gesagt, was mich meine Hormone ein paar Momente lang zwingen zu wollen, sondern darum, womit ich auf Dauer glücklich bin, verstehst du?«

Trotz allem, in mir beginnt es wieder zu hüpfen. Sie will! Genau jetzt im Moment will sie. Sie hätte es nicht einmal sagen müssen. Ich merke es daran, dass ihre Hand immer fester meinen Arm umklammert, als würde sie alle Spannung darüber ableiten wollen.

»Ich kann nicht so zu Bernd sein wie du zu mir neulich.«

»Das hat nichts miteinander zu tun, Ines.«

»Nicht? Dann erklär mir das mal näher.«

»Ich war dumm, weil … genau, Hormone und so. Aber du …«

… bist jetzt genau in die andere Richtung dumm. Aber das kann ich nicht sagen.

»Was, ich?«

»Glaubst du wirklich, dass es richtig ist?«

»Ja!«

Beim letzten Wort greift sie meinen Arm so fest, dass es weh tut, und lässt ihn dann plötzlich los. Es wäre nicht besser geworden, wenn ich es ausgesprochen hätte. Ich bin mir sicher.

»Also, es bleibt dabei, Frau Herzog, Schweiztournee?«

»Mal Tournee, mal kommen meine Schweizer Fans hierher, ja. Aber meine deutschen Fans werde ich nie vergessen. Ganz besonders nicht den einen, der mir von Anfang an so ans Herz gewachsen ist.«

Sie streicht mir mit der Hand über die Wange und sieht mich mit leuchtenden Augen an. Ich frage mich, wie sie das aushält, aber ich halte es ja auch aus. Es ist auch nicht mehr so schlimm wie vor ein paar Tagen. Ich bin traurig, aber nicht so, dass es mich erdrückt. Als sich ihre Hand langsam von meiner Wange zurückzieht, als wolle sie eigentlich noch nicht weg, nehme ich sie, küsse ihre Finger noch mal und lasse sie dann los. Sie lächelt, und was sie gerade alles in diesem Lächeln versteckt, kann ich unmöglich sagen.

»Wollen wir jetzt die Nachspeise essen?«

Ich nicke. Während ich mich in die Küche aufmache, geht sie zur Hifi-Anlage und kümmert sich um neue Musik. Als ich die Himbeersoße zärtlich die Limonenmousse-Hügel umfließen lasse, höre ich ein paar vertraute, leicht altmodische Klavierakkorde, die charmant dem Beat hinterherplätschern. Erroll Garner. Lange, lange nicht mehr gehört.

»Gefällt dir das, Lukas?«

»Ganz wunderbar.«

»Mir auch.«

Ein Jammer. Wir wären ein großartiges Paar gewesen.

* * *

Es war nicht umsonst.

Je länger wir sitzen, umso öfter kommt dieser Satz in meinem Kopf vorbeispaziert. Der Traum ist aus, aber es schließt sich kein Alptraum an. Keine zerstörerischen Strahlen, kein Gewicht, das mich zu Boden drückt. Ich bin traurig. Aber gegen das, was ich in den letzten Tagen gefühlt habe, ist traurig der Himmel. Ich bin traurig, dass ich die größte Chance in meinem Leben verpasst habe. Aber ich kann es gut aushalten. Ich hätte es mir nie vorstellen könen, aber ein »Lass uns Freunde bleiben« kann wunderschön sein.

Wir kratzen immer wieder die Reste der Reste der Limonenmousse von unseren Tellern, und keiner von uns will aufstehen.

»Fällt mir gerade ein, wenn ich weg bin, dann hast du ja gar keine vernünftige Hifi-Anlage mehr.«

»Ach, Ines, das ist nun wirklich das kleinste Problem.«

»Aber wenn ich dich dann wieder in diesem wunderschönen Wohnzimmer besuchen komme, können wir gar nicht vernünftig Musik hören.«

»Wer weiß, vielleicht lasse ich ja den Ekkehart hier einziehen.«

»Hihi. Jetzt mal im Ernst, hast du schon jemanden?«

»Fitnessstudio-Toni braucht eine günstigere Wohnung.«

»Pass bloß auf, in einem halben Jahr gibt der seinen Vital-Kompakt-Kurs genau hier, wo wir jetzt sitzen.«

»Dann müssen Ekkehart und ich wenigstens nicht mehr hinfahren.«

»Ach ja, der Ekkehart. Wie sagen wir es ihm jetzt bloß, dass wir uns trennen?«

»Frag mich nicht. Mir wird ganz schlecht, wenn ich daran denke.«

»Der arme kleine Kerl.«

»Aber du lässt ihm wenigstens deinen Plattenspieler, bis sein Transorbital Turboklon geliefert wird?«

»Oh, das wird hart.«

»Komm, das sind wir ihm schuldig.«

»Schuldig? Sind wir ihm was schuldig?«

»Na ja, irgendwie …«

»Hihi, stimmt, irgendwie …«

»… schon, was?«

»Okay, ich geh zu diesem Hifi-Studio Ohr und hau so lange auf den Tisch, bis sie ihm ein gutes Leihgerät geben.«

»Aber irgendwas mit einem ganz tollen Namen. Mindestens ein Isoton Tabularasa.«

»Du süßer, kleiner, alberner Ignorant.«

Uuumpf!

Ich mache vorsichtig die Augen auf. Durch den Vorhang scheint etwas Morgenlicht, genug um mich grob zu orientieren. Das hier ist mein Zimmer, ich liege in meinem Bett, und ich habe gestern Abend gut gegessen, alles klar ... Es ist Samstag, die Straßen sind halbwegs ruhig und Ines schläft vermutlich auch noch ... Unsere nicht-gemeinsame Zukunft ist geregelt, ich bin immer noch traurig, und ich muss ab heute das Projekt Neubeginn in Angriff nehmen ... Ich werde nicht ins Kloster gehen, ich werde von keiner Dachterrasse springen, und ich muss mir überlegen, ob das mit der Fitnessstudio-Toni-und-ich-WG eine gute Idee ist ... Es ist kurz nach acht, ich bin saumüde, und warum zur Hölle bin ich überhaupt aufgewacht?

Ach so. Jemand klingelt Sturm. Immer wieder schrillt unsere Bimmel. Mal kurz, mal lang, mal mittel. Überhaupt kein Gefühl für Rhythmus und Takt. Extreme Ausprägung des Free Jazz. Oder, wenn man jetzt mal die Ebene der künstlerischen Interpretation verlässt ... es gibt vermutlich irgendein ... Riesenproblem. Ächz.

Ines und ich kommen genau gleichzeitig barfuß an der Tür an und werfen uns einen kurzen Blick zu, in dem sich Ahnungs-, Rat- und Hilflosigkeit um die Wette balgen. Ines trägt den Schlafanzug, den ich ihr gekauft habe ...

Brrrrrring! Brring, Brring! Brrrrrrrrrrrrrrrring!

309

Na gut. Ich öffne die Tür, einfach nur, damit es endlich aufhört.

»Oh, Ekkehart, was …?«

»Er ist da!«

»Hm, wer denn?«

»Na, ER! Der Transrotor Tourbillon!«

»Was? Na, herzlichen Glückwunsch. Dann kommen
wir nachher gleich mal gucken … Ach so, du willst jetzt
deine Hifi-Sachen wieder, klar.«

»Ja, also, ehrlich gesagt, vor allem brauche ich Hilfe
beim Plattenspieler-Tragen. Die Lieferanten haben sich
nämlich geweigert, ihn zu mir hochzubringen. Zu
schwer.«

»Weicheier. Okay, ich komme. Ich zieh mir nur schnell
was an.«

»Danke, Lukas!«

Wann habe ich zuletzt einen Menschen so strahlen sehen? Andi Brehme nach dem verwandelten Elfmeter im
90er WM-Finale ist ein Trauerkloß gegen ihn. Ich gehe
zurück in mein Zimmer und schlüpfe in meine Sachen.
Die Freude steckt an. Der Ärger über das Aufwecken ist
wie weggeblasen. Als ich die Wohnung verlassen will,
treffe ich schon wieder Ines an der Tür, diesmal angezogen.

»Warum schläfst du nicht einfach weiter? Wir schaffen
das schon.«

»Glaubst du etwa, ich kann schlafen, wenn ich weiß,
dass unter mir ein Transrotor Tourbillon ausgepackt
wird?«

»Verstehe.«

Als wir unten im Eingangsfoyer ankommen, finden
wir Ekkehart neben einem Paket von mittlerer Umzugs-
kartongröße stehen. Sein Gesicht sieht inzwischen aus,

als hätte man mehrere Gehirnwäschemethoden gleichzeitig an ihm ausprobiert.

»Okay, wie viele Plattenspieler sind da drin?«

»Hihi, nur einer.«

»Bist du sicher?«

»Ja!«

Schon wieder ein Wort, das von ganz tief innen kommt. Anscheinend ist dies die Woche, in der wir alle zu uns selbst finden.

»Na, dann wollen wir mal.«

»Bereit?«

»Hrrgnnn … Hrrgnnnnn … HRRGNNNNNNNNNN! … Nee, puh, das geht nicht.«

Die Kiste hat sich keinen Zentimeter bewegt. Die könnten wir nicht mal zu viert tragen. Ekkehart und Ines schauen mich enttäuscht an. Als ob ich etwas dafür könnte.

»Ach, mir fällt gerade ein, wir könnten auch die Einzelteile hochtragen. Der Transrotor Tourbillon ist ja für den Transport zerlegt worden.«

»Gut, dass dir das jetzt erst einfällt. Mein Rücken ist immer sehr dankbar für Grenzerfahrungen.«

»Macht doch endlich die Kiste auf! Ich bin ganz hibbelig.«

Weil ich im Moment der Einzige von uns bin, der klar denken kann, springe ich schnell wieder hoch in unsere Wohnung und hole ein Teppichmesser. Ekkehart schreit auf, als er mich sieht.

»Waaa! Sei bloß vorsichtig! Nein, lass mich lieber.«

Ich übergebe Ekkehart seufzend die Waffe, setze mich auf die unterste Treppenstufe und sehe zu, wie er sich, vorsichtig wie ein Archäologe, Millimeter für Millimeter durch die vielen Klebeband-Schichten und Kraftgurte, die das Paket in Form halten, durcharbeitet. Ines setzt sich neben mich. Sie duftet unwiderstehlich nach Bett, Schlaf und Frieden. Es ist gut, dass sie auszieht, denke ich jetzt. Wenn wir weiter zusammenwohnen würden, würde ich von innen verbrennen.

»Hach, ich bin ja so aufgeregt.«

»Immer schön vorsichtig, Ekkehart.«

»Wir haben Zeit.«

Wir grinsen uns heimlich an. Heimlich und ein bisschen zärtlich. Sie ist vorhin nur schnell in eine Jeans, ein weißes T-Shirt und ihre schwarze Strickjacke gesprungen und hat ihre Haare zu einem Pferdeschwanz zusammengebunden. Kann ich sie trotzdem, oder gerade deswegen, kaum schöner finden als jetzt? Ich betrachte ihre Haarsträhnen, die so herrlich ordentlich-unordentlich ihre Bahnen über ihren Kopf ziehen, bis sie alle durch die winzige Öffnung, die der Zopfgummi gelassen hat, hindurchschlüpfen und dahinter jubelnd ins Freie springen.

Im ersten Stock geht eine Tür. Frau Kohlmeyer wallt die Treppe herunter. Wir rücken zur Seite, und sie zwinkert mir im Vorbeigehen zu.

»Ich hoffe, Sie haben sich etwas von den gestrigen Strapazen erholt, Frau Kohlmeyer?«

»Ach was, Strapazen, Herr Fink. Das hält jung. Ich gehe jetzt schnell Snapperfilet, Bambussprossen und Zitronengras besorgen für ein thailändisches Fischgericht aus der Brigitte. Soll ich Ihnen etwas mitbringen?«

»Danke nein, Frau Kohlmeyer.«

Ekkehart ist immer noch kaum vorangekommen. Man könnte meinen, das Ganze wäre der Auftakt zu einer Operation am offenen Herzen. Aber selbst dabei müsste doch irgendwann mal der entscheidende Schnitt angesetzt werden.

»Können wir solange hochgehen, und du rufst uns, wenn du es offen hast?«

Ines zuckt zusammen.

»Bist du verrückt? Ich geh doch jetzt nicht hoch.«

»Na gut, dann bleib ich eben auch.«

Ewigkeiten später biegt Ekkehart endlich die erste Kartonlasche zur Seite. Ines springt sofort dazu.

»Da! Ich glaub, ich hab schon was gesehen!«

»Vorsichtig!«

Ekkehart steigert sein Operationstempo nun doch ein wenig, so dass wenig später tatsächlich etwas auftaucht, das zum Plattenspieler gehört. Ines und er stoßen Laute der Ekstase aus.

»Wow!«

»Das ist …«

»Ja, das ist …«

»… der Plattenteller!«

Ich linse durch den schmalen Spalt, der zwischen Ines und Ekkehart noch geblieben ist. Ach du Schreck. Plattenteller ist gut. Das Ding sieht aus, als hätte man ein kreisrundes oberschenkeldickes Stück Eis aus einem Gletscher herausgeschnitten.

»Na, dann wollen wir mal.«

»Nicht mit bloßen Fingern anfassen! Da kommen Fetttapser drauf. Wir brauchen Handschuhe.«

»Aber da ist doch eine Plastikfolie drumrum.«

»Trotzdem.«

»Ekkehart!«

»Na gut.«

»Hrrrrrrrrrrrrrrrrgnnnn!«

»Hrrrrrrrrrrrrrrrrrrrrrrrgnnnnnnnnnnn!«

Geschafft. Wir haben die Gletscherscheibe gestemmt. Jetzt arbeiten wir uns mit unsicheren Schritten Stufe für

Stufe die Treppe hoch. Ich gehe rückwärts voran und komme mir vor wie ein betrunkener Kapitän, der einen Flugzeugträger durch den Rhein-Main-Donau-Kanal manövrieren soll.

»Warum ... muss das ... so schwer ... sein ... hrrrgn?«

»Unter 40 Kilo ... hrrrgn ... kriegst du niemals ... halbwegs ruhigen ... Gleichlauf hin ... hrrrgn ... Kurz mal absetzen?«

»Hrrrgn ... auf keinen Fall ... sonst ... müssen wir ... ihn wieder hochheben.«

»Aber ich ... hrrrgn ... kann nicht ... mehr.«

»Nur noch eine ... Treppe ... hrrrgn ... Ist deine ... Tür offen ... damit ... hrrrgn ... wir gleich durchkönnen?«

»Hrrrgn ... Nein.«

»Ines ... hrrrgn ... kannst du ...?«

»Jap. Wo hast du deinen Schlüssel, Ekkehart?«

»Hosentasche ... hrrrgn ... vorne rechts.«

»Okay, dann darf ich kurz mal, ausnahmsweise. Hab ihn schon.«

»Hihi, das kitzelt ... hrrrgn.«

»Nur noch ... sieben Stufen.«

»Hrrrrrrrgnnnnnn.«

»Denk an den perfekten Gleichlauf, Ekkehart!«

Weia, sein Schädel ist knallrot. Aber wir haben es gleich. Noch fünf Stufen, Ines schließt schon die Tür auf.

»Rahmauz.«

»Tigerchen!«

Noch drei Stufen.

»Bleib da, Tigerchen!«

»Rahmauz.«

Noch eine Stufe.

»Rahmauz. FAUCH!«

Mist.

»Uaaaaaa …«

»Lukas!«

»… AAAAAAAH!«

»Pass doch auuuuuuuuuuuuuuf!«

»NEEEEEIIIIIIIIIIIIIIIIIIIIIIIIIIIIIIIIIIIN!«

…

Okay, zuerst das Gute: Weder Tigerchen noch Ekkehart noch ich werden verletzt, als die unmenschlich schwere Hifi-Gletscherscheibe auf die Treppe kracht.

Das Schlechte: Das Ding beginnt, rund wie es nun mal ist, unaufhaltsam die Stufen hinunterzupoltern, nimmt immer mehr Fahrt auf und schlägt große Brocken aus den Steinstufen heraus. Ekkehart stürzt seinem entfesselten Besitz hinterher und versucht ihn zu überholen. Aber keine Ahnung, wie ein schmächtiges Männlein wie er glaubt, diese rasenden 50 Kilo bremsen zu können. Warum müssen die Dinger auch rollfähig sein? Da hat wohl noch nie einer drüber nachgedacht, was passiert, wenn so eine Transrotor-Walze mal auf einer schiefen Ebene landet.

Zu allem Unglück prallt das Teil dauernd so gegen das Geländer, dass es immer, wie bei einer Murmelbahn, den jeweils nächsten Treppenlauf hinuntergelenkt wird. Und es wird immer schneller und kracht immer lauter.

Ines steht neben mir und hat Tigerchen auf den Arm genommen. Wir sehen uns an und machen uns wortlos auf, um die Spur des Unglücks zu verfolgen. Während wir noch ehrfürchtig die tiefe Delle in der Wand neben Frau Kohlmeyers Wohnungstür betrachten, hören wir im Stockwerk darunter ein ohrenbetäubendes Bersten und Krachen.

»Das … war eine Tür, oder?«

»Vanessa!«

Ich nehme drei Stufen auf einmal. Wenn das Ding ihre

Tür durchschlagen hat und sie zufällig dahinter … Bitte nicht!

Auf den letzten Metern Treppe stolpere ich schon wieder, diesmal aber über meine eigenen Füße. Ich klatsche hin und rutsche bäuchlings auf Vanessas Eingang zu. Die Tür ist von der Wucht des Anpralls aufgesprengt worden. Ein paar Holz- und Metallteile liegen auf dem Boden. Die Plattentellerwalze rollt schon wieder die nächsten Stufen herunter, als hätte sie nichts damit zu tun. Ich atme kurz auf, als ich sehe, dass kein Blut dran klebt. Während das Ding in Richtung der letzten Treppe, die zu unserem Eingangsfoyer führt, kollert, sehe ich Ekkehart unten stehen. Er versucht verzweifelt aus dem Schirmständer, einem Kinderrad und ein paar alten Kartons eine Barrikade zu bauen.

Ich krabbele auf allen vieren auf Vanessas Eingang zu. Zum Aufstehen tun mir im Moment mindestens drei Knochen viel zu weh. Ich hebe den Kopf und sehe …

Nein, das passiert jetzt nicht wirklich, oder? Warum? Das ergibt keinen Sinn.

Ich höre Ines' Stimme hinter mir.

»Lukas! Ist dir was passiert?«

»Ines!!! Bleib oben!«

»Wieso denn?«

»Weil …«

Ich sehe Vanessa an ihrer Reckstange hängen. Sie ist splitterfasernackt. Und weil man sicher sein kann, dass sie nicht damit gerechnet hat, dass ausgerechnet jetzt ein außer Kontrolle geratener Transrotor-Tourbillon-Plattenteller ihre Wohnungstür aufsprengen wird, muss man umso mehr bewundern, dass ihr Gesichtsausdruck so gelassen bleibt. Ja, wenn man genau hinsieht, erkennt man sogar ein Lächeln.

Ich spüre Ines' Hände. Sie ist doch gekommen, um mir aufzuhelfen.

»Nein, Ines! Guck nicht hin!«

Natürlich bewirke ich mit meinen Worten genau das Gegenteil, aber es ist ohnehin egal. Auch wenn sie nicht hingesehen hätte, sie hätte auf jeden Fall gehört, was der andere nackte Mensch, um dessen Rücken Vanessa ihre schönen, endlos langen Beine geschlungen hat, gerade von sich gibt.

»Brööööh! Brööööh! BRÖÖÖÖÖÖÖÖÖH!«

Ja. Es ist tatsächlich …

»Ahhh! Du, ob du es glaubst oder nicht, Vanesschen, da hat eben was in meinem Kopf ganz laut Krach gemacht.«

… Bernd.

Ines hat mir aufgeholfen. Aber im gleichen Moment, in dem ich wieder stehe, muss sie auf einmal selbst gestützt werden. Kein Wunder. Und wahrscheinlich wären wir beide noch lange Zeit fassungslos einander stützend vor der demolierten Tür gestanden und hätten Bernd und Vanessa angestarrt, wenn nicht im gleichen Moment ein anderes Geräusch unsere Aufmerksamkeit auf sich gezogen hätte.

»Uuumpf!«

Wir drehen uns zum Foyer.

»Um Himmels willen!«

»Frau Kohlmeyer!«

Frau Kohlmeyer sitzt in der offenen Haustür auf ihrem mächtigen Po. Um sie herum liegen ihre Einkäufe verstreut und mittendrin, friedlich und erstaunlich unversehrt, Ekkeharts Hifi-Mordwaffe. Das Ding muss, während wir Bernd und Vanessa angestarrt haben, in hohem Bogen in ihren mächtigen Bauch gedonnert sein. Eine andere Erklärung gibt es nicht. Nur Frau Kohlmeyers Bauch oder eine dicke Schaumgummiwand hätten diese Todesscheibe zum Stillstand bringen können, und eine Schaumgummiwand kann nicht »Uuumpf!« machen.

»Schnell, einen Arzt!«

Die Arme japst nach Luft. Ekkehart steht kreidebleich, aber auch ein wenig erleichtert daneben. Seine Blicke wandern zwischen Frau Kohlmeyer und dem Edelhifi-Schwergewicht hin und her, und irgendwie hängt über den beiden unausgesprochen der Satz »Ich glaube, das ist der Beginn einer wunderbaren Freundschaft« in der Luft.

* * *

»HUATSCHA!«

»Gesundheit, Ines.«

Ekkehart sitzt entspannt und glücklich in unserem Sessel und spielt mit seinen dunkelgrün besockten Füßen im Sand. Ines kauert neben ihm in der Sofaecke. Ich sehe sie immer wieder an. Was ist mit ihr? Ich erkenne keine Zeichen von Schmerz, Wut und all den anderen Dingen, die das Ertappen des Geliebten beim Fremdsex auslösen, und die ich so gut kenne. Man müsste das Getöse, unter dem ihre Welt gerade einstürzt, schon fast hören können. Reißt sie sich zusammen, weil Ekkehart nichts mitbekommen darf, oder lässt es sie tatsächlich kalt?

»Sagenhaft, diese klangliche Raumabbildung! Einfach sa-gen-haft!«

Ekkehart ist natürlich in einem anderen Film. Der Gute hatte sich, nachdem der Notarzt uns versicherte, dass das Hifi-Geschoss an Frau Kohlmeyers Bauch tatsächlich nicht mehr Schaden angerichtet hat als ein mittelschwerer Magenschwinger, daran erinnert, dass er den Transrotor Tourbillon zuerst in unserer Wohnung testen wollte, um den Klang unter gleichen Bedingungen mit Ines' Plattenspieler zu vergleichen. Ich hatte kurz überlegt, ob ich es ihm ausreden sollte, aber an so einem Tag muss man ihn auch mal lassen. Mit Hilfe des von mir herbeitelefonierten Fitnessstudio-Toni und insgesamt drei Litern Schweiß haben wir es dann auch geschafft, alle Schwergewichte aus dem Karton unfallfrei durch das ramponierte Treppenhaus in unsere Wohnung zu bringen.

Dort trafen wir Ines, die schon vorgegangen war. Sie hatte den nackten Bernd, der zwischen Tür und kaputter Angel das Gespräch mit ihr suchte, einfach stehenlassen. Stattdessen nahm sie Tigerchen mit.

Als wir mit den ersten Transrotor-Teilen im Wohnzimmer auftauchten, zog sie sich samt Katze in ihr Zimmer zurück. Es dauerte aber keine fünf Minuten, bis sie wieder zu uns kam, weil sie dann doch dabei sein wollte, wenn das Wunderwerk aufgebaut und eingestellt würde. Sie war das in den letzten Wochen mit Ekkehart so oft und in allen Details durchgegangen, und mich haben diese Gespräche ganz entfernt an Luftgitarrensolos erinnert.

In echt hat das Aufbauen und Einstellen drei Stunden gedauert. Das war sogar ein bisschen weniger, als ich befürchtet hatte, aber trotzdem genug Zeit für Ines, um einzusehen, dass Tigerchen wieder in Ekkeharts Wohnung runtermuss, wenn der Transrotor nicht auf ihrem Rotz davonschwimmen soll. Allein die Haare, die das Tierchen in der Zwischenzeit hier verloren hat, bereiten ihr immer noch genug Probleme.

Ein merkwürdiger Frieden ist das nun. Die alleszerstörende rasende Scheibe von heute Morgen dreht sich auf dem mächtigen, für sie konstruierten Unterbau und strahlt mit ihrer gleichförmigen, verlässlichen Bewegung große Ruhe aus. Als Ganzes wirkt der aufgebaute Transrotor Tourbillon wie eine trutzige Bohrinsel mit mächtigem Tonarm-Kran, der von irgendeinem verrückten Milliardär zum Edelwohnsitz umgebaut wurde. Chrom und Gold funkeln um die Wette, und man wagt kaum, näher als drei Schritte an die Burg heranzutreten.

Lustigerweise bin ich im Moment der Einzige, der verstohlen beobachtet, wie die dicke Gletscherscheibe Runde um Runde ihre Kreise dreht. Ines und Ekkehart haben die Augen geschlossen und recken ihre Köpfe in die Luft, als würden ihre Ohren dadurch noch besser hören.

»Kaum zu glauben, dass der Plattenteller nicht einmal einen Kratzer abgekriegt hat, was? Wenn man bedenkt, wie das Treppenhaus jetzt aussieht, dann ...«

»Pssst!«

Ach ja. Anatol Kolumbanovich zupft uns zum tausendsten Mal seine heile Welt um die Ohren. Es klingt wie immer, aber ich bin wohl der Einzige im Raum, der das so empfindet.

»So geschmeidige Höhen habe ich noch nie gehört.«

»Ja, geschmeidig und gleichzeitig klar gestaffelt, dass das überhaupt möglich ist?«

»Und die mittleren Mitten, was für ein Klangkörper!«

»Aber, sei mir nicht böse, Ekkehart, hörst du da nicht auch eine klitzekleine Laufunruhe?«

»Selbstverständlich, Ines. Der Transrotor muss sich erst mal eine Stunde drehen, damit er in perfektem Gleichlauf ist. Was glaubst du, was der für ein Trägheitsmoment hat?«

»Ich kann es kaum erwarten.«

»Und wenn sich die Boxen erst richtig warmgespielt haben ...«

»HUATSCHA!«

»Oh, hörst du? Selbst dein Niesen klingt anders, seit die Resonatorschalen an der Wand sind. Die Bässe, viel akzentuierter.«

Mir ist nicht so wichtig, was wir tun. Ich will nur in Ines' Nähe sein und mich um sie kümmern. Was für ein Schlag muss das für sie gewesen sein. Und je mehr ich darüber nachdenke, umso mehr packt mich die Wut. Vanessa. Alles klar. Sie verfolgt ein großes Ziel: Ines am Boden. Warum? Was hat sie ihr getan? Ich werde sie zur Rede stellen. Noch heute.

»Ich hab jetzt den einen Gold-Resonator ein bisschen tiefer gehängt. Wenn du noch mal niesen musst, werden wir gleich hören, dass ...«

»Ähm, was ganz anderes, habt ihr nicht langsam Hunger?«

»Oh ja, stimmt.«

»Ich auch.«

»Macht ruhig weiter, ich kümmere mich drum.«

Heute rufe ich den Pizza-Service. Die beiden sind eh nicht vom Sofa wegzubekommen, und da ist das noch die sauberste Lösung. Während ich auf das Klingeln warte, wandert weiter eine audiophile Kostbarkeit nach der anderen auf die Luxusbohrinsel. Unser Wohnzimmer erstickt in Harmonie, aber die beiden haben immer noch nicht genug. Alle möglichen Kombinationen aus Ines' und Ekkeharts Hifi-Schätzen werden zusammengestöpselt. Es ist, als würden die beiden Anlagen Hochzeit feiern. Und natürlich werden auch die Resonatorschalen an den Wänden weiter in alle möglichen Positionen umgehängt, und jedes Mal verbessert sich der Raumklang angeblich noch ein bisschen mehr. Das Ergebnis aller Tests wird am Ende natürlich sein, dass Ekkeharts Anlage mit Ekkeharts Plattenspieler am allerbesten klingt, aber das müssen sie sich jetzt erst einmal hart erarbeiten. Sie probieren, mit einem Forscherdrang wie zwei kleine Kinder, immer wieder von vorne los. Manchmal glaube ich, dass ich, wenn ich genau hinhöre, auch kleine Unterschiede im Klang erlausche, aber wahrscheinlich ist das nur Einbildung.

Als die Pizzas da sind, muss ich Ekkehart und Ines fast füttern, damit sie überhaupt was in den Bauch bekommen. Wenigstens den Kaffee danach nehmen sie halbwegs selbständig zu sich. Ich weiß immer noch nicht, was in Ines vorgeht. Ist sie wirklich so hart im Nehmen? Lenkt sie sich nur ab? Und wenn ja, wie lange hält sie das noch durch? Ich will nichts lieber, als endlich mit ihr allein sein und reden. Ekkehart, elender Nerd, hau ab!

Und Vanessa, Schlange! Ich fange an, sie zu hassen. Alle, die jemals schlecht über sie geredet haben, waren noch viel zu nett. Und ich finde und finde keine Erklärung. Was treibt sie an? Dass sie mich früher nicht abgeben wollte, okay. So einen wunderbaren Dummkopf findet man ja schließlich nicht alle Tage. Aber warum jetzt das? Es kann ihr nicht um Bernd gegangen sein. Das glaube ich nie und nimmer. Und wenn es nicht um Bernd gegangen ist, dann bleibt nur noch Ines. Wie eiskalt und gemein. Und wie sie mich eben auch noch angelächelt hat. Ich sehe es noch vor mir. Ich richte mich auf, sehe sie mit Bernd ... sie mit Bernd ... sie mit Bernd ... Moment.

Moment!

In meinem Gedächtnis läuft ein kurzer Schwarzweißfilm ab. Der Ton ist schlecht, aber die Worte sind deutlich zu verstehen.

»*Du hast irgendwas vor, Vanessa?*«

»*Kümmer dich nicht drum.*«

Nein!

Sie hat es für mich getan.

* * *

Je mehr wir uns dem Abend nähern, umso mehr ist es nur noch Ekkehart, der sich in endlosen Elogen über den transrotoralen Klangzauber verliert. Ines hat sich inzwischen die blaue Decke genommen und zu mir gekuschelt. Normalerweise versteht Ekkehart solche Zeichen, aber heute ist er zu sehr im Ausnahmezustand.

Ich bin immer noch wie gelähmt. Vanessa wollte mir also eine letzte Chance verschaffen, meine große Liebe zurückzugewinnen. Und dieser unglaubliche Zufall heute Morgen hat das Ganze ungeplant beschleunigt. Natürlich wollte sie Ines nicht demütigen. Sie wollte nur, dass sie und Bernd ihre kranke Moderne-Zeiten-Beziehung in die Tonne treten. Und dafür hat sie eben ihre klassischen Vanessa-Werkzeuge eingesetzt.

»Hört ihr, wie sich die oberen Mitten nun noch mehr in die Höhe ausbreiten? Und wie die Tiefen gleichzeitig an Kontur gewinnen? Wenn ich jetzt noch eine goldene Resonatorschale …«

»Sag mal, Ekkehart, willst du nicht langsam mal hören, wie deine Anlage in *deiner* Wohnung klingt?«

»Sicher. Sofort. Ich will nur noch einmal eben das hier probieren, um sicherzugehen …«

»Du überhörst dich am Ende noch.«

»Man hat schon Ohren gesehen, die sich erbrechen.«

»Nur ganz kurz …«

»Hat Tigerchen eigentlich Wasser?«

Sehr gut, Ines. Das Lösungswort. Ekkehart braucht ein paar Augenblicke, als würde er kurz in Lichtgeschwindigkeit aus einer völlig anderen Welt zurückreisen und dabei mehrere Dimensionsebenen überwinden müssen. Dann fasst er sich endlich an den Kopf.

»Ach du Schreck!«

»Dann geh du doch schon mal runter. Wir stöpseln hier inzwischen alles aus.«

»Gut. Aber vergesst nicht, die Endstufen als Erstes aus …«

»Ja, Ekkehart.«

Als er die Tür hinter sich zumacht, lächelt Ines mich dankbar an. Im gleichen Moment erkenne ich alles in ihrem Gesicht. Ihre Beziehung zu Bernd liegt in Trümmern. Und sie liegt unter den Trümmern. Und unsere Situation ist sich zumindest ein bisschen ähnlich, denn ich liege im gleichen Moment unter 50 Tonnen schlechtem Gewissen.

Ines hatte entschieden, mit Bernd zusammenzuleben, und Vanessa hatte entschieden, dass sie sich von Bernd trennen soll. Und Vanessa hat sich, wie ein übermächtiger Chef, durchgesetzt. Und auch wenn ich nichts für ihre Macht kann, sie hat es für mich getan.

Natürlich wollte sie es eleganter haben. Sie hätte den beiden Zeit gegeben, sich unter ihrem Einfluss nett und freundlich auseinanderzuleben, der Liebesbetrug wäre vielleicht nie ans Licht gekommen, und für mich hätte alles wie ein schöner Traum sein können. Aber selbst wenn es geklappt hätte, selbst wenn ich nichts mitbekommen hätte, selbst wenn ich tausendmal denke, dass weder Ines noch Bernd mit dem Liebe-nach-Kalender-Konzept jemals glücklich geworden wären, und auch wenn ich Ines eine Million Mal liebe: Es ist ihre Entscheidung, und niemand hatte das Recht, sie ihr zu nehmen.

Ines sieht mich müde an.

»An die Arbeit, Lukas. Umso schneller haben wir endlich Ruhe.«

»Komm, ich mach das schon mit Ekkehart. Geh ruhig …«

Ich sehe, wie ihr ein paar Tränen in die Augen steigen. Wie von selbst fällt sie mir in die Arme und drückt ihr Gesicht fest in meine Schulter. Ich streichele ihre Haare und wünsche mir, ich wäre viel, viel dümmer. Dann gäbe es eine Chance für uns. Wir würden beide Vanessa hassen, Ines würde viel Zeit brauchen, traurig sein, nachdenken. Wir würden wieder Tango tanzen, gemeinsam essen und uns über den Sand ärgern, der sich im Lauf der Tage schön langsam vom Wohnzimmer in alle Räume verteilt. Und vielleicht, vielleicht würde aus der winzig kleinen Chance, dass wir noch einmal zusammenfinden, am Ende doch noch ein großes Glück.

So hatte Vanessa es jedenfalls gewollt. Ich bin mir sicher. Ich habe ihr Gesicht gesehen. Sie war bereit in Kauf zu nehmen, dass wir beide sie hassen. *Das* wollte sie für mich tun.

Ekkehart klingelt. Ines lässt mich los, und es fühlt sich an, als würden wir auseinandergeschnitten. Wir beginnen mit dem Abbauen und Runtertragen. Die schweren Plattenspielerteile nehmen wir zu dritt. Ich mache mir Sorgen, dass Ines sich verhebt, aber sie scheint sich dauernd mit Absicht extra viel aufzubürden. Als endlich alles geschafft ist, sagen wir tschüss. Ekkehart ist verdattert. Er hat anscheinend erwartet, dass Ines noch die ganze Nacht mit ihm hört und rumstöpselt.

Als wir endlich wieder bei uns sind, mache ich Ines als Erstes eine Honigmilch, einfach weil sie so aussieht, als bräuchte sie jetzt dringend eine. Als ich mit dem dampfenden Becher ins Wohzimmer komme, lümmelt sie, in die blaue Decke gehüllt, in der linken Ecke des Sofas.

»Danke, du bist lieb.«

»Willst du allein sein?«

»Bleib bitte da.«

Ich kauere mich in die andere Ecke des Sofas und ziehe die Beine an. Es ist wunderbar, nun, nachdem die Hifi-Bohrinsel den halben Tag lang unser Wohnzimmer beschallt hat, endlich ohne Musik zu sein.

Ines nippt in großen Abständen an der Honigmilch und sieht mich die ganze Zeit an. Ich will etwas sagen.

»Es tut mir so leid.«

…

»Wie fühlst du dich?«

Meine Worte hören sich schrecklich an. Ines schüttelt kurz energisch den Kopf, antwortet dann aber doch.

»Wie gekaut, ausgespuckt und dann auch noch drauf rumgetrampelt.«

Warum frage ich, wenn ich die Antwort kaum ertragen kann? Und warum kann ich sie umso weniger ertragen, je weniger Ines nach dem aussieht, was sie gerade gesagt hat? Sie guckt einfach den Couchtisch an, als würde dort eine hübsche kleine Spieluhr laufen. Die Honigmilch ist nicht mehr so heiß. Sie nimmt einen kräftigen Schluck und sieht mich wieder an.

»Bitte sag es mir ehrlich: Hast du Vanessa darum gebeten?«

»Nein.«

»Entschuldigung, ich wollte nur ganz sicher sein.«

Für einen kurzen Moment nehme ich die Hände vor das Gesicht. Ich schaffe es kaum zu sprechen.

»Nein, ich habe sie nicht darum gebeten. Das hätte ich niemals getan, niemals.«

Ich würde jetzt gerne bis in alle Zeiten weiter »niemals« sagen und dabei immer lauter werden. Stattdessen sage ich, nach einer letzten künstlich in die Länge gestreckten Atempause, das, was ich sagen muss.

»Sie hat es aber trotzdem für mich getan.«

Ich kann fast hören, wie die Worte wie Messer in Ines eindringen.

»Wie, für dich? Hat sie das gesagt?«

»Nein, aber ich bin mir sicher.«

»Sie hat mit Bernd geschlafen, damit er und ich uns trennen und ...?«

»Ja.«

Ich weiß nicht sicher, ob Vanessa nur bei mir etwas wiedergutmachen wollte, oder bei uns beiden. Aber das macht jetzt auch keinen Unterschied.

Ines' Blick wandert ins Leere. Dann sieht sie mich fest an. Die Leere ist jetzt in ihren Augen.

»Du hättest es mir nicht sagen müssen.«

Ja, wenn ich es ihr nicht gesagt hätte, wäre alles anders. Schwebte Vanessas Geist hier im Raum, würde er mich ohrfeigen.

»Ich hätte damit nicht leben können.«

Wieder steigen Tränen in ihre Augen.

»Aber vielleicht hättest du *mich* damit leben lassen sollen! Weißt du, was das alles für mich bedeutet? Ich führe mein Liebesleben von Vanessas Gnaden!«

In Worte gefasst hört es sich noch schlimmer an als alles, was ich vorher im Kopf hatte. Aber es ist richtig, genau so, wie sie es sagt. Was kann ich tun?

»Ines, sie hat mitbekommen, dass ich am Ende war, und wollte helfen. Es war aber ein großer Fehler.«

»Wie schön für dich, dass du einen starken großen Bruder hast. Sie wird sich künftig auf jeden stürzen, in den ich mich verliebe und der nicht Lukas Fink heißt.«

Sie beginnt hemmungslos zu weinen. In mir zieht sich alles zusammen. Ich kann nichts tun. Nicht einmal sie umarmen.

»Und den habe ich ja eh schon geheiratet. Damit Ekkehart Stöckelein-Grummler glücklich ist.«

Es ist das erste Mal in meinem Leben, dass ich Ines richtig weinen sehe. Sie presst ihr Gesicht in die Sofalehne und schluchzt laut und immer wieder. Jeder Teil von mir will sie berühren, aber ich weiß, dass ich der letzte Mensch auf der Welt bin, der sie jetzt trösten kann. Und das, obwohl es keinen anderen Menschen auf der Welt gibt, der dieses weinende, verzweifelte, wunderbare Wesen mehr liebt als ich.

Als Ines das Zimmer verließ, ging sie rückwärts. Während sie einen Schritt hinter den anderen setzte und die Distanz zwischen uns Meter um Meter wuchs, sah sie mich mit Augen an, die viel mehr sagten, als ich aufnehmen konnte, bewegte sich wie jemand, der vor einem Raubtier zurückweicht und sich nur mit größter Mühe beherrscht, nicht kopflos zu flüchten, und andererseits wiederum wie jemand, der schrittweise Abschied nimmt, weil er sich unmöglich von einem Augenblick auf den anderen losreißen kann. Kurz nachdem sie schließlich aus dem Wohnzimmer verschwunden war, hörte ich eine Tür zugehen und einen Schlüssel, der sich im Schloss drehte.

Erst jetzt, etwa eine Stunde später, als ich mich aus meiner Starre gelöst, in der Küche ein paar Brote gegen den größten Hunger gegessen habe und nun ohne Ziel einfach nur nach draußen will, merke ich, dass sie nicht, wie ich dachte, ihre Zimmertür abgeschlossen hat, sondern die Wohnungstür.

Ja, tatsächlich. Sie ist weggegangen und hat von außen zugeschlossen, wie man es sonst nur tut, wenn man weiß, dass niemand in der Wohnung ist und man lange fortbleiben wird. Ich brauche einen Moment, bis ich meinen Schlüssel, den ich gerade in die Manteltasche gesteckt habe, wieder heraushole, um von innen aufzuschließen, so ungewohnt ist das. Dass es reibungslos funktioniert, eine Drehung, ein Klacken, wundert mich, obwohl es keinen Grund gibt, warum es nicht so sein sollte. Ich öffne die Tür und gehe los.

* * *

»Natürlich ist sie nicht im Blaubart.«

Noch bevor ich ganz durch den Kneipenvorhang geschlüpft bin, der die kalte Luft aus der Kneipe draußen halten soll, spreche ich diesen Satz leise vor mich hin. Einmal in die Runde geblickt, und ich sehe, dass es genau so ist. Ich bin wohl eher gekommen, weil ich hier die meisten Leute finde, die ich fragen kann, ob sie etwas von Ines wissen.

Udo hat sie nicht gesehen. Er unterbricht allerdings kurz seinen Griesgram und guckt erstaunt. So erstaunt, dass ich die paar entfernten Bekannten, die ich sonst noch herumsitzen sehe, gar nicht erst nach Ines frage. Ich will keine Gerüchte, und erst recht keine Panik. Als ich durch den Vorhang zurückgehe, spreche ich wieder leise mit mir.

»Warum suche ich sie überhaupt?«

Wenn sie beim Gehen die Wohnungstür hinter sich zuschließt, bewusst oder unbewusst, will sie nicht, dass man ihr folgt. Sie will Land gewinnen, braucht Abstand, sucht die Einsamkeit oder andere Leute. Also, warum? Ja, ich mache mir Sorgen um sie. »Ines« und »Selbstmord« sind zwei Worte, die kaum zusammenpassen, aber das habe ich vor kurzem auch von »Lukas« und »Selbstmord« gedacht.

Andererseits, hätte ich wirklich Angst um sie, müsste ich dann nicht ganz andere Dinge tun? Telefonieren, Taxis rufen, an Orte hetzen, ihren Namen schreien?

Überhaupt, telefonieren – warum rufe ich niemanden an? Gut, im Blaubart ruft man nicht an, sondern geht vorbei, aber warum bin ich jetzt auf dem Weg zu Karolines Atelier, ohne dass ich sie vorher angerufen habe? Mein Handy steckt in meiner Manteltasche, die Nummer ist eingespeichert. Bis ich dort bin, brauche ich locker noch zehn Minuten. Ich könnte einfach anrufen.

* * *

»Warum suchst du sie?«

»Karoline, ich will sie einfach … finden.«

Sie sieht mich mit kalten Augen über ihre Nähmaschine hinweg an und arbeitet dabei, routiniert genug, um nicht hinsehen zu müssen, weiter. Ich erlebe sie zum ersten Mal richtig bei ihrem Job, wie konzentriert sie an den Kleidern tüftelt, die für andere Frauen Träume erfüllen sollen, und erkenne, wie anstrengend das alles sein muss. Und gleichzeitig wird mir zum ersten Mal klar, dass sie natürlich von Anfang an alles miterlebt hat. Sie hat Ines über die ganzen Jahre hinweg, in denen ich mit Vanessa rumgeeiert bin, getröstet. Sie war dabei, als wir, viel zu spät und eigentlich nur wegen Ekkehart, doch noch zueinandergefunden haben. Sie sah zu, wie ihre beste Freundin Anlauf nahm, um über ihren Schatten zu mir zu springen; und bekam mit, wie ich, als sie schon in der Luft war, auf den ersten jämmerlichen Wink hin wieder zu Vanessa abgehauen bin und sie ins Leere stürzen ließ. Nein, Karoline kann nicht mehr viel für mich übrig haben, auch wenn wir lange Zeit Freunde waren.

»Ich kann dir auch nur sagen, dass sie hier war. Und sie will jetzt allein sein. Nachdenken, verstehst du?«

»Wo ist sie denn hin?«

»Frag mich doch nicht.«

»Du weißt es gar nicht?«

»Kann sein.«

* * *

Viktor und Annemarie wohnen schräg gegenüber von Karolines Brautkleidatelier und Tonis Fitnessstudio. Sie waren aber nicht zu Hause. Wieder hätte ich die beiden anrufen können, aber mein Handy bleibt weiter in der Manteltasche und hat nur einen Job: auf eine Nachricht von Ines zu warten.

Wie aus heiterem Himmel hat es auf einmal wieder angefangen zu schneien, obwohl der Bauer eigentlich schon längst die Rösslein einspannt. Nein, ich schlage meinen Mantelkragen nicht hoch, auch wenn die Flocken dick und feucht sind und sich anfühlen wie überreife, vom ersten Frost überraschte Himbeeren.

Dass Ines im Bollini ist, kann ich mir zwar nicht vorstellen, aber es liegt auf dem Weg zum Park, durch den wir öfter nach den Tangostunden spaziert sind, und dort will ich hin. Inzwischen ist es dunkel geworden. Ich halte vor den großen Scheiben an, sehe in den hell erleuchteten Raum und finde sie nicht, auch nicht, nachdem ich zehnmal alle Leute, die es sich dort gemütlich gemacht haben, mit den Augen abgetastet habe. Der Tisch, an dem sie neulich mit Bernd saß, ist frei. Nein, hundertmal nein, sie würde mit dem Kerl nicht glücklich werden. Ich habe recht, Vanessa hat recht, aber es ist trotzdem alles verloren. Ich versuche jetzt nur, sie zu finden. Ich kann im Moment einfach nichts anderes tun, ja, nicht mal denken.

* * *

Dass ich wirklich geglaubt habe, ich würde sie im Park finden, merke ich erst jetzt, als ich sie nicht finde. Zum ersten Mal beginnen Enttäuschung und Entsetzen an mir herumzuwürgen. Ich bin alle beleuchteten Wege abgelaufen und sehe nichts als meine Fußspuren in der dünnen Schneedecke, die es gerade so schafft, nicht sofort zu grauem Matsch zu werden.

Eine Maus rennt aus dem Gebüsch direkt vor meine Füße, erkennt ihren Irrtum und verschwindet schnell wieder. Auch ihre Fußspuren bleiben. Ein viel zu starkes Erinnerungsmal für das kurze Ereignis.

Ich gehe die nächste Runde.

* * *

Natürlich.

Transrotor Tourbillon.

Sie ist bei Ekkehart.

Man muss nur lange genug laufen, dann kommen die entscheidenden Ideen. Ich lasse endlich alle meine verschneiten, halbverschneiten und frischen Fußspuren im Stich und stapfe mit Schritten, die nun zu einem Ziel wollen, aus dem Park. Die Kino- und Theaterbesucher kommen aus den Häusern, spannen ihre Schirme auf oder verschwinden schnell in ihren Autos. Ich schlängele mich zwischen ihnen durch.

Oder, nein, sie ist bei Vanessa.

Karoline hat gesagt, sie will nachdenken, aber Ines denkt schneller als die meisten. Vielleicht ist sie schon längst dabei, überall klaren Tisch zu machen, und packt als Nächstes ihre Koffer. Ich wollte ein neues Leben anfangen. Sie hätte erst recht allen Grund dazu.

Ich stürze durch unsere Haustür und haste die ersten

fünf Stufen nach oben. Vanessas ramponierte Tür schließt nicht mehr. Ich höre Stimmen von drinnen, klopfe laut an und öffne.

Nein. Was ist das schon wieder?

Fitnessstudio-Toni sitzt auf einem Stuhl, und Vanessa macht ihn mit einem lasziven Tanz auf ihrem Bett scharf. Und, pikant, sie trägt dabei Sportklamotten.

Toni wird, als er mich sieht, sofort knallrot.

»Äh, es gibt hier ein paar geschäftliche Dinge, die wo wir gerade besprechen ...«

Diesmal lacht Vanessa mich nicht an, sondern sendet mir unauffällig ein Fragezeichen zu. Nein, sie weiß nicht, wo Ines ist. Alles klar, alles andere egal.

»Tschuldigung, falsche Tür. Gute Geschäfte noch. Ich habe nichts gesehen.«

Nächste Station Ekkeharts Wohnung. Wie glücklich er immer noch strahlt. Nein, ich will nicht bleiben, obwohl die Boxen jetzt wunderbar warmgespielt sind, der Transrotor Tourbillon sich in den perfekten Gleichlauf gedreht hat, die neu aufgehängten Resonatorschalen das absolute Optimum an räumlicher Abbildung herausholen und ich sogar eine seiner Jazzplatten auflegen dürfte.

Wieder eine Treppe höher, in unserer Wohnung, ist niemand. Keine Ines, die ihre Koffer packt, keine Ines, die weint, keine Ines, einfach keine Ines. Ich gehe ins Bad, nehme ein Handtuch und reibe meine nassen Haare trocken. Im Waschbeckenspiegel sehe ich einen Menschen, der etwas will, aber nicht kann.

* * *

In einem der zahlreichen völlig überschätzten französischen Filmen aus den 70ern müsste ich mich jetzt einfach nur an Udos Bar setzen, nicht mehr aufstehen und warten. Nach drei Tagen würde Ines dann reinkommen und »Gehen wir« sagen. Abgesehen davon, dass ich drei Tage Blasendruck aushalten müsste, wäre das einfach wunderbar.

Ich gehe aber langsam am Blaubarts Eck vorbei und gebe es im gleichen Moment auf, über weitere Ines-Suchorte nachzudenken. Es schneit immer noch. Ich habe zu Hause Mütze und Schal herausgeholt und den Mantelkragen nun doch nach oben geschlagen. Ich bewege mich voran, denke dabei aber kaum weiter als immer nur an den nächsten Schritt und weiche hin und wieder den Leuten aus, die mir entgegenkommen. Als ich ein paar Straßen weiter an einer Haltestelle vorbeigehe, kommt zufällig eine Straßenbahn. Ich steige ein, vielleicht, weil ich unbewusst doch ein Ziel habe, vielleicht aber auch nur, weil meine Schuhe nass sind und die Straßenbahn ein Ort ist, an dem ich mich aufwärmen kann, ohne dabei anhalten zu müssen.

Nachdem ich mich hingesetzt habe, fange ich, wie immer, an, etwas zu summen. *My Funny Valentine.* Ich habe die Aufnahme von Gerry Mulligan und Chet Baker im Kopf. Das Baritonsaxsolo kann ich auswendig. Ohne es zu wollen, summe ich heute etwas lauter als sonst. Weil Samstagabend ist, nehmen die Mitfahrer das wohlwollend als Vorprogramm für ihre Abendunterhaltung zur Kenntnis und nicht als Bedrohung. Für mich ist aber ihre Aufmerksamkeit, die auch nicht nachlässt, als ich mit dem Summen aufhöre, eine Bedrohung, und ich steige bald wieder aus.

Es ist eine der vielen Stationen am Innenstadtring. Ohne nachzudenken gehe ich in die erstbeste Richtung. Nicht meine Gegend, aber auch hier kenne ich die Stra-

ßen. Ich habe schließlich mein ganzes Leben in dieser
Stadt verbracht.

* * *

Seit ich wieder von unserer Wohnung aus aufgebrochen
bin, war ich mir sicher, kein festes Ziel zu haben, sondern einfach nur immer weiter zu gehen, in der Hoff-
nung, dass ich nicht ganz so lang und weit wie der arme
Forrest Gump würde laufen müssen, bis sich irgendwas
an meiner und Ines' Situation ändert. Ob der Hochhaus-
rohbau, in dessen 21. Stock wir unsere erste Tangostunde gehabt hatten, nun ein Ziel war, das ich unbewusst angesteuert habe, oder ob es nur ein Zufall ist,
dass ich jetzt wieder vor dem Bauzaun stehe und an dem
riesigen Betonskelett hochsehe, kann ich nicht sagen.
Nur, dass ich jetzt, wo ich schon mal da bin, auch wieder
nach oben will, weiß ich auf einmal ganz sicher.

Das Tor im Bauzaun ist mit Ketten und Vorhänge-
schlössern gesichert, aber ich muss nicht lange gehen,
bis ich eine Lücke finde, durch die ich schlüpfen kann.
Ich schlängele mich im Dunkeln an Baugeräten und
Sandhaufen vorbei. Schon wieder läuft eine Maus über
meinen Weg und verschwindet im Baustellenwirrwarr.

Wirrwarr.

Labyrinth.

Ich: Labormaus, genüsslich beobachtet von Vanessa.
Ines: freie Maus an der Außenwand. Ich sprang aber
nicht heraus. Stattdessen wurde Ines von Vanessas La-
bor eingefangen. Oder so. Wenn es nur besser davon
würde, wenn man nachträglich Bilder für ein Verhängnis findet.

Ich balanciere auf einer Holzplanke, die über einen
kleinen Graben ins Erdgeschoss führt. Meine Augen ha-

ben sich an die Dunkelheit gewöhnt. Im Nu finde ich das Treppenhaus. Nach den ersten sechs Stockwerken wird mir auf einmal wärmer, und ich merke, wie elend kalt es mir die ganze Zeit war. Bis zum achten Stockwerk halte ich mein Anfangstempo durch, dann muss ich langsamer werden.

Ich bin wie dieses Haus. Etwa so viele Jahre alt, wie es Stockwerke hat, und mein Leben genauso unfertig. Nichts als Löcher und Lücken und noch nicht einmal eine Fassade. Das wird sich aber bald ändern. Bei dem Haus wird es sich ändern.

Ab dem 12. Stockwerk ist mir heiß. Ich lockere meinen Schal und stecke die Mütze in meine Manteltasche. Trotzdem schwitze ich. Wie gut das immer funktioniert. Es kann warm oder kalt sein, da wurstelt sich der Körper schon irgendwie durch, ohne dass man groß darüber nachdenken muss. Das klappt heute noch wie bei den ersten Menschen, und genauso gut. Bisschen mehr Kleidung als zivilisationsbedingtes Sahnehäubchen, sonst exakt das Gleiche. Aber warum müssen auch meine Gefühle immer noch wie beim ersten Menschen funktionieren? Geschlechtsreife junge Frau? – Häkchen; Schlüsselreize? – Häkchen; Balzverhalten? – Häkchen, und schon bin ich Neandertaler. Liebe? Ha! Fortpflanzen! Klappt eh nicht wegen Verhütung? Denk nicht so kompliziert … Das müsste längst anders sein. Liebe im 21. Jahrhundert. Neandertaler auf den Müll, hier kommt der Übermann. Warum haben wir uns nicht längst angepasst?

So, das hier ist endlich das 21. Stockwerk, ich habe während der ganzen Schnauferei genau mitgezählt. Ich gehe etwa dorthin, wo ich die Mitte des Raums fühle, und bleibe stehen, jetzt zum ersten Mal seit Stunden wirklich stehen. Ich stand zwar immer wieder mal an Ampeln, in

Wohnungen, in der Straßenbahn, aber jetzt stehe ich richtig. Eine riesige Betonplatte unter mir, eine riesige Betonplatte über mir, getragen von ein paar erstaunlich dünnen Stützen, zwei Treppenhaus- und Aufzugsschächte, sonst nichts. Weil ich in der Mitte bin, sehe ich ringsherum nur den schwarzen Nachthimmel, mit ein paar Andeutungen von Wolken und Mondstrahlen. Der Blick auf die Stadt unter mir wird von der scharfen Kante der Geschossdecke abgeschnitten.

Und es ist still.

Von der Tangostunde damals ist nichts mehr übrig. Nicht ein einziger lausiger Campingstuhl wurde vergessen. Jetzt die Zeit zu dem Punkt zurückdrehen, an dem wir hier unsere ersten gemeinsamen Tangoschritte gesetzt haben. In einem Tangokurs, der uns von einem Finanzamt-Sachbearbeiter untergejubelt wurde, der unsere Ehe retten wollte. Verrückt. Alles, was Ekkehart über uns wusste, war falsch. Trotzdem hat er genau das Richtige für uns getan. Wie verdreht. Und am Ende leider doch nur traurig.

Ich gehe einmal am Rand des 21. Stockwerks entlang und schaue auf die Lichter weit unter mir. Ja, es geht weiter. Für mich, für Ines und für jeden kleinen Lichtpunkt da unten. Und, mal ganz ehrlich, wen bitte schön kratzt das Ganze überhaupt?

Ja, das war gut. So denken, wie Rick am Ende von *Casablanca* redet. Das werde ich brauchen. Wenn ich neu starte. Und wenn ich Ines das nächste Mal sehe.

Es ist zum Kotzen, aber genau in diesem Moment beginnt es wieder in mir zu arbeiten. Wie ein feines goldenes Uhrwerk, das sich über die Jahre von selbst in mir aufgezogen hat, tickt, summt und schnurrt Ines in mir und denkt gar nicht daran, sich von Bogarts Gerede beeindrucken zu lassen. Kann ich das aus mir herausreißen, ohne einen Teil von mir herauszureißen? Ein einzelner Mensch, irgendwo da draußen in der Welt, aber doch ganz nah bei mir in diesem Moment – das ist so … wunderbar.

Und so schrecklich. Ich gehe endlich wieder in die Mitte der Etage und bleibe erneut stehen. Ich denke an nichts Bestimmtes. Ich nehme nur von Zeit zu Zeit wahr, dass mir wieder ein wenig kälter geworden ist. Und noch kälter. Und noch kälter. Und auch wenn das feine goldene Uhrwerk in mir weiterschnurrt, ich lasse es einfach machen und konzentriere mich darauf, ein anderes Uhrwerk zu installieren, das schön leise, aber beständig drei Worte tickt: Es geht vorbei. Es geht vorbei. Es geht vorbei.

* * *

Als ich mich endlich wieder bewege, habe ich auf einmal das Gefühl, dass ich schon längst hätte losgehen sollen. Das »Es geht vorbei«, das ich still bei jedem Schritt auf das Betontreppenhaus zu wiederhole, klingt allmählich ein wenig fester, auch wenn die Worte im Moment noch immer wieder sofort von der emsigen Arbeit des schnurrenden goldenen Ines-Uhrwerks in nichts aufgelöst werden.

Als ich plötzlich wahrnehme, dass im Dunkeln eine Gestalt die Treppe vom Stockwerk über mir herunterkommt, erschrecke ich so, dass ich mit dem Hinterkopf gegen die Treppenhauswand schlage. Den hellen Schrei, den die Gestalt ausstößt, als sie mich sieht, kann mein Hirn nicht sofort verarbeiten. Erst als es sicher ist, dass der Schlag auf den Hinterkopf harmlos war, und noch dazu durch meine Mütze abgedämpft, beschäftigt es sich wieder mit anderen Aspekten der Situation.

Der Schrei. Ich sehe nur einen Schattenriss, kein Gesicht, keine Augen. Aber trotzdem bin ich sicher.

»Hallo.«

»Lukas? Bin ich vielleicht erschrocken.«

Der Ines-Schattenriss hält inne. Nein, sie weint nicht mehr. Schon lange nicht mehr. Ich bleibe wie angewurzelt stehen, bis sie wieder spricht.

»Warum bist du hier?«

»Frag mich nicht, ich bin ... auf einmal hier gelandet.«

Ines macht einen Laut, der alles zugleich ist, Lachen, Stöhnen, Schnauben, Räuspern, und sie schüttelt dabei den Kopf.

»Ausgerechnet dieses Stockwerk?«

Warum fragt sie? Sie weiß es doch.

»Nun ja, es ist schließlich ... unser Stockwerk.«

Wieder macht sie diesen Laut, diesmal nur mit etwas mehr Lachen als vorher.

»Was ist?«

»Du hast dich verzählt.«

»Gar nicht. Das ist das 21. Ich hab genau aufgepasst.«

»Wie lange bist du schon hier?«

»Weiß nicht, kommt mir vor wie eine halbe Ewigkeit.«

»Du warst die ganze Zeit hier im 20. Stock?«

»Im 21., Ines.«

»Nein. *Ich* war im 21. Nur ein paar Meter über dir.«

»Aber dann warst du im 22. Stock.«

»Nein. Du hast das Zwischengeschoss im Parterre mitgezählt, du Schlumpf.«

»Aber das zählt doch auch als Stockwerk.«

»Nein.«

»Doch.«

»Hier oben ist das richtige Stockwerk. Das kann ich sogar fühlen.«

»Dann komm mal hier rein, da fühlst du es richtig.«

»Okay, Lukas, jetzt haben wir den endgültigen Beweis.«

»Was?«

»Wir gehen beide zur gleichen Zeit an den gleichen absurden Ort, aber in zwei verschiedene Stockwerke. Wir sind nicht füreinander bestimmt, was?«

»Nein.«

Und während wir über die Stockwerke redeten, sind wir langsam aufeinander zugegangen. Und während wir über die richtige Zählweise stritten, fingen unsere Hände an, sich zu berühren. Und nun spielen wir, während wir aus Spaß immer weiter und weiter und weiter streiten, mit unseren Fingern herum wie ein frisch verliebtes Schülerpärchen in einer stillen Ecke des Pausenhofs. Und während mit jeder Sekunde tonnenweise Eis bricht, Betonwände knacken und Felsblöcke wegrollen, spüre ich Ines' warme Hände durch die dünne Wolle ihrer Fingerhandschuhe. Und obwohl es nur unsere Finger sind, die miteinander spielen, fühlt es sich doch an, als würden wir uns gerade mit allem, was wir haben, umarmen. Und ich sehe jetzt ihr Lachen und ihre Augen, die mich aus dem Dunkeln heraus anstrahlen.

»Doppelt verneint ist ja, oder?«

»Ja. Aber du warst trotzdem im 20.«

Wir haben uns gefunden. Wenn dieser Satz jemals für jemanden gestimmt hat, dann für uns.

»Du warst im 22.«

»Du im 20.«

»21.«

»20.«

»21.«

* * *

»Gehen wir.«

»Nein.«

»Dann erfrieren wir. Ist mir aber recht. Es gibt niemanden, mit dem ich lieber erfrieren würde.«

Es ist so dunkel geworden, dass ich ihre Augen nun endgültig nicht mehr erkennen kann, aber sie sieht mich` an. Ich spüre es bis in die letzte verfrorene Körperfaser. Ich halte ihre Hände, und das goldene Uhrwerk schnurrt wie noch nie.

»Lukas, warum hast du mich geheiratet?«

Ob sie auch spürt, wie ich sie ansehe?

»Ich habe dich geheiratet, weil …«

Ich Vanessa eifersüchtig machen wollte? Ich den Deal mit der Miete so toll fand? Ich Ines und Bernd einfach nichts abschlagen konnte? Ich breche fast in Lachen aus, wenn ich daran denke.

»… ich dich heiraten wollte.«

Ich weiß, dass ich gerade so aussehen muss, als wäre ich auf Extasy durch eine Autowaschanlage gekrabbelt. Oder wie ein Elefant, der zum ersten Mal in seinem Leben einen Handstand geschafft hat. Oder wie ein Autobus, der gar nicht glauben kann, dass er gerade von zwei sechsjährigen Jungs hochgehoben wird. Oder so ähnlich. Aber das macht nichts.

»Und du?«

…

Sie hat mich geküsst.

Aber nur ganz leicht.

Ich glaube, Ekkehart steht kurz vor dem Durchbruch. Nicht nur, dass er heute den Nudelauflauf ganz alleine hingekriegt hat, ohne dass ich auch nur ein Mal eingreifen musste, man kann sogar sagen, dass er durch seine Entscheidung, einen Hauch Chili hinzuzufügen, dem Mahl einen Tick Raffinesse verliehen hat.

Der Tisch ist inzwischen abgedeckt. Ines und ich kuscheln auf dem Sofa, trinken unsere Weingläser leer und sehen Ekkehart bei seinem zweiten großen Arbeitseinsatz des Abends zu: Er hängt die teuren Resonatorschalen, die Ines sich nun doch auch gekauft hat, auf. Immer wieder stellt er die Trittleiter um, steigt rauf, hängt auf, steigt ab, horcht, redet, schweigt, denkt nach, steigt wieder rauf, hängt um, und so fort. Wir hören ihm zu und reiben unsere Schläfen aneinander. Ich werde nie erklären können, warum es uns so glücklich macht, ihm zuzusehen.

»Übrigens, nur falls ihr darüber nachgedacht haben solltet: Entfernt auf keinen Fall den Sand aus dem Zimmer. Je mehr ich hier höre, umso mehr wird mir klar, was für unglaubliche akustische Eigenschaften er dem Raum verleiht. Ich werde das in meiner Wohnung genauso machen.«

Dieser Enthusiasmus. Aber mit einem guten Glas Wein in der Hand und zweien im Kopf plätschert der Hifi-Kram angenehm durch mich hindurch.

»Häng noch mal den Gold-Resonator etwas tiefer, Ekkehart. Ich höre da so einen Abfall in den tiefen Mitten.«

»Ja? … Oh, du hast recht, Ines. Ist mir gar nicht aufgefallen, hehe. Momentchen.«

Zum Glück hat Ines neulich eine Platte mit audiophil aufgenommener Tangomusik gefunden. Seitdem bleiben Kolumbanovich und Konsorten öfter in der Kiste. Außerdem können wir dazu wunderbar unsere Figuren üben, auch wenn der Sand etwas stört.

»Jaaa, viel besser!«

»Viel, viel besser!«

Die beiden.

»Frau Kohlmeyer ist übrigens immer noch der Meinung, dass ihre alte Media-Markt-Stereoanlage für sie reicht. Ha, die ist vielleicht bockig, sag ich euch. Aber wenn sie wirklich will, dass ich jeden Samstag bei ihr esse, dann …«

»Nur Geduld, Ekkehart. Ich werde mal mit ihr reden.«

»Ich hab extra einen Einsteigerpreis beim Hifi-Studio Ohr für sie ausgehandelt. Tannoy-Lautsprecher, NAD-Verstärker und Stanton-Plattenspieler komplett mit hochwertigen Kabeln für nur 4000 Euro.«

»Da kann man wirklich nicht meckern.«

»So, das klingt doch schon recht passabel. Ich probier noch mal, wenn die Platinresonatoren bisschen mehr zur Mitte …«

»Ja, wollte ich auch gerade vorschlagen.«

»Gell? Das könnte alles noch einen Tick transparenter sein. Momentchen.«

»Sag mal, Ekkehart, was ich mich die ganze Zeit frage, wie bist du eigentlich beim Finanzamt gelandet? Hifi interessiert dich doch viel mehr.«

Endlich kann ich frei von der Leber weg fragen. Es gibt absolut nichts mehr, weswegen uns die Steuerfahndung drankriegen könnte.

»Genau, Ekkehart, erzähl mal.«

Wir sehen ihn beide mit großen Augen an.

»Finanzamt? Wie kommt ihr denn auf Finanzamt?«

»N… na, wir dachten …«

»Ich arbeite beim Gartenbauamt.«

Ich liege auf dem Sofa. Gut so. Ich wäre sonst einfach der Länge nach umgefallen. Ines liegt halb neben, halb auf mir. Auch gut so.

»B… beim Gartenbauamt?«

Ich hätte nie gedacht, dass dieses Wort wie ein Erdbeben klingen kann.

»Ja. Kennt ihr vielleicht. Das große Gebäude in der Kronenallee, Ecke Lutherstraße.«

»A… aber hast du nicht neulich was erzählt, so von wegen Steuergelder sind ein heiliges Gut und so?«

»Ach, deswegen. Nein, das ist ein Missverständnis. Ich prüfe die Rechnungen der Firmen, die das Gartenbauamt beauftragt, und sorge dafür, dass nur das bezahlt wird, was auch geleistet wurde. Da wird oft ganz schön betrogen, sag ich euch. Unfassbar. Aber nicht mit mir. Steuergelder sind ein heiliges Gut, kann ich nur immer wieder betonen.«

»A… ach so.«

»Aber, lustiger Zufall, mein Vater ist beim Finanzamt.«

Ihr Sachbearbeiter: Hr. Stöckelein-Grummler, Zi. 546.

Nur. Sein. Vater.

»Oder besser gesagt, war beim Finanzamt. Er ist jetzt seit zwei Monaten im Ruhestand und macht mit Magda eine Weltreise.«

»M… mit Magda.«

»Meine Mutter. Unter uns gesagt, das wird ihrer Ehe sicher sehr gut tun.«

»S… sicher.«

345

25.05. / 23:46 Uhr

Heute wieder ganzen Tag mit Ines an Businessplan für Übernahme von Hifi-Studio Ohr gearbeitet. Wollen Lukas wegen seines Verkaufstalents als Fach-verkäufer gewinnen. Müssen das sehr vorsichtig und geschickt angehen, sagt Ines. Vertraue auf sie.

Frau Kohlmeyer immer noch nicht davon überzeugt, dass Schallplatten besser klingen als CDs.

Haftpflichtversicherung hat Transrotor-Tourbillon-Plattentellerunfall im Treppenhaus zum „Fall des Jahres" erklärt.

Vanessas Strip-Aerobic-Kurse in Tonis
Fitnesssstudio weiter total ausgebucht.
Schade. Frauen werden bevorzugt
aufgenommen. Unfair. Muss weiter bei
Vital-Kompakt bleiben.

Überraschung: Lukas und Ines wollen
kirchliche Trauung nachholen. Bin
aufgeregt. Werde weinen. Brauche
Frack.

meiner Frau Nathalie für liebevollen Beistand, Rat, freien Rücken und noch Unzähliges mehr ♥

Carlos und Uwe für großartiges Teamwork.

meiner wunderbaren Twitterfreundin @frauenfuss alias Michaela von Aichberger, die Ekkehart Stöckelein-Grummler eine echte Handschrift für sein Tagebuch gegeben hat. Besucht sie unbedingt auf www.michaela-von-aichberger.de.

Rolf Becker für fachkundige Beratung in allen Hifi-Angelegenheiten.

den Kolleginnen Kerstin Gier, Andrea Koßmann und Meike Rensch-Bergner für Unterstützung in allen Autorenlebenslagen.

Tommy Jaud für *Vollidiot* und alles was folgte.

Moritz Netenjakob für *Macho Man*. Ich hoffe, der Flötenschlumpf macht weiter.

Hermann Bräuer für *Haarweg zur Hölle*. Rock on!

Anette Göttlicher für das tolle Wort »Tschawupp«.

Louis Armstrong, Charlie Parker, John Coltrane, Bill Evans, Miles Davis und allen, die dazugehören, für den wunderbarsten Soundtrack, den ein Buch haben kann.

PS: Die Geschichte um die Lieferung des Transrotor-Plattenspielers, insbesondere die lange Lieferzeit, ist selbstverständlich frei erfunden und fußt nicht auf realen Ereignissen. Wer sich das beeindruckende Stück mal ansehen will: www.transrotor.de

Was Lukas im Buch hörte:

(Reihenfolge wie im Text)

Time After Time
Chet Baker – Trompete, Gesang • Russ Freeman –
Klavier • Carson Smith – Bass • Bob Neel – Schlagzeug
(aufgenommen 1954, LP *Chet Baker Sings*)

Mercy, Mercy, Mercy
Cannonball Adderley – Altsaxophon • Nat Adderley –
Kornett • Joe Zawinul – Wurlitzer E-Piano • Victor
Gaskin – Bass • Roy McCurdy – Schlagzeug
(aufgenommen 1966, LP *Mercy, Mercy, Mercy! Live at
»The Club«*)

There's Danger in Your Eyes, Cherie
Thelonious Monk – Klavier
(aufgenommen 1959, LP *Thelonious Alone in San
Francisco*)

My Foolish Heart
Bill Evans – Klavier • Scott LaFaro – Bass • Paul
Motian – Schlagzeug
(aufgenommen 1961, LP *Waltz for Debby*)

Polka Dots and Moonbeams
Wes Montgomery – Gitarre • Tommy Flanagan –
Klavier • Percy Heath – Bass • Al Heath – Schlagzeug
(aufgenommen 1960, LP *The Incredible Jazz Guitar of
Wes Montgomery*)

Tom Thumb
Wayne Shorter – Tenorsaxophon • James Spaulding –
Altsaxophon • Curtis Fuller – Posaune • Herbie Han-
cock – Klavier • Ron Carter – Bass • Joe Chambers –
Schlagzeug
(aufgenommen 1967, LP *Schizophrenia*)

My Romance
Ben Webster – Tenorsaxophon • Stan Tracey – Klavier •
Rick Laird – Bass • Jackie Dougan – Schlagzeug
(aufgenommen 1964, LP *Ben Webster Live at Ronnie
Scott's 1964: The Punch*)

You Don't Know What Love Is
Sonny Rollins – Tenorsaxophon • Tommy Flanagan –
Klavier • Doug Watkins – Bass • Max Roach –
Schlagzeug
(aufgenommen 1956, LP *Saxophone Colossus*)

Teach Me Tonight
Erroll Garner – Klavier • Eddie Calhoun – Bass •
Denzil Best – Schlagzeug
(aufgenommen 1955, LP *Concert by the Sea*)